WILLI KELLER

Tannenruh

ABGRÜNDIG Kriminalhauptkommissar Berger kehrt nach langer Krankheit in den Dienst zurück. Das Management der Wiedereingliederung sieht vor, dass er zunächst einen leichten Fall übernimmt. Er muss den Unfalltod eines Argentiniers untersuchen, der im Weißtannenhotel »Schatzhauser« am Rand des Nationalparks gewohnt hat. Bei seinen Ermittlungen stößt Berger auf eine dunkle Geschichte der Region: Der Argentinier hat sich für einen bis heute ungeklärten zehnfachen Mord am Ende des Zweiten Weltkriegs interessiert. Als Berger in der Hotelbibliothek eine alte Elberfelder Bibel mit fehlenden Seiten entdeckt und kurz darauf Tote mit einer Bibelseite im Mund gefunden werden, sind er und seine Kollegin Tammy voll gefordert. Die Fälle erinnern an die Taten der christlichen Terrorgruppe, nach der noch immer gesucht wird. Berger und Tammy stoßen auf Verbindungen zwischen den Fällen und dem Hotel »Schatzhauser« – und auf Gegner, mit denen niemand gerechnet hat.

Willi Keller – Autor und ehemaliger Nachrichtenredakteur des SWR – sammelt Sagen, die er seit den 1980er-Jahren in mehreren Büchern veröffentlicht hat. Er liebt das Erzählen, die Fantasie und die Ortenau. Mit »Tannenruh« legt er seinen zweiten Kriminalroman vor.

WILLI KELLER

Tannenruh

Schwarzwaldkrimi

GMEINER

Immer informiert

NEWSLETTER

Spannung pur – mit unserem Newsletter informieren wir Sie regelmäßig über Wissenswertes aus unserer Bücherwelt.

Gefällt mir!

Facebook: @Gmeiner.Verlag
Instagram: @gmeinerverlag
Twitter: @GmeinerVerlag

MIX
Papier aus verantwortungsvollen Quellen
FSC® C083411
FSC www.fsc.org

Besuchen Sie uns im Internet:
www.gmeiner-verlag.de

Im Ehnried 5, 88605 Meßkirch
Telefon 07575/2095-0
info@gmeiner-verlag.de

1. Auflage 2020

Lektorat: Christine Braun
Herstellung: Mirjam Hecht
Umschlaggestaltung: U.O.R.G. Lutz Eberle, Stuttgart
unter Verwendung eines Fotos von: © pip / photocase.de
Druck: CPI books GmbH, Leck
Printed in Germany
ISBN 978-3-8392-2759-6

Personen und Handlung sind frei erfunden.
Ähnlichkeiten mit lebenden oder toten Personen
sind rein zufällig und nicht beabsichtigt.

KAPITEL 1

»Sehnsucht nach der Waldgegend« war es nicht, was ihn trieb. Dieser Wald mit seinen Geheimnissen, seinen bedrohlichen Bäumen, seiner tiefen Dunkelheit wühlte ihn jedes Mal auf, wenn er in ihn drang.

Er schaute nach oben. Am trüben Himmel kreiste in regelmäßigen Bahnen ein Raubvogel. Er hatte ihn schon häufiger beobachtet. Die Brust des Tieres zierte ein helles Band. Manchmal blieb er stehen, um dem Raubvogel mit seinen breiten Flügeln zuzuschauen. Dessen ruhige, ästhetische Bewegungen, die einem entspannenden Tanz mit ausgebreiteten Armen glichen, beeindruckten ihn. Die Natur schuf die besten und schönsten Choreografien. Nur bei ein paar wenigen Tänzen hatte er sich von der Tierwelt inspirieren lassen. Warum hatte er nicht intensiver Vögel und andere Tiere studiert, ihre Art, sich zu bewegen? Diese späte Erkenntnis setzte ihm zu, weil sie ihm bewusst machte, dass sein Zeitkonto immer kleiner wurde. Er hatte sich zu sehr der Tradition verbunden gefühlt, obwohl er neuen Stilrichtungen und Ideen gegenüber aufgeschlossen war. Zu Hause musste er sich unbedingt mit dem Thema Choreografie der Natur auseinandersetzen. Zu Hause? Seit seiner Ankunft hier fragte er sich jeden Tag: Wo war eigentlich sein Zuhause? Dort über dem großen Meer oder hier in diesem dunklen Wald? Er konnte diese Frage bis heute nicht beantworten.

Der Raubvogel drehte weiter seine Runden. War es sein Schutzvogel, der seine Schritte überwachte? Hoch über den Bäumen stieß er plötzlich einen Schrei aus. Er ähnelte dem Miauen einer Katze. Ein weiterer Schrei folgte, der wie eine Warnung klang. Vor was wollte ihn der Vogel warnen? Der Schrei hatte ihn aufgeschreckt. Als mahne ihn das Tier, schnell umzukehren. Er wunderte sich, dass ihn die Schreie bisher nicht beeindruckt hatten. Er hatte sie doch nicht zum ersten Mal gehört. Meistens versank er bei seinen Waldläufen so sehr in Gedanken, dass sich alles nach innen richtete und das Außen verschwamm.

Er schaute auf seine Armbanduhr. Die Zeit drängte zur Rückkehr. Rund fünf Kilometer musste er gehen. Als er aufblickte, war nichts mehr von dem Vogel zu sehen. Einzelne Schneeflocken sanken langsam vom Himmel herab. An der Rezeption im Hotel hatte man ihm gesagt, am späten Nachmittag oder frühen Abend werde es schneien. Im April sei das hier oben nicht ungewöhnlich. Er sah sich noch einmal um. Hier hatte er gelebt bis zu jener Aprilnacht 1945. Er konnte sich an nichts mehr erinnern. In dieser kleinen Siedlung war er zur Welt gekommen. Vergeblich hatte er gehofft, beim Anblick der vier Häuser werde die Vergangenheit wieder wach. Nichts geschah in seinem Kopf. Kein Bild tauchte auf, kein Mensch, keine Mutter, kein Vater, keine Geschwister, keine Tanten, keine Onkel, keine Nachbarn. Keine Innenansichten seines Elternhauses. Keine Rückblende. Keine Gefühle. Eine Begegnung, die nichts auslöste.

Sie hatten ihm alles weggeschossen in jener Nacht: die Familie, die Erinnerung, das Lächeln. Das Lächeln?

Hatte er jemals gelächelt? Oder gelacht? Hatte er mit seinen Geschwistern gespielt, mit den Nachbarkindern? Wie viele Menschen hatten in dieser Siedlung gelebt? Wie waren sie miteinander umgegangen? Hatten sie sich gut verstanden? Wer hatte in jener Nacht geschossen? Und warum?

Fragen eines verstörten Rückkehrers, wie er sich sah, die niemand beantwortete. Auch nicht der junge Historiker. Wobei er sich korrigieren musste. Der junge Historiker wusste sicher mehr als andere über diese Gegend und jene Nacht. Denn er hatte angedeutet, dass er ihm möglicherweise weitere Einzelheiten mitteilen könne. Die Einschränkung »möglicherweise« gefiel ihm nicht. Er brauchte Gewissheit. Wenn der Heimatforscher ihm nichts Entscheidendes sagen konnte, wozu sollte dann ein weiteres Treffen gut sein? Aber er war es, der den Historiker zu diesem erneuten Treffen gedrängt hatte, nicht umgekehrt. Einen Termin hatten sie bereits vereinbart. Vielleicht kam er doch noch zu neuen Erkenntnissen.

Der junge Historiker hatte sich geweigert, sich beim ersten Treffen im Hotel Schatzhauser zusammenzusetzen. Einen Grund hatte er nicht genannt. Aber er hatte versprochen, ihn zu unterstützen. Und er hatte Wort gehalten. Der junge Mann hatte ihn mit seinem Wagen abgeholt und war mit ihm zu einem Hotel am Mummelsee gefahren. Die Fahrt hatte ebenfalls nichts in seinem Kopf ausgelöst. Als sie am Hotel ankamen, zeigte sich, dass an einen Spaziergang rund um den See bei dieser ersten Begegnung nicht zu denken war, auch wenn das die Pläne des Historikers durchkreuzte. An einigen Stellen war der Weg noch zu sehr vereist. Ob er sich in seiner Kindheit auch an diesem See aufgehalten hatte?

Im Hotel am See setzten sie sich in eine ruhige Ecke mit Sicht auf alles im Raum. Nur langsam kam ein Gespräch in Gang. Das lag nicht an der Sprache. Sie unterhielten sich auf Deutsch. Der Historiker war auffallend nervös. Ständig rührte er mit dem Löffel in der Kaffeetasse, obwohl er keinen Zucker und keine Milch genommen hatte. Die Nervosität übertrug sich auf ihn. Er war froh, als der junge Mann sagte, sie müssten jetzt aufbrechen, sonst schafften sie den Weg zu ihrem Ziel nicht mehr. Vielleicht wäre der Heimatforscher offener gewesen, wenn er ihm gesagt hätte, wer er in Wirklichkeit war. Nachdem sie das Hotel verlassen hatten und wieder zum »Schatzhauser« zurückgekehrt waren, hatte ihn der Historiker zu der kleinen Siedlung geführt. Ohne fremde Hilfe hätte er diesen schmalen Pfad nicht gefunden, obwohl er in der Nähe des Hotels begann. Seither war er immer wieder hierhergekommen.

Bei ihrem bevorstehenden Treffen musste er sich zu erkennen geben und alles offenbaren. Sonst würde er nichts mehr erfahren. Wahrscheinlich hatte sich der Historiker schon Gedanken über seine Identität gemacht und eins und eins zusammengezählt. Das Versteckspiel hatte ihm nicht viel gebracht.

So oft er hier nach seiner Vergangenheit suchte, sah er nur vier zerfallene Häuser. Aus der Entfernung wirkte die Siedlung wie ein verfaultes Gebiss mit wenigen Zahnstümpfen. Das erste Gebäude, das größte, war sein Elternhaus. Das Dach war eingestürzt, die Fenster waren schon lange zerstört. Aus der Ruine wuchsen Büsche und ein Baum. Bei seinem zweiten Besuch hatte er versucht, in das Haus zu kommen. Aber er hatte schnell aufgegeben, als irgendetwas im Gebäude mit einem lauten Knall zusammengebrochen war. Die anderen Häuser sahen nicht viel besser aus. Bei jedem Gang zu seiner Vergangenheit erkundete er auch das Sägewerk hinter den Häusern und den kleinen Friedhof, der sich in der Nähe befand. Dort lag seine Familie begraben. Der Friedhof war überwuchert. Gräser, niedriges Buschwerk und Efeu bedeckten den in mehrere Teile zerbrochenen großen Grabstein. Die Namen seiner Familienangehörigen konnte er nicht mehr entziffern. Vor langer Zeit war offensichtlich ein Baum auf den Grabstein gestürzt und hatte ihn umgeworfen. Nur noch wenige Spuren deuteten darauf hin – der Baum hatte sich größtenteils aufgelöst, wie die Siedlung, die in Namen- und Erinnerungslosigkeit zerfiel. Offenbar hatte niemand Interesse daran, sie dem Verschwinden zu entreißen. Aber warum? Mit jedem Tag, mit jedem Besuch dieses versinkenden Ortes vermehrten sich die Fragen.

Auf dem Weg zum Hotel fiel ihm der Tag seiner Ankunft ein, in allen Einzelheiten.

»Sie sind der Gast aus Argentinien?«

Was für eine Frage! Er nickte. Ja, er war der Gast aus Argentinien.

»Sprechen Sie Englisch?«

»Sie können deutsch mit mir reden.« Er spürte die Erleichterung des Mannes an der Rezeption.

»Das Hotel Schatzhauser heißt Sie herzlich willkommen. Wir wünschen Ihnen einen guten Aufenthalt. Um Ihr Gepäck werden wir uns gleich kümmern. Wenn Sie bitte noch unseren Meldezettel ausfüllen wollen.«

Es war der übliche Empfang in einem Hotel, wie er ihn oft erlebt hatte. Aufgesetzte Freundlichkeit und Standardsätze. Ein zielgerichteter, wirtschaftlicher Umgang mit Sprache. Der Anmeldeschein wurde ihm hingeschoben. Vorname: Gustavo Alejandro Pedro. Nachname: Borges. Lüge Nummer eins: Borges war nicht sein richtiger Geburtsname. Er hatte mehrere Namen: seinen deutschen Geburtsnamen, seinen argentinischen Namen, ein Pseudonym, das er selten benutzte, und einen Künstlernamen. Geburtsdatum: 8.3.1939. Geburtsort: Buenos Aires. Lüge Nummer zwei. Seine große Lebenslüge: Die Hauptstadt Argentiniens war nicht sein Geburtsort. Staatsangehörigkeit: argentinisch. Keine Lüge, aber auch nicht die ganze Wahrheit. Seine Staatsangehörigkeit war nicht immer argentinisch gewesen. Doch zu seinem Glück fragte nie jemand nach seiner Vergangenheit. Wahrscheinlich wäre auch niemand auf die Idee gekommen, dass er kein gebürtiger Argentinier war. Er hatte sich in der argentinischen Kultur entfaltet, sprach akzentfrei die Landessprache. Auch seine Hautfarbe ließ nicht auf eine mitteleuropäische Abstammung schließen. Und schon gar nicht sein Name, den er in den Anmeldeschein eingetragen hatte. So musste er sich mit niemandem über seine geheimnisvolle Vergangenheit unterhalten, aus der nichts auftauchte, zu der er keinen Zugang fand. Das Ausfüllen von Formularen und Meldescheinen erinnerte ihn jedes Mal an seine Lebenslügen, mit denen er sich mehr oder weniger arrangiert hatte.

Wortlos schob Gustavo Borges den Anmeldezettel zurück. Ein Angestellter nahm seine beiden großen Koffer und fuhr mit dem Aufzug nach oben. Er selbst nahm die Treppe. Das Zimmer befand sich im ersten Stock und roch angenehm nach Holz. Es war außergewöhnlich groß, mit einem Doppelbett, einer Leseecke, einem Schreibtisch aus Holz, einem begehbaren Wandschrank und einem Flachbildschirm an der Wand. Auch das Badezimmer war geräumig gestaltet. Vom Balkon mit zwei Korbsesseln und einem runden Holztisch aus sah er auf die Straße, von der jener Waldweg abzweigte, auf dem er seit seinem Treffen mit dem Historiker täglich zu seiner Vergangenheit lief. Das Interessanteste an dem Zimmer aber war der Holzboden. Er war so gut verarbeitet, dass er gleich nach Ankunft im Hotel auf ihm tanzte. Obwohl Borges schon so alt war, konnte er noch leichtfüßig und schmerzfrei über das Parkett schwingen. Nach einigen Minuten jedoch hörte er auf. Seine Frau fehlte ihm, die über Jahrzehnte seine Tanzpartnerin auf den Bühnen Argentiniens und in aller Welt gewesen war.

Er machte die Balkontür auf. Kalte Frühjahrsluft strömte herein. Er bekam Lust, eine Zigarre zu rauchen und einen Cognac zu trinken. Beides wollte er auf dem Balkon genießen. Er öffnete einen seiner Koffer und suchte nach einem dicken Pullover. In der Minibar gab es keinen Cognac, wie er zu seinem Bedauern feststellen musste. Er ließ den Zimmerservice kommen und bestellte einen französischen Cognac. Der Mann empfahl ihm einen exquisiten deutschen Cognac, besser gesagt: einen badischen Weinbrand. Man dürfe ihn nicht Cognac nennen, das sei eine geschützte Bezeichnung. Aber er sei nach dem Cognac-Verfahren hergestellt. Oder ob er den Whisky »Black Forest wild« genießen wolle? Das Hotel unterstütze bewusst regionale Produzenten. Borges zögerte. Er war immer bereit, etwas Neues auszuprobieren, und entschied sich für den badischen Weinbrand.

Bis dieser serviert wurde, bereitete er sich auf das Rauchen vor. Aus dem zweiten Koffer zog er zwei edle schwarze Kisten hervor. In der einen lagen erlesene Zigarren, in der zweiten ein Temperaturmessgerät und Bestecke zum Schneiden und Präparieren der Zigarren. Das Rauchen einer Zigarre war für ihn Kultur und Zeremonie. Er verabscheute es, das Kopfende einer Zigarre abzubeißen oder abzuknipsen. Sein Besteck bestand aus mehreren Instrumenten, jedes angepasst an die Form der jeweiligen Zigarre: mehrere Cutter, ein Zigarrenbohrer, eine Zigarrenschere. Zunächst prüfte er die Temperatur in der Zigarrenkiste aus Spanischer Zeder, in der sich ein kleiner Befeuchter befand. Die Temperatur war optimal. Die Zigarren hatten die lange Reise gut überstanden. Er nahm eine heraus und entschied sich für den Bohrer, der ein scharfkantiges rundes Loch schuf. Mit der Zunge leckte er die Zigarre an der Bohrstelle an. Kein Tabakkrümel blieb an der Zunge hängen, ein gutes Zeichen.

Borges setzte sich in einen Korbsessel auf dem Balkon und zündete ein neun Zentimeter langes Streichholz an, ebenfalls aus Spanischer Zeder. Ihr Holz eignete sich für den Bau von hochwertigen Gitarrenhälsen und Zigarrenbehältern. Von ihm ging ein Geruch aus, der sich gut mit Zigarren vertrug und sogar Schädlinge abhielt. Jüngst hatte er zu seinem Bedauern gelesen, dass die Spanische Zeder auf die Rote Liste gefährdeter Arten gesetzt worden war. Mit der Flamme fuhr er so lange über den Zigarrenfuß, bis sich ein gleichmäßiger Aschering bildete. Das abgebrannte Streichholz legte er in seinem silbernen Aschenbecher ab, den er auf die Reise mitgenommen hatte, zog ein zweites Streichholz aus der Schachtel und riss es an. Er wartete, bis der schwefelhaltige Zündkopf abgebrannt war. Beim Rauchen achtete er sehr darauf, dass das Aroma der Zigarre nicht beeinflusst wurde.

Langsam führte er die Flamme zur Zigarre und sog an ihr. Ein starker, würziger Duft umgab ihn.

Der Zimmerservice klopfte und trat nach Borges' Aufforderung zunächst ins Zimmer, dann auf den Balkon. Der Kellner zeigte Borges den Weinbrand, verwies auf das Etikett und den Jahrgang und schenkte ein. Borges nahm das große, bauchige Glas in die rechte Hand und wärmte das Getränk, bis der Duft aus dem Glas stieg, der sich durch eine besondere Note auszeichnete. Er probierte einen Schluck. Weich und rund schmeckte er. Der Kellner hatte nicht zu viel versprochen. Mit Genuss sog er an seiner Zigarre. Schon bald war er von einer Wolke umhüllt. Zum Glück blies kein Wind. Er dampfte sich oft mit einer Zigarre zu. Das war eine seiner vielen Strategien, sich unsichtbar zu machen. Versteckspiele trieb er seit seiner Kindheit, der Kindheit, an die er sich erinnern konnte. Die andere Kindheit, die er suchte, war ihm in jener Nacht 1945 genommen worden. Bis heute hatte sie ihm niemand zurückgegeben.

Geblieben waren eine dissoziative Amnesie, wie ihm ein Psychiater einst erläutert hatte, und traurige Augen. Borges erinnerte sich nicht mehr an das Ereignis in jener Nacht. Seine Psyche beziehungsweise sein Gehirn überzog das Geschehen mit einem Schutzfilm, damit er von diesem Erlebnis nicht erdrückt wurde. In seinem Fall war der Schutzfilm so groß, dass er auch die Zeit vor dem Ereignis verdunkelte. Der Psychiater hatte ihm erklärt, dass eine Traumatherapie die Erinnerung an das Ereignis zurückbringen könne. Dieser Weg sei allerdings schwer und lang, nicht immer erfolgreich und könne eine Depression zur Folge haben. Es könne auch sein, dass er sich mit zunehmendem Alter wieder an das Erlebnis erinnere, das die dissoziative Amnesie ausgelöst habe.

Den Psychiater hatte Borges aufgesucht, als er schon Mitte 40 war, weil er klären wollte, warum er sich nicht an seine Kindheit vor dem siebten Lebensjahr erinnern konnte. Und ob damit sein ständiger trauriger Blick zusammenhing. In der Tanzszene hatte er den Spitznamen »Buster Keaton«, weil sein Blick an den ernsten und stoischen Gesichtsausdruck des amerikanischen Komikers aus der Stummfilmzeit erinnerte.

Es könne etwas Traumatisches in seiner Vergangenheit passiert sein, hatte ihm der Psychiater gesagt. Ob er darüber schon einmal in der Familie gesprochen habe. Borges musste damals verneinen. Der Psychiater hatte ihm geraten, nach Informationen über seine frühe Kindheit zu suchen. Dann könne man über eine Strategie und eine geeignete Therapie reden. Wie er denn in der Kindheit gewesen sei, an die er sich erinnern könne, hatte er gefragt. Ängstlich, hatte Borges geantwortet, sehr ängstlich. Er habe immer Schutz gesucht und sich oft hinter seiner Mutter versteckt. Seine Eltern hätten gesagt, er sei eben ein sensibler Junge. Borges hatte dem Psychiater verschwiegen, dass seine Eltern eigentlich seine Stiefeltern waren.

Seine Kindheit war seltsam verlaufen. Er hatte in einer Blase gelebt, die er erst durchstieß, als er zwölf Jahre alt war. Sein Stiefvater nahm ihn eines Tages mit in ein Lokal, in dem an manchen Abenden Tango getanzt wurde. Das Lokal war ein Treffpunkt von Tänzerinnen und Tänzern. Viele von ihnen wurden berühmt. Er war fasziniert von diesen Menschen, die sich, begleitet von Bandoneon, Piano, Violine oder Gitarre und Gesang, so drehten, bogen und bewegten, dass sie die Erdanziehungskräfte zu neutralisieren schienen. Besonders angetan war er von einem schwarzhaarigen Mädchen, das mit größter Anmut über den Tanzboden schwebte. Von diesem Abend an kannte er nur noch ein Ziel: tanzen. Er bettelte so lange, bis seine Stiefeltern nachgaben und mit ihm zu einem Tangolehrer gingen. Der erkannte seine Begabung, seine Musikalität, seine Körperbeherrschung. Und dort sah er es wieder: das schwebende schwarzhaarige Mädchen. Seine Liebe für die Ewigkeit.

Am Abend nach dem ersten Gespräch mit dem Psychiater war Borges mit seinem Stiefvater allein im Salon gesessen. Er hatte ihn gefragt, ob in seiner Kindheit etwas Schlimmes vorgefallen war. Vor seinem siebten Lebensjahr.

Sein Stiefvater schaute ihn überrascht an und sagte zunächst nichts. Er war auf diese Frage offensichtlich nicht vorbereitet, vielleicht fürchtete er sich vor ihr. »Du hättest besser nicht gefragt«, stammelte er nach einiger Zeit. Es folgte eine Pause, die noch länger dauerte als die erste. »Ja, es ist etwas passiert«, sagte er mit leiser Stimme. »Im April 1945. Im Nordschwarzwald. Dabei ist deine Familie umgekommen.« Wieder eine Pause, die nicht enden wollte.

Borges wusste, dass er aus Deutschland stammte. Eines Tages hatten sie ihm beiläufig erzählt, dass sie seine Stiefeltern waren und sie alle, auch er, aus dem Schwarzwald kamen. Das hatte er nicht verstanden, sie trugen doch alle einen argentinischen Namen. In dem Viertel, in dem sie wohnten, hatte sich eine kleine deutsche Kolonie gebildet. Nach innen blieb sie deutsch, nach außen integrierte sie sich überraschend schnell – sozial und sprachlich. Alle Fragen nach dem Warum der Auswanderung nach Argentinien und nach Borges' Ursprüngen hatten seine Stiefeltern abgewürgt. Danach war seine Herkunft nie wieder Thema gewesen.

Bis zu diesem Tag, an dem er seinem Stiefvater die Frage nach einem traumatischen Erlebnis in der Vergangenheit stellte. Er machte sich auf Schlimmes gefasst. Die Antwort des Stiefvaters enttäuschte ihn deshalb, beunruhigte ihn aber gleichzeitig.

»Lass die Vergangenheit ruhen. Sie tut dir nicht gut, unserer ganzen Familie nicht. Wenn du in der Vergangenheit gräbst, wirst du vernichtet.«

»Warum, und von wem?«, fragte er seinen Stiefvater.

»Das kann ich dir nicht sagen. Ich habe versprochen, zu schweigen. Und ich halte mich daran. Wenn ich nicht die ganze Zeit geschwiegen hätte, hättest du nie Karriere machen können. Wer weiß, dann wärst du vielleicht nicht mehr am Leben. Es hat mich viel gekostet, das alles bis heute auszuhalten. Glaube es mir. Und frage mich nie mehr nach deiner Vergangenheit!«

Der letzte Satz, lauter als die anderen gesprochen, klang streng und hart und stach Borges ins Herz. So kannte er seinen Stiefvater gar nicht, der ein sehr liebevoller Familienmensch war. Auf was hatte sich sein Stiefvater eingelassen? Borges hatte ihn nie nach seiner Biografie gefragt. Er war handwerklich geschickt und arbeitete seit Anfang der 50er-Jahre bei einer Sicherheitsfirma, die ein Mann aus der kleinen Kolonie gegründet hatte, ein Mann aus Deutschland, der kurz nach Ende des Zweiten Weltkrieges in Argentinien angekommen war. Sein Stiefvater erzählte nie etwas aus der Firma. Das respektierten alle in der Familie. Nur einmal sagte er stolz zu seiner Frau, dass sie immer mehr Regierungsaufträge erhielten. Sein Chef galt als energischer Unternehmer, der seine Firma zu einem Sicherheitsimperium ausbaute. Er hatte gute Beziehungen in höchste politische und militärische Kreise und ins Ausland, auch nach Deutschland. In der Kolonie hatten alle den größten Respekt vor dem Chef, einen Respekt, der eher mit Angst zu vergleichen war. Der Chef hatte Augen und Ohren überall. Nichts entging ihm. Andererseits war er oft Helfer in schwierigen Situationen. Sein Stiefvater, der gut mit seinem Chef auskam, profitierte vom Aufstieg der Firma, die Familie konnte sich immer mehr leisten. Seine Arbeit in der Firma blieb jedoch ein Geheimnis.

Borges hielt sich an die Mahnung seines Stiefvaters und bohrte nicht weiter in der Vergangenheit. Es war Tradition in seiner Familie, schwierige Fragen nicht zu beantworten, Unangenehmes zu verdrängen und Konflikte zu vermeiden. Sie orientierte sich an der Gegenwart und an der Zukunft, aber nicht an der Vergangenheit. Dieser Tradition folgte auch er nach dem Gespräch mit dem Stiefvater. Den Termin mit dem Psychiater sagte er ab.

Die Worte seines Stiefvaters hallten allerdings nach und nagten an seinem Selbstbewusstsein. Und sie machten ihm Angst. Offenbar hatten mächtige Leute seine Familie in der Hand. Aber warum? Borges fühlte sich beschattet, war immer auf der Hut vor einer unsichtbaren Bedrohung. Er entwickelte Strategien, um der Bedrohung zu entgehen. Wenn er in Lokale ging, nahm er stets den Platz ein, von dem aus er alles und jeden beobachten konnte. Er wollte vorbereitet sein. Seine Strategien nahmen Züge von Verfolgungswahn an. Gleichzeitig versuchte er, alles zu vergessen, was ihm sein Stiefvater mitgeteilt hatte. Er hätte ihn nie nach der Vergangenheit fragen dürfen. Aber er wunderte sich auch über ihn. Warum hatte er so konkrete Andeutungen gemacht? Er hätte ihn doch mit einer Ausrede zufriedenstellen können. Welche Rolle hatte sein Stiefvater in der Vergangenheit gespielt? In welchem verwandtschaftlichen Verhältnis hatte er zu seiner Familie gestanden? Oder war er ein Freund seiner Familie? Hatte er Schuld auf sich geladen? Und warum hatte er ihn wie ein eigenes Kind großgezogen? Überhaupt: Wie hatten sie es nach Argentinien geschafft? Auch die Überfahrt war aus seinem Gedächtnis gelöscht.

Wochenlang bescherte ihm das Gespräch mit dem Stiefvater schlaflose Nächte. Er tauschte sich mit niemandem aus, nicht einmal mit seiner Frau, mit der er sonst über alles redete. Zeitweise nahm er heimlich Schlaftabletten. Irgendwann beruhigte er sich wieder. Die Arbeit, die vielen Auftritte und Reisetermine halfen ihm dabei.

Vor ein paar Monaten hatte Borges den Nachlass seines Stiefvaters gesichtet, der schon einige Jahre verstorben war, und sich erstmals wieder mit der Vergangenheit beschäftigt. In einer alten Holzkiste hatte er mehrere Artikel in deutscher Sprache über den Nordschwarzwald, Beschreibungen von Orten und Menschen entdeckt. Ob sie mit seiner Familie zusammenhingen, konnte er nicht ergründen.

Unter den Artikeln fand sich auch ein vergilbter Zeitungsausschnitt, der beim Berühren leicht bröselte. Er war auf ein kariertes, an den Rändern eingerissenes Papier geklebt. Jemand hatte den gesamten Text mit einem Stift unleserlich gemacht. Nur Überschrift und Untertitel waren lesbar und schreckten Borges auf: »Die Hochwald-Morde bleiben ein Rätsel. Wird die Aufklärung verhindert?« Waren diese Morde das Ereignis, bei dem seine Familie »umgekommen« war, wie sein Stiefvater es genannt hatte? Und warum war der Text unkenntlich gemacht worden? Warum hatte man ihn nicht gleich ganz vernichtet?

Borges recherchierte auf deutschen Internetseiten unter dem Stichwort »Hochwald-Morde«. Dabei stieß er auf einen Bericht, der diesen Fall etwas mehr beleuchtete, vergaß aber, den Bericht auszudrucken.

Als er ihn Tage später wieder aufrufen wollte, fand er ihn nicht mehr. Aber er hatte sich den Namen des Autors gemerkt und entdeckte auf dessen Homepage die Mailadresse. Er schrieb ihm, dass er in den nächsten Monaten nach Deutschland reisen wolle. Es gehe um diese Hochwald-Siedlung, die er vor einiger Zeit in einem Artikel erwähnt habe. Ob er ihm den Artikel zukommen lassen könne. Der Autor schickte ihm den Artikel als Mail-Anhang.

Kurz darauf begann Borges damit, die Reise vorzubereiten. Bei der Auswahl der Hotels war er überrascht von der Fülle der Angebote im größeren Umkreis der Hochwald-Siedlung. Er wollte nicht zu weit weg wohnen. Schließlich gab ihm ein guter Bekannter aus der Nachbarschaft, Guillermo, den Tipp mit diesem eigenartigen Hotel aus Holz, das zu Borges Verwunderung nicht in den Angeboten aufgetaucht war. Guillermos Familie hatte gute Kontakte zu seinem Stiefvater gepflegt, Borges vertraute ihm und erzählte ihm mit der Bitte um Verschwiegenheit von seiner geplanten Reise in den Schwarzwald und den Hintergründen. Wie sein Stiefvater arbeitete Guillermo in der Sicherheitsfirma.

Seine Frau versuchte, ihn von dieser Reise in den Schwarzwald abzuhalten. Er hatte ihr endlich alles erzählt, auch das schockierende Gespräch mit seinem Stiefvater. Er machte ihr klar, wie viel es ihm bedeutete, den Ort seiner verschwundenen Kindheit kennenzulernen. Vielleicht fände er endlich seinen inneren Frieden und könnte eines Tages lachen.

Sie blickte ihn skeptisch an: »Glaubst du das wirklich? Glaubst du, dass du lachend von dieser Reise in die Vergangenheit zurückkehrst und alles von dir abfällt, was dich bedrückt hat? Ist dir das Wichtigste, lachen zu können? Vielleicht löst diese Reise in die Vergangenheit etwas aus, das du nicht mehr stoppen kannst, das dich auffrisst, das dich vernichtet, wie es dein Stiefvater prophezeit hat. Nimm seine Warnung ernst. Ich bitte dich darum. Wir haben uns doch in jungen Jahren geschworen, die Vergangenheit loszulassen, weil wir beide schlechte Erfahrungen mit ihr gemacht haben. Die Konsequenz war, dass wir uns auf die Gegenwart konzentrierten. Damit haben wir gut gelebt. Ich liebe dich mit dem ernsthaften Blick. Du lächelst mit deinem Körper und machst so vielen Menschen Freude. Genügt dir das nicht? Das ersetzt doch alles Lachen. Außerdem: Warum hast du mir diese Geschichte nicht früher erzählt?«

»Weil ich nicht wusste, woher ich die Antwort auf meine Fragen bekommen sollte. Also habe ich versucht, das alles zu vergessen. Aber jetzt weiß ich, wo ich suchen muss: in einem dunklen Wald weit weg von hier, dort wartet die Antwort auf mich.« Er sah lange in ihre angsterfüllten Augen.

Sie wusste, dass sie ihn nicht überzeugen konnte. Schließlich drückte sie ihn fest an sich, als wollte sie ihn fesseln. Lange standen sie so da. Als er sanft versuchte, sich aus ihrer Umklammerung zu lösen, ließ sie los, drehte sich wortlos um und verließ das Zimmer. Für einen Moment überlegte er, die Reise zu verschieben oder ganz aufzugeben. Doch der starke Drang, alles über seine Kindheit zu erfahren, überwog.

Kurz darauf war er nach Deutschland aufgebrochen, hatte sich im Hotel Schatzhauser einquartiert und als Erstes eine seiner Zigarren und einen Weinbrand auf dem Balkon genossen.

Spätestens jetzt, auf dem Fußmarsch von der Siedlung zurück ins Hotel, wurde ihm klar, dass er die Reise bereute. Er war keinen Schritt weitergekommen, hatte sich vermutlich etwas vorgemacht. Er kannte nun seine »Heimat« und die seiner Vorfahren, dennoch blieb ihm alles ein Rätsel. Der dunkle Wald und die kleine Siedlung, in der seine Familie ausgelöscht worden war, bedrückten ihn. Er wollte wieder zurück nach Argentinien, zu seiner Frau, und sie endlich wieder in die Arme schließen. Das hatte er ihr vor zwei Tagen per Mail mitgeteilt. Sie freute sich auf seine Rückkehr.

Der Schneefall nahm zu. Die Hälfte der Strecke zum Hotel hatte er schon geschafft. Bald würde er diese seltsame Biegung erreichen. Sie führte um einen gewölbten Felsen herum, der Schutz bot vor Niederschlägen. An dieser Stelle lag der Weg an einem Abgrund, aber solange man auf dem Weg blieb, bestand keine Absturzgefahr. Als er zum ersten Mal hier vorbeikam, hatte er Gänsehaut bekommen. Damals kannte er den Wegverlauf nach dem Felsen noch nicht. Der junge Historiker hatte ihn beruhigt, der Weg führe hinter dem Felsen wieder vom

Abgrund weg. Schon beim zweiten Mal hatte er die Stelle ohne jedes unangenehme Gefühl passiert. Aber manchmal hatte er den Eindruck, dass ihm jemand folgte. Einmal hatte er auf dem Rückweg den Boden abgesucht, aber keine Spuren oder Hinweise gefunden.

Den Weg kannte er inzwischen in- und auswendig. Sicher war er ihn als Kind oft gegangen. Was wäre aus ihm geworden, wenn es jene schreckliche Nacht nicht gegeben hätte? Hätte er sein ganzes Leben in diesem Wald verbracht, als Holzfäller? Oder hätten seine Eltern sein künstlerisches Talent erkannt? Hätten sie ihn so gefördert, wie es seine Stiefeltern getan hatten? Er war kein Waldmensch geworden, sondern Städter. In seinem Leben hatte er kaum Wälder gesehen. Hätte er sich in diesem Wald wohlgefühlt, wenn er nicht von jenem Ereignis getroffen worden wäre? Wohlgefühl kannte er nur auf der Bühne, wenn sein Körper sich bewegte und eins wurde mit dem seiner Frau. Nur dann konnte er sich lösen und so etwas wie Erfüllung empfinden. Der Tanz, insbesondere der Tango, war seine Bestimmung und seine Leidenschaft, die er mit seiner Frau teilte. Er musste oft an die Worte von Carlos Gavito denken, dessen mutige Tanzweise und Schräglagen er immer bewundert hatte, der die Musik mit seinen Füßen tanzte: »Das Wichtigste ist, zu wissen, warum wir tanzen wollen. Wir tanzen die Einsamkeit in uns, die wir durch nichts kompensieren können. Diese Lücke, in deren Leere wir Bewegung bringen, ist der Tango.«

Borges kannte viele Zitate über den Tango, aber diese wenigen Sätze fassten am treffendsten sein Leben und seine Beziehung zum Tanz zusammen. Mit dem Tango hatten seine Frau und er viele Krisen überwunden, auch die Militärdiktatur. Sie mussten nicht fliehen wie andere, aber sie waren oft auf Tourneen im Ausland gewesen, auch eine Art von Flucht, und so den Konflikten entgangen. In manchen Lebensabschnitten hatte er das Gefühl gehabt, es halte jemand schützend seine Hand über sie beide. Ihr Blick war auf den Tanz gerichtet, auf nichts anderes. Nie hatten sie eine klare ablehnende Haltung zur Militärdiktatur gezeigt, obwohl sie sie verabscheut hatten. Sie wollten immer nur tanzen, tanzen, tanzen. Und blendeten dabei aus, dass der Tango einen sozialpolitischen Hintergrund hatte und einen Kontrapunkt setzte zur bürgerlichen Kultur. Wenn Borges zurückblickte, überraschte es ihn, dass sie nie in kritische Diskussionen verwickelt worden waren. Immer hatte ihr ästhetisches Tanzen im Vordergrund gestanden. Nie hatte man ihnen mangelnde Solidarität mit Astor Piazolla und anderen in den Zeiten der Diktatur vorgeworfen. Seine Frau und er waren zu Ikonen und unangreifbaren Botschaftern des klassischen argentinischen Tangos geworden. Ausgerechnet er! Ein Kind des Schwarzwaldes.

Von Westen her kam Wind auf. Borges schlug den Mantelkragen hoch und ging schneller. Die Zweige der dunklen Bäume färbten sich allmählich weiß. Er hatte Wetter und Zeit falsch eingeschätzt. Beim Nachdenken über seine Herkunft, seine Kindheit und sein Leben in der Fremde, die seine Heimat war, und seine eigentliche Heimat, die ihm fremd war, hatte er seine Schritte verlangsamt. Noch wenige Hundert Meter, dann müsste er bei der Biegung sein. Der Schnee nahm ihm fast die Sicht, so dick fielen inzwischen die Flocken, die auf ihn zutrieben und ihm mit voller Wucht ins Gesicht klatschten. Aus dem schwarzen Wald wurde ein weißer. Borges richtete seinen Blick auf den Boden, damit er nicht von dem schmalen Weg abkam, der an manchen Stellen fast nicht mehr zu sehen war. Ab und zu blieb er kurz stehen, um sich zu orientieren. Der dichte Schnee erzeugte eine unheimliche Stille. Wie in Watte gepackt fühlte er sich. Und gehörlos. Er drehte sich um und schaute zurück. Die Fußabdrücke, die er hinterließ, verschwanden sofort im Schnee, als wäre er die Strecke nie gegangen.

Die Felsennase tauchte schemenhaft vor ihm auf. Wie eine Rettung. Er überlegte, unter dem Felsen eine Pause einzulegen, bis das Wetter sich beruhigte und der Schneefall nachließ. Er beschleunigte seinen Schritt. Obwohl er den Mantelkragen hochgeschlagen hatte, war Schnee in seinen Nacken gelangt und schmolz. Kurz blieb er stehen und rieb mit seinem Stofftaschentuch den Nacken halbwegs trocken. Er verfluchte sich, dass er keinen Hut und keinen Regenschirm mitgenommen hatte. Aus dem nassen Haar rannen Tropfen über sein Gesicht und in den Nacken. Er steckte das vollgesogene Taschentuch in die rechte Manteltasche und freute sich auf die schützende Felsennase. Von den Knien abwärts war die Hose nass und klebte an den Beinen. In die halbhohen Schuhe, die angeblich wasserdicht waren, drang Feuchtigkeit. Seine Zehen waren schon ganz kalt.

Vorsichtig machte er einen Schritt nach dem anderen. Er durfte sich jetzt keinen Fehltritt leisten, vor allem nicht bei der Biegung. Bei trockenem Wetter war die Umrundung des Felsens ungefährlich, der Weg breit genug. Aber bei diesem starken Schneefall musste er darauf achten, dass er nicht zu weit nach rechts abkam und ausrutschte. Schritt für Schritt näherte er sich dem Zwischenziel. Als er es erreichte, tastete er mit der linken Hand den Felsen ab. Er drückte sich um ihn herum. Als er unter der Wölbung ankam, klopfte er erleichtert seinen Mantel ab und strich sich den Schnee aus dem Haar. Dann zog er sich rückwärts ein paar Schritte ins Innere zurück, um sich besser vor dem Schneetreiben zu schützen.

Plötzlich krachte es mehrfach hintereinander. Es hörte sich an, als würden Bäume umstürzen. Er trat wieder etwas hinaus und lauschte. Es war nichts mehr zu hören. Wahrscheinlich hatte er sich getäuscht. Als er unter die Wölbung zurückkehren wollte, flog etwas Schwarzes aus dem Inneren auf ihn zu.

KAPITEL 2

Kriminalhauptkommissar Alban Berger überlegte in Ruhe, ob er alles Nötige bei sich hatte. Es war noch genug Zeit bis zum Termin bei Kripochef Hajo Winker. Er wollte allerdings an seinem ersten Arbeitstag nach der langen Auszeit im Dienst nicht auf den letzten Drücker erscheinen. Er zog die Haustür zu und drehte den Schlüssel langsam zweimal nach links. Anschließend drückte er die Klinke, um zu prüfen, ob die Tür tatsächlich geschlossen war, und trat dann auf die kleine Straße. Die Blätter der Catalpa würden bald austreiben, stellte er fest, als er seinen Blick über den Baum nach oben schweifen ließ. Das Badezimmerfenster! Es stand offen. Nach der heißen Dusche hatte er es weit geöffnet, um den Raum ausgiebig zu lüften. Also wieder zurück.

Schon wenige Sekunden später war er wieder draußen. Kaum Zeit verloren, beruhigte er sich, als er zur Garage ging. Unterwegs suchte er in seinen Taschen die Schlüssel für Garage und Wagen. Normalerweise steckte er den Garagenschlüssel in die linke und den Autoschlüssel in die rechte Hosentasche. Beide Taschen waren aber leer. Auch in seiner Jacke fand er die Schlüssel nicht. Er ärgerte sich über seine Vergesslichkeit. Es blieb ihm nichts anderes übrig, als erneut ins Haus zurückzugehen.

Wo hatte er die Schlüssel nur hingelegt? Seine Großmutter hatte immer geraten, bei der Suche nach Verlorenem zum heiligen Antonius zu beten. Ein reines Konzentrationsspiel. Vermutlich lagen sie auf dem Wohnzimmertisch. Er musste endlich die Schlüssel für Haustür, Garage und Auto zusammenhängen. Ein Blick ins Wohnzimmer genügte. Fehlanzeige! Im Schlafzimmer durchsuchte er die Hose, die er tags zuvor anhatte. Fehlanzeige! Wo hatte er sich heute Morgen aufgehalten? Im Schlafzimmer, im Wohnzimmer, im Bad, im Keller, in seinem Arbeitszimmer, in der Küche. Er lief ins Bad. Nichts. Ins Arbeitszimmer. Keine Schlüssel. Er rannte die Treppe hinunter in die Küche. Neben der Kaffeemaschine am Fenster wurde er fündig. Hier hatte er noch nie seine Schlüssel abgelegt. Und die Kaffeemaschine hatte er auch nicht abgestellt. Der Kaffeerest in der Kanne war schon angebrannt. Er stellte die Glaskanne in die Spüle und füllte sie mit heißem Wasser. Hastig nahm er die Schlüssel an sich und verließ das Haus, natürlich nicht ohne mehrmalige Kontrolle der Tür.

Endlich saß Berger im Auto. Sein Zeitvorsprung war geschmolzen. Jetzt durfte auf dem Weg zum Polizeipräsidium nichts dazwischenkommen. War das Vergesslichkeit, was er da eben erlebt hatte? Oder eher ein Zeichen, dass er noch nicht reif war für eine Rückkehr in den Polizeidienst? Lange hatte er mit sich gerungen, mehrfach hatte seine innere Stimme empfohlen, den Dienst endgültig zu verlassen. Die Vorkommnisse des letzten Jahres hatte er bis heute nicht verarbeitet, vor allem den Tod seines jungen Kollegen Rackert, an dem er sich schuldig fühlte, weil er dessen Warnungen vor einer Terrorgruppe nicht ernst genommen hatte. Hätte er früher reagiert, wäre vielen

Menschen Leid erspart worden. Mit der Soko Gifiz war er dem Anführer der 13-köpfigen Gruppe, die Anschläge in Offenburg verübt hatte, auf die Spur gekommen. Allerdings war dessen Auto auf der Verfolgungsjagd explodiert. In Schüben kamen immer wieder Schuldgefühle hoch. Da halfen keine Therapien und keine Psychopharmaka. Die Tabletten hatte er von sich aus abgesetzt, ohne seinen Ärzten etwas zu sagen. Auch Ariane, seiner Frau, hatte er sein eigenmächtiges Handeln verschwiegen. Wie so vieles seit seinen zwei Zusammenbrüchen, nach denen er in eine schwere Depression geraten war. Diese Fakten konnte er nicht leugnen.

Irgendwann hatte er jedoch beschlossen, in den Polizeidienst zurückzukehren. Seine Therapeuten und sein Hausarzt hatten das als Zeichen gewertet, dass er auf dem Weg der Gesundung sei. Er selbst sah das nicht so, er wollte einfach dieser Dunkelkammer entfliehen, in die er sich vor Monaten eingeschlossen hatte. Zusammen mit Selbstzweifel, Sprachlosigkeit, Antriebslosigkeit, Selbstverachtung, mit Suizidgedanken und reichlich Alkohol. Bisher konnte er die Tür aus der Kammer nur einen Spaltbreit öffnen, hoffte aber, dass er sie ganz aufstoßen konnte, wenn er sich der Wirklichkeit stellte. Vor der er große Angst hatte.

Berger bog nach links ab in die Prinz-Eugen-Straße und fand einen Parkplatz direkt vor dem Offenburger Präsidium. Er sah auf seine Uhr. Noch zwei Minuten bis zum Termin. Zum Glück hatte Schorschi Pförtnerdienst, der ihm freundlich winkte, den rechten Daumen nach oben streckte und die Tür per Knopfdruck entsperrte. Er wusste wohl Bescheid. Berger hob seine rechte Hand zum Gruß, nickte ebenso freundlich, rannte die Treppe in den ersten Stock hoch und meldete sich bei der Assistentin an. Die meisten nannten Rosemarie Schöntal nur Röschen. Sie wirkte wie immer wohlwollend und unverkrampft.

»Schön, dass Sie wieder da sind, Berger. Ich glaube, alle freuen sich auf Sie! Der Chef wartet schon.« Der Satz »Ich glaube, alle freuen sich auf Sie!« irritierte ihn. Sie war sich nicht sicher, ob sich alle freuten, sonst hätte sie das Wort »glauben« nicht benutzt.

Kräftig klopfte er an die Tür des Kripochefs und erwartete ein ebenso kräftiges »Herein«. Die Aufforderung, einzutreten, klang jedoch eher schwach. Überrascht und angespannt betrat Berger das Büro des Offenburger Kripochefs.

Hajo Winker stand langsam auf, als habe er Mühe, sich zu erheben, und reichte Berger die Hand. Sie fühlte sich schlaff an, was ungewöhnlich war. Durch Winkers Hand floss normalerweise so viel Energie, dass ihr Druck weh tat und es deshalb einige vermieden, ihn per Handschlag zu begrüßen.

»Berger, setzen Sie sich doch bitte.« Mit einem kleinen Seufzer ließ sich Winker in seinen Sessel fallen, während sich Berger sachte den Besucherstuhl heranzog und langsam Platz nahm. »Bevor wir in die Details gehen, Berger, muss ich Ihnen etwas sagen: Ich bin sehr erleichtert, dass Sie wieder da sind. Sie haben uns gefehlt. Ich erwarte von Ihnen Impulse, die die Soko Gifiz endlich voranbringen.«

Berger war überwältigt von so viel Lob und Erwartung und hoffte, dass alles ehrlich gemeint war.

Winker fuhr fort: »Sie haben sich für das interne dreimonatige Eingliederungsmanagement entschieden. Wie aus Ihrem Fragebogen hervorgeht, haben Sie eine Beteiligung des Personalrats abgelehnt, weil Sie extern beraten und therapiert werden. Das ist Ihr gutes Recht. Über das Eingliederungsmanagement wissen Sie sicher Bescheid: Sie müssen sich nicht gleich voll und ganz dem Stress der Polizeiarbeit aussetzen. Vorgesehen ist, dass Sie vorerst stundenweise wieder in der Soko Gifiz arbeiten und nach und nach in die Vollen gehen.«

»Was meinen Sie mit ›vorerst‹?«

»Das wollte ich Ihnen nachher noch sagen. Aber gut, ich kann Ihnen das auch gleich erklären. Ich will Sie nicht lange auf die Folter spannen. Es geht um ein altes Vorhaben von mir, das ich endlich umsetzen kann. In Absprache mit dem Landeskriminalamt in Stuttgart und mit dem Innenministerium planen wir, der Polizeipräsident und ich, eine Cold-Case-Abteilung aufzubauen. Inzwischen sind wir technisch so gut gerüstet, dass wir alte Fälle besser lösen können. Für diese Arbeit brauchen wir erfahrene Leute wie Sie. Ich habe dem Polizeipräsidenten Personalvorschläge gemacht und ihm empfohlen, Sie zum Leiter der Cold-Case-Abteilung zu bestellen. Er hat bereits zugestimmt. Die Sache ist allerdings noch nicht ganz spruchreif. Es müssen noch einige Hürden beseitigt und Widerstände überwunden werden. Auch intern. Eventuell sind wir gegen Jahresende so weit. Vielleicht sogar schon früher. Es sieht auf jeden Fall gut aus. Mehr kann und darf ich Ihnen noch nicht mitteilen.«

Berger fühlte sich geehrt, dass Winker ihn in die geplante Gruppe holen und mit der Leitung beauftragen wollte. Er wusste, was Cold Case bedeutete: viel Aktenarbeit, wenig Außendienst, enge Zusammenarbeit mit der Forensik. Vor allem unaufgeklärte Tötungsdelikte zählten zu den Cold Cases, den kalten Fällen, aber auch Bankraub, Vergewaltigungen, Vermisste. In Deutschland galten zuletzt fünf Prozent aller Tötungsdelikte als nicht aufgeklärt. Wie viele Cold Cases im Bereich des Polizeipräsidiums Offenburg zu bearbeiten waren, wusste Berger nicht. Das wollte er Winker fragen, aber der redete einfach weiter, in gleichbleibendem, emotionslosem Ton.

»Die Soko Gifiz mussten wir leider verkleinern.«

»Ich habe gedacht, wir bekommen mehr Unterstützung vom Land, um die elf verbliebenen Terroristen zu finden. Ihr ›Meister‹ dürfte die Explosion seines Autos ja kaum überlebt haben.«

»Das können Sie alles vergessen. Unter uns: Diese Zusage des Innenministeriums war wohl nicht ganz ernst gemeint. Eine Beruhigungspille für die Öffentlichkeit und für uns. Die zusätzlichen Kräfte sind schon wieder abgezogen worden mit der einfachen Begründung, dass nach den Anschlägen und Morden und nach der Aufdeckung der christlichen Terrorgruppe Ruhe eingekehrt sei in Offenburg und Umgebung. Das ist nicht falsch. Es gab seither keine neuen Anschläge. Aber es ist auch nicht richtig, denn wir suchen weiterhin nach elf Terroristen. Bisher ohne greifbares Ergebnis. Diese Tatsache widerspricht der Argumentation des Innenministeriums. Dazu kommt die normale Belastung. Wir sind statistisch gesehen in Baden-Württemberg an der Spitze in der Kriminalitätsrate. Ich weiß, das hört sich gebetsmühlenartig an. Aber darüber sieht die Politik schnell hinweg. Wir haben leider keine Lobby. In der Soko werden Sie übrigens viele neue Gesichter sehen. Wir haben überraschenderweise eine rege Fluktuation erlebt. Und Ausfälle. Unser IT-ler Felix Manderscheid zum Beispiel. Seine Freundin, die Assistenzärztin, hat ihn verlassen. Sie hat sich in einen Oberarzt im Klinikum in Freudenstadt verliebt. Das hat er nicht verkraftet. Ich habe ihn für robuster gehalten.«

Mich hast du sicher auch stärker eingeschätzt, dachte Berger.

»Rund sechs Wochen war er krankgeschrieben. Für das Darknet gut, für uns schlecht. Inzwischen hat er sich wieder gefangen. Auch an der Spitze der Staatsanwaltschaft hat es einen Wechsel gegeben. Das haben Sie sicher mitbekommen.«

Berger schüttelte den Kopf. »Nein, das ist wie vieles andere an mir vorbeigegangen.« Ihm hatte die Kraft gefehlt, um sich auf dem Laufenden zu halten und das Interesse an der Außenwelt war gesunken. Seine dunkle Innenwelt war in den letzten Monaten sein einziger Bezugspunkt gewesen.

»Oberstaatsanwalt Dr. Lorenz Taglehner hat sich nach Stuttgart verabschiedet zur Generalstaatsanwaltschaft. Ich muss sagen, ich bin heilfroh. Die Zusammenarbeit bei unserem großen Fall war – sagen wir – verbesserungsfähig. Das haben Sie selbst zu spüren bekommen. Und mit der Bundesanwaltschaft hat er sich auch nicht gut verstanden. Sein Nachfolger ist Dr. Johannes Stenglenz. Er kommt aus Mannheim. Hat einen guten Ruf. Bisher macht er einen souveränen Eindruck. Ist vor allem kooperativ. Und kann zuhören. Er geht nicht mit einer vorgefertigten Meinung an die Fälle heran.«

Winkers Kritik an Taglehner überraschte Berger nicht. Der Kripochef sagte immer deutlich seine Meinung, wenn ihm etwas gegen den Strich ging.

»Alles andere werden Sie nach und nach erfahren. Am ersten Arbeitstag nach der Rekonvaleszenz will ich Sie aber nicht gleich mit den ChrisTer-Fällen belasten.«

»Mit was für Fällen?«

»Entschuldigung! Das können Sie nicht wissen. Wir haben die Fälle, die die Soko Gifiz bearbeitet, der Einfachheit halber mit ›ChrisTer‹ zusammengefasst – christliche Terroristen. Sie untersuchen zunächst einen Fall, der reine Routine ist. Es sieht nach einem tödlichen Unfall aus, muss aber abgeklärt werden. In der Nähe des Mummelsees ist ein argentinischer Tourist bei einem Spaziergang in den Abgrund gestürzt. Die Bergwacht und die örtliche Polizei gehen zwar von einem Unfall aus, sagen aber, dass ihnen ein Absturz an der Unglücksstelle dennoch ungewöhnlich erscheint. Deshalb liegt der Fall jetzt bei uns. Wir müssen prüfen, ob ein Fremdverschulden infrage kommt. Das ist saudumm gelaufen. Wenn Bergwacht und örtliche Polizei ihre Zweifel für sich behalten hätten, wären wir nicht eingespannt worden. Ich bin zurzeit um jeden Fall froh, den wir nicht bearbeiten müssen. Wie auch immer, ändern können wir es ohnehin nicht mehr. Der Argentinier jedenfalls war Gast im Hotel Schatzhauser.«

Beim Stichwort »Schatzhauser« musste Berger sofort an Wilhelm Hauffs berühmtes Schwarzwaldmärchen denken. Noch immer konnte er den berühmten Vers auswendig, mit dem Peter Munk das Glasmännlein ruft: »›Schatzhauser im grünen Tannenwald, bist schon viel hundert Jahre alt. Dir gehört all' Land, wo Tannen stehn, lässt dich nur Sonntagskindern sehn.‹«

Der Kripochef schaute ihn verblüfft an.

Berger entschuldigte sich und fing an zu dozieren: »Sagen Sie bloß, das kennen Sie nicht? Wilhelm Hauff – ›Das kalte Herz‹. Schatzhauser ist ein alter, guter Geist, der den bösen Holländer Michel bekämpft und dafür sorgt, dass der Munk Peter sein richtiges Herz zurückbekommt. Er ist wie ein beschützender Vater und eine moralische Instanz, die verhindert, dass man auf die schiefe Bahn gerät. Schatzhauser steht für sozialen Umgang und Respekt.« Berger besann sich, dass er nicht in einem Literaturseminar saß mit dem Thema »Bedeutung des Märchens ›Das kalte Herz‹ für die spätkapitalistische Gegenwart«.

Winker sagte nur: »Sie sind der Literaturexperte im Haus.«

Berger galt unter Kolleginnen und Kollegen als belesener Mensch und als kulturgeschichtliche Institution, obwohl er nur wenige Semester Germanistik studiert hatte. Aber er war der Literatur treu geblieben, ausgenommen die Zeit der Zusammenbrüche und der Rekonvaleszenz.

Winker musste sich nach Bergers kurzem Ausritt in die Literatur offenbar erst einmal sammeln und fragte: »Über was haben wir gerade gesprochen?«

»Sie haben mir gesagt, dass ich einen Unglücksfall in der Nähe des Mummelsees untersuchen muss.« Dass man Winker so aus der Fassung bringen konnte!

»Richtig.« Winker schien den Gesprächsfaden wiedergefunden zu haben. »Ich muss gestehen, ich habe noch nie etwas von diesem Hotel gehört oder gelesen.«

Berger ging es genauso.

»Sie fahren noch heute zu dem Hotel. Die Anfahrt ist im Navi Ihres Dienstfahrzeugs und auf Ihrem Smartphone gespeichert. Wir haben ein Zimmer im Hotel für Sie gebucht, sicherheitshalber für zwei Übernachtungen. Es ist zwar nicht weit bis dort, aber so können Sie sich in aller Ruhe umsehen und sich auch ein Bild vom Hotel machen. Morgen früh bekommen Sie Unterstützung von Kollegin Tamara Bieger. Für sie ist eine Übernachtung reserviert. Ich denke, dass Sie beide den Fall schnell abschließen können. Die Protokolle von Bergwacht und örtlicher Polizei finden Sie auf Ihrem Smartphone und auf Ihrem Tablet. Die Leiche des Argentiniers ist noch in der Rechtsmedizin in Karlsruhe. Wir haben die argentinische Botschaft verständigt. Über sie läuft alles Organisatorische. Auch die Presse hat eine kurze Notiz bekommen, bisher aber nicht weiter nachgefragt. Sie können den Fall ungestört untersuchen. Alles Weitere, zum Beispiel den Plan zu Ihrer Wiedereingliederung, erfahren Sie von Röschen. Dienstausweis und Dienstwaffe liegen im Vorzimmer für Sie bereit.«

Die ganze Zeit hatte Winker monoton und kraftlos gesprochen. Er beendete seinen Vortrag und Berger wollte schon aufstehen. Doch der Kripochef war nicht fertig. »Ich will noch einmal kurz die Soko Gifiz ansprechen.«

Winker stockte, als ringe er um Worte. Berger verspürte in sich eine Unruhe. Was war nur mit Winker los?

Der Kripochef richtete sich auf und sagte mit noch leiserer Stimme: »In den ChrisTer-Fällen gibt es etwas Merkwürdiges, das mir Sorgen bereitet. Ich will in Ruhe mit Ihnen darüber reden, wenn Sie den Fall im Hotel Schatzhauser bearbeitet und abgeschlossen haben …« Weiter kam Winker nicht mehr. Er sackte ohnmächtig in seinem Stuhl zusammen.

»Winker, was ist los?« Berger sprang auf, rannte zur Tür, riss sie auf und schrie: »Schnell, den Notarzt. Winker ist zusammengebrochen. Schorschi an der Pforte muss das Tor entsichern und aufmachen. Wo ist der verdammte Defibrillator?«

Röschen hatte schon das Telefon am Ohr. »Aus der Tür raus, gleich rechts.«

Berger löste den Defibrillator von der Wand und rannte zurück in Winkers Büro. Er schaltete das Gerät ein, zog Winker vorsichtig aus dem Sessel und legte ihn auf den Boden, machte sein Hemd mit einem Ruck auf und legte die Klebeelektroden des Defibrillators an. Das Gerät kontrollierte selbstständig die Herzströme. Es zeigte an, dass ein Elektroschock nötig war. Berger drückte den entsprechenden Knopf. Der Schock zeigte überraschend schnell Wirkung.

Winker kam wieder zu sich.

Berger hatte sich auf größere Komplikationen eingestellt. »Alles wird gut. Bleiben Sie ruhig. Gleich kommt Hilfe.« Berger redete beruhigend auf Winker ein und hielt seine linke Hand. Bald erklang das Martinshorn des Krankenwagens und wurde immer lauter. Der Notarztwagen erweiterte das Klangbild. Nach kurzer Zeit hörte Berger die Stimmen der Retter und von aufgeregten Kolleginnen und Kollegen auf dem Gang. Er war froh, als er die Verantwortung abgeben und Winkers Hand loslassen konnte, blieb aber im Raum.

Als der Notarzt und die Sanitäter fertig waren, klopfte der Notarzt Berger auf die Schulter. »Ihre schnelle Reaktion hat ihm das Leben gerettet.«

»Und, wie sieht es aus?«

»Gut, denke ich. Den Umständen entsprechend. Natürlich muss er ordentlich untersucht werden. Er wird wieder auf die Beine kommen, wenn nichts Schlimmeres entdeckt wird. Wenn Sie länger als drei Minuten gebraucht hätten, stände es jetzt schlecht um ihn. Nicht jeder Mensch reagiert im Notfall so wie Sie. Ein Profi hätte es nicht besser gemacht.«

Sie legten Winker auf eine Trage und brachten ihn vorsichtig aus dem Raum. Berger musste sich erst einmal setzen. Die Spannung fiel von ihm ab. Der erste Tag der Wiedereingliederung fing ja gut an.

Rosemarie Schöntal kam ins Zimmer, mit Tränen in den Augen. »Wird er wieder gesund?«

»Der Arzt sagt, er komme wieder auf die Beine.«

»Wollen Sie einen Kaffee?«

»Gerne. Möglichst stark.« Den Neustart im Dienst hatte sich Berger anders vorgestellt. Er konnte keinen klaren Gedanken fassen, so geschockt war er. Gleichzeitig spürte er, dass ihm das Lob des Notarztes guttat. Dass er instinktiv das Richtige getan hatte, ohne lang zu überlegen, konnte Berger nicht begreifen.

Die Assistentin stellte den Kaffee auf Winkers Schreibtisch. »Was wird jetzt aus ihm? Kommt er in den Dienst zurück?«

»Ich kann Ihnen das nicht beantworten. Ich bin kein Arzt. Der Notarzt hat mir nur gesagt, es sehe gut aus. Das heißt noch nicht, dass er wieder arbeiten kann. Außerdem muss Winker das selbst entscheiden. Da kann man nur abwarten.« Sprach er von Winker oder über sich selbst?

Kolleginnen und Kollegen drängten in den Raum und wollten Einzelheiten wissen. Sie fragten nicht einmal, wie es Berger nach der langen Auszeit ging, so spannend und aufregend war dieser Moment. Mechanisch erzählte Berger, was passiert war, während sich in seinem Kopf Winkers bedeutungsschwerer Satz »In den ChrisTer-Fällen gibt es etwas Merkwürdiges, das mir Sorgen bereitet« Wort für Wort festsetzte. Sein Kaffee wurde in der Zwischenzeit kalt.

KAPITEL 3

Beinahe hätte Alban Berger die Abfahrt zum Hotel Schatzhauser verpasst. Das kleine Schild, das den Weg wies, war nicht gut zu sehen, vor allem nicht bei diesen Lichtverhältnissen in der beginnenden Dämmerung. Die alte Schrift erschwerte zusätzlich das Lesen. Das Hotel schien keine Gäste anlocken zu wollen.

Er war viel zu spät dran. Der Zusammenbruch von Kripochef Winker hatte den ganzen Tagesablauf verändert. Zu Hause hatte er schnell seine Sachen zusammengepackt und Ariane einen Zettel hingelegt, dass er dienstlich für zwei Tage im Hotel Schatzhauser untergebracht sei. Sie führten seit Monaten eine »verzettelte« Beziehung. Wenn etwas zu erledigen oder mitzuteilen war, schrieben sie es auf ein Blatt Papier oder einen ausgedienten Briefumschlag und platzierten die Information mitten auf dem Esstisch.

Berger trat fest auf die Bremse und lenkte in letzter Sekunde den Wagen nach links auf einen Weg. Schotterstraße mit wassergebundener Decke, schoss es ihm durch den Kopf, so hieß dieser Straßenbelag im Fachjargon und wurde nur bei Wegen mit geringer Verkehrsbelastung aufgebracht, zum Beispiel bei Waldwegen. Das hatte Berger von seinem Bruder Harald gelernt, der Spezialist für Geodäsie, Geodateninformation und Berater von Gemeinden und Landkreisen war.

Bergers schnelles Abbiegen und seine kurze Unaufmerksamkeit brachten den Wagen ins Rutschen, aber er konnte ihn rechtzeitig abfangen und zum Stehen bringen. Allerdings würgte er den Motor ab. Er schaltete aus und wieder ein und fuhr vorsichtig weiter. Langsam musste er es angehen lassen, wie überhaupt alles in seinem Leben nach der Rekonvaleszenz. Was hieß denn Rekonvaleszenz? Dass er in der Endphase der Heilung war. Noch nicht gesund und noch nicht wiederhergestellt. In jeder Faser seines Körpers, in jedem Muskel und im Kopf spürte er das. Aber er war auf dem Weg zu seinem ersten Auftrag. Ein leichter Fall für den Wiedereinstieg.

Ein lauter Schlag unter seinem Auto riss ihn aus den Gedanken. Vermutlich war er über einen Stein gefahren. Konzentriere dich auf die Straße und stoppe deine dunklen Gedanken, beschwor er sich. Die Straße war nicht breit, hatte allerdings in regelmäßigen Abständen unterschiedlich große Ausweichbuchten. Sie schlängelte sich durch einen dichten Tannen- und Fichtenwald, der zum Namen »Schatzhauser« passte.

Nach einer weiteren Biegung musste er erneut scharf bremsen und traute seinen Augen kaum. Hatte er einen Tagtraum?

Vor ihm stand mitten auf der Straße ein großer Wolf und machte keine Anstalten, zu fliehen. Noch nie war er einem Wolf so nahegekommen. Nur einmal hatte er aus sicherer Entfernung Wölfe im Bärenpark bei Bad Rippoldsau-Schapbach beobachtet. In den etwas besseren Zeiten der letzten Monate, wenn die alte Leselust wie eine zarte Frühlingsblume leise erwacht war, hatte er sich unter anderem mit der Debatte über die Wiedereingliederung des Wolfes befasst. Wiedereingliederung! Eingliederungsmanagement für Wölfe! Wie viel Zeit bekam der Wolf, um sich wieder einzugliedern? Drei Monate, sechs Monate, ein Jahr, hundert Jahre? War der Wolf auch ein Rekonvaleszent? Seine Krankheit war doch der Mensch, der ihn in Deutschland ausgerottet hatte. Jetzt, da er zurückkam, fand er ganz andere Lebensräume vor, die nicht mehr seiner Natur entsprachen. Berger fragte sich, ob er auch in einen Lebensraum zurückkehrte, der nicht mehr für ihn geschaffen war. Er fand Wölfe wunderschön, hatte aber großes Verständnis für die Landwirte, die um ihre Schafe, Ziegen und Rinder fürchteten. Der Wolf lebte nun einmal nicht vegetarisch.

Während Berger seinen Gedanken freien Lauf ließ, stand der Wolf unbeweglich da, den Schwanz hatte er nach oben gestreckt, sein starrer Blick richtete sich auf das unbekannte Objekt auf der Straße, die Ohren waren nach vorn gestellt. Das Tier strotzte vor Selbstbewusstsein. Handelte es sich um jenen Wolf, der seit längerer Zeit den Nordschwarzwald durchstreifte? Berger zog sein privates Smartphone aus der linken Brusttasche, klappte den schwarzen Schutz auf und ließ vorsichtig das Seitenfenster herunter. Kalte Waldluft wehte ihm entgegen. Langsam streckte er sich aus dem Fenster und drückte mehrfach auf den Auslöser der Kamera. Der Wolf, dem die Kamerablitze nichts auszumachen schienen, neigte kurz seinen Kopf und richtete ihn wieder auf. Berger schätzte, dass das Tier eine Schulterhöhe von mindestens 75 Zentimetern hatte, wenn nicht noch mehr. Die Schulterhöhe der größten Wölfe betrug 80 Zentimeter, sie lebten im Norden Russlands, in Kanada und Alaska. War es wahrscheinlich, dass Wölfe von Russland bis nach Deutschland wanderten? Eher nicht, wenn die

Wolfexperten recht hatten. Er schaute auf die Bilder, die er vom Wolf geschossen hatte. Sie waren erstaunlich gut. Eigentlich müsste er den Wolf den zuständigen Behörden melden, wollte sich das aber noch überlegen. Vielleicht leitete er die Fotos im Hotel weiter, wenn er eingecheckt hatte.

Berger klappte sein Smartphone zu und sah auf. Der Wolf war verschwunden – wie eine übernatürliche Erscheinung. Aber seine Fotos bewiesen, dass er sich nicht getäuscht hatte. Um ganz sicherzugehen, schaute er sie noch einmal an. Sie ließen keinen Zweifel zu. Er war einem Wolf begegnet, einem erstaunlich großen Wolf.

Als er weiterfuhr, schloss er das Fenster und versuchte, sich besser als bisher auf die Straße zu konzentrieren. Erst jetzt fiel ihm auf, dass an den Straßenrändern und im Wald noch angetauter Schnee lag. Der Weg zum Hotel zog sich endlos hin. Als er die gefühlt hundertste Kurve hinter sich ließ, staunte er.

In rund 200 Metern Entfernung stand ein riesiges, dreieinhalbgeschossiges Haus. Dezente Außenbeleuchtung machte aus dem Gebäude ein unheimliches Gebilde. Berger steuerte auf den halbrunden Parkplatz zu, der sich links vom Hotel befand. Es waren nicht alle Plätze besetzt. Langsam stieg er aus, holte seine schwarze, lederne Reisetasche mit Bügelverschluss aus dem Kofferraum, schloss den Wagen ab und ging zum Eingang. Über der Holztür stand in kräftigen alten Lettern »Hotel Schatzhauser«. Die Schriftart, die auch den Wegweiser zum Hotel geziert hatte, kam Berger bekannt vor. Sie zeichnete sich durch eckige Buchstaben und einen gebrochenen Schreibfluss aus. Es fiel ihm aber nicht sofort ein, wie sie hieß. Auf jeden Fall zog sie die Aufmerksamkeit auf sich und erinnerte an alte Zeiten. Die Eigentümer schätzten offenbar die Vergangenheit.

Er zog die schwere Tür mit Holzgriff auf, was nicht so einfach war. Gastfreundlich wirkte das nicht. Schwabacher! So hieß die Schriftart! Alte Schwabacher Schrift. Sie passte zu dem Namen »Schatzhauser«. Die Schwabacher war im 15. Jahrhundert entstanden. 1498 hatte sie Albrecht Dürer für seine 15 Holzschnitte zur Offenbarung des Johannes verwendet. Obwohl sie mit der Zeit von anderen Schriftarten verdrängt worden war, hielt sie sich bis ins 20. Jahrhundert. 1941 verboten die Nationalsozialisten die offizielle Verwendung der Schriftart und bezeichneten sie als »Schwabacher Judenlettern«. Berger erinnerte sich, dass er eine alte Ausgabe von Wilhelm Hauffs »Das kalte Herz« in der Schwabacher Schrift gelesen hatte.

Der Empfang im Hotel war so kühl wie die Waldluft in der Dämmerung. An der Rezeption nannte er seinen Namen, legte seinen Dienstausweis vor und sagte, dass für ihn ein Zimmer für zwei Nächte reserviert sei.

Der Mann an der Rezeption schaute ihn misstrauisch an. »Guten Tag, wir wissen Bescheid. Ihr Zimmer befindet sich im zweiten Stock, Nummer 21. Bitte füllen Sie den Meldezettel aus.«

Berger beeilte sich mit der Formalität und überreichte dem Mann wortlos das Papier. Wie um einen bösen Geist abzuwehren, streckte ihm der Mann eine gemaserte Holzkugel entgegen, an der zwei Schlüssel hingen, einer für das Zimmer und einer für die Eingangstür. Berger nahm die Kugel aus einer feuchten und kalten Hand entgegen.

»Sie können auch den Aufzug nehmen.«

»Nein, danke«, sagte Berger, »ich schaffe es über die Treppe«, und machte sich auf den Weg in den zweiten Stock. Trotz des gedämpften Lichts in den Gängen, fand er schnell das richtige Zimmer. Es lag über dem Eingangsbereich. Beim Öffnen der Tür schlug die Holzkugel wild hin und her. Mehrmals traf sie die Zimmertür. Falls er sehr spät in sein Zimmer zurückkehrte, durfte er die Holzkugel nicht so schwingen lassen. Als er sich umblickte, musste er zugeben, dass ihm der Raum gefiel. Auf dem hölzernen Schreibtisch lagen Prospekte, obenauf ein Flyer mit der Überschrift »Das Schatzhauser – ein Hotel aus echter Weißtanne«. Daneben mehrere Informationsblätter gleichen Inhalts, aber in verschiedenen Sprachen. Er schaute sich den deutschen Flyer genauer an.

»Sehr geehrte Gäste, unser Haus fühlt sich dem Erhalt der Schöpfung verpflichtet. Deshalb haben wir uns entschieden, das Hotel ausschließlich mit *dem* Holz des Schwarzwaldes zu bauen, mit der Weißtanne, der wichtigsten natürlichen Nadelbaumart dieser Region. Sie ist ein Symbol ewiger Lebenskraft, ein Sinnbild für Schönheit, Stärke und Größe und strahlt Achtung und Würde aus.

Unser Haus besteht aus nachwachsenden Rohstoffen. Dübel aus dem Holz der Rotbuche halten alles zusammen. Diese Rohstoffe binden zu 100 Prozent CO2 und schützen so unsere Erde. Das Holz verbreitet in den Innenräumen ein angenehmes Klima und einen wunderbaren Geruch. Es gleicht die Feuchtigkeit aus und ist bei Berührung immer warm. Schindeln der einheimischen Fichte bilden die Außenhaut unseres Hauses. Im Abendlicht strahlt unser Hotel eine ganz besondere Atmosphäre aus.

Den Namen ›Schatzhauser‹ haben wir bewusst gewählt. Schatzhauser ist der gute Geist des Schwarzwaldes, der vor dem Bösen bewahrt und den Tannenwald und seine Bewohner beschützt. Wir haben in diesem naturgerechten Haus alles so eingerichtet, dass Sie entspannen und in sich ruhen können. Wir legen größten Wert darauf, dass Sie sich nicht gestört fühlen, und wünschen Ihnen einen unvergesslichen Aufenthalt.«

Der Flyer war reich bebildert und zeigte das »Schatzhauser« aus unterschiedlichen Perspektiven. Auf der Rückseite befand sich nur ein Foto, das Hotel im Abendlicht. Es strahlte tatsächlich eine besondere Atmosphäre aus. Als wohltuend empfand Berger diese Atmosphäre aber nicht. Sie hatte etwas Unheimliches. Aber vielleicht verstellte ihm seine Skepsis den Blick auf die Ästhetik des Hotels. Er strich langsam mit seiner rechten Hand über die Wand am Nachttisch. Das Holz fühlte sich tatsächlich warm an.

Berger öffnete seine Bügeltasche und räumte seine Sachen in den begehbaren Wandschrank ein. Die Dienstpistole schloss er im Safe ein und bereitete sich auf die Befragung des Personals und der Gäste vor.

Die Befragungen konnte er nur teilweise führen. Einige der Gäste waren noch unterwegs und kamen vermutlich erst spät zurück ins Hotel, hieß es jedenfalls an der Rezeption. Berger konnte immerhin in Erfahrung bringen, dass der Argentinier so gut wie keinen Kontakt mit anderen Gästen hatte, pünktlich morgens um 8 Uhr zum Frühstück erschienen war, um 12.30 Uhr zum Mittagessen und um 19.30 Uhr zum Abendessen. Am Nachmittag hatte er lange Spaziergänge gemacht, niemand wusste, wohin. Wobei Berger dieser Aussage nicht traute. Wenn der Argentinier im Hotel geblieben war, hatte er sich auf seinem Zimmer, in der Bibliothek oder, bei entsprechender Witterung, auf dem Balkon aufgehalten und eine Zigarre geraucht, einen Cognac und meist noch einen doppelten Espresso getrunken.

Die Angestellten verhielten sich bei der Befragung so zurückhaltend, dass man es als Abwehr interpretieren konnte. Berger hätte genauso gut mit den Holzwänden des Hotels sprechen können. Was hatten sie zu verbergen? Alle ausländischen Gäste waren ebenfalls kurz angebunden. Das lag wahrscheinlich nicht an seinem Schulenglisch, vermutete Berger. Auf der Gästeliste standen neben einigen Südamerikanern auch zwei Deutsche und ein Schweizer. Die deutschen Gäste waren angeblich auswärts. Und der Schweizer gab vor, er sei erst vorgestern angereist. Laut Gästeliste war er aber schon vor fünf Tagen angekommen. Warum hatte er ein falsches Datum genannt? Oder hatte er sich einfach vertan?

Die Befragungen erwiesen sich insgesamt als Fehlschlag. Sie waren zwar nicht entscheidend für die eigentliche Untersuchung des Unglücks, warfen aber ein seltsames Licht auf das Hotel, das Personal und die Gäste. Als Berger mit allen, die zur Verfügung standen, gesprochen hatte, wurde ihm an der Rezeption der Zimmerschlüssel des Argentiniers ausgehändigt. Die Geschäftsführung sei nicht zu erreichen, hieß es. Er hätte sich gerne mit der Geschäftsführung unterhalten, wurde aber vertröstet. Erzwingen konnte er einen Gesprächstermin nicht. Er hatte ja nur den Auftrag, zu prüfen, ob beim Sturz des Argentiniers ein Fremdverschulden auszuschließen war. Dazu musste er an den Unglücksort.

Den konnte er zusammen mit Tammy erst bei Tageslicht untersuchen.

Also nahm sich Berger zunächst das Zimmer des Toten vor. Zwei große Koffer standen links neben der Tür. Das Bett war frisch bezogen, im Badezimmer alles abgeräumt. Auf dem Schreibtisch im Wohnbereich lagen zahlreiche CDs, obenauf Robert Schumanns Opus 35: »12 Gedichte, Sehnsucht nach der Waldgegend«, ein CD-Spieler, ein Kopfhörer, einige Bücher in deutscher und spanischer Sprache, ein großes Etui, das sich als Zigarrenkiste entpuppte, und ein Behälter, in dem Besteck für Zigarren lag. Berger öffnete beide Koffer, die überwiegend Wäsche enthielten. Er breitete den kompletten Inhalt auf dem Bett aus, fand aber nichts Aufregendes oder Verdächtiges.

Das, worauf es ihm vor allem ankam, entdeckte er nicht: moderne Kommunikationsmittel. Heute reiste doch kaum jemand ohne Smartphone, Notebook oder Tablet! Er untersuchte die Koffer nach Zwischenräumen. Nichts. Berger rief den Zimmerservice und fragte, warum hier alles aufgeräumt sei. Das habe die Geschäftsführung so angeordnet. Auch die Koffer müssten bald weg. An ein Smartphone oder ein Notebook oder ein Tablet erinnerte sich der Mann vom Zimmerservice nicht.

Berger hatte sich für 20.45 Uhr zum Abendessen eintragen lassen, was die Rezeption wegen der späten Uhrzeit missbilligend aufgenommen hatte. Aber die Küche hatte bis 21.30 Uhr geöffnet, so stand es jedenfalls im Prospekt. Bei den Befragungen hatte er von einer Bedienung erfahren, dass der Argentinier einen Tisch in einer Ecke des Speisesaales bevorzugt hatte, von dem aus man alles beobachten konnte. Diesen Tisch ließ er sich reservieren.

Die Bedienung hatte in dem Gespräch einen verängstigten Eindruck gemacht. Hatte sich der Argentinier verfolgt gefühlt?

Bis zum Abendessen hatte Berger noch fast eine Stunde Zeit. Die Pause nutzte er, um sich in der Bibliothek umzusehen. Morgen vor dem Frühstück wollte er alle Stockwerke des Hotels anschauen. Die Bibliothek befand sich im Untergeschoss. Mit einer Handbewegung hatte ihm der Mann an der Rezeption den Weg gezeigt. Langsam ging Berger die breite Holztreppe hinunter, die mit einem dicken dunkelgrauen Teppich ausgelegt war, der jedes Geräusch schluckte. Die Betreiber des Hotels, die in ihrem Prospekt die Stille priesen, trieben die Lautlosigkeit auf die Spitze. Am Ende der Treppe befanden sich rechts die Toiletten, gegenüber zwei Privaträume. Ein Stück weiter passierte Berger einen Raum, an dem ein Schild mit der Aufschrift »Meditation« angebracht war. Es folgten links ein Gebetsraum und rechts ein Seminarraum. Der Gang endete an der Bibliothek. Er drückte die Klinke.

Lautlos schwang die Tür auf und gab den Blick frei auf einen riesigen Raum, der an den Wänden voll von Büchern war, vom Boden bis zur Decke. Alles war ausgefüllt mit kerzengerade aneinandergereihten Büchern, die stolz ihren Rücken präsentierten. In jeder Ecke standen ein Sessel und ein Lesetisch mit einer nostalgischen Lampe. An jeder Wand war eine Leiter aus Holz angebracht, die man an einer Stange hin- und herschieben konnte. Zahlreiche Lämpchen leuchteten den Raum so aus, dass man die Bücherrücken gut betrachten konnte. Trotzdem wirkte das Licht unaufdringlich. Auf den ersten Blick schon sah Berger, dass es sich um wertvolle Bücher handelte. Es mussten mehrere Tausend sein. Solch einen ungewöhnlichen und gepflegten Bestand hatte er bisher nur in einem Antiquariat in Freiburg gesehen, in der Salzstraße.

Eine Wand war ausschließlich mit religiösen Werken und Bibelausgaben bestückt. Alle Bücher auf dieser Wandseite zeigten kaum oder gar keine Gebrauchsspuren auf dem Rücken, zumindest auf den ersten Blick. Berger ging die Reihen durch. In der vierten von unten fiel ihm eine Ausgabe besonders auf, die ihm bekannt vorkam. Er zog sie vorsichtig heraus. Kein Wunder, dass sie ihm aufgefallen war: eine Elberfelder Bibel von 1905. Eine solche Ausgabe hatte bei den ChrisTer-Fällen in der Soko Gifiz eine Rolle gespielt. Berger blätterte in dem alten Buch. Es war doch nicht so unversehrt, wie er vermutet hatte. Ein Blatt war herausgetrennt. Berger blätterte weiter und entdeckte, dass ein zweites Blatt fehlte.

»Was tun Sie hier?«, fragte eine scharfe, unangenehme Stimme, die einen leicht schrillen Unterton hatte.

Berger ließ sich nicht anmerken, dass ihn die Stimme erschreckt hatte, und drehte sich langsam um. Eine schlanke, hagere Gestalt, so groß wie er, mit einem strengen Gesicht und angegrauten kurzen Haaren stand vor ihm wie eine Bedrohung. »Sie sehen doch, dass ich mich für die Bücher interessiere. Das ist eine Bibliothek, die für alle Gäste offen ist, nehme ich an. Oder täusche ich mich? Habe ich ein Verbotsschild übersehen?«

Keine Antwort. Berger zog seinen Dienstausweis aus der Hosentasche und zeigte ihn dem Mann in schwarzen Schuhen, schwarzer Leinenhose und einem dicken schwarzen Rollkragenpullover.

»Hat Ihr Aufenthalt hier unten etwas mit Ihren Ermittlungen im Hause zu tun?«

Er war also doch nicht völlig verstummt. Und voll informiert.

»Vielleicht eher mit meinem Interesse für alte Bücher und besondere Ausgaben. Allerdings hat sich, so viel ich erfahren habe, der verunglückte argentinische Gast oft hierher zurückgezogen. Insofern hat mein Besuch auch mit den Ermittlungen zu tun. Aber davon abgesehen: In Bibliotheken entdeckt man immer wieder Neues und ungeahntes Altes. Manche Bücher offenbaren mehr Geheimnisse, als man denkt.«

Ob der Mann die Anspielung verstand?

»Aber ich schaue mich in allen Räumen des Hauses um, in denen sich Ihr verstorbener argentinischer Gast aufgehalten hat. Das ist reine Routine, seien Sie beruhigt. Und wenn ich so wunderbare Bücher sehe, ist es aus mit der Routine. Reicht Ihnen das als Erklärung?«

Der Schwarzgekleidete antwortete nicht, sondern verließ geräuschlos den Raum.

Berger blätterte wieder in der alten Elberfelder Bibel. Fast eine Viertelstunde beschäftigte er sich mit dem Buch. Zu seiner Überraschung blieb es nicht bei den fehlenden zwei Blättern. Insgesamt elf waren fein säuberlich herausgetrennt worden. Warum tat jemand so etwas? Er hasste es, wenn Bücher geschändet wurden. Berger notierte sich die fehlenden Seiten in seinem kleinen Notizbuch. Er fragte sich, warum ausgerechnet elf Blätter aus der alten Bibel gerissen worden waren. Hatte die 11 eine besondere Bedeutung? Wenn er wieder im Präsidium war, wollte er sich mit den fehlenden Blättern und der Zahl Elf beschäftigen, schließlich sollte er wieder in der Soko Gifiz arbeiten.

Auf jedem Lesetisch lag ein Programmheft in der Schwabacher Schrift. Auf der Vorderseite stand nur »Erbaulichkeit«. Auf den zwei Innenseiten waren Seminare und Referate für das erste Halbjahr aufgelistet. Ein Referat fiel Berger besonders auf. »Staat ohne Tapferkeit, Referent: Dr. Theobald Lenzen, ehemaliger Landesbischof.« Was wollte ein ehemaliger Bischof über einen mutlosen Staat erzählen? Das Referat war schon im März gehalten worden. Berger nahm das Programm mit und wollte sich später ausführlich mit den Seminaren und Referaten und vor allem den Referenten beschäftigen. Das Abendessen wartete auf ihn.

Er saß am Lieblingstisch des Argentiniers und blickte in den Raum. Nur die Hälfte der Tische war besetzt. Die Gäste unterhielten sich in ruhigem Ton, der kaum zu den anderen Tischen durchdrang, ganz im Sinne der Hotelleitung. Auf eine Beschallung des Raumes durch Hintergrundmusik wurde verzichtet, was Berger sehr begrüßte. Ein Kellner brachte ihm die Speisekarte. Die Rückseite zeigte das Hotel im Abendlicht, wie auf dem Flyer. Er klappte die großformatige Karte auf. In Spanisch, Portugiesisch, Englisch und Deutsch erklärte das Haus die Philosophie der Küche: »Die Kochkunst des Hotels Schatzhauser beruht auf dem Kreislauf der Schöpfung. Achtsamkeit steht bei uns im Vordergrund. Auf unserem Speiseplan finden Sie natürliche und biologische Produkte der Saison und der Region. Wir bereiten sie liebevoll und mit höchster Wertschätzung der Natur zu. So schaffen wir einen einzigartigen Geschmack, der Körper und Geist stärkt sowie die Kraft und die Einzigartigkeit der Schöpfung zur Geltung bringt.« Berger war erstaunt über das Angebot und gespannt, ob die Küche das Versprechen halten konnte.

Nach dem köstlichen, aber doch gewöhnlichen Abendessen eines guten Restaurants, legte sich Berger auf sein Bett und las die Referentenliste im Programmheft. Auf seinem Tablet recherchierte er nach Dr. Theobald Lenzen, dem ehemaligen Landesbischof. Lenzen hatte sich während seiner Studienzeit journalistisch betätigt, in Zeitschriften der Neurechten. Nach Examen und Doktorarbeit hatte er sich hochgearbeitet bis zum Bischof einer ostdeutschen evangelischen Landeskirche. Er bezeichnete sich als Kontrapunkt zum liberalen Mainstream in der Kirche. Seinen Aufstieg verdankte er unter anderem seinem Redetalent. Obwohl er gegen die Ehe für alle kämpfte, von der Aufweichung des Staates sprach, die offene Gesellschaft infrage stellte, mehr Gottesbezogenheit und mehr Abgrenzung in der Kirche und zu anderen Religionen forderte, war er zum Bischof gewählt worden. Als Artikel aus seiner Vergangenheit aufgetaucht waren, die seine rechte Haltung belegten, und es in der evangelischen Kirche zu rumoren begonnen hatte, war er zurückgetreten. Schuldbewusstsein zeigte er nicht. Er warf seinen Kritikern Hetzkampagnen vor und Feigheit vor der Auseinandersetzung um den richtigen Weg der Kirche. Der Rücktritt war für Lenzen jedoch kein Abschied von der öffentlichen Bühne. Er nutzte seine neu gewonnene Freiheit, trat als Redner und Vordenker eines strengen Protestantismus auf und füllte die Säle. Als habe man auf ihn gewartet. Ein Kommentator schrieb, die Menschen lechzten geradezu nach seinen Worten und Botschaften.

Auch die anderen Referenten auf der Liste, darunter evangelische und katholische Theologen, Politiker und ein Amerikaner, der verschiedene Regierungen beraten hatte, vermittelten in ihren Beiträgen ein ähnliches Welt- und Menschenbild wie der ehemalige Bischof: Stopp der Masseneinwanderung von Muslimen, Kampf gegen die gottlose Gesellschaft der liberalen Eliten auf der Welt, Rückkehr zu den wahren christlichen Werten. Der Amerikaner war als letzter Referent des ersten Halbjahres vorgesehen. Sein Thema: »Gladiatoren einer neuen christlichen Kultur«.

Alle Referenten, die Berger im Netz ausfindig machen konnte, beriefen sich nicht auf jüdisch-christliche Traditionen und Werte des Abendlandes, sondern nur auf christliche. War das »Schatzhauser« eine heimliche Ideologie- und Kaderschmiede? Ihn fröstelte, er klappte das Tablet zu, trank einen Schluck Wasser, machte das Licht aus und schlüpfte unter die Bettdecke. Gleich wurde ihm wieder wärmer.

KAPITEL 4

Die Balkontür stand offen. Frische Morgenluft zog herein, ein leichter Wind blähte den Vorhang etwas auf. Er hatte überraschend gut geschlafen. Nicht ein einziges Mal war er aufgewacht, bevor der Wecker seines privaten Smartphones ihn aus dem Schlaf holte. An Träume konnte er sich nicht erinnern. War die Nacht der erste Schritt zur allgemeinen Besserung seines Zustandes, nicht nur zur punktuellen? Oder hatte die Waldluft seinen Körper und seinen Geist »gereinigt«? Oder hatte die »achtsame« Kochkunst doch Wirkung gezeigt?

Gleich nach dem Aufstehen sah sich Berger vor und hinter dem Haus um. Der Weg, auf dem er gekommen war, endete am Hotel. Gestern Abend war ihm das nicht aufgefallen. Rechts hinter dem Haus war eine breit angelegte Garage in den Hang gebaut. Sie war verschlossen. Als er wieder zum Eingang zurückgehen wollte, kam ihm der hagere Mann mit der unangenehmen Stimme entgegen, der ihn gestern in der Bibliothek angesprochen hatte.

»Hinter dem Hotel hat sich der argentinische Gast nie aufgehalten«, sagte er.

»Danke für den wichtigen Hinweis«, antwortete Berger und schlenderte an dem Hageren vorbei. Er stand also unter Beobachtung.

Im Hotel ging er Stockwerk für Stockwerk ab. Unter dem Dach befanden sich links und rechts des Flurs Räume, die nicht zugänglich waren. Ein dickes Seil spannte sich am Treppenaufgang von einer Seite zur anderen, an dem ein Schild hing. In vier Sprachen war darauf zu lesen: »Privat! Durchgang nicht gestattet!« Doch auch von hier unten aus sah Berger ein Stück weit in den Flur mit den angrenzenden Zimmern hinein. Er hätte gerne gewusst, wer die Räume nutzte und wozu. Eine Weile blieb er stehen. Es war nichts zu hören, es öffnete sich auch keine Tür.

Enttäuscht ging er zurück auf sein Zimmer, machte sich Notizen und bereitete sich auf das Treffen mit Tammy vor. Währenddessen hörte er ein Motorrad vorfahren. Dem Sound nach konnte es nur die schwere italienische Maschine von Tammy sein. Sie hatten sich auf 9 Uhr im Frühstücksraum verabredet. Er zog den Vorhang ein wenig zurück und sah, wie Tammy auf den Parkplatz neben sein Dienstfahrzeug rollte und den Motor abstellte. Schwungvoll stieg sie ab und bockte die Maschine mit Leichtigkeit auf, schaute sich kurz um, nahm ihren Helm ab und schüttelte ihr Haar. Anschließend schälte sie sich aus ihrer schwarzen Lederkleidung. Diese »Entpuppung« erregte ihn. Er wartete, bis sie die Lederkleidung ausgezogen und sich in ein anderes Wesen verwandelt hatte, dann verließ er sein Zimmer und ging ihr entgegen.

Draußen vor dem Eingang zum Hotel umarmten sie sich. Tammy hatte wieder dieses bezaubernde Parfüm aufgetragen. Sie schulterte ihren Rucksack, folgte Berger an die Rezeption und checkte ein. Der Empfang fiel so frostig aus wie bei Berger. Im Frühstücksraum suchten sie sich einen Platz, an dem sie sich ungestört unterhalten konnten. Das war nicht schwer, denn es saßen nur wenige Gäste im Raum.

Tammy fragte Berger im Flüsterton: »Sag mal, gibt es hier im Hotel nur Männer?«

»Unter den Gästen, die ich gesehen habe, ist keine einzige Frau. Es gibt aber Toiletten für Frauen.«

»Das heißt, ich bin die einzige Frau im Haus?«

»Bei der Befragung gestern hatte ich mit drei Kellnerinnen zu tun. Der Zimmerservice ist männlich. Wie es mit dem Reinigungspersonal aussieht, weiß ich nicht.«

»Das ist ja mehr als komisch.«

»Das ist nicht das einzig Komische in diesem Haus.«

Sie holten am Buffet Brötchen, Käse, Wurst und Marmelade und ließen sich am Tisch Kaffee einschenken, von einer Frau. Erst als sich die Bedienung zurückzog, begannen sie mit ihrem Gespräch, jedoch so leise, dass niemand mithören konnte. Tammy wollte als Erstes wissen, wie es Berger ging.

»Es geht langsam aufwärts. Aber ich merke, dass ich aufpassen muss. In der Nacht habe ich erstaunlich gut geschlafen. Zum ersten Mal seit langer Zeit. Normalerweise wälze ich mich stundenlang hin und her und komme immer wieder ins Grübeln.« Fragen nach seinem Gesundheitszustand schmerzten ihn, körperlich und seelisch, auch nach dieser ruhigen Nacht war es nicht anders. Meistens wich er aus, gab eine oberflächliche Antwort oder wechselte schnell das Gesprächsthema.

»Und wie geht's deiner Frau?«

»Ariane hat sich gut erholt, sehr gut sogar. Sie hat die Krebsoperation ohne Probleme überstanden. Die Ärzte sagen, sie sei vollständig vom Brustkrebs geheilt. Sie geht wieder voll in ihrer Arbeit auf.« Wegen mir, um mein

Elend nicht sehen zu müssen, dachte er, sprach es aber nicht laut aus. »An manchen Tagen sehe ich sie nicht einmal am Abend. Sie ist zur Cheflektorin aufgestiegen, was ihr kaum noch Freizeit lässt. Und wie steht es mit dir?« Tammy sah gut aus, als wäre sie gerade aus dem Urlaub gekommen.

»Ich kann mich nicht beklagen. Mein Leben ist gut ausgefüllt, zum größten Teil natürlich beruflich. Ich mache viele Sondereinsätze oder zusätzliche Dienste. Aber ein bisschen Freizeit bleibt immer – und die genieße ich in vollen Zügen.«

»Im Privatleben also alles in Ordnung?«

»Eigentlich schon.« Das klang nicht sehr überzeugend. Tammy sah es an Bergers fragendem Blick. Sie hätte das Wort »eigentlich« nicht benutzen dürfen. Es verhielt sich wie ein Chamäleon und relativierte je nach Zusammenhang eine Aussage. Aber Tammy meinte, noch etwas anderes zu bemerken. Sie hatte das Gefühl, dass Berger etwas loswerden wollte.

»Ich muss oft daran denken, wie du im vergangenen Jahr am Gedenkstein für Georg Rackert beim Gifizsee in Tränen ausgebrochen bist. Seither haben wir uns nicht mehr gesehen. Erinnerst du dich noch? Wie lange ist das jetzt her?«

»Etwas mehr als ein halbes Jahr.«

»Wir waren alle erschüttert: die Schwester von Georg, ihr Partner, du – natürlich auch ich. Ich hätte dich damals gerne etwas gefragt. Aber ich habe nicht den Mut gehabt.«

»Hast du jetzt den Mut?« Sie konnte sich vorstellen, was er fragen wollte.

»Seid ihr tatsächlich ein Paar gewesen, wie im Dienst gemunkelt wurde?«

Warum wollte er das ausgerechnet jetzt wissen? Waren seine Schuldgefühle der Grund? Sie ließ lange mit der Antwort auf sich warten, schnitt ein dunkles Brötchen auf, bestrich es sorgfältig mit Butter und belegte es mit einer Scheibe Bergkäse, biss hinein und kaute betont langsam, bevor sie aufsah. Ihre Augen hatten einen wässrigen Schimmer.

Er hätte sie nicht so direkt fragen dürfen, warf sich Berger vor. Das war kein gelungener Beginn ihres ersten Treffens nach so langer Zeit. Was hatte ihn geritten, eine so intime Frage zu stellen? Gerade wollte er sich entschuldigen, doch da hob sie zu einer Antwort an.

»Das hat dich wohl sehr beschäftigt. Wenn du mich siehst, kommt dir gleich Georg in den Sinn? Du verknüpfst Ereignisse und Menschen und kannst sie nicht mehr trennen. Ist es so?« Sie klang etwas spitz und aufgeregt. »Ja, wir waren ein Paar, wie es viele im Präsidium vermutet hatten. Aber wir haben uns nicht getrennt, denn auch das machte wohl die Runde. So viel zu deiner Frage.« Sie biss wieder in ihr Brötchen und sagte mit vollem Mund: »Wir haben nicht die einfachste Beziehung gehabt. Und wir haben auch nicht zusammengelebt, wie man es von einem normalen Paar erwartet. Jeder hat seine Wohnung gehabt. Seine und meine Eltern haben von unserer Beziehung nichts gewusst. Wir haben uns Zeit lassen wollen. Viel Zeit. Manchmal haben wir uns tagelang nicht gesehen. Und manchmal sogar Wochen. Wie in der Zeit vor seinem Tod.« Sie aß ihr Brötchen vollends auf und wischte sich mit der Serviette den Mund ab.

Berger saß still und geduldig da und wartete ab. Er wollte nichts sagen. Der Schaden, den er soeben angerichtet hatte, war schon groß genug.

»Wenn sich Georg in etwas vergraben hat wie in den Fall der christlichen Terroristen, hat er nichts anderes mehr wahrgenommen. Er hat auf keine Anrufe reagiert, auf keine Mails, auf keine WhatsApp-Nachricht. Nur ein Ziel hat er im Auge gehabt: die Terroristen fassen. Ich habe damals verzweifelt versucht, ihn zu erreichen. Keine Chance. Auch im Präsidium hat er sich in Luft aufgelöst. Auf seine Art ist er ein Fanatiker gewesen. Du hast ihn ja ein Stück weit so erlebt.«

»Ein bisschen. Ich habe ihn aber nicht für fanatisch gehalten, sondern für hartnäckig. Ziemlich hartnäckig sogar. Allerdings habe ich nicht viel von ihm gewusst. Im Dienst haben wir wenig über Privates gesprochen.«

»Als Partner ist er ein faszinierender und liebevoller Mensch gewesen.«

»Entschuldigung.«

»Du musst dich nicht entschuldigen.« Sie wischte sich mit der Serviette die Tränen aus den Augen. Warum hatte Berger ihr diese Frage gestellt, die sie so aufwühlte? Sie verstand sein Verhalten nicht ganz. Fragte er, weil sie nicht zu Georgs Beisetzung eingeladen war? Seine Eltern hatten nichts von ihr gewusst. Oder weil sie damals am Gedenkstein so geweint hatte und beinahe zusammengebrochen wäre? Weil sie beim Blick auf den toten Georg im Amphitheater am Gifizsee scheinbar keine Regung gezeigt hatte? Der Anblick hatte sie geschockt, mechanisch hatte sie ihre Arbeit verrichtet. Zu Hause hatte sie sich auf ihr Bett geworfen und auf das Kopfkissen eingeschlagen, bis es geplatzt war. Sie vermisste Georg. Manchmal schwor sie den Tätern Rache. Solche Gedanken hatte sie früher nie gehabt. Das hätte ihrer Berufsauffassung und ihrem Ethos widersprochen. Aber seit Georgs Tod hatte sich vieles geändert, auch ihre Einstellung zur Rache. Sie wusste, dass Rache nichts anderes war als die bittere Tatsache einer offenen Wunde. Und die Wunde heilte nicht, solange sie an Rache dachte. Aber auch ohne diese Gedanken würde sie sich nicht schließen. Ihr Verstand sagte ihr, dass vollendete Rache vor Gericht als niedriger Beweggrund gewertet wurde. Trotzdem ließ sie die Gedanken immer mehr zu, weil ihre Gefühle etwas anderes sagten. Und ihre Gefühle wurden immer stärker.

Schweigend saßen sich zwei verletzte Menschen gegenüber, aßen ihre Brötchen und tranken ihren Kaffee. Berger kannte diese stummen Szenen von zu Hause. »Stille Messe« nannte das seine Mutter, wenn in der Partnerschaft das Gespräch verstummte.

Nach dem zweiten Brötchen schien sich Tammy gefasst zu haben. Sie erzählte Berger, dass man im Präsidium voller Bewunderung von seiner schnellen Reaktion sprach, nachdem Winker zusammengebrochen war.

»Aber das hätte doch jeder getan«, beschwichtigte Berger.

»Das bezweifle ich. Ich weiß nicht, ob ich das Gerät hätte richtig bedienen können.«

»So schwer ist das nicht. Es erklärt sich fast von selbst. Ich muss jedoch zugeben, dass ich in der Reha Erste Hilfe und die Bedienung des Defibrillators geübt habe.«

»Das hätte ich auch nötig. Jedenfalls sind alle froh, dass Winker durch deine schnelle Hilfe keinen schweren Schaden davongetragen hat. Hoffen wir, dass nichts nachkommt.«

»Wer übernimmt jetzt seine Aufgaben?«

»Vorerst kommissarisch Firner. Übrigens: Zwischen Firner und Winker muss es neulich fürchterlich gekracht haben.« Tammy sprach so, als belaste sie nichts, als hätten sie sich nicht über schmerzhafte Dinge unterhalten. »Winker hat in einer Morgenbesprechung angedeutet, dass er vielleicht bis zu seinem 63. Geburtstag im Dienst bleibt – entgegen seiner ursprünglichen Aussage, vorzeitig mit dem 60. Lebensjahr aufzuhören. Und jetzt will er nichts mehr davon wissen. Da ist Firner wohl der Kamm geschwollen. Alle wissen ja, dass er Kripochef werden will, und zwar möglichst bald. Als dann Winker noch mitgeteilt hat, dass im Offenburger Polizeipräsidium vermutlich in nächster Zeit eine Cold-Case-Gruppe aufgebaut wird, ist Firner geplatzt und hat geschrien, das könne nicht sein in einer Zeit, in der man wenig Personal habe und schwierige Fälle nicht gelöst seien. Und überhaupt frage er sich, wie viele alte Fälle es im Bereich des Polizeipräsidiums Offenburg gebe und ob man die unbedingt in dieser prekären Situation aufklären müsse, in der der Druck auf die Soko so groß sei. Das war natürlich nicht sehr klug. Keiner hätte das von Firner erwartet. Winker hat anscheinend ganz ruhig reagiert und Firner entgegengehalten, dass man alle schwierigen Fälle lösen müsse, auch die der Vergangenheit. Darauf hätten die Angehörigen von Opfern und der Rechtsstaat Anspruch. Es sei gerade für die Angehörigen ungeheuer wichtig, zu wissen, dass der Fall gelöst sei. Das bedeute für sie, Frieden finden zu können. Dutzende schwere Verbrechen im Bereich des Polizeipräsidiums seien bis heute nicht geklärt. Das müsse Firner doch wissen. Dummerweise hat Winker noch einen draufgesetzt und mitgeteilt, dass er in Absprache mit dem Polizeipräsidenten dich zum Chef der Cold-Case-Gruppe machen will.«

»Das hat er mir auch gesagt.«

»Das hat Firner noch mehr in Rage gebracht. Man brauche jeden. Und dass du auf Wiedereingliederung bestehst, hat er überhaupt nicht verstanden. Später hat er wohl in kleinerem Kreis gesagt, wer in dieser schwierigen Zeit nicht auf die Wiedereingliederung verzichte, sei unkollegial und ein Weichei.«

Das war ein Schlag in die Magengrube. Erzählte ihm Tammy das jetzt, weil er vorhin so ungeschickt nach ihrer Beziehung zu Georg gefragt hatte? Sie war doch kein Mensch, der sich mit einer Gegenattacke revanchierte. War das überhaupt eine Attacke? Vielleicht wollte sie ihn nur darüber in Kenntnis setzen, was Firner von ihm dachte. Firner! Sie waren nie Freunde gewesen, sich aber immer mit größtem Respekt begegnet. Warum diese Wende?

»Alban, hörst du mir zu?«

»Ja.«

»Das habe ich alles aufgeschnappt. Ich bin nicht bei der Besprechung gewesen, als Firner und Winker aneinandergeraten sind, sondern bei einer Prüfung.«

»Bei was für einer Prüfung?«

»Super-Recognizer.«

»Super-Recognizer?« Berger konnte es nicht glauben. Er hatte schon öfter von diesen Spezialisten gehört und einiges über sie gelesen, aber nicht viel behalten. Bisher war ihm an Tammy diese seltene Begabung nicht aufgefallen. Aber das hatte nichts zu sagen. »Wie kommst du auf Super-Recognizer?«

»Reiner Zufall. Ich habe gehört, dass auf Landesebene geplant ist, nach dem Beispiel der Münchner Polizei eine Projektgruppe Super-Recognizer aufzustellen. Tja, dann habe ich nachgefragt und mich beworben.«

»Mir ist nur nicht klar, wie du entdeckt hast, dass du für dieses Projekt geeignet sein könntest.«

»Ich habe ein sehr gutes Personengedächtnis und kann Gesichter speichern, um es vorsichtig zu formulieren. Aber so richtig bewusst geworden ist mir das erst jetzt mit dieser Projektgruppe.«

»Hast du ein Training absolvieren müssen?«

»Nein. Trainieren kann man so etwas nicht, ist uns erklärt worden. Aber es gibt Versuchsreihen, Kurz- und Langzeiterinnerungstests, um festzustellen, ob man wirklich diese Begabung besitzt. Ein Psychologe hat uns gesagt, dass nur zwei Prozent der Bevölkerung diese Fähigkeit haben.«

»Und wie läuft so etwas genau ab? Ich meine die Wiedererkennung von Menschen.«

»Also ich hoffe, ich bekomme das noch zusammen, was wir gelernt haben. Das menschliche Gehirn besteht aus Regionen. Bei der Gesichtserkennung arbeiten mehrere Regionen zusammen. Das eigentliche Sehzentrum befindet sich im Hinterhauptlappen. Der Sehnerv im Auge nimmt Informationen auf, das Sehzentrum im Hinterhauptlappen verarbeitet sie und leitet sie an die nachrangigen Sehzentren weiter. Und die wiederum setzen sie so zusammen, dass sich daraus ein dreidimensionales Bild entwickelt. Und mit diesem Bild kannst du vertraute Gesichter wiedererkennen. Selbst aus verschiedenen Blickwinkeln. Besonders wichtig dabei ist der Gyrus fusiformis. Wenn der geschädigt wird, sieht es schlimm aus. Dann kannst du zwar jedes Gesicht als Gesicht erkennen, aber du kannst es nicht mehr dem Menschen X oder Y zuordnen. Und dieser Gyrus fusiformis –«

»Hört sich an wie eine griechische Mahlzeit.«

Tammy ließ sich von Bergers Versuch, witzig zu sein, nicht aus der Ruhe bringen. »... scheint bei Super-Recognizern sehr stark vernetzt zu sein. Aber so ganz genau kennt man die Zusammenhänge noch nicht. Nach den ersten Versuchsreihen haben sie uns erst einmal die Illusion genommen, ein ganz besonderer Menschenschlag zu sein. Wir haben keine übernatürlichen Fähigkeiten. Aber wir sind besser als die Software zur Gesichtserkennung. Das Pech ist, dass unsere Erkenntnisse vor Gericht nicht gelten.«

»Aber euer Beitrag ist entscheidend beim Aufspüren von Verdächtigen.«

»Und genau deshalb will man eine solche Gruppe aufbauen. Die Trefferquote der Münchner Spezialisten ist mit rund 90 Prozent nämlich sehr hoch. Die Erfahrungen in London, dort ist vor zehn Jahren die erste Recognizer-Einheit aufgebaut worden, und in München zeigen, wie effektiv diese Spezialisten sind. Sie können Menschen wiedererkennen, die sie nur ein einziges Mal gesehen haben, zum Beispiel im Vorübergehen. Selbst wenn sich das Aussehen des Betreffenden deutlich verändert hat, können Super-Recognizer ihn nach langen Jahren identifizieren. Sogar spärliche visuelle Informationen wie alte unscharfe Fotos oder Filme und Bilder mit schlechter Auflösung sind kein Hindernis. Nach der Silvesternacht von 2015 hat die Kölner Polizei britische Spezialisten geholt, um übergriffige Täter zu fassen. Und in Hamburg helfen bayerische Recognizer bei der Aufklärung von Straftaten, die während des G20-Gipfels 2017 begangen worden sind. Allerdings: Wenn die Algorithmen für Gesichtserkennung sich weiter verbessern, werden wir wahrscheinlich schnell überflüssig.

Dann sind wir nicht mehr weit vom Überwachungsstaat entfernt. Aber so weit ist es noch nicht. Jetzt warte ich die Endausscheidung ab, dann werden wir über unsere Einsätze aufgeklärt. Da bin ich mal gespannt. Möglicherweise werden wir zunächst bei Bundesligaspielen gegen Hooligans eingesetzt.«

»Tammy, ich bin sprachlos!«

»Ich auch, ich kann es noch gar nicht richtig fassen. Ich hätte nie gedacht, dass ich in die Endauswahl komme. Und außerdem: Ich werde wieder studieren. Kriminalpsychologie. Eigentlich ist es ja Rechtspsychologie.«

Warum versetzte ihm das einen Stich? »Gehst du weg?«

»Nein. Das läuft nebenbei, in Heidelberg. Ich pendle hin und her. Das Studium dauert nicht so lange, weil mir die fünf Semester Psychologie angerechnet werden.«

»Und was ist der Grund dafür, dass du doch weitermachst mit Psychologie?«

»Irgendwann habe ich mich gefragt, warum ich das Studium aufgegeben habe.«

Eine Frage, die sich Berger in den letzten Monaten auch gestellt, aber gleich wieder verworfen hatte. Was hätte er mit Germanistik anfangen können?

»Aber die Entscheidung damals war richtig, denn die Polizeiarbeit fesselt mich nach wie vor. Ich will jedoch mehr über Täter und ihre Motive erfahren. Wichtig ist mir auch die Opferforschung. Und die Beziehung zwischen Opfer und Täter.«

»Da kommt ja einiges auf dich zu. Wie sieht es denn in Zukunft mit der Freizeit aus? Du wirst sicher auf vieles verzichten müssen.«

»Am meisten schmerzt mich, dass ich etliche Motorradausflüge streichen muss.«

»Das glaube ich gerne. Aber sag mal, können wir noch mal auf Firner zurückkommen?« Es brannte ihm unter den Nägeln, mehr über Firner zu erfahren. »Nach Winkers Zusammenbruch ist doch davon auszugehen, dass die Nachfolge rascher geklärt wird, als wir denken. Glaubst du, dass Firner Chancen hat?« Firner als Kripochef – diese Vorstellung konnte Berger nicht ertragen.

»Noch steht ja nicht fest, wieso Winker zusammengebrochen ist. Aber ein Warnzeichen ist das allemal. Ich glaube, dass er in den Ruhestand geht. Ob Firner Chancen hat? Sein missglückter Auftritt neulich hat sich rumgesprochen. Ich denke, bis nach ganz oben. Da hat er sich keinen Gefallen getan, auch nicht mit seinen Äußerungen über die Cold-Case-Pläne. Die stammen von Winker und werden vom Polizeipräsidenten voll unterstützt. Manchmal habe ich das Gefühl, dass sich Firner als den geborenen Nachfolger von Winker sieht und alles andere ausblendet. Er muss aufpassen, dass ihm nicht einer oder eine von außen vor die Nase gesetzt wird. Von innen hat er wohl keine Konkurrenz zu befürchten. Ich kenne jedenfalls niemanden aus unseren Reihen, der ihm die Nachfolge streitig machen will. Zu seiner Ehrenrettung muss man natürlich sagen, dass er als Soko-Leiter wahnsinnig unter Druck steht. Er ist ohne Zweifel ein sehr guter Kriminalist. Dass die Soko Gifiz keinen Erfolg hat, wird in erster Linie ihm angekreidet. Er und Winker stehen im Blickpunkt der Presse, wenn es um die ChrisTer-Fälle geht. Nicht jeder würde den Druck aushalten.«

Berger kam ein weiterer Gedanke. »Tammy, mir fällt noch etwas ein. Winker hat mir gesagt, dass es im Gifiz-Fall beziehungsweise in den ChrisTer-Fällen etwas Merkwürdiges gebe, über das er mit mir unter vier Augen reden müsse. In dem Augenblick ist er zusammengesackt. Kannst du dir erklären, was er damit gemeint hat? Ich habe bisher keine Gelegenheit gehabt, die Unterlagen zu den Gifiz-Morden zu studieren. Ich meine, zu den ChrisTer-Fällen, wie ihr sie jetzt nennt. Das Wort will nicht in meinen Schädel. Hast du etwas Auffälliges entdeckt? Ich überlege schon die ganze Zeit, was an den Fällen so merkwürdig sein kann – außer dass wir keinen einzigen Täter gefasst haben.«

»Ich kann mich an nichts Besonderes erinnern. Abgesehen davon, dass diese Fälle an sich etwas Besonderes sind. Die Unterlagen füllen inzwischen etliche Aktenordner. Und die Datensammlung wächst noch immer. Außerdem kenne ich nicht jedes Detail. Wenn ich an die Felder denke, die ich beackere, fällt mir spontan nichts ein. Das will natürlich nichts heißen. Ich bin nicht bei allen Besprechungen gewesen in den letzten Monaten. Oft haben sie mich im Kriminaldauerdienst eingesetzt, das habe ich dir ja schon erzählt. Alles, was ich mitbekommen habe, wirkt nicht merkwürdig. So, und hier sollten wir einen Punkt machen, Alban. Denn wir wollen eigentlich den Fall hier beleuchten. Wenn es überhaupt einer ist. Was hast du denn bisher herausgefunden?« Jetzt war es Tammy, die eine thematische Kehrtwende vollzog.

Berger zog sein Notizbuch, das er immer bei sich hatte, aus der Jacke, die über der Rückenlehne des Stuhls hing, und blätterte darin. »Viel ist es nicht. Die Bergwacht und der zuständige Polizeiposten gehen von einem Unglück aus. Eine Fremdeinwirkung halten sie für nahezu unmöglich. Aber sie wundern sich, dass man an der Unglücksstelle abstürzen kann. Das hast du sicher auch auf deinem Tablet. Was mich etwas stutzig macht, ist die Tatsache, dass weder im Zimmer des Argentiniers noch in seiner Kleidung, die er zum Zeitpunkt des Unglücks getragen hat, ein Smartphone zu finden ist.«

»Und Notebook oder Tablet? Du hast doch sicher sein Zimmer gründlich untersucht.«

»Auch nichts. Aber ein hochwertiges Abspielgerät für CDs. Er hat anscheinend ein Faible für Musik gehabt. Mindestens 40 CDs sind auf seinem Schreibtisch gestapelt. Darunter viel Tangomusik, zum Beispiel Werke von Astor Piazzolla. Zu seinen Hinterlassenschaften zählen außerdem teure Zigarren. Er ist nicht der Ärmste gewesen. Das sieht man auch an seiner Kleidung. Die anderen Gäste machen ebenfalls den Eindruck, dass sie nicht am Hungertuch nagen, eher am Hummertuch.«

»Sehr witzig, Alban. Mich interessieren nicht die anderen Gäste, sondern das Zimmer von diesem Borges. Was ist dir noch aufgefallen?«

»Alles ist sauber aufgeräumt. Ich würde mal sagen: zu sauber. Was auch sehr komisch ist: Die Angestellten sind sehr zurückhaltend. Die sagen nur das Nötigste, wenn überhaupt. Feststeht, dass der Argentinier zu anderen Gästen so gut wie keinen Kontakt gehabt hat. Einmal hat ihn angeblich ein anderer Gast bedrängt. Behauptet eine der Bedienungen. Herr Borges habe sich bei der Hotelleitung beschwert, sagt sie. Dieser Gast sei nicht mehr aufgetaucht. Ihre Aussage hat mir niemand sonst bestätigt. Außerdem habe er sich immer an einen Einzeltisch im hintersten Eck gesetzt mit Blick auf Tür und Buffet. Das hat mir die Bedienung auch noch erzählt. Sie heißt Orsolja und ist die Gesprächigste von allen. Heute Morgen habe ich nach ihr gefragt. Da hat es geheißen, sie habe Urlaub genommen. Möglicherweise hat sie mir zu viel gesagt. Das Personal macht den Eindruck, als stehe es unter besonderem Druck. Ich habe auch versucht, Gäste zu befragen. Alle haben gesagt, sie wüssten nichts. Möglicherweise sind sie von der Hotelleitung aufgefordert worden, den Mund zu halten. Es sind zurzeit überwiegend ausländische Gäste hier, viele aus Südamerika. Ich habe mir die Gästeliste zeigen lassen. Ich wundere mich, wie das hier mit der Werbung läuft. Offenbar legt die Leitung des Hotels keinen Wert auf einheimische Gäste. Es sind nur wenige Deutsche darunter. Das Hotel macht seinen Gästen ein umfangreiches Angebot an Kultur, Fahrten zum Festspielhaus Baden-Baden, Ausflüge. Und viele Vorträge. Religiöse und politische Themen sind der Schwerpunkt. Die Referenten sind ebenfalls international.«

»Ich habe gestern Abend noch die Homepage des Hotels aufgerufen. Da steht, dass sie im Aufbau ist. Sonst nichts.«

»Das ist mir auch passiert. Das passt nicht zu einem internationalen Hotel. Aus dem Prospekt wird man auch nicht schlau. Es geht nicht daraus hervor, wer das Haus führt. Ein Familienbetrieb scheint es nicht zu sein. Und es gehört vermutlich auch nicht zu einer Hotelkette. Dafür ist es zu individuell gestaltet. Was hat den Argentinier nur bewogen, in dieses abgelegene Hotel zu kommen? Wie hat er von ihm erfahren? Vielleicht durch einen Bekannten aus Südamerika, der ihm das Programmheft zukommen ließ? Selbst wenn, ich kann mir nicht vorstellen, dass ihn das Programm gereizt hat. Eines ist übrigens interessant. Das hätte ich jetzt fast übergangen. Borges hat sich aller Wahrscheinlichkeit nach mit jemandem von außerhalb getroffen.«

»Hier im Hotel? Weißt du schon, mit wem?«

»Ja. Der Polizeiposten, der den Absturz untersucht hat, hat mir heute Morgen mitgeteilt, dass in der rechten Manteltasche des Argentiniers eine zerknüllte Visitenkarte gefunden worden ist. Die haben sie erst jetzt entdeckt. Er hat sich entschuldigt, dass sie die Visitenkarte übersehen haben. Hoffen wir, dass das der einzige Fehler in diesem Fall ist. Es handelt sich um einen Dr. Falco Gmeiner. Falco mit ›c‹. Und das ›c‹ sei unterstrichen. Dieser Dr. Falco Gmeiner wohnt in Oppenau. Die Visitenkarte sei etwas abgerieben und aufgeweicht, aber gerade noch leserlich. Die muss der Argentinier also schon vor längerer Zeit in seine Manteltasche gesteckt haben. Wo und ob überhaupt die zwei sich getroffen haben, kann ich nicht sagen. Als Beruf gibt dieser Falco Gmeiner auf der Visitenkarte ›Dozent für Volkskunde‹ an. Die Handynummer habe ich. Den müssen wir noch anrufen.«

»Das können wir doch gleich machen.«

»Wie du meinst.« Berger nahm sein Dienst-Smartphone und tippte die Nummer ein. Es dauerte eine Weile, bis sich jemand meldete.

Eine sympathische Stimme sagte: »Dr. Falco Gmeiner, Falco mit ›c‹. Wer ist da, bitte?«

»Berger. Alban Berger. Kriminalpolizei Offenburg.«

Noch bevor Berger sein Anliegen vorbringen konnte, fragte Gmeiner: »Habe ich etwas verbrochen?« Er klang nicht erschrocken, eher neugierig.

»Nein. Es geht um einen Gast im Hotel Schatzhauser, einen argentinischen Staatsbürger. Wir haben in seinen Unterlagen eine Visitenkarte von Ihnen gefunden. Haben Sie mit ihm Kontakt gehabt?«

»Ich habe mit einem Argentinier Kontakt gehabt, stimmt. Mit Señor Borges. Was ist mit ihm?«

»Er ist vermutlich tödlich verunglückt. Mehr kann ich nicht sagen.«

Gmeiner ließ Berger wieder nicht weiterreden. »Das Wort ›vermutlich‹ lässt einiges offen. Das heißt, Sie sind nicht hundertprozentig davon überzeugt, dass er verunglückt ist.«

»Ich spreche *vermutlich* mit einem Sprachwissenschaftler oder Semantiker. Die Sache ist ganz einfach. Der Fall ist überschaubar, aber wir müssen routinemäßig Fragen klären. Das ist unser Job. Zu Ihrer Beruhigung: Zum jetzigen Zeitpunkt gehen wir nicht von Fremdeinwirkung aus. Wir wollen das allerdings mit Ihnen nicht am Handy besprechen. Können wir uns heute Nachmittag treffen?«

»Bin ich zu einem Treffen verpflichtet?«

»Nein. Zum Erscheinen verpflichtet sind Sie nur, wenn Sie eine schriftliche Vorladung bekommen, von der Staatsanwaltschaft. Es geht um ein paar Fragen. Sicher können Sie uns weiterhelfen.«

»Und wo wollen Sie sich mit mir treffen?«

»Im Hotel Schatzhauser, wenn Ihnen das recht ist?«

»Das ist mir überhaupt nicht recht. Da gehe ich auf keinen Fall hin.«

»Und warum nicht?«

»Das sage ich Ihnen am Handy nicht.«

»Dann machen Sie einen Vorschlag.«

»Oppenau, das Café gegenüber der Weinbrenner-Kirche in der Stadtmitte. Es ist nicht zu verfehlen. 14.30 Uhr. Auf der Terrasse. Das Wetter wird heute Nachmittag gut.«

»Prima, dann um 14.30 Uhr in Oppenau. Ich danke Ihnen für Ihre Bereitschaft, mit uns zu sprechen.«

»Macht er Schwierigkeiten?«, fragte Tammy, nachdem Berger das Gespräch beendet hatte.

»Nein. Aber auf den Mann bin ich gespannt. Mal sehen, was bei dem Gespräch herauskommt.«

»Wir müssen aufpassen. Eigentlich darf es keine offizielle Befragung sein.«

»Das ist mir schon klar. Aber es bleibt uns nichts anderes übrig, als so zu verfahren. Wenn wir den offiziellen Weg gehen, müssen wir eine sehr gute Begründung liefern, dass bei dem Fall etwas nicht stimmt. Dann ufert zeitlich alles aus. Wir sitzen hier in einem sonderbaren Hotel und sollen letztlich bestätigen, dass ein Gast unterwegs ohne fremde Einwirkung abgestürzt ist. Auf dieses Ergebnis hoffen alle. Mehr verlangt man von uns nicht.«

»Warst du schon an der Absturzstelle?«

»Nein, gestern Abend ist es zu spät gewesen. Ich habe ohnehin vorgehabt, dass wir die Strecke zu zweit abgehen. Vier-Augen-Prinzip.«

»Vier Augen übersehen mehr als zwei. Das hat mir mal ein Ausbilder gesagt und mir eingetrichtert, dass man sich nicht zu sehr auf den anderen verlassen darf. Das führe zu nachlässigem Verhalten.«

Berger ging nicht auf die Belehrung ein.

»Kennst du den Weg?«

»Wir müssen etwa 200 Meter auf der Straße gehen, bis die Kurve beginnt. Danach zweigt ein Pfad links ab. Man kann ihn gut erkennen, weil ihn die Suchtrupps ziemlich zertrampelt haben. Nimm dein Tablet und dein Smartphone mit.«

»Ich habe zusätzlich zu meinem großen einen kleineren Rucksack dabei. Da kann ich alles Notwendige verstauen, auch meine Dienstwaffe.«

»Passt da auch meine noch rein?«

»Ich glaube schon. Du hast ja bestimmt keine MP für diesen Einsatz bekommen.«

Sie gingen langsam, redeten wenig und kontrollierten den Weg und die Ränder. Streckenweise konnten sie zwar nebeneinander laufen, aber bequem war der Weg nicht. Sie mussten aufpassen, dass sie nicht über Steine, Wurzeln oder wucherndes Gestrüpp stolperten oder auf Schneenestern ausrutschten. Nach einer guten halben Stunde erreichten sie die Stelle, an der das Unglück passiert sein musste. Der Weg schien an einem Felsen zu enden, der wie eine riesige Nase herabhing. Unter der Wölbung konnte man sogar stehen. Hinter der Nase ging es weiter, die Strecke verengte sich jedoch und war so zugewachsen, dass ein schmaler Pfad entstanden war. Berger und Tammy vermaßen mit ihren Smartphones die Unfallstelle. Die Entfernung vom Inneren der Wölbung bis zum Wegrand beziehungsweise zum Abgrund betrug 7,25 Meter. Von der Stelle, an der man problemlos aufrecht stehen konnte, bis zum Wegrand waren es 3,80 Meter. Unwahrscheinlich, dass man hier ohne jegliches Fremdverschulden abstürzte. Wenn man jedoch stürzte, hatte man keine Überlebenschance, so tief ging es hinab.

War der Argentinier auf dem Rückweg oder auf dem Hinweg, als sich das Unglück ereignet hatte? Im mageren Protokoll des Polizeipostens gab es keinen Hinweis. Die Suche hatte erst spät in der Nacht begonnen. Zunächst hatte das Personal gezögert, als er nicht wie gewohnt zum Abendessen erschienen war. Nach rund einer Stunde waren Hotelangestellte mit Taschenlampen den Fahrweg abgegangen, danach den Pfad bis zur Nase. Die Hotelleitung hatte das angeordnet. An der Nase hatten sie die Suche abgebrochen und die Rezeption hatte die Bergwacht und die Polizei eingeschaltet. Es war also viel Zeit verloren gegangen. Nicht gerade ein professionelles Vorgehen, wie Berger und Tammy fanden. Erst am Morgen danach hatten die Helfer die Leiche des Argentiniers geborgen, von einer Straße aus, die weit unterhalb der Felsennase verlief. Die Leiche hatte auf abgebrochenen Felsen gelegen.

Tammy und Berger fassten zusammen: Unter normalen Umständen bestand keine Absturzgefahr. Allerdings hatte es am Unglücksabend stark geschneit. Möglicherweise hatte der Schnee die Sicht des Argentiniers behindert und er war dem Abgrund zu nahe gekommen. Oder er war auf dem verschneiten Weg ausgerutscht. Oder es hatte ihn etwas aufgeschreckt. Übersichtlich war die Stelle mit ihrem plötzlichen Knick nicht, egal von welcher Seite man auf sie zulief. Man musste auch das Alter des Argentiniers bedenken. Vielleicht hatte er einen Schwächeanfall, wollte sich hier ausruhen und machte einen tödlichen Fehler. Er war an diesem Tag allein unterwegs gewesen, wie immer. Das versicherten jedenfalls die Hotelangestellten. Es sei ihm auch niemand gefolgt. Bergers Misstrauen wuchs bei der Analyse.

»Mir ist bei der Befragung des Personals gesagt worden, man habe nicht gewusst, wohin Borges bei seinen täglichen Ausflügen gegangen sei. Aber am Unglücksabend wurden die Angestellten gezielt zu dieser Stelle geschickt. Über einen Weg, der vermutlich nur von wenigen Menschen genutzt wird. Woher wusste die Hotelleitung, dass sie hier nach ihm suchen mussten? Das passt nicht zusammen. Hast du eine Erklärung für dieses Verhalten?«

»Wir kennen das Wegenetz hier oben nicht. Wahrscheinlich gibt es nur den Fahrweg, der zum Hotel führt.«

»Und der ist eine Sackgasse.«

»Im Moment weiß ich auch nicht, was wir von der ganzen Sache halten sollen. Die Frage ist, ob deine Überlegung in unsere Stellungnahme aufgenommen werden kann. Spekulativ ist sie nicht.«

»Aber?«

»Wir müssten das Personal noch einmal befragen.«

»Ich bin der felsenfesten Überzeugung, dass das Ergebnis sich nicht ändern wird. Wir vergeuden nur Zeit. Oder denkst du, dass meine Befragung zu oberflächlich gewesen ist?«

»Nein, nein. Wir können es auch lassen.« Wahrscheinlich war das Personal des Hotels einfach hilflos und eine weitere Befragung tatsächlich sinnlos.

Tammy und Berger mussten gestehen, dass sie die Ursache des Unglücks so nicht klären konnten. Blieb noch das Gespräch mit Dr. Falco Gmeiner, dann konnten sie hoffentlich ihren Bericht schreiben. Wohin der Weg hinter der Biegung führte, hätte sie schon interessiert. Aber sie hatten nicht mehr viel Zeit.

»Alban, du musst mir helfen.« Sie saßen im Gästeraum und nahmen einen kleinen Imbiss zu sich.

»Die Unterlagen, die ich auf dem Tablet habe, sind sehr mager. Da fehlt offenbar einiges, zum Beispiel habe ich keine Fotos vom Reisepass des Argentiniers. Wie heißt der eigentlich mit vollem Namen?«

»Das siehst du gleich, aber ich kann es dir auch sagen: Gustavo Alejandro Pedro Borges. Ich rufe die Bilder auf, dann kannst du sie in Ruhe ansehen.«

Er drehte sein Tablet zu Tammy, die aufmerksam die unscharfen Bilder vom Reisepass studierte. »Das Gesicht kommt mir irgendwie bekannt vor. Ich muss mal überlegen.«

Die Super-Recognizerin!

»Ich hab's! Das ist ein argentinischer Tangotänzer. Der Name fällt mir allerdings nicht ein. Warte, ich recherchiere kurz.«

»Das geht sicher einfacher, wenn du seinen vollständigen Namen eingibst, den haben wir doch.«

»Okay, ich versuche es.« Nach wenigen Sekunden verkündete sie: »Nichts. Das darf doch nicht wahr sein.«

Sie gab »berühmte argentinische Tangotänzer« in die Suchmaschine ein. »Treffer!«, sagte sie.

»Sei nicht so laut, ich glaube, in diesem Haus gibt es viele Ohren.«

»Der Argentinier heißt mit Künstlernamen ›El Serio‹.«

»Das hat uns gerade noch gefehlt. Bist du dir wirklich sicher, dass das ein berühmter Tangotänzer ist?«

»Auf jeden Fall.«

»Du hättest doch auch mit seinem bürgerlichen Namen einen Treffer im Netz landen müssen.«

»Keine Ahnung, warum das nicht geklappt hat. Vielleicht hat er sich noch einen Alias-Namen oder Pseudonym zugelegt. Da müssten wir die ganzen Artikel durchackern. Viele sind in spanischer Sprache geschrieben, etliche auf Englisch, nur wenige auf Deutsch. Moment mal! Bei Wikipedia taucht tatsächlich ein anderer Name unter El Serio auf.«

»Nicht, dass du dich gewaltig irrst. Wobei ich zugeben muss, dass sich auch viele Literaten hinter Pseudonymen verstecken.«

»Wann ist Borges geboren?«

»8.3.1939.«

»Stimmt überein. Geburtsort?«

»Buenos Aires.«

»Stimmt auch. Glaub mir, das ist ein berühmter argentinischer Tangotänzer. Ich habe mit Georg Tango lernen wollen. Wir haben einen Kurs gebucht, haben Bücher gewälzt und bei YouTube Tangotänze angeschaut. Da findest du mehrfach Clips von diesem Mann und seiner Frau. Das ist El Serio, hundertprozentig. In Wikipedia steht, dass er schon mit 16 Jahren öffentlich aufgetreten ist, zusammen mit seiner Jugendliebe, die er später geheiratet hat. Ihr Spitzname lautet ›Diablesa negra‹: schwarze Teufelin. Wenn man sie tanzen sieht, strahlt sie tatsächlich etwas Diabolisches, Verführerisches aus. Beide gelten als Interpreten des klassischen argentinischen Tangos. Sie haben eine eigene Schule gegründet und vor zehn Jahren ihre Karriere beendet.«

»Das wird uns die Ermittlungen ziemlich erschweren. Warum hat uns darüber niemand informiert?«

»Ich rufe im Präsidium an. Das klärt sich bestimmt alles.«

Das Gespräch brachte sie nicht weiter. Im Polizeipräsidium wusste niemand davon, dass es sich bei dem Toten um einen berühmten argentinischen Tangotänzer handelte. Allerdings zweifelten sie wie Berger Tammys Behauptung an. Man habe seine Daten der argentinischen Vertretung in Deutschland weitergeleitet, die habe aber keinen Hinweis geliefert, dass es sich um einen berühmten Tangotänzer handele. Die Vertretung kümmere sich um alle Formalitäten und um die Überführung der Leiche, sobald die Ermittlungen abgeschlossen seien. Die argentinische Vertretung sei allerdings sehr reserviert und habe deutlich gemacht, dass sie von den deutschen Behörden eine zügige Behandlung der Angelegenheit erwarte.

Tammy regte sich über die »zügige Behandlung der Angelegenheit« auf. Als wäre der tote Argentinier nur eine Sache. Sie vermisste den Respekt vor dem Toten. Sie musste einräumen, dass die deutsche Behördensprache ebenfalls in vielen Fällen respektlos war und die Menschenwürde verletzte. Das galt auch für die Polizeiarbeit und die Berichte, die sie schreiben mussten. Sie räumten ihre Sachen zusammen und machten sich auf den Weg nach Oppenau.

KAPITEL 5

Pünktlich um 14.30 Uhr saßen sie auf der Terrasse des Cafés im Zentrum von Oppenau, starrten auf die große Kirche und warteten auf ihren Gesprächspartner. Berger hoffte, dass Dr. Falco Gmeiner das Treffen einhielt. Seine Armbanduhr zeigte schon 14.35 Uhr an.

»Darf ich Ihre Bestellung aufnehmen?« Eine freundliche Bedienung stand vor ihnen.

Tammy sagte: »Wir warten noch auf jemand.«

»Dann komme ich gleich wieder.«

»Da läuft einer von der Kirche auf das Café zu. Das könnte unser Dr. Falco Gmeiner sein.« Tammy tippte mit ihrer linken Hand Bergers rechten Arm an. Er schaute auf.

Ein großer Mann mit blondem Haar und Dreitagebart schritt über den Platz vor der Kirche, stoppte kurz an der Straße, sah nach links, sah nach rechts und steuerte auf das Café und ihren Tisch zu. Er gab Tammy und Berger die Hand. »Dr. Falco Gmeiner!«

Wie aus einem Mund antworteten Tammy und Berger: »Falco mit ›c‹!« Sie fingen an zu lachen.

Gmeiner war verblüfft, lachte dann aber mit. Er setzte sich neben Tammy, während Berger seine Kollegin und sich vorstellte. Unaufgefordert zeigten sie ihre Dienstausweise, die Gmeiner prüfend anschaute.

»Hallo, Falco!« Wie aus dem Nichts war die Bedienung wieder aufgetaucht.

»Hallo, Anita! Habe dich letzte Woche beim Krafttraining vermisst. Du warst sicher im Urlaub. Siehst jedenfalls so aus.«

»Ich war tatsächlich im Urlaub.«

»Und wo?«

»Auf Madeira. Nächste Woche komm ich wieder ins Training, dann erzähle ich dir von der Insel. Darf ich die Bestellung aufnehmen? Falco, das Übliche?«

»Ja, gern.« Die Bedienung notierte sich die Wünsche, bedankte sich und ging in die Küche.

Berger eröffnete die Fragerunde. »Bevor wir uns mit dem eigentlichen Thema befassen, würde ich gerne noch etwas anderes wissen. Warum betonen Sie so das ›c‹ in Falco?«

»Die meisten Leute neigen dazu, Falco mit ›k‹ zu schreiben. Deswegen komme ich den Leuten zuvor und sage gleich, dass in meinem Namen das ›k‹ nichts verloren hat.«

»Und warum bestehen Sie auf Falco mit ›c‹?«

»Das hat mit meinen Eltern zu tun. Die sind Falco-Fans. Ich glaube, die haben alles gesammelt, was Falco, der österreichische Sänger, jemals produziert hat. Bei meiner Geburt ist für sie klar gewesen, dass ich Falco mit ›c‹ heißen muss. Sie haben sich von niemandem davon abbringen lassen, nicht einmal von meinen Großeltern. Und das will was heißen.«

»Dann kennen wir jetzt die Hintergründe zu dieser Geschichte. Bitte entschuldigen Sie meine Neugier. Wir sind schließlich wegen anderer Hintergründe hier, die den argentinischen Gast im Hotel Schatzhauser betreffen. Wir sind am Vormittag zur Absturzstelle gelaufen. Es sieht danach aus, dass er ohne fremdes Einwirken abgestürzt ist. Über die Ursache kann man nur spekulieren. Bevor wir unseren Bericht abschließen, haben wir aber noch einige Fragen zu klären.«

Tammy schaltete sich ein. »Im Hotel heißt es, der Herr Borges habe kein Smartphone und kein Notebook oder Tablet bei sich gehabt. Sie haben ihn doch getroffen. Können Sie das bestätigen?«

»Nein!« Gmeiner schüttelte energisch den Kopf. »Er hatte ein ziemlich neues und teures Smartphone. Bei unserem ersten Treffen hat er außerdem ein Tablet bei sich getragen. Das hat auch nicht billig ausgesehen.«

Berger notierte die Aussage in seinem kleinen schwarzen Notizbuch.

»Wie oft haben Sie sich denn getroffen? Und wo?«, fragte Tammy.

»Dreimal. Ein viertes Treffen haben wir für diese Woche am Freitag festgelegt. Er hat was von baldiger Abreise gesagt. Das erste Mal sind wir zum Mummelsee gefahren und danach zur Hochwald-Siedlung gelaufen.«

»Hochwald-Siedlung? Was ist das?«

»Hat Ihnen das niemand gesagt? Wegen dieser Siedlung ist er nach Deutschland gereist.«

»Davon ist uns nichts bekannt. Wo befindet sich diese Hochwald-Siedlung?«

»Nördlich vom Hotel Schatzhauser, im dichten Wald.«

»Und wie kommt man dahin?«

»Sie haben von der Absturzstelle gesprochen. Wo ist er denn abgestürzt?«

»Ungefähr zwei Kilometer vom Hotel entfernt an einer

seltsamen Felsenbiegung, sieht aus wie ein riesiger Felsenüberwurf.«

»Das ist die Teufelsnase. Es geht da steil runter. Im Volksmund heißt der Abgrund Teufelsschliff. Die Bezeichnung hängt vermutlich mit einer alten Sage zusammen. Aber ich habe noch keine verlässliche Quelle gefunden. Die Begriffe Teufelsnase und Teufelsschliff kennen nur noch die wenigsten. Die Stelle ist etwas ungewöhnlich, aber eigentlich nicht gefährlich. Von einem Absturz habe ich noch nie gehört.«

»Sie wollten uns sagen, wie man zur Hochwald-Siedlung kommt.«

»Hinter der Teufelsnase geht der Weg weiter.«

»Ja, das haben wir gesehen. Er wird aber immer schmaler.«

»Genau, über diesen Weg erreichen Sie die Hochwald-Siedlung. Vom Hotel aus gibt es keinen anderen Weg dahin.«

»Wir haben uns die Absturzstelle genau angeschaut. Sie ist tatsächlich breit genug, um sich beim Passieren vom Abgrund fernhalten zu können. Andererseits war an dem Abend das Wetter schlecht. Es hat ja ein Schneetreiben gegeben. Vielleicht hat Herr Borges nichts mehr gesehen und er ist ausgerutscht. Oder er hat einen Schwächeanfall erlitten.«

»Auf mich hat er einen sehr gesunden Eindruck gemacht. Unterwegs zur Hochwald-Siedlung ist er gelaufen wie ein junger Hund.«

»Das schließt einen Schwächeanfall zum Zeitpunkt des Unglücks aber nicht aus. Was hat es mit dieser Hochwald-Siedlung auf sich? Und wie weit ist es von der Absturzstelle bis dorthin?«

»Von der Teufelsnase aus sind es drei Kilometer. Jetzt kann man den Weg noch gehen. Vom Frühsommer bis zum Herbst ist er überwuchert. Da sieht man ihn auf einigen längeren Streckenabschnitten gar nicht. Vermutlich ist er bis vor wenigen Jahren gepflegt worden. In den nächsten Jahren wächst er sicher vollends zu. Tja, die Hochwald-Siedlung. Was kann ich dazu sagen?« Falco Gmeiner legte eine kurze Pause ein, als müsste er von jetzt an jedes Wort auf die Goldwaage legen. »Das ist schon ein ganz besonderer Fall. Es geht es um einen zehnfachen Mord aus dem Jahr 1945. Ende April 1945, genauer gesagt. Er ist bis heute nicht geklärt.«

»Das ist ja ein klassischer Cold Case«, warf Tammy ein. »Wissen Sie mehr über die Hintergründe?«

»Was meinen Sie mit Cold Case?«

»Das sind die Fälle der Schwerkriminalität, die nach einer bestimmten Zeit zu den Akten gelegt werden, weil man sie nicht aufklären kann. Mit der heutigen Kriminaltechnik werden die Fälle wieder bearbeitet. Oft mit Erfolg.«

»Klingt interessant. Ich muss zugeben, mit diesem Thema habe ich mich noch nicht beschäftigt. Zu diesem alten Fall aus dem Jahr 1945 habe ich einiges Material zusammengetragen und einen größeren Artikel geschrieben. Aber den hat erstaunlicherweise niemand drucken wollen. Bei einer Zeitschrift für Regionalgeschichte bin ich allerdings zu spät gekommen. Die hat vor Jahren einen Band über Verbrechen in der Ortenau herausgegeben. Darunter sind viele ungeklärte Fälle. Ich habe meinen Artikel schließlich dem Online-Portal Black Forest Mystery angeboten. Da ist dann etwas sehr Seltsames passiert.«

»Was denn?«

»Der Artikel ist nach zwei Wochen verschwunden. Mit sämtlichen Kommentaren. Alles gelöscht. Ich wollte wissen, was der Grund dafür ist. Aber der Betreiber von Black Forest Mystery hat eine Stellungnahme ohne Begründung verweigert.«

»Was ist das für ein Portal?«

»Black Forest Mystery schreibt über alles, was den Schwarzwald so geheimnisvoll macht, Sagen, Mythen, Hexenkult, ungeklärte Ereignisse und Morde, spannende Erzählungen, Geologie, seltsame Steinformationen, Anekdoten über Persönlichkeiten der Geschichte und der Gegenwart, Esoterik. Es ist alles anarchisch aufgebaut und geht wild durcheinander. Auf der Seite wird auch fleißig spekuliert, vor allem in den Kommentarspalten. Sie finden viele Verschwörungstheorien. Aber dennoch ist das Portal nicht uninteressant. Ich habe schon viele Anregungen für Forschungen gefunden.«

»Was machen Sie beruflich? Aus Ihrer Visitenkarte wird man nicht ganz schlau. Sie sind Dozent für Volkskunde?«, fragte Berger.

»Genau. Dozent an der Universität Freiburg. Ich habe Geschichte und Volkskunde studiert. Von Volkskunde hat nicht jeder eine Vorstellung, das stimmt. Wir Volkskundler befassen uns mit Alltags- und Populärkultur. Wir untersuchen zum Beispiel Sitten und Bräuche, regionale Kulturen und heutiges Freizeitverhalten. Zurzeit bereite ich mit meinen Studenten an der Uni Freiburg eine Dokumentation über alte Hofnamen in Baden vor. Das wird ein umfangreiches Werk. Neben Geschichte und Volkskunde habe ich den Master für wissenschaftliches Archivwesen abgeschlossen. Ich berate private und öffentliche Bibliotheken. Bei Bedarf richte ich eine Bibliothek auch ein.

Außerdem schreibe ich Firmenbiografien und Ortschroniken. Meine Doktorarbeit, das interessiert Sie vielleicht auch, habe ich dem Thema ›Zeichen der Volksfrömmigkeit in Baden‹ gewidmet. Ich habe mich mit Sühnekreuzen, Steinkreuzen, Flurkreuzen beschäftigt, vom Mittelalter bis heute.«

Sie wurden unterbrochen. Die Bestellungen kamen endlich, ein stilles Wasser für Tammy, einen Smoothie für Falco Gmeiner, ein Kännchen Kaffee für Berger.

Die Bedienung ging weg und Tammy hob ihr Glas, um zu trinken, als sie einen heftigen Stoß von hinten bekam. Das Wasser schwappte über und lief über ihre weiße Bluse.

»Scheiße!«, schrie Tammy und drehte sich wütend um. »Verdammt noch mal, können Sie nicht …« Der Satz blieb unvollendet. Sie brachte kein einziges Wort mehr heraus.

»Was ist los mit dir, Tammy?«, fragte Berger. Tammy blieb stumm. »Tammy, sag was.«

Sie fing an zu stammeln. »Diese Augen … Die haben mich durchbohrt. So etwas habe ich noch nicht erlebt. Ich war wie gelähmt.«

Weder Berger noch Gmeiner hatten nach dem Mann geschaut, der Tammy den Stoß versetzt hatte. Die Bedienung hatte das Malheur offenbar mitbekommen und brachte ein Tuch zum Trocknen der Bluse. Tammy tupfte sorgfältig die Bluse ab, während Falco Gmeiner ihr interessiert zuschaute.

»Zum Glück habe ich keinen Smoothie bestellt. Wo ist eigentlich dieser Typ?«

»Verschwunden.« Berger wandte sich an die Bedienung: »Haben Sie gesehen, ob hinter uns jemand gesessen hat und wohin er gegangen ist?«

»Da war ein Mann, aber wohin er gegangen ist, habe ich nicht gesehen, da kann ich Ihnen nicht helfen. Hat der Mann Sie gestoßen?«

»Ja«, antwortete Tammy. »Ist Ihnen etwas an ihm aufgefallen?«

»Oje, dunkel angezogen, groß, hat nur ein stilles Wasser bestellt. Er hat nicht lange gesessen. Und kein Trinkgeld gegeben. Das Einzige, was mir an ihm aufgefallen ist, sind seine seltsamen Augen gewesen. Er hat mich so komisch angeblickt, dass ich weggeschaut habe.«

»Wann ist er gekommen?«

»Vielleicht 20 Minuten vor ihnen. Haben Sie den nicht bemerkt? Der ist doch hinter ihnen gesessen.«

»Seltsamerweise nicht.«

»Wieso interessiert Sie der Mann? Die Bluse ist nicht verschmutzt und trocknet sicher bald.«

»Na ja, er hätte sich zumindest entschuldigen können. Aber Sie haben recht. Vielleicht bauschen wir das Ganze zu sehr auf. Vielen Dank auf jeden Fall für das Tuch«, sagte Tammy.

»Kein Problem. Ich bringe Ihnen ein neues Wasser.«

»Danke.«

Die Bedienung ging zurück ins Haus, Berger schenkte sich Kaffee ein, tröpfelte etwas Milch dazu und nahm einen Schluck. »Der ist leider nicht mehr heiß. Wo sind wir eigentlich stehen geblieben?«

»Bei der Volksfrömmigkeit in Baden«, erinnerte ihn Tammy. »Herr Gmeiner, können wir Ihren Artikel über die Morde haben?«

»Das lässt sich machen. Wollen Sie den Artikel ausgedruckt oder kann ich ihn mailen?«

»Mailen ist besser«, antwortete Berger.

»Wie lautet Ihre E-Mail-Adresse?«

Falco Gmeiner notierte sich die Adressen der beiden und versprach, seinen Text so schnell wie möglich zu versenden.

Tammys Interesse an dem alten Fall wuchs mit jeder Minute. »Hat Herr Borges Ihnen verraten, warum er unbedingt zu dieser Siedlung –«

»Hochwald-Siedlung!«

»Gut, warum er zu dieser Hochwald-Siedlung gehen wollte?«

»Nein, hat er nicht. Keine Andeutung, nichts.«

»Haben Sie eine Vermutung, warum ein Mann mit argentinischem Namen und argentinischem Pass eine alte Siedlung mitten im Nordschwarzwald besuchen will?«

»Also zunächst einmal: Señor Borges hat sehr gut deutsch gesprochen, mit Akzent. Er hat mir seinen Pass gezeigt. Gustavo Alejandro Pedro Borges. Das heißt, dass es durchaus wahrscheinlich ist, dass er aus Deutschland stammt und die Namen in Argentinien angepasst worden sind. Ist bei Auswanderern nicht selten vorgekommen, vor allem wenn sie etwas zu verbergen gehabt haben und am Ende des Zweiten Weltkrieges bis in die 50er-Jahre über die Rattenlinien nach Südamerika geschleust worden sind. SS-Angehörige zum Beispiel, Kriegsverbrecher.«

»Rattenlinien?« Tammy runzelte die Stirn. »Können Sie das kurz erläutern?«

»Als Rattenlinien bezeichnet man die Fluchtwege von Angehörigen der NS-Führung und der SS. Die Wege haben in der Regel über Italien und Spanien nach Südamerika geführt. Die meisten haben sich in Argentinien niedergelassen. Unter Präsident Perón, einem Sympathisanten der Nazis, sind sie sehr willkommen gewesen.

Der US-Geheimdienst hat die Fluchtwege auch ›Klosterrouten‹ genannt, weil hochrangige Vertreter der katholischen Kirche den Flüchtigen geholfen haben. Der Vatikan hat dabei eine unheilige Rolle gespielt, die bis heute noch nicht ganz geklärt ist. Den Flüchtigen ist unter anderem mit falschen Pässen geholfen worden. Um auf den Argentinier zurückzukommen: Er kann also auch ganz anders geheißen haben. Oder er ist adoptiert worden.«

»Aber der Familienname Borges ist doch eher argentinisch beziehungsweise spanisch.«

»Kann man so nicht sagen. Er kommt auch in Brasilien vor. Und in Deutschland. Im Norddeutschen gibt es zum Beispiel den Namen Borg, der früher ›kastriertes Hausschwein‹ bedeutet hat. Und aus Borg ist oft der Genitivnamen Borges entstanden.«

»Haben Sie nach seinem Namen recherchiert?«

»Nein, aber ich habe es vor.«

Berger und Tammy blickten sich an und signalisierten sich gegenseitig, Falco Gmeiner nicht mitzuteilen, dass der Argentinier ein berühmter Tänzer war. Die Bedienung brachte Tammy wie versprochen ein frisches Wasser und schenkte ihr ein.

»Das mit dem Namen werden wir an dieser Stelle nicht klären können«, meinte Berger. »Kommen wir noch einmal auf das Interesse des Argentiniers an der Hochwald-Siedlung zurück. Wie ist er auf Sie gekommen und was, glauben Sie, steckt dahinter?«

»Er hat mir eines Tages gemailt, dass er im Netz meinen Artikel gelesen hat. Ob ich ihn zu dieser Hochwald-Siedlung führen könne. Er komme demnächst nach Deutschland. Die weitere Kommunikation lief über Mails und WhatsApp. Über die Hintergründe hat er mich im Unklaren gelassen. Auf Nachfragen hat er nicht reagiert. Überhaupt ist er sehr wortkarg gewesen. Ich habe eine Vermutung, was sein Interesse an der Siedlung angeht, aber vielleicht lesen Sie erst einmal meinen Artikel, dann können Sie sich selbst einen Reim darauf machen.«

»Warum machen Sie ein Geheimnis aus Ihrer Einschätzung?«

»Ich will Sie nicht beeinflussen. Außerdem sind Sie die Fachleute.«

»Sie sagen, Sie haben sich dreimal getroffen. Können wir das noch vertiefen?«

»Ist das jetzt doch ein Verhör?«

Berger versuchte, Falco Gmeiner zu beruhigen. »Nein, wir wollen uns nur ein Bild von dem Mann machen. Sie sehen ja, dass wir kein Protokoll führen.«

»Aber Notizen haben Sie sich gemacht.«

»Notizen sind nur Gedächtnisstützen, mehr nicht.«

»Also gut.« Falco Gmeiner gab sich offenbar geschlagen. »Das erste Mal, kurz nach seiner Anreise, habe ich ihn, wie schon gesagt, zum Mummelsee gefahren. Ich bin, muss ich gestehen, sehr nervös gewesen. Bei dem Treffen ist nicht viel herausgekommen. War eher ein Abtasten, begleitet von gegenseitigem Misstrauen. Anschließend sind wir wieder zu seinem Hotel zurückgefahren und ich bin mit ihm zur Hochwald-Siedlung gelaufen. Wir haben zum Schluss zwei weitere Treffen vereinbart. Ich habe jedes Mal beim Hotel geparkt, bin aber nicht reingegangen. Und unser Ziel ist jedes Mal die Hochwald-Siedlung gewesen. Er hat Fragen zur Siedlung gestellt und zu der Zeit um 1945. Was damals hier im Nordschwarzwald passiert sei. Ich habe ihm geantwortet, dass das Wesentliche doch in meinem Artikel stehe. Er hat wohl auf eine entscheidende Antwort gewartet. Aber ich kann beim besten Willen nicht sagen, auf welche. Alles, was ich über die Zeit damals weiß, habe ich ihm gesagt. Es hat ihm anscheinend nicht genügt. Ich weiß auch nicht, was er sich von der Reise in den Nordschwarzwald versprochen hat. Der Mann ist für mich ein Rätsel.«

»Noch eine Frage: Am Telefon haben Sie erwähnt, dass Sie nicht ins Hotel Schatzhauser wollen. Eben haben Sie auch gesagt, dass Sie nicht reingegangen sind, wenn Sie Herrn Borges besucht haben. Hat das einen besonderen Grund?«

»Ja. Ich arbeite an einem kleinen Buch über alte Gasthäuser und Hotels im Nordschwarzwald. Vor einiger Zeit habe ich mich an die Leitung des Hotels Schatzhauser gewandt.«

»Aber das ›Schatzhauser‹ ist doch neu, fast nagelneu«, sagte Berger erstaunt.

»Der Aufbau ist neu. Da stimme ich Ihnen zu. Die Grundmauern sind jedoch uralt. Auf denen hat einst ein Hof gestanden, der sich mit der Zeit zu einer Vesperstube und später zu einer Waldwirtschaft gewandelt hat. Man hat sie ›Tannenruh‹ genannt. Ein beliebtes Ausflugsziel an Wochenenden und Feiertagen. Den Höhepunkt hat die Waldwirtschaft in den 20er-, 30er- und 40er-Jahren des vorigen Jahrhunderts erlebt. In den 60er-Jahren hat der Niedergang begonnen. Die damaligen Eigentümer haben keine Nachfolger gefunden und Mitte der 70er-Jahre den Betrieb aufgegeben. Irgendwann hat sich eine Erbengemeinschaft oder so etwas gebildet, oder eine Stiftung, und das jetzige Hotel gebaut. Aber das weiß ich bisher alles nur vom Hörensagen. Ich habe die Leitung des ›Schatzhauser‹ nach historischen Unterlagen gefragt und darauf hingewiesen, dass ich ein Buch über alte Gasthäuser und Hotels im Nordschwarzwald schreibe. Die Reaktion ist ziemlich schroff ausgefallen. Man hat mir mit rechtlichen Schritten gedroht, falls ich auch nur einen einzigen Satz über das Hotel verliere.«

»Mit wem haben Sie gesprochen?«

»Den Namen habe ich leider nicht aufgeschrieben. Ich habe ihn schlicht und einfach vergessen. Der Vorfall hat mich natürlich bestärkt, mehr über das Hotel zusammenzutragen. Aber ich bin noch nicht viel weitergekommen, weil andere Projekte Vorrang haben. Doch eines ist festzustellen: Egal, wen man nach dem Hotel fragt, sofort geht der Rollladen runter. Das ist mir bei Recherchen so noch nie passiert.«

Berger fühlte sich durch die Aussagen des Historikers in seiner Meinung bestätigt, dass mit diesem Hotel vieles nicht stimmte. Aber das wollte er nicht mit Falco Gmeiner und Tammy am Tisch besprechen. Berger stand auf. »In dem Kaffee muss ein starkes Treibmittel sein.«

Gmeiner und Tammy lachten und sahen Berger nach, der zur Toilette ging.

Als Berger zurückkehrte, lachten Tammy und Falco Gmeiner immer noch, oder schon wieder. Ihre Visitenkarten lagen auf dem Tisch. Sie tippten auf ihren Smartphones herum. Vermutlich tauschten sie ihre Handynummern aus. Berger fühlte sich betroffen. Warum tat es ihm in der Seele weh, dass die beiden miteinander lachten? Er setzte sich mit ernstem Gesicht an den Tisch.

»Ist etwas mit dir?«, fragte Tammy.

»Nein, wieso fragst du?«

»Dein Gesichtsausdruck hat mich zu dieser Frage veranlasst.«

»Das liegt wohl an meiner Müdigkeit. Leider hat der Kaffee sie nicht vertreiben können.« Er versuchte zu lächeln.

Tammy kam das Lächeln gequält vor. Der Mann, der neben ihr saß, war noch nicht der ruhige, abgeklärte, stabile Kommissar, wie sie ihn vor seinem Zusammenbruch gekannt hatte. Sie machte sich Sorgen, ob er je wieder zur früheren Form zurückfand.

»Ich habe etwas vergessen.« Falco Gmeiner holte sie zurück in die Wirklichkeit. »Und zwar: Señor Borges hat bei unserem letzten Treffen erwähnt, dass er ein Rechtsanwaltsbüro eingeschaltet habe.«

»Ein deutsches oder ein argentinisches?« Berger war wieder hellwach.

»Ein deutsches. Mehr hat er nicht mitgeteilt. Er hat nur angedeutet, dass er an wichtige Dokumente kommen wolle. Ich kann mir vorstellen, an welche.«

»Machen Sie es nicht so spannend.« Bergers Stimme klang ungeduldig. »Sagen Sie schon, welche Sie meinen.«

»Wenn Sie meinen Artikel studieren, werden Sie erkennen, welche Dokumente ihm wohl wichtig gewesen sind.«

»Hat er Ihnen gesagt, mit welchem Rechtsanwaltsbüro er Kontakt aufgenommen hat?«

»Es muss eine Kanzlei mit mehreren Partnern sein. Er hat mir den Namen vorgelesen. Ich kann mich nur noch entsinnen, dass einer der Partner Rogner oder Rogler heißt. Es muss alles in seinem Tablet zu finden sein.«

»An das wir wahrscheinlich nicht mehr rankommen, weil es verschwunden ist.« Berger fand dieses Spiel des Historikers nicht gut, wollte sich aber nicht mit ihm streiten. Falco Gmeiner tat so, als wäre er der Herr des Verfahrens. Er war sich offenbar nicht bewusst, dass sie den

Spieß schnell umdrehen und ihn zu einem Verdächtigen machen konnten. Allerdings hatten sie so gut wie nichts in der Hand. Sie waren sogar auf die Hilfe Gmeiners angewiesen. Berger versuchte, nicht verärgert zu wirken, was ihm jedoch nicht gelang. Er schaute demonstrativ auf seine Armbanduhr und drängte Tammy zum Aufbruch. »Wir müssen noch zu dieser Hochwald-Siedlung. Die Zeit wird knapp. Herr Gmeiner, wir bleiben im Gespräch. Vielen Dank, dass Sie sich die Zeit genommen haben.«

Tammy winkte der Bedienung.

Falco Gmeiner rief: »Anita, alles auf meine Rechnung!«

»Das muss jetzt aber nicht sein«, sagte Tammy.

»Ist schon okay.« Gmeiner sah Tammy vielsagend an und lächelte.

Sie waren wieder über dem Teufelsschliff. Ungefähr eine halbe Stunde hatten sie bis zur Teufelsnase gebraucht. Sie waren recht schnell gelaufen. Drei Kilometer bis zur Hochwald-Siedlung lagen noch vor ihnen. Sie rechneten mit 45 Minuten Gehzeit. Für die Siedlung wollten sie sich eine halbe Stunde Zeit lassen und dann zurückgehen, um vor der Dämmerung wieder im Hotel zu sein. Ein ehrgeiziger Plan. Sie hatten sich zu lang in Oppenau aufgehalten. Aber es hatte sich gelohnt. Vor allem für Tammy. In Bergers Kopf liefen Szenen von der Café-Terrasse in Oppenau wie in einem Film ab.

Vorsichtshalber hatten sie starke Taschenlampen eingepackt. Und ihre Dienstwaffen. Der Weg von der Teufelsnase zur Hochwald-Siedlung erwies sich als anstrengend. Meistens konnten sie nicht nebeneinander gehen, weil der Pfad über lange Strecken viel zu schmal und fast zugewachsen war.

Als sie die Siedlung erreichten, stellten sie fest, dass sie sich in der Zeit verschätzt hatten. Sie hatten fast eine Stunde benötigt. Es blieb ihnen nichts anderes übrig, als den Aufenthalt abzukürzen. Vor ihnen öffnete sich eine alte, untergegangene Welt. Das Ensemble der verfallenen Häuser in diesem dunklen Wald überraschte sie. Es sah alles so unwirklich aus. Das erste Haus war das größte. War in ihm das Massaker an den zehn Menschen verübt worden? Die nächsten drei Häuser standen nicht weit entfernt, als wollten sich die Bewohner damals nicht aus den Augen verlieren oder sich gegenseitig Schutz geben. Was durchaus nachvollziehbar war in dieser einsamen Gegend. Ungefähr 300 Meter dahinter stand der Rest eines Sägewerkes. Sie mussten sich durch Gestrüpp zu ihm durchkämpfen. Etwas abgelegen von der kleinen Siedlung fanden sie einen Friedhof. Sie fotografierten die Häuser, das Sägewerk und den Friedhof. Dem Zerfall nach schien sich schon seit Jahrzehnten niemand für diese Siedlung zu interessieren. Nur der Argentinier. In welcher Verbindung stand er zu dieser Siedlung? Sie hofften, dass der Artikel von Falco Gmeiner half, das Rätsel zu lösen. Sie mussten allmählich an die Rückkehr denken.

Ein Geräusch ließ sie zusammenfahren. Es kam vom Sägewerk. Berger deutete auf den Rucksack, in dem beide Dienstpistolen verstaut waren. Tammy schüttelte abwehrend den Kopf. Ein Vogel stieg flatternd auf. Er hatte wohl das Geräusch verursacht, das sie so erschreckt hatte.

Auf dem Rückweg drehte sich Berger immer wieder um.

»Hast du was entdeckt?«, fragte Tammy.

»Nein, aber ich habe ein komisches Gefühl, als schleiche jemand hinter uns her. Wahrscheinlich lasse ich mich zu sehr von der besonderen Stimmung und von den Umständen beeinflussen.«

»Das würde uns auffallen, wenn jemand in der Nähe wäre. Zugegeben, der Weg schlängelt sich ab und zu so, dass ein geschickter Verfolger sich gut verbergen kann. Aber wir haben ja gelernt, die Umgebung wahrzunehmen. Also mir ist bisher nichts Ungewöhnliches aufgefallen. Und ich habe ein gutes Gehör und ein gutes Auge.«

»Ja, glaube ich dir. Trotzdem werde ich das Gefühl nicht los, beobachtet und verfolgt zu werden. Ich weiß nicht, was es ist. Vielleicht bin ich auch zu angespannt.« Berger versuchte den Blick ausschließlich nach vorn zu richten. Aber es gelang ihm nicht. Er horchte in den Wald hinein, nahm Geräusche auf, ließ sich von einem zitternden Farnwedel verunsichern. Er war kurz davor, sich von diesem dunklen Wald überwältigen zu lassen. Wahrscheinlich hatte er sich von Ambrose Bierces Kurzgeschichte »Ein verbissener Kampf« beeindrucken lassen, die er vor Tagen in einer aufhellenden Stunde gelesen hatte. Darin beschrieb Bierce eindrucksvoll, was die scheinbare Stille des Waldes auslösen konnte. Berger war in seinem Bücherschrank der schmale Band »Hinter der Wand. Schwarze Geschichten« aufgefallen, den er seit Jahren nicht beachtet hatte, eine Sammlung von Kurzgeschichten. Sie waren tatsächlich »schwarz«.

Plötzlich wedelte nicht nur der Farn, Sträucher winkten ihm, in der Ferne bauten sich Schatten auf, die mächtigen Tannen schienen sich in seine Richtung zu neigen. Dieser Wald war selbst am helllichten Tag ein Geheimnis. Berger fing an zu zittern. Wie durch Watte rief eine Stimme: »Alban, was ist mit dir? Ist dir schlecht? Sag doch was!« Warme Finger fassten seine linke Hand und fühlten seinen Puls.

»Du hast einen erhöhten Pulsschlag. Und deine Stirn ist schweißnass.« Tammy nahm ein Papiertaschentuch und tupfte seine Stirn ab. »Wir machen eine kleine Pause. Da vorne ist ein Stein. Komm mit, wir setzen uns hin.«

Sie führte ihn, als wäre er ein alter, gebrechlicher Mann. Das war ihm peinlich. Als sie saßen, war er froh, dass sie bei ihm war. Wäre er allein gewesen, wäre er wahrscheinlich zusammengeklappt. Sie hielt immer wieder seine linke Hand und prüfte den Puls. Berger starrte geradeaus, auf einen Stein, hinter dem ein Busch aufragte, der sich im Wind leicht bewegte. »Dort beim Stein«, flüsterte Berger, »steht jemand.«

Tammy folgte seinem Blick. Nach einer Weile sagte sie: »Alban, da ist nichts. Nur ein Stein und ein großer Busch.«

»Aber ich sehe doch, dass jemand dort steht. Ich bin doch nicht verrückt.«

»Da ist niemand. Glaube es mir. Das ist eine Sinnestäuschung, fast ein Fall von Anthropomorphismus.«

»Von was?«

»Wenn man etwas intensiv anschaut, ein Bild oder einen Felsen, kann es sein, dass der Gegenstand sich verändert und ein Strauch zum Beispiel wie ein Mensch oder ein Tier aussieht. Das hast du doch sicher schon oft erlebt. Das kennt man auch aus der Malerei.«

Berger senkte seinen Kopf und sah auf den Boden, damit dieses Bild beim Stein verschwand. Während er in dieser Position verharrte, beruhigte sich sein Puls allmählich. Tammy fragte sich, ob Berger nicht zu früh in den Dienst zurückgekehrt war. Was, wenn die Belastungen im Arbeitsalltag schnell zunahmen? In seinem Privatleben war er vermutlich auch nicht gefestigt.

Nach einer Viertelstunde hatte Berger sich so weit erholt, dass sie weitergehen konnten. Er hielt sich hinter Tammy. Anfangs hatte er Mühe mit ihrem Tempo. Er begriff seinen Zustand nicht. Gestern hatte er sich noch einigermaßen stabil gefühlt, und vor wenigen Minuten wäre er fast zusammengebrochen. Hatte er sich etwas vorgemacht? Und warum hatte er eine menschliche Gestalt gesehen, obwohl keine da war, wie Tammy ihm mehrmals versichert hatte? Oder irrte sie sich und wollte ihn mit ihrer Behauptung nur beruhigen? Ein Rest von Unsicherheit blieb.

In der Nähe der Teufelsnase blieb Tammy stehen. Berger, der ganz in seine Überlegungen versunken war, wäre beinahe aufgelaufen. »Was ist los?«

»Wenn ihn doch jemand verfolgt hat? Die Teufelsnase ist ein idealer Ort für einen Überraschungsangriff. Wir könnten das mal simulieren.«

»Willst du, dass wir uns in den Abgrund stürzen wie Sherlock Holmes und sein Gegenspieler Professor Moriarty an den Reichenbachfällen?«

»Alban, geh einfach mal vor und warte auf mich unter der Wölbung.«

Widerwillig folgte Berger der Aufforderung. Tammy lief ihm langsam nach. Unter der Teufelsnase fragte sie: »Und, hast du mich kommen sehen?«

»Nein, aber ich habe dich gehört.«

»Es ist auch möglich, dass sich hier jemand versteckt hat. Als der Argentinier um die Ecke kommt, egal von welcher Seite, wird er angesprungen oder erschreckt, taumelt und stürzt in den Abgrund.«

»Denkbar ist es. Aber wir haben keinerlei Beweise für deine Theorie. Verwertbare Spuren findest du hier keine mehr. Dafür haben die Bergwacht, die Helfer und die örtliche Polizei gesorgt, leider. Ist ja auch nicht anders gegangen.«

»Angenommen, meine Theorie stimmt, dann stellt sich die nächste Frage: Warum ist Herr Borges verfolgt worden oder warum hat ihm jemand hier aufgelauert? Hat er etwas gegen jemanden in der Hand gehabt? Für wen ist dieser Mann gefährlich geworden?«

»Ich kann deine Fragen nicht beantworten. Tut mir leid. Wir müssen weiter, Tammy, sonst tappen wir im Dunkeln wie in diesem Fall.«

Es war fast Nacht, als sie das Hotel erreichten. »Wenn man aus dem düsteren Wald auf dieses seltsam erleuchtete Hotel zugeht, fühlt man sich nicht gerade geborgen. Es wirkt geheimnisvoll, beinahe bedrohlich, wie in einem Märchen mit ungewissem Ausgang.« Tammy schüttelte es.

»Mir ist es nicht viel anders gegangen, als ich gestern angekommen bin.«

»Für wann hast du den Tisch bestellt?«

»20.30 Uhr.«

»Du scheinst geahnt zu haben, dass es später wird.«

»Ich habe noch ganz andere Ahnungen«, murmelte er unhörbar für Tammy. Was war das Geheimnis dieses Hotels? Warum hatten die Betreiber es »Schatzhauser« genannt? Im Hausprospekt hatten sie an die Verantwortung des Menschen für die Natur erinnert und den Geist Schatzhauser als mythisches Symbol für die Erhaltung des Schwarzwaldes verklärt. Sie verknüpften Mythen und Religion und hoben hervor, dass das ganze Hotel aus Weißtanne gebaut war. Selbst die Speisekarte leiteten sie mit mythisch-religiösen Sätzen ein. An wen richteten sie ihre Botschaft? Von Anfang an misstraute Berger diesem Haus. Nur über das Essen konnte er nichts Schlechtes sagen.

Er legte sich eine Weile aufs Bett, um sich zu entspannen, machte sich dann frisch und saß schon am Lieblingstisch des Argentiniers, als Tammy erschien und wieder einen wunderbaren Duft verbreitete. Das Restaurant war nicht voll besetzt, wie am Tag davor auch. Die Gäste unterhielten sich in gedämpftem Ton und verstärkten das Unheimliche und Unwirkliche an diesem Hotel. Wie Untote in einem verwunschenen Gasthaus wirkten sie auf Berger.

Sie gaben ihre Bestellungen auf. Berger wählte ein veganes Menü, Tammy stellte sich ihre Speisen einzeln zusammen. Sie tranken als Aperitif einen Rieslingsekt und ließen sich zum Essen einen Rotwein kommen. Berger hatte seinen Alkoholkonsum allmählich im Griff, einer der wenigen Lichtblicke der letzten Monate. In der Therapie hatten sie ihm gesagt, er sei kein Alkoholiker, aber wenn er nicht an sich arbeite, werde er einer. Er hatte mühsam gelernt, den Konsum zu verringern. Mühsam hieß, dass er gelegentlich, vor allem wenn er allein war und sich im Kopf die Grübelmonster zusammenrotteten und lange Versammlungen abhielten, doch zu viel trank. Aber hier hatte er sich unter Kontrolle.

Nach dem Abendessen verabschiedeten sie sich und gingen in ihre Zimmer. Berger setzte sich im Bett etwas auf, zog die Knie an, rückte das Kopfkissen zurecht, sodass er bequem den Artikel von Falco Gmeiner auf seinem Tablet lesen konnte. Zuvor schaute er sich auf YouTube noch einige Clips des Argentiniers mit seiner Frau als Tanzpartnerin an. Tammy hatte recht. Das Paar hatte eine tiefe erotische Ausstrahlung. Das ernste Gesicht des Argentiniers und die schwarzen Haare seiner Frau verstärkten diese Wirkung. Er konnte sich fast nicht losreißen von den Clips.

Der Artikel von Falco Gmeiner war in der gleichen Schriftart verfasst, wie sie das Hotel Schatzhauser im ganzen Haus und in den Prospekten benutzte. Alte Schwabacher Schrift. Konnte man sich diese alte Schriftart herunterladen? Tatsächlich fand er im Netz einige freie Font-Listen mit Download-Funktion, auf denen die Schwabacher aufgeführt war. Hing Gmeiners Auswahl der Schriftart mit Black Forest Mystery zusammen? Er wollte ohnehin die Seite prüfen und rief sie auf. Alle Texte in diesem Portal waren in der Alten Schwabacher Schriftart geschrieben. Gab es eine Verbindung zwischen »Schatzhauser«, Black Forest Mystery und Falco Gmeiner? Berger konnte es sich eigentlich nicht vorstellen, da Gmeiner gesagt hatte, er habe Ärger mit dem Hotel gehabt. Andererseits musste er bei Falco Gmeiner am Ball bleiben. Oder trieb ihn die Beziehung zwischen dem Volkskundler und Tammy, die sich ganz offensichtlich anbahnte, zu einer Fehleinschätzung? Das Verhalten Gmeiners am Nachmittag im Café ärgerte ihn immer noch. Das durfte ihn jedoch nicht beeinflussen. Er beendete die Gedankenspiele und konzentrierte sich auf den Artikel.

Der begann mit einem seltsamen Aufruf, den er von einem Wissenschaftler nicht erwartet hätte:

»Ich muss Sie warnen! Sie werden ein Stück Schwarzwald erleben, mit dem Sie in dieser Tragik und Grausamkeit sicher nicht gerechnet haben. Es geht um einen zehnfachen Mord, der bis heute nicht geklärt ist und an dessen Aufklärung offenkundig niemand sonderlich interessiert ist. Der Ort des Verbrechens, das sich im April 1945 ereignete, ist ein vergessener Ort, ein Lost Place, überwuchert von Pflanzen, umgeben von riesigen Tannen, die von einer unsichtbaren Macht zum Schweigen verurteilt worden sind. Zugegeben: Das Verbrechen geschah in einer Zeit des Interregnums in Deutschland.

Das Dritte Reich war im Zerfall begriffen, in vielen Regionen herrschte noch Krieg, im idyllischen Nordschwarzwald lieferten sich französische Soldaten und deutsche Truppen heftige Kämpfe. Tief in dieser Idylle befand sich eine kleine Siedlung mit vier Häusern. Im Volksmund wurde sie Hochwald-Siedlung genannt. Das Verbrechen von 1945 ist deshalb auch bekannt unter der Bezeichnung ›Hochwald-Morde‹.

Wann es zur Besiedlung kam, lässt sich nicht festlegen. Vermutlich ließen sich lange nach dem Dreißigjährigen Krieg in dieser Gegend Vaganten nieder. Man ließ sie gewähren, weil man froh war, dass sie nicht mehr umherzogen. In jener Zeit hatten mehr als zehn Prozent der Bevölkerung kein Dach über dem Kopf. Viele Vaganten lebten von Gelegenheitsarbeiten, vom Betteln und vom Stehlen. In manchen Gegenden bildeten sich Banden. Dass sich in den entlegenen Teilen des Nordschwarzwaldes überhaupt Menschen ansiedelten, war durchaus ungewöhnlich. Eine landwirtschaftliche Nutzung war schwierig aufgrund des rauen Klimas, der vielen Niederschläge und des Geländes mit Felsblöcken und aufgeworfenem Buntsandstein. In den Siedlungen, die dennoch nach und nach entstanden, lebten vorwiegend

Holzknechte, Flößer, Köhler und Harzer. Die Harzer hatten nicht den besten Ruf. Oft wurden sie als Diebe bezeichnet. Einige von ihnen waren in den Harzkrieg im Renchtal verwickelt. Die Kolonisten im Hochwald verdingten sich als Holzknechte, als Säger in Holzmühlen, als Flößer, halfen im Wald und bei der Ernte und arbeiteten später im Fuhrgewerbe, im Straßen- und Häuserbau. Sie galten als fleißig und zuverlässig, aber unnahbar. Allerdings suchte auch niemand engeren Kontakt zu den ehemaligen Vaganten, denn sie wurden als Zigeuner und Herumtreiber stigmatisiert. Keiner machte sich Gedanken über ihr Schicksal.

In dieser rauen Gegend hielten sich die Hochwald-Siedler erstaunlich gut und bauten sogar etwas Landwirtschaft auf. Man weiß, dass sie Kartoffeln anpflanzten. Im Prinzip waren sie Selbstversorger. Ihre Anpassungsfähigkeit wurde immer wieder hervorgehoben.

Die ersten Kolonisten lebten in ärmlichen Hütten. Im Laufe der Zeit bauten sie vier Häuser. Allerdings hatte die Siedlung zum Zeitpunkt des zehnfachen Mordes weder Strom, Wasser, Abwasser noch Telefon. Keine der umliegenden Kommunen fühlte sich für sie verantwortlich. Die Kinder besuchten nur selten die Schule, weil die Wege zu lang waren. Im Winter war die Siedlung lange Zeit von der Außenwelt abgeschnitten. In den 20er- und 30er-Jahren wurde auf Bitten der Siedler ab und zu ein Lehrer in die Gegend geschickt, um die Kinder zu unterrichten. Aber bald fand sich kein Pädagoge mehr, der die Mühe auf sich nahm, in der ›Wildnis‹ Kindern das Lesen, Schreiben und Rechnen beizubringen. Als das fünf Kilometer entfernte Gasthaus Tannenruh zum Ziel von immer mehr Wanderern und Ausflugsgästen wurde, halfen die

Frauen und Mädchen der Hochwald-Siedlung dort als Bedienungen aus.

Trotz der rauen Lebensumstände überdauerte die Siedlung die Jahrhunderte. Doch dann brach in einer einzigen Nacht alles zusammen und die Siedlung wurde in kurzer Zeit eine Wüstung, an die heute nur noch zerfallene Gebäude erinnern.

Vom 24. auf den 25. April 1945 wurden um 1 Uhr im ersten Haus – von Süden aus gesehen – zehn Menschen erschossen. Es gibt viele Theorien und Gerüchte, aber keine eindeutigen Fakten, die zur Aufklärung dieses historisch einmaligen Falles führen. In diesen Apriltagen tobten in der Nähe der Siedlung schwere Kämpfe. Die Familien in den vier Häusern verbargen sich in den Kellerräumen. Am 24. April schien sich die Lage zu beruhigen. Am Abend begann jedoch das Drama, dessen Verlauf niemand kennt. Als am nächsten Morgen die Nachbarn bei der Familie Meng klopften, machte keiner auf. Der Name ›Meng‹ kommt aus dem Rotwelsch und bedeutet ›Kesselflicker‹, ein Hinweis auf die Herkunft der Siedler. Die Haustür war nicht verschlossen, also gingen die Nachbarn ins Haus und entdeckten in der Küche und im Wohnzimmer zehn Leichen. Hermann Meng, der 50 Jahre alte Vater, Lina, seine 45 Jahre alte Frau, ihre Töchter Sophia, 14 Jahre, Maria, zehn Jahre, Nanni neun Jahre, Karl Meng, der Bruder von Hermann, 52 Jahre, seine Frau Franziska, 48 Jahre, ihre Tochter Berta, 24 Jahre, Bertas Tochter Magdalena, zwei Jahre, Bertas Sohn Michael, vier Monate. Alle erschossen.

Nur der siebenjährige Gustav überlebte, Sohn von Hermann und Lina Meng. Man fand ihn im Schlafzimmer, eingerollt in Decken, sprachlos. Auch auf ihn wurde geschossen. Aber keine einzige Kugel traf ihn. Er, der einzige Zeuge dieser Nacht, wurde befragt, brachte aber kein Wort heraus. In den wenigen öffentlichen Berichten hieß es, der Junge habe so verwirrt gewirkt, als hätte er für immer die Sprache verloren. Er wurde in Obhut genommen. Es ist nicht bekannt, wer sich um den Siebenjährigen kümmerte und wo er letztlich unterkam.

Karl, der Bruder von Hermann, und seine Familie lebten im Haus nebenan. Für die Einschätzung des Falles ist das wichtig. Warum waren sie alle in Hermanns Haus? Wer hat die zehn Menschen auf so brutale Weise ermordet? Warum hat niemand aus den anderen zwei Häusern die Schüsse gehört? Warum fehlen jegliche Hinweise auf die Mörder?

Zum Zeitpunkt des zehnfachen Mordes hatte die französische Armee das Gebiet um die Hochwald-Siedlung unter ihrer Kontrolle. Als die französische Kommandantur von der Tat erfuhr, sicherten Soldaten das Haus. Einen Tag später erreichten Mitglieder der berühmten Sureté, der französischen Kriminalpolizei, die Siedlung und dokumentierten alles. Was heute unvorstellbar ist: Sie versiegelten das Haus mit den zehn Leichen. Nach acht Tagen wurden die Opfer des Mordanschlags auf einem kleinen Friedhof bei der Siedlung beerdigt. Die deutschen Stellen, die mit dem Fall befasst wurden, erstellten ein Protokoll, aus dem jedoch drei Seiten verschwanden. Andere Unterlagen wurden nach Straßburg gebracht und mit einer Sperre von 100 Jahren belegt. Erst 2045 dürfen die Dokumente veröffentlicht werden. Warum? Sollte etwas vertuscht werden? Das Verhalten der französischen Kommandantur und der Sureté nährte von Beginn an das Gerücht, die Franzosen seien für das Massaker in der

Hochwald-Siedlung verantwortlich. Zeugen berichteten, zweimal sei an jenem Abend ein französisches Militärfahrzeug zur Siedlung gefahren. Es hieß aber auch, dass sich die Familie kurz vor dem Massaker über Politik gestritten habe. Was ist damit gemeint? Gingen Nazigegner und Anhänger Hitlers aufeinander los? Auf welcher Seite standen Hermann und Karl? Oder waren sie Gegner?

Für beide Theorien gibt es keine stichhaltigen Beweise. Das gilt auch für die dritte Theorie, die besagt, marodierende SS-Soldaten hätten die zehn Menschen umgebracht. Und es kursiert noch ein Gerücht, das eine Verbindung zwischen der Hochwald-Siedlung und dem Gasthaus Tannenruh herstellt. Dabei spielt eine Vergewaltigung eine Rolle. Auf einer Feier im ›Tannenruh‹, bei der es hoch hergegangen sei, hätten SS-Leute eine Bedienung aus der Hochwald-Siedlung vergewaltigt. Befürchteten die SS-Leute, an die Franzosen verraten zu werden?

Alle Theorien beruhen auf Hinweisen vom Hörensagen. Fragt man vermeintliche Zeugen, will niemand etwas gesehen oder gehört haben. Können die drei verschwundenen Protokollseiten Aufschluss geben über die Mordnacht? Was spricht heute dagegen, die Dokumente, die in Straßburg lagern, vor 2045 zu veröffentlichen? Fast alle Beteiligten am Mordfall Hochwald-Siedlung sind vermutlich tot. Auch die deutsche Seite muss sich fragen lassen, warum sie den Fall nach der Gründung der Bundesrepublik nicht wiederaufnahm. Wurde jemals bei der französischen Justiz um Freigabe der Dokumente gebeten? Morde auf deutschem Boden verjähren nicht. Fragt man bei den zuständigen Abteilungen der Polizei nach, ist allen der Fall nicht bekannt. Warum?

Nicht einmal die Presse vertieft sich in diesen Fall, obwohl er alles hergibt für einen spannenden Artikel. Es gibt nur wenige Veröffentlichungen, und diese wenigen riefen kein großes Echo hervor.

Eine Anmerkung zum Schluss: Kurze Zeit nach dem zehnfachen Mord verschwanden die anderen Bewohner der Siedlung spurlos. Über sie weiß man nichts. Haben sie sich schuldig gemacht? Der Schwarzwald kennt viele Geheimnisse. Aber dieser dunkle Tannenwald mit der untergegangenen Siedlung verbirgt eines der größten.«

Von diesem Fall mit den vielen offenen Fragen hatte Berger noch nie etwas gehört. Er spürte einen Reiz, die Fragen, die Falco Gmeiner in seinem Artikel aufgeworfen hatte, an das Polizeipräsidium weiterzuleiten. Hatte der Historiker im Polizeipräsidium nach diesem Fall gefragt? Oder berief er sich auf fremde Recherchen? Seine Quellen legte Gmeiner in dem Artikel nicht offen. Berger las die Passage mit den verschlossenen Dokumenten und den drei verschwundenen Protokollseiten noch einmal durch. Vermutlich hatte der Argentinier versucht, mithilfe eines Anwaltsbüros an die Dokumente in Straßburg zu kommen. Falco Gmeiner hatte das angedeutet. Er und Tammy mussten das Rechtsanwaltsbüro ausfindig machen, um sich Klarheit verschaffen zu können. Würde ihnen das weiterhelfen? Bisher hatten sie keine Beweise, dass zwischen dem tödlichen Absturz des Argentiniers und den Hochwald-Morden ein unmittelbarer Zusammenhang bestand. Sie mussten beide Fälle getrennt sehen. Vorerst.

Enttäuscht schaltete er das Tablet ab. Er nahm den üblichen Schluck aus dem Wasserglas auf dem Nachttisch und knipste die Lampe aus. Kurz vor dem Einschlafen spürte er, dass er von dem zehnfachen Mord in der Hochwald-Siedlung nicht mehr loskommen würde.

Am nächsten Morgen schoben sie nach dem Frühstück Tassen, Teller und Besteck auf die Seite und legten ihre Tablets auf den Tisch, um den Abschlussbericht vorzubereiten. Tammy war ganz offensichtlich nicht bei der Sache. Sie tippte nebenher ständig auf ihrem privaten Smartphone herum.

»Tammy, wir müssen unseren Bericht schreiben. Bitte konzentriere dich auf unseren Fall.«

»Entschuldigung. Ich bin abgelenkt worden.«

Abgelenkt von Falco Gmeiner, das konnte er in ihrem Gesicht lesen.

»Was hast du gerade gefragt?«

»Was wir haben, das für weitere Ermittlungen spricht.«

»Nichts. Abgesehen von dem verschwundenen Smartphone und dem verschwundenen Tablet. Sonst spricht alles dagegen.«

»Einwand: Wir haben die seltsame Suchaktion und das aufgeräumte Zimmer. Außerdem die Aussage einer Bedienung, dass Herr Borges von einem Mann bedrängt worden sei und sich beschwert habe. Die Bedienung ist seltsamerweise nicht mehr im Haus.«

»Wirklich verwertbar ist das nicht.«

»Aber ein weiteres Indiz, dass in diesem Fall etwas nicht stimmt.«

»Wir können es ja im Bericht auflisten. Mir ist heute Nacht übrigens noch etwas eingefallen, was wir völlig außer Acht gelassen haben: Es könnte auch ein medizinischer Notfall gewesen sein. Hat er Medikamente genommen?«

»Ich habe keine entdeckt, weder im Zimmer und im Bad noch im Gepäck. Er scheint ein gesunder alter Mann gewesen zu sein.«

»Das ist alles mehr als dürftig. Obwohl auch bei gesunden Menschen ein medizinischer Notfall denkbar ist. Am mutmaßlichen Unglücksort findet sich auch nichts, was auf Fremdeinwirkung schließen lässt. Und die Aussagen von Bergwacht und Polizei sind wahrscheinlich nicht in Zweifel zu ziehen und nicht zu widerlegen. Wir werden einen mageren Bericht abliefern. Die Obduktion wird bestätigen, dass Gustavo Borges tödlich verunglückt ist, ohne Fremdeinwirkung. Und Firner wird über den großen Aufwand maulen, den wir betrieben haben.«

»Das wird er mir ankreiden, obwohl ich nur der Anweisung unseres Kripochefs gefolgt bin.«

»Ich habe das Gefühl, dass es dir ungeheuer schwerfällt, nichts Entscheidendes in der Hand zu haben.«

»Das ist in der Tat so. Ja. Es ärgert mich richtig, dass wir nichts vorweisen können.«

»Mit was hängt dein Frust zusammen? Mit dem Hotel?«

»Möglich.«

»Alban, wir müssen die Ergebnisse unserer Ermittlungen akzeptieren. Und alles andere kommt nicht in unseren Bericht.«

»Und wie bewerten wir den Artikel von Falco Gmeiner?«

»Damit tu ich mich äußerst schwer. Es ist die Schilderung eines alten Falles. Wir wissen nicht, welche Verbindung der Argentinier zu dem Fall hat. Ob er zum Beispiel jenes Kind gewesen ist, das die Mordnacht überlebt hat. Falco Gmeiners Artikel lässt diesen Schluss zu. Aber ohne Beweiskraft. Falls dem wirklich so wäre, warum ist

Borges dann erst jetzt, so lange nach dem Ereignis, nach Deutschland gekommen?«

»Es kann gut sein, dass er erst vor Kurzem auf den Fall gestoßen ist.«

»Ob wir das jemals erfahren werden?«

»Sollen wir überhaupt noch nach dem Rechtsanwaltsbüro forschen?«

»Was bringt das? Es wird vielleicht bestätigen, dass Borges auf Herausgabe von Dokumenten klagen wollte. Aber es wird nichts zu der Frage beitragen können, ob er bei der Teufelsnase abgestürzt oder in den Abgrund gestoßen worden ist.«

Tammy war wohl froh, wenn sie den Fall abgeschlossen hatten. Berger konnte alles drehen und wenden, wie er wollte, sie würden mit leeren Händen ins Präsidium zurückkehren. »Diese Geschichte ist so seltsam wie dieses Hotel«, sagte er.

»Wie meinst du das?«

»Bei diesem Hotel beschleicht mich ein sehr ungutes Gefühl.«

»Hat das mit unseren Ermittlungen zu tun?«

»Nein, grundsätzlich.«

»Was heißt ›grundsätzlich‹? Wenn ich dich so reden höre, muss ich davon ausgehen, dass du wieder mal etwas Besonderes entdeckt hast, das uns noch beschäftigen wird. Verschweigst du mir etwas?«

»Nichts Entscheidendes. Du musst keine Angst haben.«

»Nichts Entscheidendes heißt bei dir meist etwas Bedeutendes.«

»Ich bin nur auf etwas Rätselhaftes gestoßen, das mich unruhig macht.« Er erzählte ihr von den fehlenden Blättern in der Elberfelder Bibel. Den seltsamen Mann, der ihn in der Bibliothek überrascht hatte, erwähnte er nicht.

»Aber du kannst das nicht in Verbindung bringen mit dem abgestürzten Argentinier. Oder doch?«

»Ich muss zugeben: nein. Das sind zwei verschiedene Fälle.«

»Das Hotel ist also für dich ein Fall?«

»Wenn ich es genau überlege: Es wird in meinem Kopf immer mehr zu einem Fall.«

Berger hatte seine Spürnase tiefer in den »Fall« gesteckt, als er zugab. Von jetzt an würde er nicht mehr locker lassen. Das kannte Tammy an ihm schon zur Genüge. Das Hotel war in seinen Fokus geraten.

»Nur müssen wir das alles in unserem Bericht weglassen, Tammy. Das gehört da nicht hin. Und ich bitte dich, das, was ich dir berichtet habe, nicht weiterzugeben. Aber die ausgerissenen Seiten schaue ich mir mal genauer an. Wir haben auf der Dienststelle doch noch die Elberfelder Bibel. Oder?«

»Ja, die wird wie ein Beweisstück behandelt. Die kommt erst weg, wenn die Soko Gifiz aufgelöst wird. Und das kann noch lange dauern.«

»Sobald wir das hier hinter uns haben, beginne ich mit der Auswertung.«

»Ich kann dir dabei helfen. Wenn du willst.«

»Gerne.«

Sie räumten ihre Sachen zusammen, verließen den Frühstücksraum, verabschiedeten sich und machten sich in ihren Zimmern ans Packen. Wieder mal klemmte der Metallbügel von Bergers Reisetasche. Als er vor Verzweiflung eine kurze Pause einlegte und aus dem Fenster schaute, sah er, dass Tammy auf ihr Motorrad stieg und den Motor startete. Der Sound der Maschine klang nach einem schweren Abschiedsgedicht, das durch die offene Balkontür geflüstert wurde. Das war ihm gestern noch nicht aufgefallen. Allerdings hatte sich in der Zwischenzeit viel entwickelt. Sie fuhr los und verschwand viel zu schnell aus seinem Blickfeld. Er fühlte einen Trennungsschmerz. Wie bei einem Abschied für immer. Dabei waren sie doch nur Kollegen. Oder fühlte er mehr?

Unmittelbar nach Tammy verließ ein schwarzer SUV das Gelände. Der Wagen musste aus der Tiefgarage beziehungsweise dieser Berggarage gekommen sein. Auf dem Gelände hatte Berger ihn nicht gesehen. Den Wagentyp und die Nummer konnte sich Berger auf die Schnelle nicht merken. Tammy beschäftigte ihn zu sehr. Er war gespannt, ob ihm nachher auch ein schwarzer SUV oder ein anderes Fahrzeug folgte. Der Wagen verstärkte sein Gefühl, dass man in diesem Hotel unter Beobachtung stand. Und er schloss nicht aus, dass man auch abgehört wurde. An ihre Aufzeichnungen im Tablet und an ihre Smartphones kam niemand ran. Sie hatten im abgesicherten Modus gearbeitet. In diesen Bereich konnten selbst clevere Hacker nicht vorstoßen. Hoffentlich war das keine Illusion.

Wahrscheinlich war alles nur Zufall und er verknüpfte Ereignisse und Beobachtungen zu einem Gewebe, das nur in seiner Fantasie entstand. Er musste dieses Hotel verlassen, bevor es ihn in seinen Bann zog. Wie hieß es doch im Flyer? »Wir wünschen Ihnen einen unvergesslichen Aufenthalt.« Das, was er in den letzten zwei Tagen erlebt hatte, war unvergesslich. Und plötzlich war er sich sicher, dass im Zusammenhang mit diesem

Hotel noch mehr unvergessliche Momente hinzukommen würden.

Berger hatte vor, über die Schwarzwaldhochstraße und die Griesbacher Steige nach Offenburg zu fahren. Die Oppenauer Steige wollte er unbedingt meiden, die Strecke, auf der Kalli Momper verunglückt war. Tammy hatte ihm beim Abendessen erzählt, dass Kalli vor einiger Zeit aus dem Koma aufgewacht sei. Das sei das Einzige, was man von ihm wisse. Die Familie schotte ihn ab und wolle keine Hilfe mehr von Kolleginnen und Kollegen. Kalli hatte eine große deutsche Zeitung mit Interna der Ermittlungen gegen die christlichen Terroristen gefüttert. Kurz nach seiner Suspendierung war er an der Oppenauer Steige mit seinem getunten Wagen verunglückt und hatte sich lebensgefährliche Verletzungen zugezogen. Berger machte sich nach wie vor mitverantwortlich für das Unglück. Hätte er damals die Warnungen seines Kollegen Georg Rackert ernstgenommen, wäre es nicht zu dieser Verkettung von schwerwiegenden Ereignissen gekommen. Und es hätte nicht so viele Opfer gegeben. Es half ihm nicht, dass Kolleginnen, Kollegen, Ärzte und Psychotherapeuten ihn von jeglicher Schuld freigesprochen hatten. Er war sein eigener Richter. Und sein Urteil stand fest: schuldig. Für immer. Mit dieser Schuld musste er leben und lernen, damit umzugehen. Die Therapeuten hatten bei ihm einen falschen Ansatz gewählt. Sie hätten ihn lehren müssen, mit großer Schuld umzugehen.

Auf dem Weg zur Abzweigung Richtung Griesbach stutzte Berger. Links auf einem Parkplatz vor ihm stand ein Motorrad, das wie die Maschine von Tammy aussah. Die wollte doch möglichst schnell zurück ins Präsidium. Berger fuhr auf den Parkplatz und hielt hinter der Maschine an. Es war ihr Motorrad. Von Tammy keine Spur. Die Maschine schien intakt zu sein. Warum hatte sie angehalten? Der Parkplatz war fast leer. Nur ein alter VW-Bus stand weiter vorne auf der Seite. Am Rand des Platzes sah Berger mehrere Wanderschilder. Also ging dort ein Weg ab. Vielleicht war sie im Wald unterwegs. Er beschloss, den Weg zu nehmen.

Ein paar Hundert Meter war er sicher schon gelaufen, als Tammy aus einer Abzweigung auftauchte. »Was machst du denn hier?«, fragte Berger.

»Ich musste mal. Der Kaffee. Auf der Suche nach einem geeigneten Platz bin ich immer weiter in den Wald gelaufen.«

»Ich habe mir schon Sorgen gemacht. Als du vom Hotel weggefahren bist, ist dir ein schwarzer SUV gefolgt. Jedenfalls hatte ich den Eindruck.«

»Unterwegs hat mich ein schwarzes Fahrzeug kurze Zeit bedrängt. Dann hat sich der Fahrer zurückfallen lassen.«

»Hast du ihn erkannt?«

»Nein, ich habe mir überlegt, das Tempo zu verschärfen. Aber hier oben kann man sich schnell ein Knöllchen einhandeln.«

Langsam gingen Berger und Tammy zurück zum Parkplatz an der Straße. Plötzlich kam von links ein schwarzer SUV. »So ein Wagen hat dich verfolgt, Tammy.« Die Scheiben waren verdunkelt, sodass sie nichts sehen konnten. Der Wagen fuhr sehr schnell. Berger konnte gerade noch erkennen, dass das Kennzeichen mit 8888 endete. »Den würde ich gern überprüfen lassen. Ich glaube, das ist ein SUV von BMW gewesen. Wird ja wohl nicht so schwierig sein, den Halter herauszufinden. Die 8888 ist sehr auffällig.«

»So einfach ist das nicht«, widersprach Tammy. »Der Wagen kann überall zugelassen sein. Und die 8888 kommt nicht selten vor. Wollen wir wirklich die Zeit damit verplempern?«

»Was ist das für ein Hotel? Schottet sich ab, hat viele ausländische Gäste, gibt sich einen religiös-ökologischen Anstrich und ist auf seinem Territorium zum Angriff bereit. Oder übertreibe ich jetzt?«

»Würde ich nicht sagen. Ich frage mich auch, was oder wer sich hinter diesem Hotel verbirgt. Aber lass uns zum Präsidium fahren. Hier oben können wir nichts klären.«

Und wenn die Lösung vieler Probleme doch hier oben lag, fragte sich Berger.

KAPITEL 6

Der neue Meister saß angespannt wie schon lange nicht mehr vor seinem Computer. Er hatte sich für diesen Tag die Aufgabe vorgenommen, eine weitreichende Strategie zu entwickeln. Von der alten Strategie seines Vorgängers hatte er sich längst verabschiedet. Es war richtig, den Weg, den der alte Meister eingeschlagen hatte, zu verlassen. Der alte Meister hätte sie alle mit seiner Schwerthand unweigerlich in den Abgrund geführt. Für die neue Strategie hatte er bereits viel Material gesammelt, aus der Bibel geschöpft und versucht, Altes mit Neuem zu verbinden. Die Jünger hatte er nach dem Schock in der Vergangenheit davon überzeugt, dass sie sich endgültig vom alten Weg lösen und einen neuen gehen mussten. Es war eine harte Zeit gewesen. Aber er hatte gewichtige Argumente und konnte inzwischen genauso eloquent auftreten wie sein Vorgänger. Und was die Bibel betraf, hätte er es inzwischen ohne Probleme mit dem alten Meister aufnehmen können. Fast ohne Probleme, musste er sich gestehen.

Eine der Stärken des alten Meisters war seine Bibelfestigkeit gewesen. Dazu seine Redegewandtheit. Und seine Stimme, die anziehend, überzeugend und betäubend gewirkt hatte. Ihr hatten sich viele nicht entziehen können. Auch er nicht.

Fast zu spät hatten sie sich vom alten Meister gelöst. Jetzt richteten sich ihre Blicke auf die Zukunft. Er hatte die Jünger in ihre Aufgaben eingewiesen. Die Spuren der Vergangenheit waren verwischt. Niemand konnte sie enttarnen. Und dennoch empfand er die Jünger in letzter Zeit als Belastung. Sie wussten zu viel. Er konnte nicht einschätzen, ob sie starken Druck aushielten, falls sie noch einmal in eine schwierige Lage gerieten.

Er selbst hatte keine Spuren hinterlassen. Bei den Aktionen, die der alte Meister befohlen hatte, war er nie zugegen gewesen. Oft hatte er erklärt, keine Zeit zu haben. Was in den meisten Fällen gestimmt hatte. Der alte Meister hatte sein Verhalten immer wieder kritisiert und missbilligt, aber keine Konsequenzen gezogen. Das hatte er selbst getan, indem er die Jünger auf seine Seite gebracht hatte.

Benötigte er sie jetzt noch? Hatte er sie überhaupt jemals benötigt? Ohne dieses eine zufällige Treffen mit dem alten Meister wäre er nie zu dieser Gruppe gestoßen. Er musste sich eines Tages von ihnen trennen. Eines Tages? Bald! Eine Lösung zeichnete sich bereits ab. Bis dahin musste er sie straff führen und durfte sich nicht anmerken lassen, dass er sie loswerden wollte. Immer wieder predigte er ihnen Disziplin, Treue, Flexibilität und Lernfähigkeit und tat so, als könnten sie nur gemeinsam das große Ziel erreichen. Er hielt sie für schwach. Es waren Menschen, die aufschauten, die zu keiner eigenen Entscheidung fähig waren, die bedingungslos dem alten Meister gefolgt waren. Jetzt, da der Bann des alten Meisters gebrochen war, konnte er frei sein Ziel verfolgen. Bis dahin galt es, viele Etappen zu bewältigen. Eine der nächsten hieß Ausbau des Stiftungsnetzes, ein Netz aus uneinnehmbaren Burgen. Aber das geschah ohne die Jünger. Für diese Aufgabe hatte er vor längerer Zeit andere gewonnen. Die Ströme aus den Geldquellen, die er gemeinsam mit den anderen erschlossen hatte, mussten noch geschickter in die Stiftungen gelenkt werden. Dass er parallel ein anderes Netzwerk aufgebaut hatte, hatten die Jünger nicht bemerkt. Mit den Stiftungen wollten sie sich in die Gesellschaft »einbluten«. Das Wort war ihm irgendwann eingefallen und passte gut zu ihren Vorhaben. Zu den Vorhaben ohne Jünger. Es versinnbildlichte das, was sie mit den Stiftungen vorhatten: einen Blutaustausch, der dauerhaft das Wesen der Gesellschaft in ihrem Sinn veränderte.

Zuerst wollten sie sich in christliche Verlage einkaufen und ihre Richtung verändern. Bei einem Verlag waren sie fast so weit. Viele Verlage waren geradezu froh, wenn jemand einsteigen oder kaufen wollte. Es waren ideale Einfallstore in die Gesellschaft, die sie verstärkt nutzen wollten. Konservative Zeitungen hatten sie ebenfalls auf ihrer Liste. Sie brauchten Meinungsführer, die sie gezielt umdrehen konnten. Über Seminare versuchten sie bereits, Meinungsführer und weitere Geldgeber zu finden. In einigen Fällen hatten sie Erfolg.

Sie befanden sich in einem religiösen Kulturkampf, dessen Regeln sie aufstellten – und sonst niemand. Dass man diesen Kulturkampf gewinnen konnte, zeigten die Klerikalen in den USA, die sogar den Präsidentschaftswahlkampf erfolgreich beeinflusst hatten. Jetzt gingen sie daran, die höchsten Richterämter und andere wichtige Institutionen zu übernehmen.

Mit dem Stiftungsgeflecht hatte er unter dem alten Meister begonnen, ohne ihn zu informieren. Der alte

Meister hätte diese Strategie sofort gestoppt. Die Erpressung von Firmen und Privatleuten, die eigentlich keine war, denn sie richtete sich gegen die, die gegen die göttliche Ordnung handelten, wollte er mit der Zeit aufgeben. Aber das Geld brauchten sie vorerst noch. Sie hatten es so gut gewaschen, dass der Ursprung nicht mehr zu erkennen war. Wie es gewaschen wurde, hatte er nur dem Ersten Jünger unter dem Siegel der absoluten Verschwiegenheit erzählt. Dass es noch eine weitere Einnahmequelle gab, wusste sein Erster Jünger nicht. Auch diese Einkünfte mussten gewaschen werden. Das war eigentlich nicht in seinem Sinn, aber er hatte sich dem Druck beugen müssen, denn davon profitierten sie – er und sein neues Netzwerk, zum Teil.

Verdrängen musste er diesen Fall. Wie den anderen. Er war allerdings abgeschlossen und es drohte kein Ärger mehr. Dafür hatte sein Netzwerk wie versprochen gesorgt. Folglich konnte er sich endlich wieder unbeschwert auf seine Strategie konzentrieren. Er träumte von einem eigenen TV-Kanal, mit dem sie den unchristlichen Medien Paroli bieten konnten. Sie mussten alle modernen Medien nutzen, um die Gesellschaft zu durchdringen. Sie mussten Algorithmen einsetzen und Influencer gewinnen. Es galt, im Netz einen gnadenlosen Kampf zu führen. Sie hatten über Umwege Kontakt zu anderen christlichen Gruppen aufgenommen, die ihnen nahestanden und Erfahrung im Aufbau von eigenen Medien gesammelt hatten. Sie planten, zunächst ein bundesweites Netzwerk aufzubauen, danach ein weltweites. Zwei prüften bereits bei mehreren Gruppen im Netz, ob sie ähnliche Ziele verfolgten wie sie. Es ging um die Schnittmenge, um die Größe der Gemeinsamkeiten. Dazu gehörte es, sich unvoreingenommen auch mit

Organisationen und Parteien zu beschäftigen, die diesen Staat ablehnten und eine neue Ordnung anstrebten. Es war ihnen nicht entgangen, dass in den letzten Jahren viele Menschen auf den Straßen demonstriert und die Rettung des christlichen Abendlandes gefordert hatten.

Sie beobachteten mehr als bisher die Bewegungen in der Gesellschaft. Er mahnte auch seine Jünger, mehr zum Schein, dass man die Zornigen in der Gesellschaft gewinnen müsse. Vielleicht nützten ihm seine Jünger doch noch etwas, bis er sich von ihnen trennen konnte. Selbst gewaltbereite Gruppen hatten sie im Blick, obwohl er Abschied genommen hatte von der Strategie des alten Meisters. In ihr Kalkül, und damit meinte er nicht die Jünger, sondern die anderen, bezogen sie die wichtigsten staatlichen Vollstreckungsorgane ein: die Polizei und die Bundeswehr. Schon lange brodelte es unter Polizisten und Soldaten. Er wusste, dass viele sich von den bürgerlichen Parteien abwandten und neue Gruppierungen unterstützten, die den Staat in dieser Form ablehnten. Wie er und seine neuen Mitstreiter diese Menschen einbinden konnten, war ihnen noch nicht klar. Die Suche nach Bündnispartnern zählte zu den schwierigsten Aufgaben.

Nach einem tiefgreifenden und harten Abwägungsprozess hatten sie eine lange Liste zusammengestellt. Sie wollten sich auf keinen Fall abhängig machen. Und sie durften sich nicht instrumentalisieren lassen. Nie durften sie die Kontrolle verlieren. Sie mussten den anderen deutlich machen, dass es nur einen Weg gab, nämlich ihren. Innerhalb der Kirchen hatten sie Kontakte zu möglichen Partnern und Anhängern geknüpft, aber so, dass niemand ihre wahre Identität feststellen konnte. Außerdem hatten sie ein altes leerstehendes Kloster in Aussicht, das sie zu einer christlichen Kaderschmiede ausbauen wollten. Es sah alles vielversprechend aus.

Noch handelten sie im Schatten. Das Ziel des neuen Meisters war es, möglichst bald aus diesem Schatten herauszutreten und unter dem Schirm der Legalität die bröckelnde Gesellschaft zu verwandeln. Das, was er jetzt niederschrieb, war eigentlich keine reine Strategie, sondern ein Manifest für eine neue Gesellschaft, die auf der Ehrfurcht vor Gott beruhte. Das Manifest richtete sich zunächst an die Jünger, damit sie keinen Verdacht schöpften. Im Prinzip aber war es universell, galt sowohl für die Jünger als auch für die anderen. Das machte seine Aufgabe leichter. In den Zielen waren sich die Jünger und die anderen einig, ohne voneinander zu wissen. Er selbst musste aufpassen, dass er die beiden Gruppen auseinanderhielt. Keine durfte von der anderen erfahren.

Der neue Meister begann zu schreiben: »Zehn Strategien gegen die Gottlosigkeit.«

Trafen diese Sätze das, was sie vorhatten: einen hierarchischen Gottesstaat mit festen Prinzipien zu schaffen? Über den Titel musste er später noch einmal nachdenken. Er durfte sich nicht schon am Anfang verwirren. Sein Gedankenfluss drängte nach außen und seine Finger hielten dem Druck nicht mehr stand. Wie wild drückten sie die Tasten seines Computers.

Kapitel eins begann mit einem klaren Satz: »Unsere Waffe ist das Wort Gottes!« In knappen Sätzen legte er Ziele und Werte fest. »Wir wollen einen Gottesstaat errichten. Gott hat uns als Vertreter im Diesseits ausgewählt. Deshalb ist unsere Lebensführung vorbildlich.«

Dann stockte sein Schreibfluss. Was bis vor wenigen Augenblicken noch klar war, verschwamm plötzlich. Zweifel krochen in ihm hoch, während seine Finger auf der Tastatur ruhten. Seine Aufgabe erwies sich doch nicht als so leicht. Das Gebäude aus Themen, Thesen und Argumenten, das er gebaut hatte, stürzte in sich zusammen. Er hatte die Warnzeichen missachtet. In den letzten Wochen hatte er immer wieder für kurze Momente gespürt, dass etwas in ihm zu brodeln begann. Dass ihm alles entglitt. Dass er müde wurde. Je intensiver er sich mit Strategien und Zielen auseinandersetzte, desto größer wurde seine Unruhe. Die Lage, in der er sich befand, überforderte ihn. Er hatte nicht die magischen Fähigkeiten seines Vorgängers. Und manchmal beschlich ihn der Gedanke, dass er den Glauben an das verloren hatte, was sie sich eingeredet hatten. Aber wie konnte er aus dieser Situation herauskommen? Müsste er mit den Jüngern nicht ehrlich umgehen und ihnen sagen, was ihn umtrieb? Dass er ihre körperliche Nähe nicht mehr ertragen konnte? Die Zahl der gemeinsamen Treffen wurde immer geringer. Er übertrug fast alles dem Ersten Jünger. Er selbst fühlte sich zu schwach für weitreichende Entscheidungen.

Und dann war da noch die andere Seite, von der er abhing, die ihn unter Druck setzte. Deren Statthalter er spielen musste. Und nichts anderes! Er hatte sich sein Leben einst anders vorgestellt. Aber er war schon früh in gefährliche Abhängigkeiten geraten. Er hatte sich weit von seinem Lebensentwurf entfernt.

Wie ausgesaugt saß er vor seinem Computer. Nach jedem Wandel in solch trostlosen Gedankengängen erfasste ihn eine Leere, schwarze Materie, die ihn immer mehr auffraß. Wenigstens hatte er die Kraft, um das Geschriebene zu speichern. Er musste warten, bis sich seine Stimmung besserte. Ein Anfang war gemacht. Er schaltete den Computer ab. Wozu hatte er Jünger! Er würde ihnen die Ausarbeitung der Strategien überlassen, Strategien, die er vielleicht gar nicht mehr brauchte, gar nicht mehr wollte. Aber die Jünger mussten beschäftigt werden, bis sich ihre Wege endgültig trennten.

KAPITEL 7

Endlich hatten sie Zeit, sich mit den Bibelseiten aus dem »Schatzhauser« zu befassen. Tammy hatte die Seiten zweimal kopiert. So konnten sie und Berger alles in Ruhe lesen und nach markanten Sätzen suchen. Außerdem lagen die Elberfelder Bibel aus der Asservatenkammer und das dicke Bibellexikon, das sich Georg Rackert angeschafft hatte, auf dem Tisch in ihrem Büro. Niemand in der Soko konnte auf die Idee kommen, dass die beiden nach etwas anderem suchten. Alle mussten den Eindruck haben, sie arbeiteten die alten Spuren auf.

»Wir suchen nach neuem Unheil«, sagte Berger halblaut.

»Was?«

»Entschuldige«, flüsterte Berger. »Ich habe nur gesagt, dass wir nach neuem Unheil suchen.«

»Meinst du wirklich?«

»Ja.«

Er beugte sich über die Texte, während Tammy ihn längere Zeit beobachtete. Neues Unheil. Sie hatten das alte noch nicht einmal beseitigt. Berger sprach in Rätseln. Hatte er das mit dem Unheil nur so dahingesagt oder hatte er bereits Hinweise auf neue Gefahren entdeckt? Sie mochte den Mann, der vor ihr saß, aber manchmal war er ihr unheimlich, vor allem wenn er dunkle Andeutungen machte wie ein Prophet. Blieb er stabil oder erlitt er bei nächster Gelegenheit einen Rückschlag? Eigentlich vermittelte er den Eindruck, dass er auf einem guten Weg war. Es gab aber auch Tage, an denen er zerbrechlich wirkte, wie auf ihrem Rückweg von der Hochwald-Siedlung zum Hotel.

Berger war in seine eigenen Gedanken vertieft. Je mehr sie sich mit der Bibel beschäftigten, desto heftiger reagierte Berger auf das »Buch der Bücher«. Er schwankte zwischen Abgestoßensein und Bewunderung. Auf jeden Fall eignete sich die Bibel zur Manipulation und zum Missbrauch. Wer war es dieses Mal, der Bibeltexte missbrauchte? War es wirklich Missbrauch? Er hatte die herausgetrennten Seiten noch nicht richtig studiert und sollte unvoreingenommen an die Texte gehen. Deshalb fragte er Tammy: »Warum reißt jemand elf Blätter aus der Bibel? Was bezweckt er damit? Ich finde keine Antwort darauf.«

»Vielleicht schweißt der Betreffende die Seiten ein und legt sie in den Kühlschrank.«

»Tammy, mach keine blöden Witze. Ein Kommilitone von mir hat Kühlschrankgedichte geschrieben, so hat er sie genannt, auf DIN-A4-Blätter, mit Tusche. Haiku, japanische Dreizeiler. Er hatte eine wunderschöne Schrift. Und die Gedichte hat er tatsächlich eingeschweißt und in den Kühlschrank gelegt, später in die Kühltruhe.«

»Das ist jetzt nicht dein Ernst. Oder? Du willst mich verscheißern.«

»Doch. Die Story habe ich noch niemandem erzählt, weil sie einfach unglaublich ist. Der Typ ist schon ein bisschen verrückt gewesen. Aber seine Haiku waren erstklassig. Er hat mir einige zum Lesen gegeben. Leider hat er sie nie veröffentlicht. Ein Haiku hat er sich in japanischen Schriftzeichen auf den linken Unterarm tätowieren lassen. Mal sehen, vielleicht fällt es mir ein.« Berger versank für eine Weile in seiner lyrischen Unterwelt. »Ich hab's. ›Abendhimmel / Die Sonne verdampft / und der Nachtschatten greift nach dir.‹«

»Das klingt ganz schön depressiv.«

»Hat seiner damaligen Stimmungslage entsprochen. Viele seiner Haiku haben etwas schwarz geschimmert. Er hat sogar der japanischen Kaiserin Michiko Gedichte geschickt, aber nicht gewusst, dass sie eine sehr begabte Dichterin ist. Er hat nie eine Antwort bekommen. Wahrscheinlich haben seine Gedichte die Kaiserin nie erreicht. Manu Sperber! So hat er geheißen.«

»Und was ist aus diesem seltsamen Typ geworden?«

»Eines Tages ist er spurlos von der Uni verschwunden. Monate später habe ich erfahren, dass er in der Psychiatrie gelandet ist. Seine Eltern haben ihn einweisen lassen. Es ist auch das Gerücht umgegangen, er sei an eine radikale Sekte geraten. Ob das alles stimmt, weiß ich nicht. Bald danach habe ich das Germanistikstudium aufgegeben. Auf jeden Fall ist er ein sehr labiler Typ gewesen, und sehr sensibel, mit einem Hang zu Esoterik und Religion. Und ich glaube, er war leicht zu beeinflussen.«

»Ich mache keine Witze mehr. Sonst fallen dir noch mehr unglaubliche Storys ein.«

»Wir sitzen hier an einer Story, die noch unglaublicher ist als die Geschichte mit den eingeschweißten Gedichten. Diese Story wird uns in Atem halten.«

Wieder so eine Andeutung! »Müssen wir diese Propheten, von denen auf den Seiten die Rede ist, und die geschichtlichen Hintergründe kennen?«

»Nein. Wir sind ja keine ausgebildeten Theologen. Obwohl der historische Kontext sehr wichtig ist. Man kann diese Texte eigentlich nur verstehen, wenn man über die Zeit Bescheid weiß, in der sie entstanden sind. Wir zwei gehen aber ohne theologische Vorbildung und Exegese Seite für Seite vor. Von der niedrigsten bis zur höchsten Seitenzahl. Und wir konzentrieren uns auf Sätze, die man gut aus dem Zusammenhang reißen kann, die wie eine Bedrohung wirken oder Unheimliches verkünden. So wie in den ChrisTer-Fällen.«

Tammy begann mit der niedrigsten Seitenzahl. Beim Kopieren hatte sie darauf geachtet, dass die Seitenzahlen nicht durcheinanderkamen. »Alban, ist dir aufgefallen, dass wir nicht elf Blätter vor uns haben, sondern zwölf?«

»Du hast dich verzählt.«

»Nein. Ich habe die Blätter mehrmals durchgezählt. Du kannst das ruhig nachprüfen.« Während er zählte, konzentrierte sie sich auf den ersten Text.

»Tammy, du hast recht. Es sind tatsächlich zwölf. Wie komme ich auf elf?« Er schüttelte verständnislos den Kopf. Zum Glück hatte er sich noch nicht mit dem Symbolgehalt der Zahl Elf befasst. Es wäre reine Zeitverschwendung gewesen. Aber was bedeutete die Zwölf?

Bis sich Tammy zum ersten Text aus dem »Zweiten Buch Samuel« äußerte, dauerte es lange. Dann jedoch sagte sie: »Also, ich habe eine Stelle gefunden, die eventuell infrage kommt. Wie eine Bedrohung klingt sie nicht. Eher wie eine Erzählung.«

»Lies mal vor.«

»›Da sprach Joab: Ich mag nicht also vor dir warten. Und er nahm drei Spieße in seine Hand und stieß sie in das Herz Absaloms, während er noch inmitten der Terebinthe lebte. Und zehn Knaben, Waffenträger Joabs, umgaben und erschlugen Absalom und töteten ihn. Und Joab stieß in die Posaune, und das Volk kehrte um von der Verfolgung Israels; denn Joab hielt das Volk ab. Und sie nahmen Absalom und warfen ihn in eine große Grube im Walde, und errichteten über ihm einen sehr großen Haufen Steine.‹«

Tammy sah Berger an, dass er nicht zufrieden war. »Alban, du musst das Blatt auch noch durchlesen. Es bringt nichts, wenn du dir ein Blatt vornimmst und ich das nächste. Wir müssen die Seiten gemeinsam studieren.«

Widerwillig nahm Berger Blatt eins und vertiefte sich in den Text. Nachdem er die Lektüre beendet hatte, sagte er nur: »Die Stelle bis zum Steinhaufen ist am plausibelsten, da bin ich deiner Meinung.«

Von jetzt an lasen sie die Texte gemeinsam.

Tammy stutzte plötzlich. »Ich habe einen Fehler gemacht. Die Reihenfolge ist nicht richtig. Alles muss mit diesem Moses-Text beginnen: ›Wenn du Jehova, deinem Gott, ein Gelübde tust, so sollst du nicht zögern, es zu bezahlen; denn Jehova, dein Gott, wird es gewißlich von dir fordern, und es wird Sünde an dir sein. Wenn du aber unterlässest zu geloben, so wird keine Sünde an dir sein. Was über deine Lippen gegangen ist, sollst du halten und tun, so wie du Jehova, deinem Gott, freiwillig gelobt, was du mit deinem Munde geredet hast.‹«

»Gelübde darf man nicht brechen!«, entfuhr es beiden gleichzeitig. Mehr fiel ihnen zu dem Text nicht ein.

Beim Auszug aus dem »Ersten Buch der Könige« waren sie sich unsicher über die Länge der Passage. Sie einigten sich auf einen etwas größeren Text, der es zum Schluss in sich hatte: »Und es geschah zur Zeit, da man das Speisopfer opfert, da trat Elia, der Prophet, herzu und sprach: Jehova, Gott Abrahams, Isaaks und Israels! Heute werde kund, daß du Gott in Israel bist, und ich dein Knecht, und daß ich nach deinem Worte alles dieses getan habe. Antworte mir, Jehova, antwortete mir, damit dieses Volk wisse, daß du, Jehova, Gott bist, und daß du ihr Herz zurückgewendet hast! Da fiel Feuer Jehovas herab und verzehrte das Brandopfer und das Holz und die Steine und die Erde; und das Wasser, das im Graben war, leckte es auf. Und als das ganze Volk es sah, da fielen sie auf ihr Angesicht und sprachen: Jehova, er ist Gott! Jehova, er ist Gott! – Und Elia sprach zu ihnen: Greifet die Propheten des Baal, keiner von ihnen entrinne! Und sie griffen sie; und Elia führte sie hinab an den Bach Kison und schlachtete sie daselbst.«

Am schwersten taten sich Tammy und Berger mit dem Blatt aus dem »Zweiten Buch der Könige«.

Berger drängte darauf, nur einen kleinen Ausschnitt mit den Stichworten »Hochwuchs« und »Gartenwald« zu nehmen. Er las ihn vor: »›Durch deine Boten hast du den Herrn gehöhnt und hast gesprochen: Mit meiner Wagen Menge habe ich erstiegen die Höhe der Berge, das äußerste Ende des Libanon; und ich will umhauen den Hochwuchs seiner Zedern, die Auswahl seiner Zypressen, und ich will kommen in seine äußerste Wohnung, in seinen Gartenwald.‹ Tammy, ich glaube, der Text enthält eine versteckte Drohung. Aber genau einschätzen kann ich die Stelle nicht. Wie siehst du das?«

»Ich finde den Text mehr unverständlich als bedrohlich. Gegen wen richtet sich das denn in der Jetztzeit?«

Darauf wusste Berger auch keine Antwort und sie nahmen sich den nächsten Text vor. Er stammte aus dem »Buch Jesaja« und machte ihnen weniger Kopfzerbrechen: »Und er zog Gerechtigkeit an wie einen Panzer und setzte den Helm des Heils auf sein Haupt, und er zog Rachegewänder an als Kleidung und hüllte sich in Eifer wie in einen Mantel. Nach den Taten, danach wird er vergelten: Grimm seinen Widersachern, Vergeltung seinen Feinden; den Inseln wird er Vergeltung erstatten. Und sie werden den Namen Jehovas fürchten vom Niedergang an, und vom Sonnenaufgang seine Herrlichkeit. Wenn der Bedränger kommen wird wie ein Strom, so wird der Hauch Jehovas ihn in die Flucht schlagen. Und ein Erlöser wird kommen für Zion und für die, welche in Jakob von der Übertretung umkehren, spricht Jehova.«

In eine ähnliche Richtung zeigte der zweite Text aus dem Buch des Propheten Jesaja, den sie markierten. »Ihr aber, die ihr Jehova verlasset, die ihr meines heiligen Berges vergesset, die ihr dem Gad einen Tisch zurichtet und der Meni Mischtrank einschenket: Ich habe euch dem Schwerte bestimmt, und ihr alle werdet zur Schlachtung niedersinken; weil ich gerufen, und ihr nicht geantwortet habt, geredet, und ihr nicht gehört habt, sondern getan, was böse ist in meinen Augen, und das erwählet, woran ich kein Gefallen habe. Darum spricht der Herr, Jehova, also: Siehe, meine Knechte werden essen, ihr aber werdet hungern; siehe, meine Knechte werden trinken, ihr aber werdet dürsten. Siehe, meine Knechte werden sich freuen, ihr aber werdet beschämt sein; siehe, meine Knechte werden jubeln vor Freude des Herzens, ihr aber werdet schreien vor Herzeleid und heulen vor Kummer des Geistes. Und ihr werdet euren Namen meinen Auserwählten zum Fluchwort hinterlassen; und der Herr,

Jehova, wird dich töten. Seine Knechte aber wird er mit einem anderen Namen nennen: so daß, wer sich im Lande segnet, sich bei dem Gott der Treue segnen wird, und wer im Lande schwört, bei dem Gott der Treue schwören wird; denn die früheren Drangsale werden vergessen und vor meinen Augen verborgen sein. Denn siehe, ich schaffe einen neuen Himmel und eine neue Erde; und der früheren wird man nicht mehr gedenken, und sie werden nicht mehr in den Sinn kommen.«

Tammy und Berger fragten sich, ob sich dieser Text auf die ChrisTer-Fälle bezog. Mit dem Satz »weil … ihr … getan, was böse ist in meinen Augen, und das erwählet, woran ich kein Gefallen habe« könnten die christlichen Terroristen und ihre Taten gemeint sein. Aber das würde bedeuten, dass jemand sie verurteilte und sich von ihnen abwandte. Jemand, der genau Bescheid wusste. Hatte sich die Gruppe gespalten?

Auf die Gesellschaft bezogen, war der Text klarer. Er trennte zwischen Gottesfürchtigen und Gottesleugnern. Berger glaubte, dass er eher auf die Terrorgruppe gemünzt war, deren Innenleben sie jedoch nicht genau kannten. Ihre Überlegungen blieben reine Spekulation. Tammy, die es insgeheim bereute, Berger Hilfe bei der Analyse und Einordnung der sperrigen und fast unverständlichen Bibeltexte angeboten zu haben, suchte im schweren Bibellexikon nach »Gad« und »Meni«. Bei »Gad« handelte es sich in diesem Fall um einen heidnischen Glücksgott. Und mit »Meni« war ein Schicksalsgott gemeint, dem man Trankopfer dargebracht hatte zur Zeit des Propheten Jesaja. Heimlich schaute Tammy auf ihre Armbanduhr. Sie hatten noch Zeit. Gut, denn die Hälfte der Blätter wartete noch auf sie.

Auf dem Blatt aus dem »Buch Joel« stießen sie auf einen Auszug, der nach Weltuntergang klang: »Und danach wird es geschehen, daß ich meinen Geist ausgießen werde über alles Fleisch; und eure Söhne und eure Töchter werden weissagen, eure Greise werden Träume haben, eure Jünglinge werden Gesichte sehen. Und selbst über die Knechte und über die Mägde werde ich meinen Geist ausgießen in jenen Tagen. – Und ich werde Wunder geben im Himmel und auf der Erde: Blut und Feuer und Rauchsäulen; die Sonne wird sich in Finsternis verwandeln und der Mond in Blut, ehe der Tag Jehovas kommt, der große und furchtbare.«

Rauchsäulen, Sonnenfinsternis, Verwandlung des Mondes in Blut, der furchtbare Tag des Herrn – mit dunkler Symbolik aufgeladene Begriffe und Wörter. »Wir müssten jedes Wort und seine Bedeutung untersuchen«, meinte Berger. »Aber dafür fehlt uns die Zeit.«

Tammy schaute ihn dankbar an. Sonst hätte sie augenblicklich die weiße Fahne gehisst und aufgegeben. Der Prophet Nahum, von dem wenig Text überliefert war, machte ihnen die Suche nach drohenden Stellen leichter. Zunächst bevorzugten sie Sätze, in denen von verzehrendem Feuer, ausrottendem Schwert und fressenden Heuschrecken die Rede war. Schließlich entschieden sie sich für eine überschaubare Stelle. »Siehe, ich will an dich, spricht Jehova der Heerscharen; und ich werde deine Säume aufdecken über dein Angesicht, und die Nationen deine Blöße sehen lassen und die Königreiche deine Schande. Und ich werde Unrat auf dich werfen, und dich verächtlich machen und dich zur Schau stellen.«

Bis jetzt hatten sie es mit Zitaten aus dem Alten Testament zu tun gehabt. Die nächste Seite aber stammte aus dem »Matthäus-Evangelium«. Damit bewegten sie sich im Neuen Testament. Die Passage, die am meisten in das bisherige Schema passte, verlangte absoluten Gehorsam und bedingungslose Gefolgschaft: »Wähnet nicht, daß ich gekommen sei, Frieden auf die Erde zu bringen; ich bin nicht gekommen, Frieden zu bringen, sondern das Schwert. Denn ich bin gekommen, den Menschen zu entzweien mit seinem Vater, und die Tochter mit ihrer Mutter, und die Schwiegertochter mit ihrer Schwiegermutter; und des Menschen Feinde werden seine eigenen Hausgenossen sein. Wer Vater oder Mutter mehr liebt als mich, ist meiner nicht würdig; und wer Sohn oder Tochter mehr liebt als mich, ist meiner nicht würdig; und wer nicht sein Kreuz aufnimmt und mir nachfolgt, ist meiner nicht würdig. Wer sein Leben findet, wird es verlieren, und wer sein Leben verliert um meinetwillen, wird es finden.«

Das Blatt aus dem »Lukas-Evangelium« handelte von der Nachfolge Jesu, der Aussendung der 70 Jünger und der Klage über heidnische Städte. Als die 70 nach ihrer Rückkehr berichteten, sie hätten erfolgreich Dämonen ausgetrieben, sagte Jesus: »Siehe, ich gebe euch die Gewalt, auf Schlangen und Skorpionen zu treten, und über die ganze Kraft des Feindes, und nichts soll euch irgendwie beschädigen. Doch darüber freuet euch nicht, daß euch die Geister untertan sind; freuet euch aber, daß eure Namen in den Himmeln angeschrieben sind.«

Tammy blätterte wieder im dicken Lexikon, um die Symbole »Schlange« und »Skorpion« zu verstehen. »Schlange« stand für Hinterlist, Bosheit, Gefährlichkeit, Schlauheit, Verderben, Verführung, Satan und sogar für ein Werkzeug des strafenden Gottes. Bei »Skorpion«

musste sie auf die Suchmaschine ausweichen. Denn das Lexikon beschrieb mehr eine Art Geißel mit Widerhaken, die zur Bestrafung genutzt wurde. Aber der Text aus dem »Lukas-Evangelium« meinte eindeutig den giftigen Skorpion, der in vielen Mythologien als todbringend dargestellt wurde. Tammy fand einen Hinweis auf die »Offenbarung des Johannes«, in der Heuschrecken vom Himmel kamen, um mit Stacheln wie bei Skorpionen die Menschen zu quälen.

Sie nahmen sich das elfte Blatt vor. Der Text aus dem »Zweiten Brief des Johannes« wandte sich gegen Irrlehren, Verführer und den Antichristen mit einer besonderen Empfehlung: »Denn viele Verführer sind in die Welt ausgegangen, die nicht Jesum Christum im Fleische kommend bekennen; dies ist der Verführer und der Antichrist. Sehet auf euch selbst, auf daß wir nicht verlieren, was wir erarbeitet haben, sondern vollen Lohn empfangen. Jeder, der weitergeht und nicht bleibt in der Lehre des Christus, hat Gott nicht; wer in der Lehre bleibt, dieser hat sowohl den Vater als auch den Sohn. Wenn jemand zu euch kommt und diese Lehre nicht bringt, so nehmet ihn nicht ins Haus auf und grüßet ihn nicht. Denn wer ihn grüßt, nimmt teil an seinen bösen Werken.«

Berger und Tammy verstanden diese Sätze als Aufruf zur Ausgrenzung.

Das letzte Blatt war ein Ausschnitt der »Offenbarung des Johannes« und nur auf einer Seite bedruckt. Sie wählten den vorletzten Absatz. »Ich bezeuge jedem, der die Worte der Weissagung dieses Buches hört: Wenn jemand zu diesen Dingen hinzufügt, so wird Gott ihm die Plagen hinzufügen, die in diesem Buche geschrieben sind; und wenn jemand von den Worten des Buches dieser Weissagung wegnimmt, so wird Gott sein Teil wegnehmen von dem Baume des Lebens und aus der heiligen Stadt, wovon in diesem Buche geschrieben ist.« Um den Text etwas besser zu verstehen und weil Tammy vorhin bei ihrer Suche nach der symbolischen Bedeutung von Skorpionen auf die »Offenbarung« gestoßen war, überflogen sie in der Bibel die gesamte »Offenbarung«, ein Werk voller Anspielungen, Prophetien und Heilsbotschaften. Der Verfasser hatte ein gewaltiges, rätselhaftes Bild entworfen, das sie an diesem Abend nicht entschlüsseln konnten, wie vieles andere.

Tammy und Berger ordneten alles und notierten ihre Einschätzungen. Dabei bemerkten sie gar nicht, dass sich der Raum allmählich leerte und die Kollegen sich in den Feierabend verabschiedeten. Die Zitate und die schwierige Einordnung hatten sie erschöpft. Den anderen in der Soko Gifiz wollten sie die Notizen vorerst nicht zugänglich machen. Sie wollten vorbereitet sein, falls diese Bibelseiten eines Tages eine Rolle spielten, hofften aber, dass der Fall nie eintrat. Auch wenn sie nicht alle Texte verstanden, eines war ersichtlich: Sie steckten mehrheitlich voller Drohungen. Würden sie umgesetzt, hätten sie es mit einer neuen Serie von Gewalttaten zu tun. Steckte die christliche Terrorgruppe dahinter oder einer ihrer Jünger?

Tammy hatte große Zweifel. »Und wenn das Ganze ein Zufall ist und wir uns gewaltig irren?«

»Tammy, an einen Zufall glaube ich nicht. Wer trennt schon fein säuberlich elf Blätter –«

»Zwölf!«

»… zwölf Blätter aus einer alten Bibelausgabe?«

Bergers privates Smartphone brummte. Ein Anruf. Auf dem Display erschien die Nummer seines Bruders

Harald. Sie hatten schon lange nicht mehr miteinander gesprochen.

»Hallo, Harald, schön, dich zu hören.« Auf die Schnelle war ihm nichts Besseres zur Begrüßung eingefallen.

»Alban, grüß dich, leider gibt es nichts Schönes zu berichten. Vater liegt seit heute Mittag im Lahrer Herzzentrum. Zurzeit sieht es nicht gut aus.«

»Was ist passiert?«

»Herzinfarkt.«

»Wie das? Ich habe noch letzte Woche mit ihm telefoniert. Da habe ich nicht den Eindruck gehabt, dass es ihm schlecht geht oder sich irgendetwas anbahnt.«

»Er ist schon seit Monaten angeschlagen. Und jetzt hat sich sein Zustand dramatisch verschlechtert.«

»Er hätte mir doch sagen können, dass es ihm nicht gut geht.«

»Alban, er hat seinen Zustand vor dir verschwiegen, damit du dir keine Gedanken machst. Er hat sich die ganze Zeit große Sorgen um dich gemacht. Du hättest dich ruhig früher bei ihm melden können.«

Das stimmte, aber er hatte es nicht fertiggebracht, wie so vieles. »Das tut mir leid.«

»Wenn es dir so leidtut, dann geh ihn besuchen.«

»Das kannst du auch in einem ruhigeren Ton sagen, Harald.«

»Lieber Bruder, ich bleibe nicht ruhig. Die ganze Familie hat um dich gebangt. Und du? Du hast dich nicht gerührt. Wir haben nur von deiner Frau Informationen bekommen.«

»Hinter meinem Rücken?«

»Hinter deinem Rücken. Stell dir vor. Sie hat sich oft beklagt, dass sie kein Familienleben mehr hat, dass sie mit dir nicht mehr reden kann. Nicht einmal in ihrer Krankheitsphase hast du dich um sie gekümmert. Hast alles deinen Töchtern überlassen.«

»Das stimmt so nicht. Aber ich war einfach zu schwach.«

»Diese Ausrede kann nicht für alle Zeiten gelten. Jetzt, wo du wieder im Beruf bist, rufst du auch nicht an oder kommst vorbei.«

»Wird das eine Generalabrechnung? So kenne ich dich gar nicht. Du weißt genau, dass ich Zusammenbrüche hatte und längere Zeit in Behandlung war.«

»Das musst du mir nicht erzählen. Das entschuldigt aber nicht alles.«

»Wir können uns ja in nächster Zeit mal zusammensetzen und alles klären.«

»Kläre erst alles in deiner Familie«, schrie sein Bruder. »Und besuch deinen Vater, bevor es zu spät ist.«

Harald beendete das Gespräch, ohne sich zu verabschieden. Warum war er so verbittert? Tammy wartete an der Tür, während Berger wie versteinert auf seinem Stuhl saß. Das Gespräch hatte ihn völlig aufgewühlt. Die Vorwürfe seines Bruders hatten ihn schwer getroffen.

»Alban, was ist? Komm, steh auf, wir besprechen alles beim Griechen. Nach dieser schweren Bibelkost brauche ich etwas Verdauliches und einen Ouzo.«

Die Familie voller Sorge über seinen Zustand, der Vater in der Herzklinik in Lahr! Und er hatte seine Umgebung überhaupt nicht wahrgenommen und sich völlig zurückgezogen. Harald hatte ihm die Augen geöffnet. Mehr noch, er hatte sie ihm aufgerissen! Und sofort kehrten die Bauchspannungen zurück, die er in den letzten Wochen kaum noch gespürt hatte. Sein Herz raste, er brachte es nicht fertig, aufzustehen.

Jemand öffnete die Tür mit voller Wucht, Tammy konnte gerade noch zurückweichen.

»Bleibt mal da!« Firner!

»Was ist los?«, fragte Tammy mit wütender Stimme.

»Auf Landrat Franz Rescher und auf Staatssekretär Alexander Wolber vom Stuttgarter Landwirtschaftsministerium ist geschossen worden. Wir wissen noch nicht viel. Es kann sein, dass auf euch ein Einsatz zukommt. In der nächsten halben Stunde entscheidet sich alles. Die Bereitschaftspolizei ist unterwegs, um den Tatort und die nähere Umgebung zu sichern. Ich gebe euch bald Bescheid, wie es weitergeht.«

Firner verschwand so schnell, wie er gekommen war. Anschlag auf den Landrat und auf einen Staatssekretär! Tammy malte sich aus, was das für Folgen hatte: Staatsschutz, Landeskriminalamt, Bundeskriminalamt, Bundesanwaltschaft, Verfassungsschutz. Der Fall wirkte sich hundertprozentig auf die Soko Gifiz aus. Bei dem knappen Personal wurde sie sicher erneut verkleinert, um genügend Leute für den aktuellen Fall zu haben. Sie schaute auf Berger, der sich weiterhin nicht rührte.

Nach nicht einmal fünf Minuten kam Firner zurück. »Es hilft alles nichts. Ihr müsst zum Tatort. Ich trommle noch ein paar Leute zusammen.«

Er nannte Tammy Einzelheiten zum Tatort. Berger stand auf wie ein zweigeteilter Mensch. Der eine konzentrierte sich auf die neue Aufgabe, so gut es ging, der andere lief fassungslos mit. Kurz blieb er stehen und schrieb seiner Frau auf WhatsApp, dass er wahrscheinlich sehr spät nach Hause komme. Sie antwortete erstaunlich schnell, als hätte sie mit einer Botschaft gerechnet: »Wiedereingliederungsmanagement! So nennt man das also.« Es klang sehr sarkastisch.

Tammy fragte sich, ob Berger den Abend durchhielt. Sein Zustand verhieß nichts Gutes. So war er keine Hilfe am Tatort. Wahrscheinlich blieb die meiste Arbeit an ihr hängen.

Am Tatort, der Farrenkopfhalle im Kinzigtal, war alles bereits abgesperrt. Die Halle durfte vorerst niemand verlassen. Polizeibeamte sicherten das Gelände. Die ersten Techniker trafen ein, hüllten sich in weiße Schutzanzüge, packten ihre Koffer aus und steuerten zielgerichtet das Dienstfahrzeug des Landrats an. Auf Landrat Franz Rescher und Staatssekretär Alexander Wolber war unmittelbar vor dem Dienstfahrzeug geschossen worden. Der Fahrer des Landrats hatte im Auto auf ihn gewartet und den Anschlag aus nächster Nähe miterlebt. Jetzt wartete er im ungemütlichen Technikraum der Halle auf seine Befragung, während draußen die Kriminaltechniker das Gelände einnahmen.

Berger und Tammy wollten von ihm wissen, ob er etwas erkannt hatte. Das sei alles so schnell gegangen, dass er erst überlegen müsse. Ob er denn in der Lage sei, ihre Fragen zu beantworten. Er glaube schon. Sie blickten ihn skeptisch an. Ob er zunächst eine Pause haben wolle. Nicht unbedingt.

Obwohl Tammy größte Bedenken hatte, begannen sie mit der Befragung.

»Der Landrat ist mit Staatssekretär Dr. Alexander Wolber aus der Halle gekommen.«

»Um wie viel Uhr war das?«, fragte Tammy dazwischen.

»So gegen 20.30 Uhr.«

»Wurde die Veranstaltung da beendet?«

»Nein. Der Landrat und der Staatssekretär sind früher gegangen. Das war zwischen den beiden und den Veranstaltern so verabredet. Der Landrat hat mir das vor Beginn der Veranstaltung mitgeteilt. Er ist vor dem Staatssekretär aus der Halle gekommen und hat mir ein Handzeichen gegeben, dass er gleich fahren will. Die beiden haben noch kurz miteinander geredet und sind dann zur Beifahrerseite des Autos gelaufen. Sie haben sich an den Wagen gelehnt und ihr Gespräch fortgesetzt. Ich habe die Scheiben etwas höher gedreht und das Radio leiser gestellt. Kurz darauf hat sich der Landrat von Staatssekretär Wolber verabschiedet und gesagt, man müsse sich in nächster Zeit unbedingt zusammensetzen. Das Problem müsse schnell gelöst werden. Es stehe einiges auf dem Spiel. Der Staatsekretär hat dem Landrat versichert, dass sein Ministerium etwas unternehmen werde. Sie haben sich die Hand geschüttelt und der Landrat hat mit seiner Rechten leicht auf den linken Oberarm Wolbers geklopft. Gleichzeitig hat jemand gerufen. Zumindest hörte es sich so an. Der Landrat hat sich umgedreht in Richtung Rufer.«

»Warum sagen Sie ›Rufer‹? Klang die Stimme männlich?«, fragte Berger nach.

»Auf jeden Fall. Gesehen habe ich ihn aber nicht. Die vorderen Wagenfenster waren etwas geöffnet, das habe ich doch vorhin gesagt.«

»Erinnern Sie sich, was der Unbekannte gerufen hat?«, bohrte Tammy nach.

»Da muss ich passen.«

»Vielleicht den Namen des Landrats oder des Staatssekretärs?«

»Das weiß ich wirklich nicht.«

»Warum nicht?« Berger klang unzufrieden.

»Das Radio lief.«

»Laut?«

»Nein, eher leise. Das habe ich doch auch schon gesagt.«

»Was verstehen Sie unter ›eher leise‹?« Berger ließ nicht locker.

»So, dass ich noch etwas von den Nachrichten, den Moderationen und der Musik mitbekommen habe.«

Eine kurze Stille trat ein. Berger schien nicht mehr bei der Sache zu sein, also übernahm Tammy wieder.

»Welchen Sender haben Sie gehört?«

»SWR1.«

»Haben Sie konzentriert zugehört oder nur nebenbei?«

»Konzentriert, bis der Landrat und der Staatssekretär zum Auto kamen. Danach habe ich das Radio leiser gedreht. Wie oft muss ich das noch wiederholen!«

»Das heißt, zum Zeitpunkt des Schusses ist das Radio noch gelaufen?«

»Ja, ja.«

»Können Sie den Ablauf schildern, nachdem der Landrat und der Staatssekretär zum Auto gelaufen sind? Was genau ist da passiert?«

»Wie gesagt, die beiden haben sich ans Auto gelehnt, an die Beifahrerseite des Autos, sich noch kurz unterhalten und sich dann verabschiedet. Unmittelbar nach dem Ruf ist ein Schuss gefallen, der Landrat ist zusammengezuckt, der Staatssekretär hat sich am Wagen festhalten wollen, ist aber langsam abgerutscht. Dann hat sich der Landrat auf den Boden geworfen.«

»Und was haben Sie gemacht?«

»Ich bin sofort aus dem Wagen gesprungen und habe mit dem Landrat zusammen versucht, Staatssekretär Wolber zu helfen.«

»Hatten Sie keine Angst, dass noch einmal geschossen wird?«

»In dem Augenblick nicht. Da habe ich gar nicht drüber nachgedacht. Jedenfalls bin ich dann zur Halle gelaufen, um Hilfe zu holen. Helfer vom DRK, die vor Ort waren, haben sich um den Staatssekretär gekümmert und den Notarzt gerufen, einige Security-Leute sind mitgekommen und haben den Bereich um den Dienstwagen abgeschirmt.«

»Sind denn alle Security-Leute zum Zeitpunkt des Schusses in der Halle gewesen?«

»Ja.«

»Keiner vor der Halle?«

»Nein.«

»Aus welcher Richtung ist der Schuss gekommen?«

»Aus dem Gebüsch am Ende des Geländes.«

»Haben Sie den Schützen erkannt?«

»Nein, der war verdeckt. Das Gebüsch ist ja relativ hoch.«

»Haben Sie nur einen Schuss gehört?«

Die Stimme des Fahrers schwoll an. »Ja!«

Tammy verließ den Raum, ging auf die Techniker zu und sagte ihnen, sie müssten das Gebüsch gegenüber der Halle und den Hintergrund sorgfältig untersuchen. Vom Gebüsch aus sei geschossen worden. So wie es aussehe, habe der Schütze nur einen Schuss abgegeben. Die Techniker bedankten sich für den Hinweis, forderten aber eine optimale Ausleuchtung des Gebüschs und des Hintergrundes. Tammy beauftragte den Hausmeister und die THW-Leute, die gemeinsam mit dem DRK Dienst hatten, für mehr Licht um die Halle zu sorgen.

Als sie zu Berger und dem Fahrer zurückgekehrt war, betrat Oberstaatsanwalt Dr. Johannes Stenglenz die Halle.

Er ließ sich von Firner, der kurz zuvor mit weiteren Leuten eingetroffen war, die ersten Ermittlungsergebnisse mitteilen. Stenglenz fragte, ob denn der Polizeipräsident schon da sei. Der müsse jeden Augenblick kommen, meinte Firner. Er sei bei einer Familienfeier gewesen. Der Staatssekretär sei unterwegs in die Klinik, der Landrat stehe unter Schock. Er werde im Moment von einem Mediziner betreut, die Security sei auch dabei. Sie hätten für Wolber gleich einen Hubschrauber angefordert. Wie es um ihn stehe, könne man zu diesem Zeitpunkt nicht sagen. In ein paar Stunden wisse man mehr.

Stenglenz schaute sich um. Er teilte mit, dass das Landeskriminalamt den Fall voraussichtlich übernehmen und sich die Bundesanwaltschaft einschalten werde. Mit dem Staatsschutz habe er schon geredet.

Firner seinerseits informierte ihn, dass die Befragung des Fahrers von zwei erfahrenen Kollegen durchgeführt werde und noch laufe. Sobald sie beendet sei, werde er die beiden rufen.

Tammy wollte die Befragung im Technikraum fortsetzen, doch Berger deutete auf die Hände des Fahrers, die anfingen zu zittern. An Weitermachen war nicht zu denken. Er brauchte dringend medizinische Hilfe und vermutlich psychologische Betreuung. Tammy war nicht zufrieden mit dem, was der Fahrer gesagt hatte. Einerseits konnte er sich an Einzelheiten des Gesprächs zwischen Landrat und Staatssekretär erinnern, andererseits betonte er immer wieder, dass er das Radio habe laufen lassen. Was hatte der Fahrer tatsächlich mitbekommen?

Alle Besucher der Veranstaltung wurden aufgefordert, die Halle nicht zu verlassen. Tammy und Berger fragten die Veranstalter, wie viel Leute sich angemeldet hatten. Es waren 251, von denen aber nur 216 gekommen waren. Von all diesen Menschen inklusive DRK, THW und Security mussten nun die Daten aufgenommen werden. Darum kümmerten sich die Kolleginnen und Kollegen, die mittlerweile eingetroffen waren. Viele Besucher hatten Verständnis für das Vorgehen, manche waren aufgebracht und beklagten sich über Schikane und Zeitverlust. Ob man jetzt unter Verdacht stehe, fragten einige.

In der Nacht setzte das Polizeipräsidium in Absprache mit Oberstaatsanwalt Stenglenz und dem Landeskriminalamt eine kurze Meldung ab, dass auf Staatssekretär Dr. Alexander Wolber und den Landrat des Ortenaukreises, Franz Rescher, geschossen worden sei. Wolber sei lebensgefährlich verletzt worden, der Landrat stehe unter Schock. Für den frühen Vormittag beraumte die Staatsanwaltschaft eine Pressekonferenz an, um die vorläufigen Ermittlungsergebnisse mitzuteilen. Stenglenz sagte dem Polizeipräsidenten, man müsse mit einer Welle von Hasskommentaren rechnen. Er werde hart durchgreifen. Schon kurz nach seinem Amtsantritt hatte Stenglenz den jungen Staatsanwalt Bernward Nafzig mit der Prüfung von Hasskommentaren, Beleidigung, Volksverhetzung und Holocaustverleugnung im Netz beauftragt. Er hatte auch die Verleger und Chefredakteure in der Region gebeten, Hasskommentare an die Staatsanwaltschaft weiterzuleiten und nicht einfach löschen zu lassen. Für Stenglenz war die Obergrenze der Meinungsfreiheit erreicht. Hasskommentare waren für ihn ein gefährliches Gift, das die Gesellschaft zu verstören und zu zerstören begann. Bei Gesprächen mit anderen Staatsanwälten, mit Richtern, Polizisten, Politikern und Journalisten empfahl er, per Gesetz Kommentare mit dem richtigen Namen kenntlich zu machen. Es musste Schluss sein mit dem elenden Versteckspiel der Hetzer.

Die Spitze des Polizeipräsidiums kannte die Haltung des Oberstaatsanwalts und teilte sie. Obwohl Stenglenz mit seinen 44 Jahren noch recht jung war, hatte er sich einen Ruf als Elitejurist erarbeitet. Mit Vehemenz vertrat er das Prinzip der Gewaltenteilung, auch wenn er oft mit Gerichtsurteilen haderte. Umso mehr achtete er darauf, dass die Staatsanwaltschaft konsequent und akribisch arbeitete. Seine Anklagen waren in den meisten Fällen unumstößlich. Das erkannten Richter und Verteidiger neidlos an. Stenglenz war ein resoluter Verteidiger des Rechtsstaates und der Demokratie. Seine Arbeit war von zwei Grundsätzen des Politikers, Philosophen, Rechtshistorikers, Strafrechtlers und Kriminalexperten Gustav Radbruch bestimmt, der in der Weimarer Republik als Reichsjustizminister gewirkt hatte: »Recht ist der Wille zur Gerechtigkeit.« Und: »Rechtsstaat ist wie das tägliche Brot, wie Wasser zum Trinken und wie Luft zum Atmen, und das Beste an der Demokratie ist, dass nur sie geeignet ist, den Rechtsstaat zu sichern.« An diesen Grundsätzen hielt er unerbittlich fest.

Der Polizeipräsident und Firner bildeten eine vorläufige »Ermittlungsgruppe Landrat«, die eng mit dem Landeskriminalamt zusammenarbeiten musste. Stenglenz empfahl, sofort die Bundesanwaltschaft mit ins Boot zu holen. Man müsse davon ausgehen, dass es sich um einen politisch motivierten Anschlag handele. Natürlich dürfe man das private Umfeld des Staatssekretärs und des Landrats nicht außer Acht lassen. Noch in der Nacht trafen Experten des Landeskriminalamtes am Tatort ein.

Berger konnte die ganze Nacht nicht schlafen. So sehr hatten ihn die Worte seines großen Bruders aus der Fassung gebracht. Eigentlich war es keine ganze Nacht, noch nicht einmal eine halbe, denn er war erst gegen 3 Uhr nach Hause gekommen. Er stand früh wieder auf, ging unter die Dusche, zog sich an. In der Küche bereitete er das Frühstück für Ariane und sich vor. Der Kaffeeduft, der durchs Haus zog, wirkte wie ein Weckruf. Er hörte Ariane die Treppe herunterkommen. Sie setzte sich im Morgenmantel an den gedeckten Tisch. Wortlos schenkte er ihr Kaffee ein. Szenen einer erkalteten Beziehung?

»Du siehst müde aus. Du hast sicher wieder nicht gut geschlafen«, sagte sie. »Hängt das mit gestern Abend zusammen?«

»Auch.«

»Das heißt, es gibt noch einen anderen Grund für deine Müdigkeit?«

»Ja.«

»Und welchen?« Sie musste ihm wieder alles aus der Nase ziehen. Diese mühsame Kommunikation, die seit Wochen, nein, seit Monaten anhielt, ermüdete sie. Oft entschloss sie sich, stumm am Tisch zu sitzen. Das Stummsein ertrug sie eher als die gestörte Kommunikation. Wann kehrten sie zur Normalität zurück? Oder musste sie den Bruch wagen? Aber die Bindung zu ihm war viel zu stark, um diesen Schritt zu gehen. Ihre Geduld war allerdings fast aufgebraucht. Weder die Therapien noch der Wiedereinstieg in den Beruf hatten eine wesentliche Änderung seines Verhaltens bewirkt. Sie hatte überlegt, für sich Hilfe zu holen. Der Beruf ließ ihr jedoch kaum Zeit. So beschränkte sie sich darauf, mit den Töchtern zu sprechen oder ab und zu mit dem Schwager und seiner Frau.

»Harald hat mich im Dienst angerufen und mir schwere Vorwürfe gemacht.«

Berger versuchte, das Gespräch so genau wie möglich wiederzugeben, was sie erstaunte. So viele Worte beim Frühstück. Wann hatte es das zuletzt gegeben?

»Was habe ich dir und den anderen nur angetan? Es tut mir so leid.«

Hoffentlich wechselte er jetzt nicht von der Sprachlosigkeit zum Selbstmitleid. »Alban, es bringt nichts, wenn du dich mit Vorwürfen traktierst. Es ist nicht alles deine Schuld. Das habe ich Harald schon mehrmals gesagt. Wir müssen in Ruhe über das letzte halbe Jahr reden und schauen, wie wir aus dieser Krise herauskommen. Nur so hat unsere Beziehung noch eine Chance.«

»Wann haben wir denn Zeit für uns? Du bist beruflich angespannt und viel unterwegs. Und ich weiß nicht, was jetzt auf uns zukommt.«

»Alban, wenn wir uns eine Chance geben wollen, finden wir einen Weg. Und Zeit.« Sie nahm seine rechte Hand und drückte sie sanft.

Er flüsterte: »Wir werden uns Zeit nehmen. Irgendwann. Ich verspreche es dir.«

»Denk an deinen Vater. Er braucht dich.«

Er hatte noch nicht einmal die Zeitung aus dem Briefkasten geholt, so müde und zerschlagen war er. Aber das Neueste stand sowieso nicht in der Zeitung. Das würde die Öffentlichkeit erst im Laufe des Tages oder morgen erfahren. Also ließ er die Zeitung im Briefkasten verfaulen. Ariane hatte gar nicht gefragt, was gestern Abend passiert war.

Wie Berger und Tammy befürchtet hatten, wurden aus der Soko Gifiz sofort zahlreiche Kolleginnen und Kollegen abgezogen. Das bedeutete, dass die Soko schon zu Beginn der neuen Ermittlungen nicht vorankam. In der ersten Besprechung der »EG Landrat«, an der auch Berger und Tammy wie alle anderen aus der Soko Gifiz teilnehmen mussten, kam am Morgen gleich die Frage auf, ob der Anschlag auf den Landrat von der christlichen Terrorgruppe begangen worden sein könnte. Tammy widersprach heftig, während Berger teilnahmslos dasaß. Man müsse beide Fälle getrennt sehen, sagte sie. Die christliche Terrorgruppe habe mit Botschaften an den Tatorten auf sich aufmerksam gemacht. Im Fall des Anschlags auf den Landrat und den Staatssekretär sei dieses Vorgehen nicht zu erkennen, jedenfalls zu diesem Zeitpunkt nicht. Die Untersuchungen am Tatort seien allerdings noch nicht abgeschlossen, wie alle wüssten. Bekennerschreiben oder Ähnliches könnten durchaus noch kommen.

»Vielleicht«, meinte Berger, der versuchte, seine Müdigkeit und seine Schuldgefühle zu überwinden, »muss man in größeren Zusammenhängen denken.«

Was er darunter verstehe, fragten einige.

»Angenommen, man kann das private Umfeld ausschließen, stellt sich die Frage, wer als möglicher Täter in Betracht zu ziehen ist. Und da kommen viele in Betracht, vor allem solche, die den Staat und seine Institutionen ablehnen. Ich brauche ja jetzt nicht alle aufzuzählen, aber die christliche Terrorgruppe müssen wir auf jeden Fall mit einrechnen. Doch in diesem Umfeld wird das Landeskriminalamt ohnehin ermitteln.«

»Mit unserer massiven Unterstützung«, rief ein Kollege. Es hörte sich an wie Kritik an der Entscheidung,

Kolleginnen und Kollegen aus der Soko Gifiz abzuziehen.

Eine Kollegin warf ein, dass vielleicht Entscheidungen der jüngsten Zeit eine Rolle spielten. »Der Landrat ist unter anderem mit der kreisweiten Krankenhausreform auf massive Kritik in großen Teilen der Bevölkerung gestoßen«, erklärte sie.

Das werde man auf jeden Fall berücksichtigen, betonte Firner. Man dürfe aber nicht vergessen, dass der Staatssekretär getroffen worden sei und nicht der Landrat.

Am schwierigsten war es, das private Umfeld des Landrats und des Staatssekretärs zu überprüfen. Niemand glaubte, dass der Anschlag einen privaten Hintergrund hatte. Und trotzdem mussten sie diesen empfindlichen Bereich untersuchen.

Obwohl die Pressekonferenz schon um 9.30 Uhr begann, war das Medieninteresse riesig. Die Leitung überließ man Oberstaatsanwalt Stenglenz. Zurzeit hatte er die beste Übersicht. Am Tisch saßen außer ihm ein Vertreter des Landeskriminalamtes, der Polizeipräsident und Firner. Allen außer Stenglenz sah man die Nervosität an. Stenglenz hatte sich gut vorbereitet. Allerdings konnte er der Öffentlichkeit zu diesem Zeitpunkt nicht viel präsentieren.

Die Befragung des Landrates und seines Fahrers hatte das Ereignis wenig aufgehellt. Tammy Bieger hatte ihm gesagt, dass die Aussagen des Fahrers möglicherweise unbrauchbar waren. Als er das Protokoll durchgelesen hatte, musste er ihr recht geben. Der Fahrer war nach seiner Aussage zusammengebrochen. Da war zweifelhaft, ob er zuvor alles genau wiedergegeben hatte. Auch die Aussage des Landrates hatte nicht weitergeholfen. Er stand noch immer unter Schock. Wie der Fahrer konnte auch er nicht genau sagen, was der unbekannte Schütze gerufen hatte. Auf eine Befragung des Staatssekretärs mussten sie vorerst verzichten. Er schwebte weiterhin in Lebensgefahr, nachdem er stundenlang operiert worden war.

Stenglenz hatte noch in der Nacht Presseberichte über den Staatssekretär und den Landrat studiert. Trotz aller Tragik hatte er im Fall des Staatssekretärs geschmunzelt. Der landespolitische Korrespondent einer großen Stuttgarter Zeitung hatte ihn als ein »typisches Machtschattengewächs« beschrieben. Er sei flexibel, seinem Minister treu ergeben, anpassungsfähig bis zur Unauffälligkeit und Selbstaufgabe. Diese Charakterisierung bedeutete aber erst recht, dass er nicht die Figur einer öffentlichen Zielscheibe abgab. In den Presseartikeln fand sich kein schlüssiges Motiv. Mit Äußerungen hielt er sich meist zurück. Und wenn, dann hörten sie sich an wie Pressemitteilungen. Die Land- und Forstwirtschaft stehe vor großen Herausforderungen, pflegte der Staatssekretär vor Publikum zu sagen. Diese Aussage passte zu jedem Thema: Waldsterben, Klimawandel, Wolf. Der Wolf war einer der großen Aufreger in der Landespolitik, wie aus den Artikeln hervorging. Aber der Staatssekretär hatte sich bisher in jeder Debatte so verhalten, dass ihm niemand etwas nachtragen konnte. Er war kein Wolfbefürworter, bot dieser Gruppe jedoch auch keine Angriffsflächen.

Der Landrat wiederum stand eher unter Druck. Zunächst hatte er sich bei der Integration von Flüchtlingen exponiert und einen Plan zur Eingliederung durchgesetzt. Und schließlich hatte er damit begonnen, die

Kliniken zu reformieren. Das hatte ihm scharfe Kritik eingebracht sowie Droh- und Hassmails. Zeitweise standen er und seine Familie unter Polizeischutz.

Bei der Abwägung dieser beiden Persönlichkeiten war eher davon auszugehen, dass der Anschlag dem Landrat gegolten hatte. Aber konnten sie sich da sicher sein?

Oberstaatsanwalt Stenglenz, wie sein ungeliebter Vorgänger zuständig für Organisierte Kriminalität, Bandenkriminalität, politische Straftaten und Brände, vermied in der Pressekonferenz Floskeln. In knapper Form schilderte er das Ereignis der vergangenen Nacht und teilte mit, dass Staatssekretär Alexander Wolber einen Bauchdurchschuss erlitten habe. Der Bericht fiel naturgemäß dürftig aus. Gerade deshalb schossen die Finger aufgeregt in die Höhe. In welche Richtung man denn ermittle. Ob man etwas ausschließen könne.

Stenglenz ließ sich nicht beeindrucken und antwortete in aller Ruhe. »Das Wenige, was wir wissen, habe ich Ihnen mitgeteilt. Wir werden Sie in regelmäßigen Abständen über die Entwicklung informieren. Einiges werden wir Ihnen nicht sagen können. Das ist halt so bei solchen Ermittlungen. Nach heutigen Maßstäben«, er schaute auf die Uhr, »ist alles möglich. Im Moment grenzen wir nichts ein, im Gegenteil. Wir haben einen ziemlich großen Ermittlungsrahmen. Um Ihnen die Dimension deutlich zu machen: Wir müssen sowohl das private als auch das politische Umfeld des Landrates und des Staatssekretärs prüfen. Das ist eine personalintensive Angelegenheit. Die Prüfung ist für alle Betroffenen sehr belastend. Daneben gilt unser großes Interesse auch Einzeltätern und Gruppen aus dem rechten und linken Spektrum. Außerdem haben wir es deutschlandweit inzwischen mit Menschen zu tun, die den Staat an sich ablehnen und sich radikalisieren. Das heißt, wir werden umfangreicher ermitteln, als man sich das für gewöhnlich vorstellt.«

Einige Fragesteller wollten einen Zusammenhang herstellen zwischen dem Anschlag auf den Landrat und den Staatssekretär und der christlichen Terrorgruppe.

»Diese Frage haben wir uns auch gestellt. Aber die Tatmerkmale passen nicht zusammen. Überraschungen sind dennoch möglich.«

Wie weit die Ermittlungen der Soko Gifiz seien?

Stenglenz bat den Polizeipräsidenten um eine Antwort.

»Ich muss gestehen, dass die Ermittlungen ins Stocken geraten sind. Wir haben über 1.200 Spuren abgearbeitet, aber noch keinen der untergetauchten Täter gefasst. Mit neuen Ansätzen versuchen wir, den Fall zu lösen. Allerdings unter katastrophalen personellen Bedingungen. Der Anschlag auf den Landrat und den Staatssekretär erschwert die Suche nach den Tätern. Man kann sagen, dass die Soko Gifiz überlastet und ausgezehrt ist. Wir geben die Hoffnung jedoch nicht auf, die Täter zu finden.«

Wie es denn mit dem Personenschutz stehe? Warum seien der Landrat und der Staatssekretär nicht geschützt worden. Das sei doch grobe Fahrlässigkeit.

Der Polizeipräsident wies den Vorwurf der Fahrlässigkeit zurück. »Der Landrat hatte vor geraumer Zeit Personenschutz. Er lehnte ihn aber später ab. Personenschutz ist nicht ohne für den, der bewacht wird. Die persönliche Freiheit wird stark eingeschränkt. Man dringt beim Personenschutz in die Privatsphäre ein. Das will nicht jeder. Dafür habe ich Verständnis. Der Staatssekretär hat zeitweise Personenschutz. Bei der Konferenz in der Farrenkopfhalle hat er darauf verzichtet, weil die Veranstalter, der Badische Landwirtschaftliche Hauptverband und der Ortenaukreis, Security eingesetzt haben.«

Warum Security nötig gewesen sei?

»Das lag am Thema der Veranstaltung. ›Der Wolf – ein Märchen mit tragischem Ausgang für den Schwarzwald?‹ Zu der Veranstaltung waren Befürworter und Gegner des Wolfs eingeladen. Bei ähnlichen Konferenzen war es mitunter lautstark bis handgreiflich zugegangen. Deshalb wurden Security-Leute angefordert für den Saalbereich, um notfalls einzugreifen. Mit einer Schießerei oder einem Anschlag hat niemand gerechnet. In der Regel wird im Vorfeld bestimmter Veranstaltungen zwischen den Behörden geprüft, ob Polizei eingesetzt werden muss. In diesem Fall haben alle Beteiligten keine große Gefahr gesehen.«

Aber bei Kreistagssitzungen sei doch schon Polizei eingesetzt worden.

»Richtig. Da ist jedoch Tage vor den Sitzungen mit Gewalt gedroht worden. Deshalb haben wir uns in Absprache mit der Kreisverwaltung zum Polizeieinsatz entschlossen. Im Vorfeld der Veranstaltung über die Ansiedlung des Wolfes im Schwarzwald sind keine Drohungen bekannt geworden.«

Die Landesregierung hatte schon in der Nacht in einer Presseerklärung den Anschlag verurteilt. Am Mittag wollte sich der Ministerpräsident persönlich äußern. Schlag auf Schlag folgten weitere Statements, darunter Erklärungen des Landtages sowie der Kreistagsfraktionen, die sich auf einen gemeinsamen Text verständigt hatten und von einem abscheulichen Verbrechen sprachen, das die Grundfesten der Demokratie erschüttere. Manche Statements lasen sich, als wisse man bereits, wer der oder die Täter waren. Bundesweit stellten die Medien den Fall in den Vordergrund. Er war leichter einzuordnen als die ChrisTer-Fälle. Die Artikel und Online-Berichte hatten fast den gleichen Grundtenor und machten die Debattenkultur und die sozialen Medien mitverantwortlich für die Tat, die allgemein als Anschlag bezeichnet wurde.

Oberstaatsanwalt Stenglenz, der sich Presseausschnitte hatte zusammenstellen lassen, schüttelte den Kopf über die nahezu gleichlautenden Berichte und Kommentare. Nur eine Zeitung mit bundesweiter Ausstrahlung machte sich die Mühe, tiefer in die Materie einzusteigen. Er staunte, dass sie, ohne sie zu benennen, die These eines Juristenkollegen vom »flächenerschreckenden Denken, Reden und Handeln«, das vor allem vom rechten Rand die Gesellschaft durchdrang, an den Beispielen der ChrisTer-Fälle und des Anschlags auf den Landrat und den Staatssekretär in vielen Einzelheiten verifizierte und das Bild einer Gesellschaft zeichnete, die sich im Umbruch befand. Zum Glück vermied der Redakteur den Vergleich mit der Weimarer Republik. Er hätte ihm gern gratuliert zu seinem sensiblen Artikel. Hatte nicht auch dieser Ermittler, Alban Berger, in der ersten Besprechung der »EG Landrat« einen größeren Zusammenhang zwischen den beiden Fällen gesehen? Ein interessanter Ansatz, der sich durchaus mit seinen Beobachtungen deckte.

Um die Mittagszeit trat der Ministerpräsident vor die Presse. »Die Landesregierung ist erschüttert über den Anschlag von gestern Abend. Unser großes Mitgefühl gilt Staatssekretär Dr. Alexander Wolber, dem wir schnelle Genesung wünschen. Wir hoffen, dass sich der Ortenauer Landrat Franz Rescher bald vom Schock des Anschlags erholt. Die Landesregierung wird alles tun, was in ihrer

Macht steht, um den oder die Täter zu fassen und vor Gericht zu stellen. Der Anschlag trifft uns alle.« Auf die Frage, warum nicht die Zahl der Polizisten erhöht werde, sagte der Ministerpräsident, Macht bedeute nicht, dass man ausgebildete Polizisten aus dem Hut zaubern könne.

Alle Stellungnahmen vom Kreistag bis zur großen Politik klangen ähnlich. Obwohl die meisten von einer Tat sprachen, die Sprachlosigkeit auslöse, benötigten sie doch sehr viel Worte und Sätze, um ihre Sprachlosigkeit zu betonen. Bei den Konsequenzen schieden sich die Geister. Mehr Polizei und mehr Verfassungsschutz forderten die meisten, mehr Effizienz der Sicherheitsorgane die anderen. Eine Debatte im Landtag über Extremismus fand ebenfalls eine Mehrheit. Man fragte sich, ob das nötig war, wo die Parteien bereits jetzt die Debatte in die Presse und in die Sozialen Medien trugen. Schuldzuweisungen blieben nicht aus. Und alles paarte sich mit Besserwisserei. Für die Debattenkultur verhieß das nichts Gutes.

KAPITEL 8

Erstaunlich, dass sie sich wieder einmal im Wald trafen, wie früher unter dem alten Meister. Er hatte sich gewundert, als der Erste Jünger ihn benachrichtigt und den Treffpunkt genannt hatte. Die konspirativen Treffen der früheren Zeit fehlten ihm. Sie hatten sie zusammengeschweißt und manchen sogar die Angst genommen vor der Einsamkeit, vor der Bedeutungslosigkeit. Der alte Meister hatte ihnen ein Selbstwertgefühl gegeben und sie immer als etwas Besonderes bezeichnet. Er bedauerte es inzwischen zutiefst, dass er sich als Erster vom alten Meister abgewendet hatte und dem jetzigen Meister gefolgt war. Mit jedem Tag wuchs die Enttäuschung und ihn beschlich immer mehr die Angst vor der Zukunft. Vom neuen Meister waren Töne der Aufmunterung oder Empathie nicht zu hören. Seine Kommunikation mit ihnen beschränkte sich auf wechselnde Foren und verschlüsselte Mails. Das meiste überließ er seinem Ersten Jünger, der allerdings mehr koordinierte als lenkte.

Dass der neue Meister jetzt ein Treffen im Wald hatte ansetzen lassen, war ein Hoffnungsschimmer. Was kam auf sie zu? Wurden sie wieder aktiv wie in alten Zeiten? Seine Armbanduhr zeigte an, dass noch zehn Minuten blieben bis zum Beginn. Der Erste Jünger hatte angedeutet, dass es um eine wichtige Botschaft gehe. Der Meister setze auf absolute Sicherheit. Man habe bewusst den Ort im Wald gewählt, weit weg von jedem kommunikativen Einfluss. Es musste sich um etwas äußerst Wichtiges handeln. Anders konnte es nicht sein. Er hoffte, dass alle pünktlich waren. Seine Zeit war kostbar. Er hatte nicht nur beruflich viel zu tun, sondern musste für den Meister einen Sicherheitsplan ausarbeiten. Außerdem wurde es bald dunkel. Er hatte für alle Fälle eine kleine Taschenlampe mit starker Batterie bei sich. Zum Glück trug er einen Pullover. Hier oben war es doch recht kühl.

Er hörte ein Geräusch. Er stand ganz nahe bei einem Holzstoß und überlegte, aus welcher Richtung es kam. Von links. Von dem Weg, der nach unten führte. Von dort sah er mehrere Männer kommen, an der Spitze ging der Erste Jünger, der ihm schon von Weitem winkte. Die fünf Männer, die ihm folgten, kannte er nicht. Waren das neue Jünger? Der neue Meister hatte sie dazu angehalten, verstärkt Anhänger zu gewinnen. Man wolle schließlich eine ernst zu nehmende Bewegung werden. Aber wie man zum Menschenfischer wurde, hatte er nicht erklärt. Er hatte auch nicht die Fähigkeiten seines Vorgängers, Menschen an sich zu binden und zu begeistern. Und wo waren die Jünger, die er kannte? Waren die nicht eingeladen worden? Hatte er die Einladung falsch verstanden?

Der Erste Jünger und die anderen trugen graue Kutten. Man hatte ihm nicht gesagt, wie er sich zu kleiden hatte. Ziviles Aussehen hielt er für die beste Tarnung. Der Erste Jünger begrüßte ihn freundlich, gab ihm einen Kuss auf die rechte und auf die linke Wange, umarmte ihn aber nicht, wie sie es unter dem alten Meister als Zeichen der Gleichstellung gepflegt hatten. Er unterließ es auch, ihm seine Begleiter vorzustellen. Man müsse noch einen

Moment warten, sagte der Erste Jünger und lächelte dabei. Es komme noch eine Überraschung. Bei diesen Worten lächelten auch seine Begleiter. Am besten man verharre im Schweigen, betonte der Erste Jünger.

So standen sie einige Minuten, bis er in seinem Rücken eine Stimme hörte, die ihm vertraut war.

»Und er zog Gerechtigkeit an wie einen Panzer und setzte den Helm des Heils auf sein Haupt, und er zog Rachegewänder an als Kleidung und hüllte sich in Eifer wie in einen Mantel. Nach den Taten, danach wird er vergelten: Grimm seinen Widersachern, Vergeltung seinen Feinden; den Inseln wird er Vergeltung erstatten. Und sie werden den Namen Jehovas fürchten vom Niedergang an, und vom Sonnenaufgang seine Herrlichkeit. Wenn der Bedränger kommen wird wie ein Strom, so wird der Hauch Jehovas ihn in die Flucht schlagen. Und ein Erlöser wird kommen für Zion und für die, welche in Jakob von der Übertretung umkehren, spricht Jehova.«

Die Stimme, die so in den Bann ziehen konnte! Sie hörte sich an, als sei sie von einem Gerät abgespielt worden. Er drehte sich in die Richtung um, aus der die Stimme gekommen war. Aber er konnte nichts entdecken. Ein zweites Mal war die Stimme zu vernehmen. Dieses Mal aus einer anderen Richtung. Wieder dieses Zitat. Jetzt erst wurde ihm die Bedeutung der Worte bewusst. Er schaute fragend den Ersten Jünger an, dessen Gesicht wirkte wie das der Sphinx, der geheimnisvollen Würgerin aus der griechischen Mythologie. Sie ließen ihm keine Zeit, das Rätsel der Stimme zu lösen.

KAPITEL 9

Firner musste inzwischen vorübergehend zwei Sonderkommissionen leiten: die Ermittlungsgruppe, die sich mit dem Anschlag auf Staatssekretär Wolber und Landrat Rescher befasste, und die Soko Gifiz. Seine berühmte Fragerunde am Schluss jeder größeren Sitzung, »Firners Endrunde« genannt, ließ er inzwischen aus Zeitmangel aus. Nach der »EG Landrat« berief er die Soko Gifiz ein. Sie stand vor einem Neubeginn unter dramatischen Umständen. Firner ließ zu Beginn seines Vortrages keine Anzeichen von Stress erkennen.

»Ihr seht hier auf der Videowand, dass wir 1.245 Spuren gesammelt haben. Es gibt bei vielen Spuren Übereinstimmungen, aber keinen entscheidenden Treffer, der zu wenigstens einem der Täter führt. Wir müssen die Ermittlungen nach dem jetzigen Stand wieder auf null stellen. Das heißt, wir fangen wieder von vorne an. Aber wir müssen mit weniger Personal auskommen. Die Soko Gifiz ist in den letzten Monaten, Wochen und Tagen nach und nach ausgedünnt worden. Das hat verschiedene Gründe. Jetzt kommt noch der Anschlag auf den Landrat des Ortenaukreises und auf Staatssekretär Wolber vom baden-württembergischen Landwirtschaftsministerium hinzu. Das wirft uns zurück. Kollege Alban Berger wird, um das klarzustellen, bis auf Weiteres in der geschrumpften Soko Gifiz bleiben.«

Die Anwesenden unterbrachen Firner mit lautem Klatschen. Firner nahm den Beifall nach außen hin ohne Regung auf, während Berger schlucken musste und sich fragte, was Firner mit der Klarstellung bezweckte. Es hatte sich doch im Präsidium herumgesprochen, dass er als Leiter der geplanten Cold-Case-Gruppe im Gespräch war. Einige Neuzugänge waren wahrscheinlich über die personellen Veränderungen nicht voll informiert. Oder hatte es Gerüchte gegeben, dass er weggehe? Oder war das ein fieser Trick von Firner, um die Gerüchteküche anzuheizen? Inzwischen traute er Firner alles zu. Und warum bekam er von den Kolleginnen und Kollegen so viel Beifall? Verknüpften sie mit seinem Namen große Erwartungen, wie Kripochef Winker? Immerhin hatte er die Soko Gifiz auf die Spur des Meisters gebracht und die Serie der Gewalttaten gestoppt, die die christliche Terrorgruppe verübt hatte. Aber ein Heilsbringer war er nicht. Oder klatschten sie, weil er Kripochef Winker das Leben gerettet hatte, den die meisten sehr schätzten?

»Lasst mich zusammenfassen, was bisher geschehen ist.« Als hätte es keinen Beifall für Berger gegeben, nahm Firner ungerührt den Faden wieder auf. »Ausgangspunkt der ChrisTer-Fälle, wie wir den Komplex jetzt nennen, sind drei nackte Puppen im Offenburger Gifizsee mit Hinweisen auf Bibelzitate, die gefährliche Botschaften vermitteln. Wir wissen, dass der ermordete Kollege Georg Rackert die Puppen in den See gebracht hat. Er hat sich im Netz undercover einer Gruppe christlicher Terroristen angeschlossen. Die Puppen hat er als Finte benutzt, um die Gruppe von Anschlägen abzuhalten. Offenbar hat er so viel Misstrauen ausgelöst, dass die Gruppe ihn mit einer Giftspritze getötet und nackt im Amphitheater am

Gifizsee abgelegt hat. Die Lage seines Körpers hat zusammen mit weißen Linien auf dem Boden ein Pentagramm gebildet, das auf den Kopf gestellt ist.« Firner blendete das Foto mit dem toten Kollegen im Amphitheater ein. »Das umgedrehte Pentagramm befindet sich auch auf den Puppen. Leider führte das atypische Pentagramm die Ermittlungen zunächst in die falsche Richtung. Erst später entdeckten wir in einem Geheimpapier Rackerts, dass er das Pentagramm aus Versehen falsch herum aufgesprüht hat. Die Puppen wurden aus einer Erotikfirma im Elsass gestohlen. Unser ermordeter Kollege hatte allerdings mit dem Diebstahl nichts zu tun. Nach dem Mord an Georg Rackert beging die Gruppe Anschläge auf das Erotikkino an der Unionbrücke in Offenburg und ein Etablissement im Industriegebiet. Im Industriegebiet gab es drei Todesopfer und mehrere Verletzte. Einige Zeit danach fanden wir eine nackte Leiche in einem weißen Kastenwagen in der Nähe des Amphitheaters. Das Opfer zählt zur christlichen Terrorgruppe. Rackert hat den Mann in seinen Aufzeichnungen als ›Nuschler‹ bezeichnet. Der ›Nuschler‹ lieferte ihm die Puppen. Der Mann wurde wie Georg Rackert mit einer Giftspritze getötet. Vermutlich wurde die Terrorgruppe überrascht und konnte die Leiche des ›Nuschlers‹ nicht im Amphitheater ablegen. Wir wissen nicht, warum der ›Nuschler‹ umgebracht wurde. Kurz danach kamen wir der Gruppe auf einem Aussiedlerhof in der Nähe von Rust sehr nahe. Die beiden ermittelnden Kollegen verschwanden allerdings spurlos. In der Folge gelang es uns, das Anwesen des Haupttäters ausfindig zu machen.«

Tammy wurde langsam wütend. Mit keinem Wort erwähnte Firner, dass die entscheidenden Hinweise von

Berger gekommen waren. Sie schaute zu Berger, der ruhig dasaß. Firner unterschlug auch die Verdienste von Felix Manderscheid, der das Geheimpapier von Georg Rackert aufgespürt hatte. Sie musste ihre Wut in den Griff bekommen und sich wieder auf den Vortrag konzentrieren.

»Kurz vor dem Zugriff verließ der Mann das Anwesen mit seinem VW-Käfer und versuchte, über die Platanenallee zu fliehen. Als er sah, dass das ausweglos war, drehte er um und fuhr auf den Weg zur Halbinsel am Gifiz. Kurz hinter der Abbruchkante explodierte sein Wagen, der vollgepackt war mit Sprengstoff. Die Explosion war so stark, dass von dem Auto nur noch Partikel übrigblieben. Bei der Durchsuchung des Anwesens in unmittelbarer Nähe des Gifiz ereignete sich eine weitere Explosion, bei der drei Kollegen des SEK starben und mehrere verletzt wurden. Leider vernichteten die Explosion und der anschließende Brand die meisten Beweismittel. Dennoch konnten wir verwertbare Spuren finden. Seit den Explosionen am Gifiz hat sich die Gruppe nicht mehr gerührt. Wir müssen davon ausgehen, dass alle Mitglieder untergetaucht sind. Gesucht werden elf Männer, von denen wir kein Profil haben. Die Gruppe wird von der Bundesanwaltschaft als terroristisch eingestuft. Sie hat es sich zum Ziel gesetzt, einen christlichen Gottesstaat zu errichten. Ob sie wieder aktiv wird, ist zurzeit schlecht einzuschätzen. Zum jetzigen Zeitpunkt müssen wir davon ausgehen, dass sie eine Bedrohung bleibt. Ich wiederhole: 1.245 Spuren haben wir abgearbeitet. Es hilft alles nichts, wir müssen jede einzelne Spur erneut analysieren. Der Fall darf nicht zu einem Cold Case werden.« Beim Stichwort »Cold Case« blickte Firner provokativ auf Berger.

»Vielleicht sind wir näher an einer Lösung, als wir denken.« Berger murmelte diesen Satz vor sich hin und dachte dabei an die ausgerissenen Bibelseiten. Er saß so nahe an Firner, dass dieser jedes Wort verstanden haben musste. Firner tat jedoch so, als habe er nichts mitbekommen. Wollte er Berger ignorieren?

Berger fiel auf, dass Firner in seinem Vortrag nichts zu den »Merkwürdigkeiten in den ChrisTer-Fällen« gesagt hatte, die Winker kurz vor seinem Zusammenbruch angedeutet hatte. Hatte Winker darüber nur mit ihm gesprochen? Das konnte sich Berger nicht vorstellen. Aber er hielt es für besser, jetzt nicht nachzuhaken. Irgendwann bot sich sicher eine Gelegenheit, um Firner damit zu konfrontieren.

Der Soko-Leiter war mit seinem Vortrag noch nicht am Ende. »Die Vertreter von BKA, LKA, BND und Bundesanwaltschaft sind heute nicht da, wie ihr sicher bemerkt habt. Wir machen keinen Alleingang. Es ist alles mit ihnen abgesprochen, auch mit dem Verfassungsschutz im Land und im Bund. Sie setzen die Ermittlungen ebenfalls auf null zurück und versuchen wie wir, mit neuen Ansätzen den Fall zu lösen. Die Besetzung der einzelnen Ermittlungsgruppen habe ich euch schon vor der Besprechung zugeschickt. Einige werden die Liste bereits kennen. Wundert euch nicht, wenn die Besetzungen zum Teil neu gemischt sind. Ich will, dass wir mit neuen Augen an die Ermittlungen gehen.«

Berger hielt das für eine gute Idee. Manchmal ging man zu routiniert an einen Fall ran. Der Abschied von Gewohntem konnte sehr hilfreich sein. Tammy und er blieben zusammen. Sie mussten erneut die damals verwendeten Bibelzitate untersuchen und sich mit den möglichen Hintergründen der ChrisTer-Fälle befassen sowie zusätzlich die Befragungen der Anwohner am Gifiz überprüfen. Wahrscheinlich wurden ihnen noch mehr Aufgaben übertragen.

»Und noch ein Letztes!« Firner war nicht zu bremsen. »Ich habe fast vergessen, ein neues Gesicht vorzustellen: Sakura Landmann. Einige kennen sie bereits. Sie kommt vom Landeskriminalamt in Stuttgart, hat dort zuletzt im Bereich ›Cybercrime und Digitale Spuren‹ gearbeitet und unterstützt nun hier den Kollegen Felix Manderscheid bei der Bekämpfung der Organisierten Kriminalität im Darknet. Beide arbeiten der EG Landrat und der Soko Gifiz zu und stehen in Verbindung mit den Darknet-Spezialisten auf Landes- und Bundesebene.«

Der Kollege an Bergers rechter Seite flüsterte ihm zu: »Man sagt, das ist Manderscheids neue Freundin. Es heißt auch, sie sei mal Hackerin gewesen.«

»Dann ist ja gut, dass sie jetzt bei uns ist«, sagte Berger kurz angebunden.

Sakura Landmann stand auf, verbeugte sich und lächelte. Sie hatte asiatische Gesichtszüge, schwarzes langes Haar, war ungefähr 1,70 Meter groß und schlank. Eine hübsche Erscheinung, die sicher einige Kollegen in Unruhe versetzte. Seit seiner Rückkehr in den Dienst hatte Berger noch nichts von der neuen Kollegin gehört oder gesehen.

»Ich bin dem Landeskriminalamt dankbar, dass es uns unterstützt. Wir werden den Bereich Internetkriminalität nach und nach verstärken. Sobald der Anbau des Präsidiums fertig ist, werden wir mit einer großen Einheit hier in Offenburg rechnen können. Wir haben Zusagen des Landesinnenministeriums.«

Einige im Raum lachten. Man hatte Grund genug, die Ankündigung skeptisch aufzunehmen. Zu oft hatte die Landespolitik Versprechungen gemacht und sie nicht eingehalten.

Firner klatschte in die Hände. »An die Arbeit. Wir dürfen dem Verbrechen keinen Vorsprung geben.«

»Den hat es schon!«, schallte es aus dem Raum. Es war das richtige Schlusswort, fand Berger.

Der Vorname der Darknet-Spezialistin ging ihm nicht aus dem Kopf. Sakura. An seinem Arbeitsplatz schaute er im Netz nach der Bedeutung des Namens. Sakura hieß Kirschblüte oder Kirschbaum, ein wichtiges Symbol in der japanischen Kultur, ein Ausdruck für Schönheit und Aufbruch. Eine Schönheit war Sakura. Ob sie auch für einen Aufbruch in den Ermittlungen sorgte?

Firner kam kurz nach der Besprechung zu Berger und Tammy. Er teilte ihnen mit, dass die zuständige Staatsanwaltschaft Baden-Baden es ablehne, im Fall des toten Argentiniers Ermittlungen aufzunehmen. Alles spreche dafür, dass der Argentinier ohne Fremdverschulden verunglückt sei. Die Obduktion unterstütze diese Ansicht eindeutig.

»Das darf doch nicht wahr sein!«, entfuhr es Berger, während Tammy den Kopf schüttelte. »Wir haben die Fragwürdigkeiten in diesem Fall klar herausgearbeitet.«

»Berger, ich habe den Bericht gelesen. Wir können nichts machen. Ich habe mir noch Vorwürfe anhören müssen!«

»Von wem?«

»Von der Staatsanwaltschaft Baden-Baden. Sie hat mit Empörung auf ihre Empfehlung reagiert, zumindest Vorermittlungen einzuleiten. Sie sagt, wir hätten übertrieben und das Hotel Schatzhauser und seine Gäste unnötig belästigt. Man habe sich bei der Hotelleitung entschuldigt. Die argentinische Botschaft habe sich beschwert und darauf gedrängt, die Ermittlungen abzuschließen, damit der Leichnam des Landsmannes möglichst bald nach Buenos Aires überführt werden könne. Sie müssen sich damit abfinden, dass die Staatsanwaltschaft eine andere Sicht auf die Dinge hat. So etwas erleben wir in unserer täglichen Arbeit immer wieder. Das wissen Sie beide doch.« Firners Tonfall hatte eine aggressive Note bekommen.

»Sie müssen uns keinen Vortrag über das Verhältnis von Staatsanwaltschaft und Kriminalpolizei halten. Ich will Sie nur daran erinnern, dass die Staatsanwaltschaft Baden-Baden unseren Untersuchungen im Hotel Schatzhauser zugestimmt hat.«

»Das ist richtig. Aber das sei ein anderer Staatsanwalt gewesen, ein junger, der erst vor wenigen Monaten in Baden-Baden angefangen habe, hieß es. Vermutlich noch unerfahren in solchen Dingen.«

»Und wie heißt der Staatsanwalt, der die ganze Sache gestoppt hat?«

»Der Name tut nichts zur Sache. Ich muss zugeben, er fällt mir gerade nicht ein. Oder doch? Ja! Dr. Norwin Sander.«

Berger wollte das Gespräch nicht eskalieren lassen, packte Tammy etwas unsanft am Arm und zog sie mit zum Kaffeeautomaten. »Ich werde nicht aufgeben«, grummelte er. Zum Glück hatte er nur Tammy von seinem Fund in der Bibliothek des Hotels Schatzhauser erzählt. Bei dem Gedanken an das Hotel überlegte er, was dieser Dr. Norwin Sander für ein Mann war. Warum wollte er in dem Fall des toten Argentiniers nicht ermitteln, obwohl es so viele Ungereimtheiten gab?

»Du tust mir weh, Mann!« Tammy löste sich aus seinem Griff. »Was ist mit dir los?«

»Entschuldigung, ich bin nur verärgert.«

»Das bin ich auch!«

KAPITEL 10

Gerade war Berger aufgestanden, um, wie es das Eingliederungsmanagement erlaubte, früher nach Hause zu gehen, als Firner auf ihn zukam. »Sie müssen morgen früh nach Freiburg ins Polizeipräsidium. Die Mordkommission ist an einem seltsamen Fall dran. Außerhalb von Freiburg ist eine nackte männliche Leiche gefunden worden. Im Mund des Toten steckte eine Bibelseite. Einige Sätze sind gelb markiert. Die Freiburger erinnerten sich an unsere Fälle mit den christlichen Terroristen und wollen überprüfen, ob es einen Zusammenhang gibt. Sie, Berger, sind in der Materie drin. Ich habe zugesagt, dass Sie um 10 Uhr dort sind. Wenn Sie wollen, steht Ihnen ein Dienstfahrzeug zur Verfügung.«

»Nein, danke, ich fahre mit dem Zug.« Mehr sagte Berger nicht, packte seinen kleinen Rucksack und ließ Firner stehen.

Auf dem Heimweg empfand er sein Verhalten als unpassend. Es war ein Affront gegen Firner. Er durfte sich in Zukunft nicht mehr zu so etwas hinreißen lassen, gerade weil ihr Verhältnis angespannt war. Berger beschloss, sich nach seiner Rückkehr aus Freiburg bei Firner zu entschuldigen.

Zu Hause trank er einen Kaffee. Er beeilte sich, denn er wollte seinen Vater im Lahrer Herzzentrum besuchen, bevor es Abend wurde. Berger fürchtete sich vor dem Besuch, wie ein verlorener Sohn, der schuldbeladen nach Hause zurückkehrte. Als er das Haus verlassen wollte, sah er im Eingangsbereich einen Weidenkorb, in dem ein Einkaufszettel lag. Die Liste war ziemlich lang. Er beschloss, nach dem Besuch im Krankenhaus den Einkauf zu erledigen, holte aus dem Keller einen zweiten Korb und machte sich auf den Weg.

Auf der Fahrt nach Lahr überlegte er, was er seinem Vater sagen wollte. Es kam so gut wie gar nichts dabei heraus. Das verstärkte seine Nervosität.

In der Klinik angekommen, musste er sich durchfragen, bis er das Zimmer fand, in dem sein Vater lag. Vorsichtig klopfte er an die Tür und lauschte. Keine Antwort. Er klopfte noch einmal und hörte wieder nichts. Sachte öffnete er die Tür und sah den Grund, warum sein Vater nicht reagiert hatte: Er schlief. Leise schlich Berger an den Tisch, nahm einen Stuhl und setzte sich neben das Krankenbett.

Er saß schon etwa eine Viertelstunde, als sein Vater aufwachte und überrascht den Kopf hob. »Alban! Alban! Schön, dich zu sehen.«

Berger sah seinem Vater an, dass er sich über den Besuch freute. Er hatte sich auf Vorwürfe gefasst gemacht, obwohl sein Vater im Umgang mit Harald und ihm immer verständnisvoll gewesen war. »Wie geht es dir, Vater?«

»Den Umständen entsprechend gut. Ich habe eine hoffnungsvolle Prognose.«

»Das heißt, der Herzinfarkt hat keine Folgen?«

»Wer spricht denn von Herzinfarkt?«

»Das hat mir Harald gesagt.«

»Da hat er was falsch verstanden. Es hat am Anfang einen Verdacht gegeben. Aber ich habe keinen Herzinfarkt erlitten. Es handelt sich um eine Aortenklappenstenose. Sie haben mir gesagt, dass der Blutfluss aus der linken Herzkammer in die Aorta behindert ist. Gestern haben sie mir eine biologische Klappe eingesetzt.«

Berger war schockiert. Nicht einmal das wusste er.

»Eine erworbene Aortenklappenstenose, haben sie gesagt. Mein schlechter Lebenswandel ist schuld. Du weißt ja, ich habe nie auf meine Gesundheit geachtet. Viel Stress, viel zu fettes Essen, zu viel Wein, wenig Ausgleich in der knappen Freizeit. Dein Bruder Harald schlägt mir nach. Wenn ich wieder zu Hause bin, muss ich mit ihm ein ernstes Wort reden. Und meinen Lebensstil ändern, wenn ich noch ein bisschen leben will. Aber genug von mir. Wie geht es dir?«

»Du hast dir große Sorgen um mich gemacht, oder? Hat das deinen Zusammenbruch beschleunigt?«

»Nein, auf keinen Fall. Aber lenk nicht ab! Du hast nicht auf meine Frage geantwortet, wie es dir geht.«

»Mal so, mal so. Manchmal habe ich den Eindruck, dass es aufwärts geht. Und dann gibt es Tage, da wirft mich die kleinste Aufregung um. Es wird noch lange dauern, bis ich wieder stabil bin.«

»Ich glaube, ein Herzklappenfehler ist leichter zu behandeln als ein psychischer Zusammenbruch.«

Berger ging nicht auf den Vergleich ein. »Wann darfst du heim?«

»Voraussichtlich Mitte nächster Woche. Dann folgt die Reha. Wo, weiß ich noch nicht.«

»Wenn du wieder zu Hause bist und dich wohler fühlst, reden wir mal über alles in Ruhe. Ich habe in den letzten Monaten alle vernachlässigt, dich, Mama, meine Frau, meine Töchter, meinen Bruder und seine Familie.«

»Alban, mach dir bitte keine Vorwürfe. Ich freue mich jedenfalls, wenn du kommst.«

Mit Erleichterung verließ Berger die Klinik. Er hatte nicht mit so viel Verständnis seines Vaters gerechnet. Alles, was er sich ausgemalt hatte, war nicht eingetroffen. Auf dem Weg nach Hause kaufte er noch ein.

Nach dem Auspacken der Körbe und dem Einräumen der Lebensmittel entdeckte er auf dem Wohnzimmertisch einen Zettel. »Bin auf dem Weg nach München. Entschuldige, habe ganz vergessen, dir zu sagen, dass ich zu einem zweitägigen Kongress muss. Ich vertrete unseren Verleger und halte einen Vortrag. ›Auswirkungen der Digitalisierung auf die kleinen und mittleren Buchhandlungen und auf die Verlage.‹ Nichts Neues, aber aktueller denn je. Ist alles etwas kurzfristig geplant worden. Sorry. Alles Liebe. Ariane.«

Immerhin war der Text länger als ihre bisherigen Zettelbotschaften, aber von einer normalen Kommunikation konnte keine Rede sein.

Er schaffte es punktgenau, aber nicht stressfrei, den Termin in der Albertstraße 9 einzuhalten, Sitz der Rechtsmedizin des Universitätsklinikums Freiburg. Der Zug hatte Verspätung. Auf die Deutsche Bundesbahn war Verlass. Kriminalhauptkommissar Jürgen Dinnback erwartete ihn bereits vor dem Eingang. Dinnback entsprach nicht gerade dem Bild, das sich viele von einem Kommissar machten. Er hatte schütteres Haar, zurückgekämmt und mit Gel festgehalten, einen Bauchansatz, Tränensäcke unter den Augen. Dinnback rauchte eine Zigarette, eine französische Sorte mit entsprechender Duftnote. Als

Berger sich vorstellte, antwortete ihm kurz und knapp eine tiefe, verrauchte Stimme. Ein letzter Zug, dann ließ Dinnback seine Zigarette auf den Boden fallen, trat sie aus und kickte sie treffsicher in den Gully in der Nähe. Schweigend gingen sie nebeneinanderher zu der Abteilung, die sich um die Obduktion von Opfern kümmerte. Dinnback schien hier gut bekannt zu sein.

Die Leiche lag vorbereitet auf dem Seziertisch. Das Gesicht war bis zur Unkenntlichkeit zerstört, der Hals rundherum tief eingeschnitten. Dinnback sagte: »Der Mann ist mit einer Drahtschlinge um den Hals getötet worden. Der Täter hat die Schlinge von hinten um den Hals gelegt, mit ungeheurer Kraft zugezogen und den Hals beinahe durchtrennt. Es muss alles blitzschnell gegangen sein. Abwehrspuren konnten nicht festgestellt werden. So ist es doch, Dr. Hartmann?«

Der Rechtsmediziner nickte mit dem Kopf. »Alles vollkommen richtig. Das Gesicht ist nachträglich zerschlagen worden. Wir haben sonst nichts Auffälliges entdeckt.«

Berger wollte schon sagen, dass eine Drahtschlinge um den Hals und ein zertretenes Gesicht ausreichend auffällig seien, als Dinnback sich wieder zu Wort meldete. »Nur diese ominösen Papiere im Mund des Toten, zwei ausgerissene Bibelseiten mit markierten Zitaten. Das hat uns veranlasst, uns bei euch zu melden und zu fragen, ob es einen Zusammenhang mit der christlichen Terrorgruppe gibt, mit der sich eure Soko Gifiz beschäftigt.«

Berger war verwirrt. »Bisher ist von einer Bibelseite die Rede gewesen, nicht von zwei. Das erstaunt mich jetzt.«

»Bei der Obduktion habe ich eine zweite Seite entdeckt. Sie ist in den Hals hineingestoßen worden. Anders kann man es nicht bezeichnen«, erklärte Dr. Hartmann.

»Wo sind diese Bibelseiten? Hier?«

»Nein, die sind von der Spurensicherung bearbeitet worden. Da müssen wir rüber zu uns. Wie ist denn Ihr erster Eindruck? Sieht nach Übertötung aus, oder?«, wollte Dinnback wissen.

»Na ja, der oder die Täter sind äußerst brutal vorgegangen. Von einer Übertötung im herkömmlichen Sinn kann man wahrscheinlich dennoch nicht sprechen.«

»Wieso nicht?«

»Auf den ersten Blick ist davon auszugehen, dass da jemand voller Hass sein Opfer malträtiert hat. Dafür spricht das zertretene Gesicht. Und natürlich auch die Heftigkeit, mit der die Drahtschlinge zugezogen worden ist.« Berger machte eine Pause, als wollte er Spannung aufbauen. »Wenn im Mund des Opfers keine Bibelseiten gefunden worden wären, hätte ich auch von Übertötung gesprochen. So aber vermute ich, dass wir es mit einem symbolischen Akt zu tun haben, der mit Hass und Wut verbunden sein kann. Aber bevor wir Einzelheiten behandeln, will ich die Bibelseiten sehen. Dann kann ich sagen, ob es Zusammenhänge gibt.«

»Kollege Berger, das hört sich an, als wüssten Sie mehr als ich.«

»Kann sein. Ich muss Sie allerdings vertrösten.«

»Ob ich das aushalte? Ich glaube, ich brauche noch eine Zigarette.«

Sie standen eine Weile vor dem Eingang der Rechtsmedizin, während Dinnback in Ruhe seine Zigarette mit dem strengen Aroma rauchte. Nichts schien ihn aus dem Gleichgewicht zu bringen. Berger sehnte sich nach der Ausgeglichenheit, die er früher ausgestrahlt hatte.

Nach dem letzten Zug und einem kurzen Hustenanfall fuhr Dinnback mit ihm zur Kriminalpolizeidirektion in der Heinrich-von-Stephan-Straße 4. Dinnback stellte Berger einige Kolleginnen und Kollegen der Mordkommission vor, die sich mit dem aktuellen Fall befassten. Sie schauten gemeinsam die dreidimensionalen Aufnahmen vom Fundort der Leiche an und sprachen über die bisherigen Ermittlungsergebnisse, die überschaubar waren. Schließlich legte ihm Dinnback die markierten Bibelseiten vor.

Berger zog sein kleines, schwarzes Notizbuch aus der Tasche und verglich die Seitenzahlen, betrachtete die Ränder der Blätter und las in Ruhe die markierten Sätze der ersten Seite.

»Und er zog Gerechtigkeit an wie einen Panzer und setzte den Helm des Heils auf sein Haupt, und er zog Rachegewänder an als Kleidung und hüllte sich in Eifer wie in einen Mantel. Nach den Taten, danach wird er vergelten: Grimm seinen Widersachern, Vergeltung seinen Feinden; den Inseln wird er Vergeltung erstatten. Und sie werden den Namen Jehovas fürchten vom Niedergang an, und vom Sonnenaufgang seine Herrlichkeit. Wenn der Bedränger kommen wird wie ein Strom, so wird der Hauch Jehovas ihn in die Flucht schlagen. Und ein Erlöser wird kommen für Zion und für die, welche in Jakob von der Übertretung umkehren, spricht Jehova.«

Die zweite Seite hatte weniger Text, erklärte jedoch die Zerstörung des Gesichts.

»Siehe, ich gebe euch die Gewalt, auf Schlangen und Skorpionen zu treten, und über die ganze Kraft des Feindes, und nichts soll euch irgendwie beschädigen. Doch darüber freuet euch nicht, daß euch die Geister untertan sind; freuet euch aber, daß eure Namen in den Himmeln angeschrieben sind.«

Berger war unruhig geworden. Es musste einen Zusammenhang geben, anders konnte es nicht sein. Genau diese zwei Stellen hatte er auch mit Tammy festgehalten. Der erste Text stammte aus dem »Buch des Propheten Jesaja«, der zweite aus dem »Lukas-Evangelium«.

Die Freiburger Kollegen waren überrascht, als Berger loslegte. »Die Blätter gehören vermutlich zu einer Elberfelder Bibel, Ausgabe 1905. Die Bibel befindet sich in einem Hotel namens ›Schatzhauser‹ im Nordschwarzwald in der Nähe des Mummelsees. Aus der Bibel sind insgesamt zwölf Blätter herausgetrennt worden. Die Zitate sind zum Teil sehr brutal, voller Warnungen und Drohungen. Ich bin überzeugt, dass dieser Fall hier mit den Fällen zusammenhängt, die die Soko Gifiz bearbeitet.«

»Was macht sie so sicher?«, fragte Dinnback.

»Die Täter, die wir verfolgen, haben ebenfalls Zitate aus der Elberfelder Bibel von 1905 verwendet. Der DNA-Abgleich wird den Zusammenhang bestätigen und zeigen, dass das Opfer Mitglied der christlichen Terrorgruppe gewesen ist. Ich muss gestehen, dass die Soko Gifiz nichts von den verschwundenen Bibelseiten weiß, außer meine Kollegin Tamara Bieger. Das habe ich bisher für mich behalten. Mit meiner Kollegin habe ich die Texte auf den ausgerissenen Seiten analysiert. Auf die Bibel mit den fehlenden Seiten bin ich zufällig bei Ermittlungen in einem Todesfall im Hotel Schatzhauser gestoßen. Aber da dachte ich noch nicht an einen Zusammenhang mit der Soko Gifiz.« Seine dunklen Ahnungen teilte Berger lieber nicht mit.

»Gut«, sagte Dinnback, »wir werden euch sofort alle Unterlagen weiterleiten, auch die DNA des Toten. Ich glaube, wir werden in nächster Zeit öfter miteinander zu tun haben.«

»Das befürchte ich auch«, antwortete Berger und hoffte, dass Dinnback es nicht falsch verstand. »Wo habt ihr die Leiche gefunden?«

»Vor der sogenannten Schlangenkapelle in der Nähe von Stegen. Fundort und Tatort sind nicht identisch. Wir haben uns gefragt, wieso eine nackte Leiche vor der Schlangenkapelle abgelegt wird. Wir können uns die Bilder mal anschauen.«

Die Täter hatten die Leiche direkt vor den Eingang der Kapelle platziert.

»Wer hat die Leiche gefunden?«

»Ein besonders früher Wanderer. Er war ziemlich schockiert.«

»Das kann ich mir vorstellen. Was hat es mit der Kapelle auf sich? Warum heißt die Schlangenkapelle?«

»Das ist eine alte Geschichte. Hat niemand von uns gekannt. Da muss man schon Ortskenner sein. Also ein Mann aus der Gemeindeverwaltung hat uns erzählt, dass es sich um eine alte Sage handelt, die der Kapelle den Namen gegeben hat. Vor langer Zeit sei ein Hof in der Nähe von Schlangen geplagt worden. Sie seien überall aufgetaucht, selbst im Misthaufen. Die Leute hätten sich ziemlich gefürchtet. Da habe ein Bauer gelobt, der Jungfrau Maria eine Kapelle zu bauen, damit die Plage aufhöre. Danach seien die Schlangen tatsächlich verschwunden. Im Altarbereich der Kapelle gibt es ein Bild oder vielmehr eine Skulptur mit Maria, die auf der Weltkugel steht und den Kopf einer Schlange zertritt.«

»Da hätten wir einen Bezug zum zerstörten Gesicht. Und zum Text. Haben Sie schon die Presse informiert?«

»Die Presseabteilung hat eine Meldung abgesetzt, dass bei der Kapelle eine Leiche gefunden worden ist. Das hat natürlich eine große Nachfrage ausgelöst. Auf die meisten Einzelheiten haben wir verzichtet. Das heißt, über die Blätter mit den Bibeltexten weiß die Öffentlichkeit nicht Bescheid.«

»Gut. Es muss erst geklärt werden, ob tatsächlich ein Zusammenhang mit den Fällen der Soko Gifiz besteht. Und selbst dann müssen wir vorsichtig sein.«

»Das ist uns klar, Kollege Berger. Eine Frage: Kann ich Ihre Analyse der Bibeltexte haben?«

»Kein Problem. Leite ich Ihnen gleich von meinem Tablet weiter. Wenn Sie unsere Analyse lesen, werden Sie ahnen, was möglicherweise auf uns zukommt. Der Anfang bei der Schlangenkapelle ist schon erschreckend. Es kann noch schlimmer kommen.«

»Und wo, glauben Sie, schlagen die Täter als Nächstes zu?«

»Das lässt sich aus den Texten nicht erschließen. Ich habe noch keinen Zugang zu dieser Tätergruppe gefunden.«

»Haben Sie eine ungefähre Vorstellung, wer diese Leute sind?«

»Ich kann nur spekulieren. Mein Verdacht richtet sich auf die christliche Terrorgruppe, die die Soko Gifiz sucht. Die Bibelzitate und das nackte Opfer sprechen für meine Vermutung. Wir wissen natürlich nicht, ob diese Gruppe so noch existiert.«

»Sie gehen wie wir im Fall Schlangenkapelle von mehreren Tätern aus?«

»Unbedingt. Logistisch gesehen kann das kein Einzeltäter gewesen sein. Haben Sie auffällige Spuren gefunden?«

»Nein. Die Täter scheinen alles akribisch geplant und ihre Spuren verwischt zu haben.«

»So ist auch die christliche Terrorgruppe vorgegangen. Möglichst Spuren vermeiden. Das sind hochintelligente Verbrecher. Die muss man fürchten.«

Auf dem Weg durch die Freiburger Innenstadt ärgerte sich Berger, dass er der Soko Gifiz nichts von seiner Entdeckung im Hotel Schatzhauser berichtet hatte. Zunächst hatte er es für gut gehalten, denn diese Information hätte vor dem Freiburger Fall so gut wie nichts gebracht. Aber der Kripochef hatte ihn schon einmal ermahnt, nichts zurückzuhalten, sondern alles mitzuteilen, was auch nur im Entferntesten nach Spur aussah. Jetzt hatte er doch wieder einen Alleingang gemacht und lediglich Tammy in sein Geheimnis eingeweiht. Er musste morgen einen Bittgang bei Firner antreten und ihm alles erzählen.

Das verbesserte seine Stimmung nicht. Berger lenkte seine Aufmerksamkeit auf die Straße. Er wollte in die Salzstraße und sich dort in jener Buchhandlung umsehen, von der er immer schwärmte, wenn es in der Familie, unter Freunden und Bekannten um die Kultur des Lesens ging. Freunde? Er hatte doch gar keine Freunde mehr. Er hatte sich eingeigelt und alle Kontakte vermieden. Falls er sich je wieder vollends erholte, musste er die Kontakte neu knüpfen. Sein Leben verlief nicht barrierefrei. Überall stieß er auf Hürden. Viele davon hatte er selbst gebaut und sich in den Weg gestellt. Er spürte ein flaues Gefühl in seinem Magen. Es war wohl besser, zunächst etwas zu sich zu nehmen. Beim Frühstück hatte er kaum etwas gegessen. Morgens litt er oft unter Appetitlosigkeit. An den Psychopharmaka konnte es nicht liegen, denn die hatte er entsorgt. Die müssten längst abgebaut sein. Voller Selbstzweifel lief er auf das nächste Café zu.

Berger traute seinen Augen kaum. An einem Tisch vor dem Café saß Ariane, seine Frau. Die Frisur, das blaue Kleid, ein Unikat, wie ihr beim Kauf versichert worden war, alles passte. Was suchte sie hier, sie war doch angeblich unterwegs nach München zu einer Konferenz? Wollte dort einen Vortrag halten über die Auswirkungen der Digitalisierung auf den Buchhandel. Und was suchte die Hand des glatzköpfigen Mannes auf ihrer Schulter und an ihrem Nacken? Berger bekam eine unsägliche Wut. Am liebsten wäre er losgerannt, um den Kerl vom Stuhl zu reißen und ihn niederzuschlagen. Er musste sich bremsen. Langsam ging er auf den Tisch zu. Im letzten Augenblick wich er nach rechts aus, machte einen größeren Bogen und schlenderte zur Eingangstür. Wie zufällig drehte er sich zu dem Tisch um, an dem seine Frau mit einem übergriffigen Glatzkopf saß, als suchte er mit seinen Augen nach einem freien Platz. Da erkannte er, dass er sich getäuscht hatte. Es war nicht seine Frau. So viel zum Unikat, von dem Ariane immer schwärmte.

»Was ist nur mit mir los?«, fragte er sich. Nicht auszudenken, wenn er seine Beherrschung verloren hätte. Er suchte sich einen Tisch, von dem aus das blaue Kleid und der Glatzkopf nicht zu sehen waren. Überraschend schnell wurde er bedient. Er bestellte sich ein Kännchen Kaffee und zwei warme Croissants.

Sie mussten die Elberfelder Bibel von 1905 im Hotel Schatzhauser sichern. Gleich morgen früh musste er das regeln. Die Bibel war ein wichtiges Beweismittel. Doch ob das so schnell ging? Die Sicherung von Sachbeweisen musste über die Staatsanwaltschaft laufen. Das

Hotel Schatzhauser lag im Bereich der Staatsanwaltschaft Baden-Baden. Da fing das Problem schon an. Die Staatsanwaltschaft Baden-Baden hatte jede Ermittlung im Fall des verunglückten Argentiniers abgelehnt. Berger war nach wie vor davon überzeugt, dass beim Tod von Gustavo Borges Fremdeinwirkung eine Rolle gespielt hatte. Bei der Sicherung der Bibel konnte es ebenfalls passieren, dass sich die Staatsanwaltschaft Baden-Baden querlegte. Trotzdem durfte er sich nicht von einem Vorstoß abhalten lassen. Wenn es galt, Druck zu machen, bekam er vielleicht Unterstützung von Oberstaatsanwalt Stenglenz. Falls der DNA-Abgleich der Leiche, die bei der Schlangenkapelle gefunden worden war, eine Verbindung zu den ChrisTer-Fällen erbrachte, mussten die Ermittlungen erheblich ausgeweitet werden. Außerdem mussten sie die Freiburger Mordkommission voll einbeziehen. Das bereitete ihm wenig Kopfzerbrechen. Er hatte in der Vergangenheit schon oft mit den Freiburgern zusammengearbeitet und noch nie Schwierigkeiten erlebt. Und mit dem unkonventionellen Kollegen Dinnback konnte er sich eine Zusammenarbeit gut vorstellen.

Obwohl er die Texte, die im Mund und Hals des Ermordeten gesteckt hatten, kannte, erschreckten sie ihn. Vor allem die brutale Umsetzung machte ihm große Sorgen. Mit Müh und Not brachte er das zweite Croissant hinunter. Es war viel zu trocken. Er winkte der Bedienung, zahlte und machte sich auf den Weg zur Buchhandlung in der Salzstraße. Die Frau im blauen Kleid und der Glatzkopf waren verschwunden.

Als er die Tür zur Buchhandlung in der Salzstraße öffnete, den Geruch der Bücher wahrnahm und die Schätze sah, vergaß er alle Probleme und Sorgen.

KAPITEL 11

Die vorläufige Prüfung der Personalien aller Besucher der Veranstaltung mit Staatssekretär Wolber und Landrat Rescher war abgeschlossen. Bei niemandem fand sich ein Hinweis auf Verbindungen zum Anschlag auf den Staatssekretär und den Landrat. Anders verhielt es sich bei den Security-Leuten. Einer von ihnen war vorbestraft wegen Körperverletzung, zwei hatten einer rechtsradikalen Gruppe angehört. Der Landesverfassungsschutz teilte mit, sie seien schon lange aus der Szene ausgestiegen. Es lägen seit rund sieben Jahren keine gerichtsverwertbaren Erkenntnisse mehr gegen sie vor.

Oberstaatsanwalt Stenglenz kannte diese Formulierung zur Genüge und gab sich mit dieser Antwort nicht zufrieden. Wollte der Verfassungsschutz Quellen schützen? Oder hatte er doch Erkenntnisse, die aber nur im Sinne des Verfassungsschutzes nicht verwertbar waren? Das wollte er genauer wissen. Er forderte die Unterlagen vom Landesverfassungsschutz an und veranlasste, dass die zwei Security-Leute vernommen wurden.

Mit dem Verfassungsschutz auf Länder- und Bundesebene tat sich Stenglenz schwer. Er hatte bei Verfahren selten erlebt, dass der Verfassungsschutz offen kooperierte. Meist musste zäh mit ihm gerungen werden, um an Informationen zu kommen. Er hielt den Verfassungsschutz für reformbedürftig. Abschaffen wollte er ihn zwar nicht, aber er fragte sich, was diese Organisation eigentlich schützte: sich selbst oder den Rechtsstaat? Nach den Morden der rechtsextremistischen Terrorgruppe NSU hatte Stenglenz erwartet, dass der Verfassungsschutz auf Landes- und auf Bundesebene vollständig reformiert werde. Es störte ihn, dass in vielen Fällen, vor allem wenn es um Extremismus ging, der Nachrichtenfluss zwischen den Sicherheitsbehörden immer noch behindert wurde, obwohl im November 2015 gesetzlich eine bessere Zusammenarbeit festgelegt worden war. Der Verfassungsschutz, das stand für ihn fest, war ein störendes Element in der deutschen Sicherheitsarchitektur.

Das private Umfeld des Landrats und des Staatssekretärs hatten die Ermittler mehrmals ausgeleuchtet. Sie fanden keine Hinweise und Ansatzpunkte für einen persönlichen Racheakt oder ein Motiv für einen Anschlag. Im weiten politischen Umfeld sah es anders aus. Zählte man die Drohungen und Beleidigungen in den Sozialen Medien und in den Mails zusammen, war der Landrat gefährdeter als das »Machtschattengewächs« Wolber. Das lag daran, dass der Landrat in der Öffentlichkeit präsenter war und nicht so konfliktscheu wie der Staatssekretär.

Notgedrungen mussten auch die Kreistagsmitglieder, darunter scharfe Kritiker der Verwaltung, unter die Lupe genommen werden. Doch auch in diesem Umfeld kamen die Ermittler zu keinem Ergebnis. Stenglenz hatte von Anfang an nicht daran geglaubt, unter den Lokalpolitikern den oder die Täter zu finden. Demokratie lebte von der Auseinandersetzung. Unter den Kritikern des Landrates gab es einige, die die Zunge als scharfes Schwert benutzten, aber sie bewegten sich alle im demokratischen Rahmen.

Stenglenz vermutete, dass der oder die Täter eher unter den Absendern der Drohmails zu finden war beziehungsweise waren. Gemeinsam mit dem Polizeipräsidium hatte er Sakura Landmann und Felix Manderscheid beauftragt, die Mails und ihre Herkunft zu untersuchen. Stenglenz setzte große Hoffnungen in die beiden.

KAPITEL 12

Sie lag nackt auf seinem riesigen Bett. Endlich hatte es mit einem zweiten Termin geklappt. Es war so schön wie beim ersten Mal. Noch schöner! Und gefühlvoller! Beim ersten Mal hatte die Nervosität eine Rolle gespielt. Er hatte begabte Hände und schien ihre Wünsche und Vorlieben von Anfang an zu kennen. Mit seiner sensiblen Art hatte er für Stunden die Erinnerungen an Georg verdrängt. Der Verlust schmerzte sie immer noch. Sie erlebte Phasen, in denen der Schmerz sie fast überwältigte, in denen sich Georg ins Bild drängte, neben ihr stand, neben ihr saß, neben ihr lief, mit ihr redete. Sie ertappte sich oft dabei, dass auch sie mit Georg sprach. Nach außen ließ sie nichts durch. Das machte sie mit sich selbst ab, so wie bei der Trennung ihrer Eltern. Es hatte damals allerdings lange gedauert, bis sie alles überwunden hatte. Und vor allem ihre Mutter verstanden hatte. An der Trennung ihrer Eltern wäre ihr Vater beinahe zerbrochen. Inzwischen konnten sie sich wieder zusammensetzen, ohne dass sie ihrer Mutter Vorwürfe machte.

»Wie weit seid ihr mit euren Ermittlungen im Hotel Schatzhauser?«

»Die sind eingestellt worden. Habe ich dir letztes Mal nichts davon erzählt?«

»Das letzte Mal war das erste Mal. Da haben wir ganz andere Sachen beredet.«

»Und getan!«

Sie kicherten wie Kinder, die wussten, dass sie etwas Verbotenes getan hatten.

»Genau. Beim Hotel Schatzhauser komme ich wahrscheinlich doch voran mit meinen Recherchen. Ich habe neulich einen Tipp bekommen, dass sich im Generallandesarchiv in Karlsruhe einige Unterlagen befinden, die auch mit dem Gasthaus Tannenruh, dem Vorläufer des ›Schatzhauser‹, zu tun haben.«

»Um was geht es da?«

»Vermutlich um die früheren familiären Verhältnisse. Ich bin sehr gespannt. Im baden-württembergischen Grundbuchzentralarchiv in Kornwestheim habe ich eine Anfrage laufen zu den alten Besitzverhältnissen. Hoffentlich macht mir der Datenschutz keinen Strich durch die Rechnung.«

»Und wie weit bist du insgesamt mit deinem kleinen Werk über alte Gasthöfe und Hotels im Nordschwarzwald?«

»Fast fertig. Wenn ich die Unterlagen über das ›Tannenruh‹ habe, kann ich mit der Reinschrift loslegen.«

»Kannst du das ›Tannenruh‹ dann in das Buch aufnehmen oder kriegst du Ärger mit dem ›Schatzhauser‹?«

»Das muss ich noch juristisch klären lassen.«

»Wie bewältigst du das alles, was du anpackst?«

»Mit viel Disziplin und Schreibmut.«

»Du meinst Schreibwut.«

»Nein. Schreibmut. Ich betone: Schreib-Mut. Das alte Wort Mut bedeutet: Kraft des Denkens, starker Wille, nach etwas zu streben.«

Sie wollte nicht, dass er ihr einen Vortrag hielt, und sagte anerkennend: »Du bist ein richtiges Arbeitstier!«

Er antwortete nicht, sondern verwandelte sich in ein anderes »Tier« und ließ seine »Samtpfoten« erneut über ihren Körper gleiten.

Auch beim Essen, das folgte, verwöhnte er Tammy und servierte eine Lammlende mit Bohnen aus dem elterlichen Garten und neuen Kartoffeln vom Oppenauer Wochenmarkt. Der Tisch war feierlich gedeckt, neben jedem Teller lag eine weiße gestärkte Stoffserviette. Ein kleiner bunter Blumenstrauß verbreitete Frühling und Sommer zugleich. Daneben flackerte eine dicke Kerze in einem hohen, eckigen Glas. Das Licht über dem Esstisch hatte er gedimmt. Zum Lamm kredenzte er einen sehr trockenen und dennoch runden Rotwein. Wie ein Kellner, die linke Hand hinter dem Rücken, schenkte er den Wein ein, ohne mit der Flasche das Glas zu berühren. Sie kam sich wie in einem Edelrestaurant vor und musste lachen.

Falco schaute verärgert. »Warum lachst du?«

»Weil du die linke Hand auf den Rücken legst wie ein formvollendeter Kellner. Bei privaten Einladungen habe ich das noch nie erlebt.«

»Das mache ich immer so. Ich mache keinen Unterschied zwischen privat und öffentlich beim Servieren und Kredenzen. Weißt du eigentlich, woher diese Haltung des Kellners beim Einschenken kommt?«

»Keine Ahnung.«

»In Ägypten, heißt es, habe man in uralter Zeit die linke Hand des Kellners auf den Rücken gebunden, um den Gast vor Gewalt zu schützen. Gewaltfreies Einschenken nennt man das! Im alten Rom wollte man dadurch verhindern, dass der Weinsklave Gift in das Getränk schüttete. Das hat sich bis ins Mittelalter gehalten, eine Zeit, in der man große Angst vor Giftmischern am Tisch hatte. Eine weitere Version besagt, dass man so sichergestellt hat, dass der Kellner nichts klaut.«

Falco setzte sich, sie hoben ihre Gläser und prosteten sich zu. Dieses Mal konnte sie mittrinken, weil sie über Nacht bleiben wollte. Einen klaren Kopf musste sie dennoch behalten, denn die Arbeit in der Soko Gifiz war anstrengend und zeitraubend. Daran wollte sie heute Abend jedoch nicht denken.

»Wie kommst du eigentlich an die alten Gasthöfe und Hotels? Hast du da eine Liste?«

»Die habe ich mir selber zusammengestellt. Im Internet findest du keine Auflistung von A bis Z. Ich habe Ortschroniken durchforscht, Zeitungsarchive, auch Gasthofverzeichnisse im Netz. Ohne Netz geht heute nichts mehr, nicht einmal in der Volkskunde. Bin lange Strecken abgefahren und habe mich nach Gaststätten umgeschaut. Und ich habe viele Leute befragt, auch hier in Oppenau, darunter meine Eltern und Großeltern. In dieser kleinen Stadt hat es nach dem Zweiten Weltkrieg mehr als 20 Wirtschaften und Hotels gegeben.«

»Das ist erstaunlich.«

»Man muss wissen, dass Oppenau früher eine wichtige Station auf dem Weg über den Kniebis war. Da ist manchmal die Hölle losgewesen.«

»Und bei den Recherchen geht immer alles glatt?«

»Nicht immer, wie man beim Hotel Schatzhauser sieht. Ich bin auch schon übel beschimpft worden, vor allem wenn es um die Nazizeit geht. Bei Gelegenheit zeige ich dir mal die Mails und Kommentare auf meiner Homepage.«

»Und dagegen gehst du nicht vor?«

»Habe ich mir schon überlegt, aber bisher nichts unternommen.«

»Du darfst das nicht hinnehmen. Hasskommentare oder Drohungen sind die Vorstufen zur Gewalt.«

»Mich beschäftigt mehr, dass der Artikel über den zehnfachen Mord in der Hochwald-Siedlung aus dem Netz verschwunden ist. Ich frage mich, wer dafür verantwortlich ist. Seit dieser Geschichte habe ich manchmal bei Computerarbeiten das Gefühl, dass etwas nicht stimmt. Ich habe mir neulich einen weiteren Computer gekauft, den ich nur zur Textbearbeitung nutze. Meine fertigen Texte speichere ich auf USB-Sticks. Vielleicht schaffe ich mir noch einen Tresor an. Leider bin ich kein Hacker. Kennst du jemand, der erkennen kann, ob irgendwer versucht, an meine Daten zu kommen?«

»Schon. Ich habe eine Kollegin, die in der Hackerszene aktiv war. Die ist hilfsbereit. Ich kann sie mal fragen, ob sie sich deinen PC anschauen will.«

»Lässt sich da auch was per Ferndiagnose machen? Ich gebe meinen PC ungern aus der Hand.«

»Ich denke schon. Aber ich kann mir nicht vorstellen, dass in deinem Fall unsere Spezialisten für Internetkriminalität ermitteln. Jedenfalls nicht zurzeit.«

»Wie meinst du das, ›nicht zurzeit‹?«

»Der Verdacht, wie du ihn gerade geäußert hast, reicht nicht aus, um offiziell Ermittlungen oder Vorermittlungen einzuleiten. Aber mir schwirrt da etwas im Kopf herum, für das mein Kollege Alban Berger verantwortlich ist. Eigentlich ist das ein Dienstgeheimnis und ich darf nicht darüber reden.«

»Ich plaudere nichts aus, was in meiner Wohnung besprochen wird.«

»Ehrenwort?«

»Ehrenwort! Aber wenn du das nicht verantworten kannst, können wir das Thema auch beenden.«

»Schon gut. Ich verrate dir etwas: Alban glaubt, dass es eine Verbindung zwischen dem Hotel Schatzhauser und dem zehnfachen Mord gibt. Er hält es sogar für möglich, dass es eine Verbindung zwischen dem Hotel und der christlichen Terrorgruppe gibt, gegen die wir ermitteln. Aber er betont immer, das sei nur sein Bauchgefühl.«

»Im ersten Fall habe ich auch eine mögliche Verbindung zwischen dem Gasthof Tannenruh und dem zehnfachen Mord angedeutet. Beweise habe ich nicht gefunden, nur die Gerüchte und die Tatsachen wiedergegeben. Willst du noch einen Schluck?«

»Gern, aber nur einen winzigen.«

Sie hatte nach etwas anderem mehr Durst. Aber der Abend war ja noch lang.

KAPITEL 13

»Die Unterlagen, die die Freiburger Kollegen zum Mordfall Schlangenkapelle geschickt haben, sind kriminaltechnisch ausgewertet. Die DNA des Ermordeten hat einen wichtigen Treffer ergeben. Er gehört zur Gruppe der christlichen Terroristen. Eindeutig. Vermutlich war er an der Ermordung von Georg Rackert und dem Unbekannten im Lieferwagen, dem ›Nuschler‹, beteiligt. Seine DNA haben wir auch in der Wohnung im Ligusterweg 4 am Gifizsee gefunden, in der Lukas Kambacher wohnte, der damalige Anführer der Gruppe.« Firner schaute ernst in die Runde. »Die Frage ist nur, ob uns das im Moment weiterbringt. Es bedeutet zusätzliche Arbeit. Einen Aufruf zur Identifikation des Mannes können wir nicht starten. Das läuft ohnehin nicht über uns. Wir müssen das mit Freiburg klären. Es bleibt in diesem Fall möglicherweise nur eine Gesichtsrekonstruktion. Handwerklich dauert das mindestens zwei Wochen, wenn wir an die richtigen Spezialisten kommen. Am Computer geht es wahrscheinlich etwas schneller. Ich muss das weitere Vorgehen mit der Staatsanwaltschaft und den Freiburgern absprechen.«

Die Bibelseiten im Mund des Toten erwähnte Firner nicht. Er legte eine kurze Pause ein, als müsse er sich auf die nächsten Worte besonders konzentrieren. »Kollege Berger hat etwas nachzuholen«, sagte er mit einer Prise Genugtuung.

Berger kam sich wie ein ertappter Schüler vor. Er lief rot an, weil er wusste, auf was Firner anspielte, und stand auf. »Kolleginnen und Kollegen, ich habe tatsächlich etwas nachzuholen, dem ich noch vor Kurzem kaum Bedeutung beigemessen habe.« Er begann mit dem Fund im Mund und Rachen des Toten bei Stegen und erzählte anschließend von den fehlenden Seiten in der Elberfelder Bibel im Hotel Schatzhauser.

Tammy löste ihn ab und analysierte die zwölf Bibelseiten. Sie zeichnete ein düsteres Bild. Der Freiburger Mord sei möglicherweise der Anfang einer neuen Serie. Alle im Raum konnten sich ausmalen, was das bedeutete. Berger stellte die Frage, ob man die Elberfelder Bibel im »Schatzhauser« nicht beschlagnahmen lassen könne.

»Glauben Sie ernsthaft, die Staatsanwaltschaft Baden-Baden macht da mit?« Firner erinnerte an die Haltung der Staatsanwaltschaft zu Vorermittlungen im Fall des verunglückten Argentiniers. »Die Baden-Badener werden uns wieder abblocken.«

»Dieses Mal haben wir aber ein besseres Argument«, konterte Berger.

»Dann reden Sie mit Oberstaatsanwalt Stenglenz. Ich verbrenne mir nicht mehr die Finger.«

»Das werde ich, und zwar sofort«, sagte Berger, stand auf und verließ den Raum.

Unterwegs überlegte er, dass er möglicherweise über das Ziel hinausschoss. Befand sich die Elberfelder Bibel überhaupt noch in der Bibliothek des »Schatzhauser«? Schließlich hatte der seltsame Mann beobachtet, wie er in der Bibel geblättert hatte. Es war nicht auszuschließen, dass der Mann die Seiten aus der Bibel herausgetrennt hatte. Berger stellte alle Bedenken zurück, ging an seinen Arbeitsplatz und versuchte, Stenglenz telefonisch zu erreichen. Er hatte Glück und schilderte ihm den Fall. Stenglenz sagte, er kümmere sich darum und werde sich melden, sobald sich eine Lösung abzeichne. Er könne keinen Erfolg versprechen. Leider habe er keine Erfahrung im Umgang mit den Baden-Badener Kollegen.

»Und? Wie sieht es aus?« Tammy betrat das Büro in dem Augenblick, als Berger auflegte. Man sah ihr die Neugier an.

»Stenglenz meldet sich, sobald er Näheres weiß.«

»Hört sich gut an. Er lässt dich wenigstens nicht gleich im Regen stehen.«

»Hat sich noch was ergeben in der Runde?«

»Nein. Manche Kolleginnen und Kollegen haben sich nur im Rausgehen gefragt, wie es zwischen dir und Firner weitergeht?«

»Keine Ahnung.«

»Ihr zwei braucht vielleicht eine Mediation.«

»Das regelt sich von allein.«

Tammy fragte lieber nicht nach, wie er das meinte.

Stenglenz meldete sich unerwartet rasch bei Berger. »Sie können morgen zum ›Schatzhauser‹ fahren und die Bibel sichern.«

»Danke! Und wieso geht das so schnell?«

»Ein alter Studienfreund hat das geregelt. Die Papiere zur Beweissicherung kommen noch heute per Kurier. Ich habe das Ganze als sehr dringlich geschildert. Ich hoffe, dass die Bibel noch an Ort und Stelle steht.«

»Das hoffe ich auch.«

An der Rezeption des »Schatzhauser« legte Berger die Papiere der Staatsanwaltschaft Baden-Baden vor. Die Geschäftsführung sei nicht zu erreichen, sagte der Mann an der Rezeption.

Gab es diese überhaupt, fragte sich Berger. »Ich kann auch ohne Geschäftsführung den Beweis sichern.«

»Wenn das so ist, werde ich sie begleiten.«

Gemeinsam gingen sie hinunter zur Bibliothek. »Bitte bleiben Sie draußen«, sagte Berger, als er die Tür öffnete. Er zog Gummihandschuhe an und holte einen größeren Plastikbeutel aus seiner Jacke. Zielstrebig ging er auf die Wand mit den religiösen Werken zu. In der vierten Reihe von unten hatte er bei seinem Aufenthalt im »Schatzhauser« die Elberfelder Bibel entdeckt. Sie stand noch da! Es war die Ausgabe von 1905. Er musste prüfen, ob die zwölf Blätter fehlten. Dafür brauchte er sein kleines schwarzes Notizbuch, in das er die Seitenzahlen der fehlenden Blätter eingetragen hatte. Er zog es hervor, schlug die Bibel auf – und war enttäuscht. Keine einzige Seite fehlte! Das Buch war ausgetauscht worden!

Langsam blätterte er das Exemplar noch einmal durch. Zu seiner Überraschung war doch ein Blatt herausgetrennt, fein säuberlich, wie bei der anderen Bibel. Und gleichzeitig rutschte ein eingelegtes Blatt Papier aus dem Buch und fiel auf den Boden.

Berger legte das Buch aufgeschlagen auf dem Lesetisch in der Nähe ab, hob das Blatt auf und las die wenigen kryptischen Sätze in Maschinenschrift: »Die unterweisenden Worte werden dich führen und dir den rechten Weg bahnen.« Er faltete das Blatt und steckte es in die Plastiktüte. Bevor er in der Bibelausgabe weiterblätterte, notierte er sich die Seitenzahl des fehlenden Blattes. Was tun, fragte er sich. Beschlagnahmen konnte er diese Ausgabe vermutlich nicht. Die Beweissicherung bezog sich auf die Bibelausgabe mit den zwölf fehlenden Blättern. Er rief Stenglenz an, um die Sache zu klären. Die Tür öffnete sich, der Mann an der Rezeption streckte seinen Kopf herein. Berger deutete ihm an, dass er weiterhin draußen warten müsse. Die Tür ging wieder zu.

»Oberstaatsanwalt Stenglenz.«

»Hallo, hier ist Berger. Ich bin gerade in der Bibliothek des ›Schatzhauser‹, um die Bibel zu beschlagnahmen. Leider ist sie verschwunden. Sie wurde durch ein anderes Exemplar ersetzt. Interessant ist, dass aus dieser Bibel auch ein Blatt herausgetrennt wurde. Jetzt ist die Frage, ob ich dieses Exemplar beschlagnahmen kann?« Dass sich auch noch ein loses Blatt mit einem Hinweis in der Bibel befand, unterschlug Berger.

»Mhm.« Stenglenz benötigte Zeit für seine Antwort. »Lesen Sie doch bitte vor, was die Staatsanwaltschaft Baden-Baden in der Verfügung geschrieben hat.«

Berger trug Zeile für Zeile vor.

»Ich glaube, da müssen wir passen, Berger. Die Staatsanwaltschaft Baden-Baden bezieht sich explizit auf die Ausgabe, die verschwunden ist. So habe ich es auch mit dem Kollegen abgesprochen. Tut mir leid. Prüfen Sie, was auf der Seite steht, die aus dem Ersatzexemplar herausgetrennt wurde. Danach überlegen wir, was wir unternehmen können.«

Berger stellte das Buch zurück in die Bücherwand, zog seine Gummihandschuhe aus und steckte den Plastikbeutel mit dem einzigen Beweisstück, das ihm in die Hände gefallen war, wieder ein. Insgeheim hatte er ohnehin befürchtet, dass das Buch ersetzt worden war.

Firner hatte mehr oder weniger recht gehabt. Berger war trotzdem froh, dass er nicht lockergelassen hatte. Er war gespannt, was die Prüfung der fehlenden Seite bringen würde. Irgendjemand trieb ein perfides Spiel. War dieser Irgendjemand der hagere Typ, der ihn in der Bibliothek überrascht hatte? Hatte er damit gerechnet, dass Berger erneut auftauchen und ermitteln würde? Tammy und er waren im Hotel sicherlich überwacht worden. Anders konnte er sich dieses geheimnisvolle Spiel nicht erklären. Waren sie auch ausgehorcht worden? Inzwischen rechnete er mit allem. Im Präsidium musste er nachfragen, ob ihre Smartphones und Tablets tatsächlich gegen Angriffe von außen geschützt waren. Noch etwas fiel ihm ein: die Meldezettel, die er und Tammy im Hotel ausgefüllt hatten. Die Meldezettel verrieten ihre Adresse. Er fragte sich, ob es nicht besser gewesen wäre, statt der Privatadresse die Adresse des Polizeipräsidiums anzugeben. Dieser Gedanke kam leider zu spät.

Berger verabschiedete sich von dem Mann an der Rezeption und verließ das »Schatzhauser«. Als er in den Dienstwagen stieg und sich kurz umblickte, sah er im Eingang des Hotels den hageren Typ stehen, dem er schon zweimal begegnet war, eine finstere Erscheinung, die Gefahr ausstrahlte.

Im Präsidium konnte sich Firner Rechthaberei nicht verkneifen. »Was habe ich Ihnen gesagt? Den Weg hätten Sie sich und uns ersparen können.«

Berger hatte ihm alles geschildert und sagte nur: »Warten wir ab, was auf der fehlenden Seite im Ersatzexemplar steht.«

Die Elberfelder Bibel und das Bibellexikon lagen immer noch auf Bergers und Tammys großem Schreibtisch. Sie hatten sie nicht zurückgegeben, weil sie die Exemplare für die weitere Aufarbeitung der ChrisTer-Fälle brauchten. Die fehlende Seite in dem Ersatzexemplar stammte aus dem »Buch der Sprüche«. Das hatte Berger in der Hotelbibliothek bereits gesehen. Die Texte wurden in einem kurzen Vorspann als alttestamentliche Weisheitsliteratur bezeichnet. Er las die Sprüche auf der Seite, um die es ging, mehrmals durch. Nach dem Schema, das er mit Tammy erarbeitet hatte, und dem ominösen Hinweis auf dem losen Blatt kam nur ein Satz infrage, der, aus dem Zusammenhang gerissen, auf Berger persönlich gemünzt sein konnte: »Laß deine Augen geradeaus blicken, und deine Wimpern stracks vor dich hin schauen. Ebne die Bahn deines Fußes, und alle deine Wege seien gerade; biege nicht aus zur Rechten noch zur Linken, wende deinen Fuß ab vom Bösen.« War dieser Satz eine Drohung?

KAPITEL 14

»Kollege Nafzig, wie weit sind Sie mit der Prüfung von Hassmails?«

»Vier Verfahren können wir auf jeden Fall einleiten. Die Hassmails richten sich gegen den Landrat. Zwei, die sehr unvorsichtig mit ihren Daten umgegangen sind, habe ich direkt angerufen und sie mit ihren Mails konfrontiert. Als ich ihnen die möglichen strafrechtlichen Konsequenzen erläutert und ihnen mitgeteilt habe, dass gegen sie Ermittlungen eingeleitet werden und sie demnächst Post bekommen, sind sie aus allen Wolken gefallen.«

»Das ist die richtige Linie, Nafzig. Wenn es geht, direkt konfrontieren. Machen Sie weiter Druck. Die müssen spüren, dass wir das nicht mehr durchgehen lassen.« Stenglenz war froh, frühzeitig den jungen Staatsanwalt Bernward Nafzig mit dieser Aufgabe betraut zu haben.

»Wir prüfen derzeit alle Mails, die man unter dem Stichwort ›Hass‹ einordnen kann. Das ist eine ganze Menge. Die Hassmails, die gegen Staatssekretär Wolber gerichtet sind, untersucht das Landeskriminalamt. Mit den Ermittlern dort bin ich in Kontakt. Bei den Mails, die im Landratsamt eingegangen sind, haben wir eine Merkwürdigkeit festgestellt, die wir beinahe übersehen hätten. Es gibt mehrere Mails, die nicht von der üblichen Hate Speech geprägt sind. Sie haben eine Dramaturgie.

Wer dahintersteckt, wissen wir noch nicht. Sakura Landmann und Felix Manderscheid sind dran.«

»Lassen Sie mal sehen.«

Die Mails wurden innerhalb von drei Monaten verschickt. Sie machten einen harmlosen Eindruck. Erste Mail: »Hallo, wir sehen uns sicher bald.«

Zweite Mail: »Ich sehe, du bist unter großer Anspannung.«

Dritte Mail: »Aha, du bekommst Widerstand.«

Vierte Mail: »Warum reagierst du so empfindlich?«

Fünfte Mail: »Du musst auf deine Umgebung achten.«

Sechste Mail: »Mein Kalender sagt, dass es jetzt so weit ist.«

»Von wann stammt die letzte Mail?«, wollte Stenglenz wissen.

»Sie ist drei Tage vor dem Anschlag auf den Landrat und den Staatssekretär eingegangen.«

»Und diese Mails hat niemand beachtet?«

»Doch, schon. Aber man hat sie als Spinnerei abgetan. Sie enthalten ja keine unmittelbare Drohung. Die sechste Mail kam an einem Tag, an dem im Dienstkalender des Landrats nichts Besonderes eingetragen ist. Aber: Einen Tag nach dem Anschlag ging eine weitere Mail ein: ›Schade! Auf ein Neues! Dein ständiger Begleiter.‹«

»Das heißt, der Unbekannte bleibt am Landrat dran. ›Dein ständiger Begleiter‹ sagt ja schon alles. Was meinen Sakura Landmann und Felix Manderscheid dazu?«

»Das Problem ist, dass es sich um sieben verschiedene Absender handelt. Landmann und Manderscheid sind sich sicher, dass der Absender fremde E-Mail-Adressen gekapert hat.«

»Lässt sich der Absender trotzdem ausfindig machen?«

»Das ist äußerst schwierig und zeitaufwendig.«

»Es hilft alles nichts, wir müssen es versuchen. Wir stehen unter Zeitdruck. Der Landrat und seine Familie haben zwar wieder Polizeischutz, aber eine hundertprozentige Sicherheit ist das nicht. Notfalls müssen wir den Polizeischutz verstärken.«

»Übrigens«, Nafzig schien noch etwas einzufallen, »ich habe beim Landeskriminalamt prüfen lassen, ob der Staatssekretär und der Landrat auf sogenannten Todeslisten stehen. Keine definitive Antwort. Die vom Landeskriminalamt sagen, dass Leute, die auf so einer Liste auftauchen, nicht unbedingt gefährdet sein müssen.«

»Da bin ich etwas anderer Ansicht. Im Gegensatz zum Landeskriminalamt bin ich dafür, dass alle, die auf Todeslisten geführt werden, grundsätzlich informiert werden. Da haben wir in den Sicherheitsbehörden großen Gesprächsbedarf. Haben Sie auch den Landesverfassungsschutz einbezogen?«

»Noch nicht. Aber ich habe eine Anfrage formuliert. Sie liegt auf Ihrem Schreibtisch. Wenn Sie persönlich schreiben, hat das ein größeres Gewicht.«

KAPITEL 15

Die Morgenrunde brachten sie schnell hinter sich. Keine neuen Erkenntnisse, stellte Firner ernüchtert fest. Er berichtete, dass die Freiburger Kollegen vorerst keine Gesichtsrekonstruktion bei dem Toten von Stegen vornehmen lassen wollten. Sie setzten auf Vermisstenanzeigen und auf die Untersuchung des Gebisses. Bei der Obduktion seien zwei Implantate oben festgestellt worden. Sie sähen ziemlich neu und teuer aus. Die Freiburger hätten eine Umfrage in Zahnarztpraxen gestartet. Davon versprächen sie sich im Moment mehr als von einer Gesichtsrekonstruktion. Die Umfrage unter Zahnärzten beruhe natürlich auf der Annahme, dass der Mann in Freiburg oder der weiteren Umgebung gewohnt und gearbeitet habe. Wenn das nicht zutreffe, müsse die Suche ausgeweitet werden. Das könne dauern.

Berger und Tammy vertieften sich nach der Morgenrunde ins Aktenstudium. Sie hatten einiges nachzuholen. Im Raum war es überraschend ruhig im Gegensatz zu den letzten Tagen. Der Tote von Stegen hatte viel Unruhe in die Ermittlungen der Soko Gifiz gebracht. Fälle, für die zwei Präsidien zuständig waren, erhöhten grundsätzlich den Druck auf die Ermittlungen. Berger wollte sich gerade auf die Analyse der Bibelzitate im Stegener Fall konzentrieren, als Firner erschien.

»Kennt sich jemand mit ›Absaloms Grab‹ hier in der Gegend aus?«

Alle schüttelten den Kopf, bis auf Berger.

»Das befindet sich, wie ich mir habe sagen lassen, oberhalb von Zell-Weierbach in der Nähe des Brandeckturms. Der Brandeckturm, ist der für einige ein Begriff?«

Auf Firners neue Frage schüttelten wieder alle im Raum den Kopf, bis auf Berger. Er spürte ein Ziehen im Bauchbereich, ein untrügliches Zeichen, dass es ihm immer noch an psychischer Stabilität mangelte. Früher hätte er ruhig auf einen neuen Fall reagiert.

Einige wollten nun wissen, was denn mit »Absaloms Grab« sei. Offenbar kannten alle Anwesenden die Stätte nicht, außer Berger. Es wohnten auch nicht alle in Offenburg. Viele pendelten von außerhalb zur Arbeit.

Firner löste die Spannung, die im Raum zu spüren war. »Ein Wanderer hat gemeldet, dass eine menschliche Hand aus dem Grab herausragt. Die Bereitschaftspolizei ist unterwegs, um den Bereich zu sperren. So wie es aussieht, ist das ein Fall für uns.«

»Wenn es erlaubt ist, fahren Tammy und ich hin«, sagte Berger laut, in der Hoffnung, dass Tammy einverstanden war. Sie sah ihn gespannt an. Ahnte sie, was auf sie zukam? Sie hatte inzwischen ein Gespür entwickelt für seine besonderen Gedankengänge. Deshalb ergänzten sie sich so gut.

»Kennen Sie sich in der Gegend aus, Berger?«

»Ja, ich bin schon oft dort gewesen. Ein schönes Wandergebiet rund um den Brandeckturm.«

»Dann übernehmen Sie.« Freundlich klang Firners Aufforderung nicht.

Beim Hinausgehen stieß Tammy Berger ihren rechten Ellenbogen in die Rippen. »Ich muss nicht raten«, flüsterte sie. »Du denkst doch sicher, die Leiche ist männlich und hat etwas Bestimmtes im Mund. Sonst hättest du nicht so schnell die Hand gestreckt.«

»Du liegst nicht ganz falsch. Aber beim Stichwort ›Absaloms Grab‹ müssen bei dir doch auch alle Alarmglocken schellen. Mich wundert, dass die anderen nicht hellhörig geworden sind. Die scheinen vergessen zu haben, was wir ihnen mitgeteilt haben.«

»Wir haben unsere Analyse nur mündlich vorgetragen. Bei so vielen Fakten kann man schnell was vergessen. Wir müssen schleunigst alles schriftlich hinterlegen. Weißt du, wie man zu ›Absaloms Grab‹ kommt?«

»Ja, wir fahren über den Talweg in Zell-Weierbach hinauf zum Fritscheneck. Von dort ist es nicht mehr weit bis zu ›Absaloms Grab‹. Die Wege sind breit genug für ein Auto.«

Sie trafen auf eine Überraschung der bizarren Art. Aus einem riesigen Steinhaufen, der »Absaloms Grab« genannt wurde, schaute eine Hand samt Unterarm hervor, als wollte sie um Hilfe vor dem Ertrinken bitten. Die weiß gekleideten Techniker und Tatortspezialisten trafen fast zeitgleich mit Berger und Tammy ein. In Ruhe packten sie ihre Geräte aus, fotografierten, machten Aufnahmen für eine Wiedergabe in 3D und suchten nach Spuren. Als sie damit fertig waren, begannen sie mit der Untersuchung des Steinhaufens.

»Absaloms Grab« stammte aus dem 19. Jahrhundert, als am Brandeckkopf in rund 600 Meter Höhe noch Landwirtschaft betrieben wurde. Die Gegend war damals nur wenig bewaldet. Wahrscheinlich schichteten Hirten und Bauern die Steine auf, die sie zuvor auf den Feldern zusammengelesen hatten. Wer dem Lesesteinhaufen schließlich den Namen »Absaloms Grab« gab, war nicht bekannt.

Die Arbeit der Tatortspezialisten dauerte Stunden. Nach einer Pause am frühen Nachmittag legten sie Stein für Stein vorsichtig die Leiche frei. Sie war nackt und männlich. In der Herzgegend wies sie drei Einstiche auf. Wie im Freiburger Fall wurde auch hier das Gesicht zertrümmert. Sie blieben bei der Einschätzung, dass es mehrere Täter waren.

Der Anblick des Toten war kaum zu ertragen. Berger wies die Techniker an, den Mundbereich sorgfältig zu prüfen. Nach einer Weile winkte man ihn heran. Tammy folgte ihm. Im linken Mundwinkel konnte man ein Stück Papier sehen. Ob etwas dagegensprach, das Papier am Fundort der Leiche anzuschauen, wollte Berger wissen. Eigentlich nicht, hieß es. Er gab ein Zeichen und zwei Techniker machten sich vorsichtig am Mund des Toten zu schaffen. Schließlich zogen sie das dünne Papier Zentimeter für Zentimeter heraus. Es kostete Mühe, das Blatt einigermaßen zu glätten.

Berger ging näher heran und sah das bestätigt, was er geahnt hatte: Auf beiden Seiten des Blattes standen Bibelzitate, die trotz Speichel noch lesbar waren. Ein größeres Zitat war gelb markiert. Es hatte einen Bezug zum Steinhaufen und Berger erkannte es als eines der Zitate, die er und Tammy aus den zwölf herausgerissenen Seiten notiert hatten. Es stammte aus dem »Zweiten Buch Samuel«. Laut las Berger vor: »›Da sprach Joab: Ich mag nicht also vor dir warten. Und er nahm drei Spieße in seine Hand und stieß sie in das Herz Absaloms, während er noch inmitten der Terebinthe lebte. Und zehn Knaben, Waffenträger Joabs, umgaben und erschlugen Absalom und töteten ihn. Und Joab stieß in die Posaune, und das Volk kehrte um von der Verfolgung Israels; denn Joab hielt das Volk ab. Und sie nahmen Absalom und warfen ihn in eine große Grube im Walde, und errichteten über ihm einen sehr großen Haufen Steine.‹«

Für Berger bestand kein Zweifel, dass der Stegener Fall und dieser hier zusammengehörten. Die Merkmale waren die gleichen: nackte Leiche, zertrümmertes Gesicht, Bibelseite im Mund. Aber was für eine Tätergruppe steckte dahinter? Sie mussten abwarten, was der DNA-Abgleich brachte. Es wäre ein Wunder, dachte er sich, wenn es keine Verbindung zu den gesuchten christlichen Terroristen gäbe. Er war so vertieft, dass er Tammy gar nicht bemerkte, die den linken Unterarm der Leiche untersuchte.

»Alban, schau dir das mal an.«

»Was ist damit?«

»Das Tattoo, Alban! Hier! Sind das nicht japanische Schriftzeichen?«

»Sieht so aus.« Berger sah sich das Tattoo genauer an. »Lass es nicht wahr sein«, murmelte er.

»Dass es Manu Sperber ist«, ergänzte Tammy. »Dein Kommilitone mit den Haiku im Kühlschrank! Das muss fotografiert werden. Und das Tattoo muss übersetzt werden.«

»Wo bekommen wir auf die Schnelle jemanden her, der das übersetzen kann?«

»Heute bestimmt nicht mehr. Wir müssen uns vorerst auf die anderen Fakten konzentrieren. Moment mal! Da fällt mir was ein. Hat nicht Sakura Landmann eine japanische Mutter? Die können wir fragen. Vielleicht kann sie es übersetzen.«

»Hast du Sakuras private Handynummer? Die ist doch sicher nicht mehr im Dienst um diese Zeit.«

»Ich habe beide Nummern, dienstlich und privat. Sie wollte mich mal zu einem japanischen Essen einladen.«

Bevor sie Sakura Landmann anrief, sagte Tammy zu den Bereitschaftspolizisten und Technikern: »Alle Wege absperren bis runter zum Fritscheneck. Alles absuchen.«

Tammy rief die Soko Gifiz an und orderte mehr Leute. Es blieb nicht mehr viel Zeit, bis es dunkel wurde. Anschließend tippte sie die Dienstnummer von Sakura in ihr Smartphone. Sie hatte Glück, Sakura war noch bei der Arbeit. Tammy schilderte Sakura, was sie entdeckt hatten und fragte, ob ihre Mutter das Tattoo übersetzen könne. Möglich sei das schon, antwortete Sakura. Ihre Mutter habe früher an der Volkshochschule Stuttgart Japanisch-Kurse gegeben. Sie bat Tammy, ein Foto von dem Tattoo zu senden, damit sie es ihrer Mutter weiterleiten könne, falls diese bereit sei für eine Übersetzung. Tammy vereinbarte mit Sakura noch einen Termin für einen japanischen Abend und beendete das Gespräch.

»Wir müssen das Brandeck-Lindle in die Spurensuche einbeziehen«, meinte Berger. »Und den Wirt befragen, ob er oder Gäste etwas Verdächtiges bemerkt haben.«

Das Gasthaus Brandeck-Lindle auf der Gemarkung Ohlsbach war ein beliebtes Ausflugsziel für Einheimische und Gäste und lag an einem Punkt, an dem Wanderwege nach Durbach, Zell-Weierbach, Gengenbach, ins Kinzigtal und ins Renchtal führten. Das Wirtshausgebäude und die angrenzende ehemalige Villa galten früher als »rotes Nest«. 1886 behandelte der Lungenfacharzt Otto Walther, ein Sozialdemokrat und Freund von Friedrich Engels, gemeinsam mit seiner britischen Gemahlin Hope Adams, die als erste Frau in Deutschland ein Medizinstudium mit Staatsexamen abschloss, in der Villa Brandeck Patienten. Wenig später gründete er in Nordrach eine Klinik für Lungenkranke. In der Zeit, als die SPD im Deutschen Kaiserreich verboten war, trafen sich führende Genossen in der Villa oberhalb von Ohlsbach: August Bebel, Wilhelm Liebknecht und Clara Zetkin waren darunter. Rund um die Villa waren immer Spitzel unterwegs. Aber es gelang ihnen nicht, geheime Pläne der Sozialdemokratie aufzudecken. 1977, drei Jahre nach seinem Rücktritt als Bundeskanzler, besuchte Willy Brandt das Brandeck-Lindle. Dass so viel Geschichte an diesem Ort spielte, blieb den meisten Wanderern und Besuchern verborgen, die aus dem Wald das Ausflugsziel ansteuerten.

»Wer ist eigentlich dieser Joab und wer Absalom?«, fragte einer der Techniker, die das Papier aus dem Mund des Toten gezogen und geglättet hatten.

»Zwei biblische Figuren. Joab ist ein Heerführer und Neffe von König David. In unserem Fall ist Absalom die wichtigere Person. Absalom ist der Sohn des Königs David, ein schöner Mann mit langen Haaren. Die sind ihm zum Verhängnis geworden. Mit seinen Haaren blieb er an einem Ast der Terebinthe hängen und konnte sich nicht mehr befreien. Absalom hat sich gegen seinen Vater David aufgelehnt. Die Anhänger seines Vaters haben Absalom getötet. Allerdings nicht auf die faire Art, wie Sie gerade gehört haben.«

»Beim Töten gibt es keine Fairness.«

»Da stimme ich Ihnen zu.« Weiter sagte Berger nichts. Warum waren ausgerechnet aus dem Hotel Schatzhauser Bibelseiten verschwunden? Und wieso steckten diese Seiten im Mund von zwei Toten? Welche Verbindung gab es da? Seine bösen Ahnungen nahmen zu, Antworten und Lösungen blieben aus. Es drängte sich ihm auch die Frage auf, ob der Tod des Argentiniers ein Teil des Puzzles war oder purer Zufall? Machte er einen Fehler, wenn er versuchte, alles miteinander zu verbinden?

Zum Glück war niemand mehr unterwegs. So konnten sie in Ruhe ein großes Gebiet um »Absaloms Grab« für Autofahrer, Landwirte, Forstwirte, Mountainbiker und Wanderer absperren. Wie konnte man eine Leiche unentdeckt zu diesem großen Steinhaufen bringen, ihn abtragen und den Toten wieder zudecken? Hatten die Täter die Leiche hergefahren? Hatten sie ein Fahrzeug oder mehrere benutzt? Die Techniker erklärten, dass es sehr schwierig sei, verwertbare Reifen- oder Fußabdrücke zu finden. Der Boden sei viel zu trocken. An manchen Stellen sehe es zudem so aus, als seien Spuren beseitigt worden. Das hatte auch der Freiburger Kollege Dinnback im Fall Stegen berichtet.

Nach Anbruch der Dunkelheit mussten sie aufgeben und sicherten den Fundort. Über »Absaloms Grab« bauten sie ein großes Zelt auf und richteten eine Nachtwache ein. Die Bergwacht und die Feuerwehr unterstützten sie dabei. Der Wetterbericht sagte eine klare, trockene und warme Nacht voraus. Das kam ihnen entgegen. Regen hätte wichtige Spuren zerstört.

Im Brandeck-Lindle servierte ihnen der Wirt ein warmes Essen, seine berühmten Rindsrouladen mit Nudeln, die er für eine größere Gruppe vorbereitet hatte, der er wegen der Ermittlungen aber hatte absagen müssen. Auf den Rotwein, den er zum Essen empfahl, mussten die meisten verzichten. Kurz davor hatten sie ihn befragt. Aber ihm war nichts aufgefallen. Von Gästen hatte er auch nichts Besonderes gehört, das zur Aufklärung des Falles hätte beitragen können.

Die Presseabteilung des Polizeipräsidiums meldete am Abend den Fund der Leiche, verschwieg aber auf Anraten von Tammy und Berger die mögliche Verbindung zur christlichen Terrorgruppe und das wichtigste Detail: die Bibelseite im Mund des Toten. Auch im Freiburger Fall hatte die Polizei diese Einzelheit auf Bergers Rat hin bewusst übergangen. Berger wollte so die Täter provozieren, die nach seiner Einschätzung darauf spekulierten, dass die Bibelstellen in der Öffentlichkeit bekannt wurden.

Tammys Smartphone meldete sich, eine WhatsApp-Nachricht von Sakura. Ihre Mutter hatte das Tattoo übersetzt. »Abendhimmel / Die Sonne verdampft / und der Nachtschatten greift nach dir.«

Berger musste schlucken, als ihm Tammy das Smartphone zum Lesen der WhatsApp reichte.

»Weißt du, woher der Sperber stammt?«

»Muss ich überlegen, kann ich dir nicht auf Anhieb sagen. Ich glaube, aus Hessen. Jedenfalls hat er einen leichten hessischen Slang gehabt.«

»Und wo habt ihr zusammen studiert?«

»An der Uni Heidelberg, am Germanistischen Seminar.«

»Dann müssen wir die Melderegister in Hessen abklappern lassen. An der Uni Heidelberg sind sicher Unterlagen von Manu Sperber zu finden.«

»Hoffen wir, dass unsere Leute schnell vorankommen. Wobei ich mir keinen großen Durchbruch bei den ChrisTer-Fällen verspreche, wenn wir Sperbers Heimatadresse herausgefunden haben. Wenn die Terroristen alle Kontakte zur Familie und zu Freunden abgebrochen haben und untergetaucht sind, hilft uns die Heimatadresse nicht viel weiter.«

»Es sei denn, jemand aus der Familie oder aus dem früheren Freundes- und Bekanntenkreis weiß etwas über ihn. Und falls er tatsächlich in der Psychiatrie gelandet ist, wie du erzählt hast, finden sich sicher wichtige Anhaltspunkte.«

»Selbst wenn die DNA bestätigt, dass es sich um Manu Sperber handelt, sind wir keinen Schritt weiter bei der Verfolgung der Terroristen. Außerdem bin ich mir nicht sicher, dass der Tote Manu Sperber ist. Vielleicht kannte jemand sein Haiku und hat sich auch ein solches Tattoo stechen lassen. Von der Größe her kann er es aber sein.« Berger schüttelte den Kopf. »Irgendwie passt Terrorismus nicht zu ihm. Doch es ist schon zu lange her, dass wir uns das letzte Mal begegnet sind. In der Zwischenzeit kann er sich natürlich gewandelt haben.«

Die Presse hungerte verständlicherweise nach Informationen, vor allem die örtliche. Aber sie musste sich mit wenigen Einzelheiten begnügen. Vom Fundort der Leiche, von »Absaloms Grab«, durfte sie keine Aufnahmen machen, weil die Untersuchungen noch nicht abgeschlossen waren. Sie griff auf alte Archivaufnahmen zurück und fütterte ihre Artikel mit Historie und Andeutungen. Niemand kam auf die Idee, den Toten mit den ChrisTer-Fällen in Verbindung zu bringen. Diese Bombe wollten die Ermittler vorerst nicht platzen lassen.

Sie hatten offenbar alles aufmerksam in den Zeitungen und Online-Medien verfolgt. Jedenfalls veröffentlichten sie einen Text über die Zeitungen, Twitter und Facebook, der seine Wirkung nicht verfehlte: »Seht den Toten von Stegen, schaut in seinen Mund, und ihr werdet fündig. Seht den Toten in Absaloms Grab, schaut in seinen Mund, und ihr werdet fündig.« 27 Wörter genügten, um die geheime Bombe der Ermittler hochgehen zu lassen.

Berger hatte nicht damit gerechnet, dass der unbekannte Gegner so früh reagieren würde. Die Kriegserklärung war unmissverständlich. Die Frage war, wer am meisten von der öffentlichen Auseinandersetzung profitierte. Er sah die Vorteile nicht auf der Seite der Mörder. Allerdings wuchs der Druck auf die Ermittler mit einem Schlag so stark, dass sie mit fast allen Informationen rausrücken mussten.

»Die christlichen Terroristen von Offenburg melden sich zurück!«, verkündete die Schlagzeile der Deutschen Presseagentur. Unangenehme Fragen wurden in den Medien gestellt. Warum die Soko Gifiz nicht vorankomme? Wieso die Soko nicht verstärkt werde? Warum der Öffentlichkeit Informationen vorenthalten wurden? Wer die Opfer seien? Warum man so wenig über sie wisse?

Stenglenz entschloss sich zu einer großen Pressekonferenz. Er hatte sich vom Generalbundesanwalt die Erlaubnis geholt. Trotz großer Bedenken mussten alle, die an den Ermittlungen beteiligt waren, mit ins Boot. Stenglenz arbeitete einen akribischen Plan aus, welche Einzelheiten geheim bleiben mussten und welche nicht. Er wollte den Eindruck vermitteln, dass alles offengelegt wurde bis auf wenige Einzelheiten, die in solchen Fällen immer zurückgehalten werden mussten. Das verstanden die Medien sicher, sagte er sich.

Kurz vor der Pressekonferenz rief er Tammy und Berger zu sich und sprach mit ihnen über seine Strategie. Beide fragten, warum er ausgerechnet sie zu Rate ziehe.

»Das hängt mit Ihren Analysen im Fall der christlichen Terroristen und mit Ihrer Bewertung der ausgerissenen Bibelseiten aus dem Hotel Schatzhauser zusammen. Leider haben Sie wohl den richtigen Riecher gehabt. Wie schätzen Sie denn meine Punkte für die Pressekonferenz ein? Und was, meinen Sie, haben wir von der wiedererwachten Terrorgruppe zu erwarten?«

Seiner Strategie für die geplante Pressekonferenz stimmten beide zu, doch beim letzten Punkt widersprach Berger Oberstaatsanwalt Stenglenz. »Ich glaube nicht, dass diese Terrorgruppe wieder aktiv geworden ist. Im Gegenteil. Es sieht so aus, dass die beiden Toten Mitglieder der Gruppe waren. Der Feind kommt möglicherweise von innen.«

Tammy nickte zustimmend.

»Wie kommen Sie darauf?«, fragte Stenglenz.

Tammy antwortete: »Punkt für Punkt können wir das nicht belegen. Die Fakten sprechen allerdings für einen gruppeninternen Konflikt und für die Theorie der neun Eskalationsstufen.«

»Was ist das für eine Theorie?«

»Der österreichische Konfliktforscher Friedrich Glasl entwickelte sie. Das Interessante und Gute an ihr ist, dass sie sich auf viele Bereiche anwenden lässt: Beziehungen, Familie, Schule, Betriebe, Außenpolitik, und vor allem auf Kriminalität. Ich demonstriere Ihnen das an den ChrisTer-Fällen. Stufe eins: Verhärtung. Diese Stufe beschrieb Georg Rackert in seiner Analyse. Der Stellvertreter des Meisters stellte immer wieder dessen Schritte infrage. Wahrscheinlich folgte bald darauf Stufe zwei: Polarisation und Debatte, also Streit über den richtigen Weg. Stufe drei: Taten statt Worte. Das haben wir mit den ChrisTer-Fällen erlebt. Damit sind vermutlich die Zweifler in der Gruppe unter Druck gesetzt worden. Denkbar ist, dass sich Gruppenmitglieder Sorge um das Image gemacht haben, auf der vierten Stufe sich die Spannungen also verschärft haben. Auf Stufe fünf, Gesichtsverlust, kann es zu gegenseitigen Unterstellungen gekommen sein. In dieser Phase steigert sich alles schnell zu Drohstrategien, der Stufe sechs. Auf dieser Ebene versucht jeder, den anderen mit Drohungen unter Kontrolle zu bringen. Begrenzte Vernichtungsschläge psychischer oder körperlicher Art, Stufe sieben, sind oft die Folge. Wenn eine Gruppe einmal so weit ist, beginnt meist die Zersplitterung, Stufe acht, gefolgt von irrationalem Handeln, Stufe neun, das in gegenseitiger Vernichtung enden kann. Wobei Stufe neun auch eine einseitige Vernichtung sein kann. In dieser Phase sind die Kontrahenten so weit, dass sie den eigenen Untergang bewusst in Kauf nehmen. Die beiden Opfer in Stegen und ›Absaloms Grab‹ stammen aus der Terrorgruppe. Die Fakten sind unumstößlich und unterstützen die Theorie der Eskalationsstufen. Außerdem sind da noch die Texte. Sie deuten Rache an. Wer sich an wem rächen will und warum, können wir im Moment noch nicht erklären.«

»Angenommen, Ihre Vermutung stimmt – richtet sich der Terror dann nur auf die Gruppe oder muss man mit neuen Anschlägen auf die Öffentlichkeit rechnen? Und weiter: Rekrutiert die Gruppe neue Leute oder löst sie sich auf? Und wie groß ist die Gruppe denn noch?«

»Möglich ist eine neue Welle schon«, meinte Berger. »Es kann aber sein, dass zunächst der interne Machtkampf geklärt wird und der Terror danach wieder die Öffentlichkeit trifft. Wahrscheinlich wird die bisherige Gruppe nicht mehr in Erscheinung treten, aber vermutlich eine neue. Die Gruppe bestand aus dem Meister und zwölf Jüngern. Der Meister, der ›Nuschler‹ und zwei weitere Mitglieder sind tot. Wir fahnden also nach neun Terroristen. Auf die Rekrutierung von neuen Mitgliedern haben wir bisher keine Hinweise.«

Die Pressekonferenz dauerte mehr als zwei Stunden. Oberstaatsanwalt Stenglenz leitete sie sehr souverän und trug in Ruhe viele Einzelheiten vor, unterstützt vom Polizeipräsidenten, Soko-Chef Firner, Jürgen Dinnback, der für die Freiburger Kripo am Tisch saß und sich meist durch Hustenanfälle bemerkbar machte, Vertreter von LKA und Bundesanwaltschaft, die alle seinen Vorgaben folgten. Er bestätigte zunächst, womit die Medien gerechnet hatten, dass die Mordfälle in der Nähe von Stegen und an »Absaloms Grab« zusammenhingen und die Opfer Mitglieder der christlichen Terrorgruppe waren. Viel Zeit nahm sich Stenglenz für die Vorwürfe, die in der Öffentlichkeit erhoben worden waren. Mit der These von der Rückkehr der christlichen Terroristen setzte er sich ebenfalls auseinander. Man könne sie durchaus teilen. Allerdings gebe es auch gewichtige Gründe, sie zu verwerfen. Darauf müsse man nicht näher eingehen, wehrte er Nachfragen ab. Das könne jeder im Raum selber sehen, wenn er offene Augen habe. Die weitergehenden Überlegungen von Berger und Tammy trug er nicht vor und betonte stattdessen, dass man sich nicht in Spekulationen verlieren wolle. Man halte sich an verwertbare Spuren. Über die Täter, man gehe eindeutig von mehreren aus, könne man noch nichts sagen. Sie könnten durchaus aus den eigenen Reihen der christlichen Terroristen stammen. Das sei aber eine These wie die von ihrer Rückkehr. Auch über die Tatmotive wisse man bisher nicht viel. Aber jeder, der etwas von Textanalyse verstehe, könne sich aus den Bibelzitaten ein Bild machen. Natürlich wurde gefragt, ob man mit weiteren Morden rechne. Darauf sei man gefasst, unterstrich Stenglenz, egal welche These man verfolge.

KAPITEL 16

Die Spurensicherung an »Absaloms Grab« war abgeschlossen. Die Soko Gifiz untersuchte nun parallel die alten und die neuen Fälle. Berger musste Spur für Spur sorgfältig abarbeiten. Wieder einmal standen Zeugenaussagen in den ChrisTer-Fällen auf seinem Programm. Heute war er allein unterwegs. Tammy war voller Spannung zur Endausscheidung der Super-Recognizer nach Stuttgart gefahren.

Berger suchte den Mann auf, der zweimal nachts von seiner Wohnung in Offenburg aus Verdächtiges an der Platanenallee gesehen hatte. Berger hatte das Protokoll der Befragung mehrmals gelesen. Im ersten Fall, Rackerts Ermordung, hatte der Zeuge gegen 2 Uhr nachts einen weißen Kastenwagen in der Nähe der Einfahrt zur Gifiz-Halbinsel bemerkt. Es handelte sich um Spur 334. Im zweiten Fall, der Ermordung des »Nuschlers«, Spur 923, hatte der Mann darauf hingewiesen, dass erneut ein weißer Kastenwagen vor der Einfahrt zur Gifiz-Halbinsel stehe. In dem Wagen hatten sie die Leiche des »Nuschlers« gefunden.

Der Zeuge war nicht erfreut, dass er noch einmal befragt wurde. Er habe damals alles gesagt. Berger versicherte ihm, dass das alles reine Routine sei. Der Mann berichtete bruchstückhaft von seinen Beobachtungen. Der Fall lag mittlerweile fast ein Jahr zurück.

Am Ende des Gesprächs wollte Berger wissen, ob ihm sonst noch etwas aufgefallen sei.

Zuerst schüttelte der Mann den Kopf, überlegte dann aber und sagte: »Warten Sie, Sie haben recht. Als ich den weißen Kastenwagen zum ersten Mal gesehen habe, war ziemlich zeitgleich ein großer dunkler Wagen in der Platanenallee unterwegs. Vor der Einfahrt zur Gifiz-Halbinsel ist er langsamer gefahren, hat dann aber beschleunigt.«

»Können Sie sich an den Hersteller oder den Fahrzeugtyp erinnern?«

»Wie heißen die großen Dinger, die gerade in Mode sind?«

»Sie meinen die SUV.«

»Ja!«

»Haben Sie das damals meinem Kollegen gesagt?«

»Ich weiß es nicht.«

Wieder dieses lange Nachdenken. Vor Gericht würde dieser Zeuge den harten Strafverteidigern nicht lange standhalten.

»Ich weiß es beim besten Willen nicht mehr.«

»Aus welcher Richtung kam der Wagen?«

»Ich glaube, von rechts.«

»Glauben Sie das oder wissen Sie es?«

»Eher wissen, würde ich sagen.«

»Haben Sie den Wagen in der Platanenallee auch zu einem anderen Zeitpunkt gesehen?«

»Kann ich nicht sagen.«

»War es ein BMW, Mercedes oder eine andere Marke?«

»Da muss ich passen. Die Marken kann ich nicht gut unterscheiden. In der Dunkelheit schon gar nicht.«

»Aber die Platanenallee ist doch nachts beleuchtet.«

»Ja. Aber ich muss zugeben, dass ich auch bei Tag die Hersteller der Autos nicht bestimmen kann. Ist schon immer so gewesen. Vielleicht, weil ich mir aus Autos nicht so viel mache.«

In der Nähe, im Ligusterweg 4, stand das Haus des selbst ernannten Meisters, des Anführers der christlichen Terrorgruppe, inzwischen ein unverkäufliches Objekt. War der Wagen von dort gekommen? Ein dunkler SUV. Im Protokoll stand nichts von einem dunklen, großen Wagen. Die einzige Verbindung, die Berger spontan einfiel, führte zum Hotel Schatzhauser. Von dort aus hatte ein schwarzer SUV Tammy verfolgt. War das zu weit hergeholt? Es fuhren viele schwarze SUV in der Gegend herum. Berger schrieb dennoch eine Notiz in sein schwarzes Büchlein. Zum zweiten Fall, der Ermordung des »Nuschlers«, konnte der Zeuge nichts Neues beitragen.

»Und? Wie sieht es aus?«

»Ich bin dabei!« Tammy reckte den rechten Daumen.

»Gratulation! Und das bedeutet?«

»Dass ich als Super-Recognizerin auf Abruf arbeite. Der Einsatzort kann überall sein. Vermutlich werden wir zunächst bei Bundesligaspielen eingesetzt oder bei Hochrisikospielen, wie ich vermutet habe. Aber das kann noch etwas dauern. Erst müssen die Einsatzpläne geschrieben werden. Und die ganze Logistik fehlt noch. Die Münchner Gruppe will Aufbauhilfe leisten. Und? Gibt es hier neue Entwicklungen?«

Berger berichtete Tammy von seiner Zeugenbefragung und vom schwarzen SUV. Tammy fand das alles sehr vage.

»Und Sakura hat vorhin nach dir gefragt. Sie hat versucht, dich zu erreichen«, sagte Berger.

»Ist sie im Haus?«

»Keine Ahnung. Ruf an oder geh zu ihr.«

»Wenn du nichts dagegen hast, besuche ich sie kurz.«

Aus kurz wurde länger. Erst nach einer Stunde kehrte Tammy ins Büro zurück.

»Entschuldige, wir haben uns verquatscht. Sakura hat mir gesagt, dass sie per Ferndiagnose einen PC von Falco untersucht hat. Er hat sich vor einiger Zeit einen Virus eingefangen und ist vermutlich seither beobachtet worden. Sie hat ihm dringend geraten, die Festplatte säubern zu lassen.«

Berger war für einen Moment sprachlos. Falco, traf sie sich also doch regelmäßig mit ihm … Aber das ging ihn nichts an. Er räusperte sich und fragte: »Von wo aus ist er beobachtet worden?«

»Das kann sie nicht sagen. Das braucht mehr Zeit. Falco vermutet, dass es etwas mit dem ›Schatzhauser‹ zu tun hat.«

»Das habe ich auch gerade gedacht.«

»Die Frage ist, ob Sakura oder Felix Manderscheid offiziell in dem Fall nachforschen können.«

»Das wird schwierig. Es ist auf den ersten Blick nicht erkennbar, dass der Virus mit dem ›Schatzhauser‹ zusammenhängt.«

»Unsere Tablets und Smartphones haben das Hotel ohne Befall überstanden.«

»Wir sind sehr vorsichtig gewesen und haben alles überprüfen lassen.«

»Eine Restunsicherheit bleibt.«

»Bei mir auch. Zumal ich zugeben muss, dass ich in jüngster Zeit dreimal seltsame Anrufe bekommen habe.«

»Zu Hause?«, fragte Tammy erstaunt.

»Ja. Das erste Mal hat jemand längere Zeit ins Telefon geschnauft. Das zweite Mal hat ein Unbekannter Sätze gesagt, die lateinisch geklungen haben. Und das dritte Mal war ein dumpfer gregorianischer Gesang zu hören.«

»Und das erzählst du erst jetzt!«

Berger gab kleinlaut zu: »Ich habe mir zuerst nichts dabei gedacht. Erst seit dem dritten Anruf überlege ich, ob in allen drei Fällen nicht ein- und derselbe Mensch am Telefon gewesen ist.«

»An wen denkst du?«

»Bisher habe ich keinen konkreten Verdacht.«

Tammy glaubte ihm nicht, dass er keinen Verdächtigen ausgemacht hatte. Aber ihr fiel etwas aus der Vergangenheit ein.

»Ist nicht im Ligusterweg 4 am Gifizsee kurz vor der Explosion laute gregorianische Musik zu hören gewesen?«

»Doch, du hast recht. Als ein Kollege vom SEK die Anlage abgestellt hat, ist die Bombe hochgegangen.«

»Und drei Kollegen wurden getötet.«

»Daran habe ich bisher im Zusammenhang mit dem dritten Anruf bei mir nicht gedacht.«

»Das musst du aber, nach dem, was wir bisher erlebt haben. Jemand hat dich im Visier.«

KAPITEL 17

»Am Parkplatz beim Kloster Allerheiligen in Oppenau-Lierbach wurde ein Toter gefunden. So wie es aussieht, ist es ein Fall für unsere Soko Gifiz.« Firner platzte mit seiner Neuigkeit kurz nach der Morgenbesprechung in den Raum, in dem jede und jeder den Tageseinsatz vorbereitete oder das Computersystem mit Spurenanalysen fütterte. Alles, was mit der Soko Gifiz zu tun hatte, lief zuerst über Firner. Er wollte die Fäden in der Hand halten.

Die nächsten Sätze Firners sorgten für Entsetzen. »Was das Perfide ist an diesem Fall: Die Täter haben die Presse informiert und den Fundort der Leiche genannt. Den Text habe ich gerade bekommen. Er ist übertitelt mit ›extra muros‹ und lautet: ›Außerhalb der Mauern Allerheiligens werdet ihr den finden, der sich durch sein Tun aus der Gemeinschaft entfernt hat.‹ Und dann folgt ein Bibelzitat, das wir sicher im Mund des Toten finden werden. ›Wenn du Jehova, deinem Gott, ein Gelübde tust, so sollst du nicht zögern, es zu bezahlen; denn Jehova, dein Gott, wird es gewißlich von dir fordern, und es wird Sünde an dir sein. Wenn du aber unterlässest zu geloben, so wird keine Sünde an dir sein. Was über deine Lippen gegangen ist, sollst du halten und tun, so wie du Jehova, deinem Gott, freiwillig gelobt, was du mit deinem Munde geredet hast.‹ Ich habe mit den Polizeiposten im Renchtal telefoniert, damit sie alles absperren, bevor die Presse anrückt. Wir haben nicht viel Zeit – Berger und Tammy, ihr müsst alles stehen und liegen lassen. Nutzt das Blaulicht. Der Wagenschlüssel liegt an der Pforte bereit. Ihr bekommt noch Verstärkung.«

Tammy und Berger packten schnell alles Nötige zusammen und holten an der Pforte den Wagenschlüssel. Er passte zu einem der stärksten Autos, die zum Fuhrpark des Präsidiums gehörten. Tammy setzte sich ans Steuer, Berger schaltete das Blaulicht und die Sirene ein. So etwas hatte Berger bei seiner Arbeit in der Kripo noch nie erlebt! Dass Verbrecher die Presse über einen soeben begangenen Mord informierten! Mit dieser Strategie der Gegenseite hatte er nicht gerechnet. Tammy, die den Weg nach Allerheiligen von ihren zahlreichen Motorradausflügen bestens kannte, ließ die Landschaft an ihnen vorbeifliegen. Berger senkte seinen Kopf und schloss die Augen. »Hast du Probleme mit meiner Fahrweise?«

»Nein. Ich konzentriere mich auf den Hinweis der Täter und auf das Zitat. Warum suchen sie sich das Kloster Allerheiligen aus? Und warum legen sie die Leiche nicht in die Klosterruine? Was ist in diesem Kloster passiert, das in Verbindung gebracht werden kann zu diesem Fall? In dem Zitat wird das Wort Gelübde erwähnt. Wahrscheinlich hat ein Klosterbruder ein Gelübde gebrochen. Übrigens wieder eines der Zitate, das wir auf den zwölf herausgerissenen Bibelseiten markiert haben. Aus dem ›Fünften Buch Mose‹.«

»Warum legst du so viel Wert auf diese Fragen?«

»Ich will die Täter verstehen. Vielleicht begreife ich dann ihre Strategie und kann ihre nächsten Schritte vorausahnen. Das musst du als angehende Kriminalpsychologin doch verstehen! Frag mal Falco, ob er sich in der Geschichte des Klosters Allerheiligen auskennt. Und ob ein Fall zu finden ist, bei dem es um ein gebrochenes Gelübde geht.«

»In seiner Bibliothek stehen mehrere Bücher über das Kloster. Aber ich kann ihn erst heute Abend fragen. Er ist in Freiburg.«

An der Klosterruine sorgten die Kolleginnen und Kollegen von den Polizeiposten bereits dafür, dass die Pressefotografen keine Aufnahmen von der Leiche machen konnten. Sie mussten auch verhindern, dass Klosterbesucher den Fundort mit ihren Handys fotografierten. Nur wenige Aufnahmen genügten, um die Sozialen Medien verrückt zu machen.

Opfer Nummer drei mit Bibelseite im Mund lag vor ihnen am Rand des Parkplatzes in der Nähe der Klosterruine. Die Befürchtungen, die Tammy und Berger in der Soko Gifiz geäußert hatten, waren leider wahr geworden. Angenommen, sie kamen den Tätern nicht auf die Spur, mussten sie mit noch mehr Opfern rechnen. Das markierte Bibelzitat deutete auf einen Bruch hin, auf den Bruch eines Gelübdes. Diesen Punkt hatte Berger schon auf der Herfahrt Tammy gegenüber erwähnt. Das, was Firner vorgelesen hatte, fanden sie hier bestätigt, schwarz auf weiß und gelb markiert.

Wer legte ein Gelübde ab? Ordensleute, Priester. Angehörige von Sekten? Wem hatte sich dieser Mann verpflichtet? Wer waren die, die ihn bestraft hatten? Berger und Tammy waren sich sicher, dass auch dieser

Mann zum Kreis der christlichen Terroristen gehörte, die sie noch immer suchten. Ihre Reihen lichteten sich allerdings. Ein Merkmal der neuen Morde, beginnend mit dem Stegener Fall, waren die Bibeltexte im Mund der Toten. Ein zweites Merkmal waren die zertretenen Gesichter. Die Mörder sahen in ihren Opfern Schlangen und Skorpione, die man zertreten musste, wie aus dem einen Bibeltext im Mund des Toten von Stegen hervorging. Ein drittes Merkmal war die Absicht der Täter, dass die Morde möglichst bald entdeckt und in der Öffentlichkeit thematisiert wurden. Und ein viertes Merkmal bestand darin, dass sie ihre Opfer an bekannten Orten ablegten, die oft besucht wurden. Das Kloster Allerheiligen und die nahen Wasserfälle waren touristische Anziehungspunkte. Mehr als 300.000 Menschen besuchten jährlich die Stätten, darunter viele Motorradfahrer, die das Lierbachtal mit Lärm erfüllten.

Berger machte ein fünftes Merkmal aus, das allen drei bisherigen Fällen gemein war: Die Fundorte erzählten eine Geschichte, die zu den Taten und den Bibeltexten passten. Die Täter wollten, dass die Botschaften aus der Bibel verbreitet wurden. Aber an wen richteten sie die Botschaften? An ihre Opfer oder an die ganze Gesellschaft? Oder an beide? War eine Botschaft an einen Toten realistisch? Vielleicht hatten die Täter ihren Opfern die Botschaft vorgelesen und sie erst anschließend getötet? Hofften sie, dass die Ermittler alle Einzelheiten veröffentlichten? Wenn ja, kannten sie die Arbeit der Ermittler nicht oder schätzten sie falsch ein. Viele Details wurden der Öffentlichkeit aus ermittlungstaktischen Gründen verschwiegen. Allerdings musste man nach der Entdeckung des zweiten Toten Einzelheiten preisgeben, weil die Täter die Öffentlichkeit gesucht hatten. Der Druck der Medien war zu stark geworden. Mit diesem dritten Fall begann ein Kräftemessen, das komplett in der Öffentlichkeit spielte.

Berger fiel erneut die Andeutung des Kripochefs ein. Es war an der Zeit, Winker zu besuchen. Wie man hörte, hatte er sich so weit erholt, dass er Besuch empfangen konnte. Ob er wieder in den Dienst zurückkehrte, stand in den Sternen. Vielleicht erfuhr er von Winker, was so geheimnisvoll war an den ChrisTer-Fällen. Was Winker unter ›merkwürdig‹ verstand. Und vielleicht brachte die Information die Ermittlungen weiter. Er musste seine Gedanken zusammentragen und in der Soko vorstellen. Es nutzte niemandem, wenn er sich wie ein einsamer Wolf verhielt.

Für die neuen Mordfälle hatten sie bewusst keine eigene Soko gebildet. Die DNA-Analysen und die deutlichen Zusammenhänge sprachen dagegen. Gleichzeitig die alten Fälle und die neuen Morde zu bearbeiten, belastete die Soko jedoch immer mehr. Zusätzliche Ermittler wurden nicht genehmigt. Die Personaldecke sei zurzeit zu dünn, ließ das Landesinnenministerium ein weiteres Mal verlauten. Die zuständigen Politiker hatten vor einiger Zeit auch so etwas wie ein Gelübde abgelegt, was die Aufstockung des Personals betraf, vor allem der Innenminister, es aber nicht eingehalten. Eine Bestrafung mussten sie nicht fürchten. Zumindest nicht in nächster Zeit. Es standen keine Wahlen an. Aber beunruhigt waren sie doch. Ihre Mehrheiten schwanden, alte Gewissheiten galten nicht mehr.

»Falco hat uns etwas geschickt.«

»Wann?«

»Gerade eben. Es geht um das Kloster Allerheiligen. Er hat wohl das gefunden, wonach du gesucht hast. Ich habe es dir aufs Tablet weitergeleitet.«

Falco Gmeiner beschränkte seine Notizen auf das Wesentliche. Er schrieb: »Im 15. Jahrhundert kam es zu einer moralischen Krise im Kloster Allerheiligen. Hintergrund waren Kriege, Ernteausfälle, hohe Sterblichkeitsraten, die die Einnahmen des Klosters schrumpfen ließen. Einige Klosterherren zweigten Einnahmen für sich ab und bauten eigenes Vermögen auf. Sie verletzten damit das Armutsideal der Prämonstratenser, der Gründer von Allerheiligen. Dieser Prozess dauerte mit Unterbrechungen mehr als 200 Jahre an und wirkte sich auch auf das Verhältnis zur Bevölkerung aus, für die der Zustand des Klosters bedrückend und ärgerlich war. Ein Probst fiel besonders auf, Paulus Klein, der von 1601 bis 1613 das Kloster Allerheiligen führte. Es hieß, er habe ein anstößiges Leben geführt, Klostereigentum verschleudert, sei oft nicht im Stift gewesen und habe in den Wäldern gewildert. Paulus Klein wurde schließlich von den Oberen des Prämonstratenser-Ordens gezwungen, abzudanken. Er blieb der Bevölkerung in Erinnerung als Sagenfigur ›Bruder Pauli‹, die in den Wäldern um Allerheiligen herumgeistert, Menschen in die Irre führt, den Fuhrleuten üble Streiche spielt und Heidelbeersucher erschreckt. Auf einem Sagenrundweg von den Wasserfällen zum Kloster wurde er sozusagen verewigt.«

Dieser Paulus Klein hatte also sein Gelübde gebrochen und die Ideale seines Ordens verraten. Dafür war er bestraft worden. Der Bibeltext im Mund des Ermordeten und das Beispiel des Probstes Paulus Klein passten eindeutig zusammen. In allen drei neuen Mordfällen stellten die Täter bewusst Bezüge zwischen der Bibel und den Fundorten ihrer Opfer her. Und jedes Opfer hatte sich aus der Perspektive der Täter schuldig gemacht. Konnte man aus diesen Fällen Schlüsse ziehen, die halfen, weitere Verbrechen zu verhindern?

KAPITEL 18

Sakura hörte aufmerksam zu, als Berger über das Hotel Schatzhauser berichtete. Kollegen hatten ihn nach Ende der Morgenrunde gefragt, ob es Neues über das Hotel gebe. Wenig später kamen Sakura und Felix Manderscheid auf Berger zu. Sie boten an, sich nebenbei um das »Schatzhauser« zu kümmern. Es gebe gute Möglichkeiten, hinter das Geheimnis des Hotels zu kommen, sagte Sakura ohne jede Regung. War das die Hackerin, von der der redselige Kollege geflüstert hatte?

Berger legte den rechten Zeigefinger auf den Mund und nickte. »Ich komme demnächst bei euch vorbei. Dann können wir über Einzelheiten reden.«

Kurz darauf kam die nächste brisante Meldung. Die Täter hatten über die Sozialen Medien einen biblischen Text verbreitet und einen Fundort genannt. Das genügte, um das Spiel beginnen zu lassen. Aber die Soko Gifiz gewann zum zweiten Mal den Wettlauf mit der Presse. Im Präsidium waren zwei Kollegen zur Beobachtung der Sozialen Medien eingesetzt, um rechtzeitig auf die Botschaften der unbekannten Täter reagieren zu können. Der Vorteil war, dass die Polizeiposten in der Nähe des neuen Fundortes näher am Ereignis waren als die Medien. Sie konnten wie in Allerheiligen den Fundort rechtzeitig abschirmen.

Dieses Mal lag ein toter Mann an einem großen Parkplatz an der Schwarzwaldhochstraße. Besucher waren noch keine da. Um nicht entdeckt und gefasst zu werden, konnten die Täter die Leiche nur nachts oder in der Morgendämmerung abgelegt haben. Und auch in diesem Fall sah es so aus, dass der Fundort nicht dem Tatort entsprach. Allerdings war die Leiche nicht komplett nackt. Nur der Unterkörper war entblößt. Den Oberkörper bedeckte eine hochgezogene schwarze Kutte. Wieder war das Gesicht entstellt. Wieder fand sich im Mund eine Bibelseite mit markiertem Text, die fehlende Seite aus dem »Buch des Propheten Nahum«, wie Berger bemerkte. Es war der Text, den die Täter an die Sozialen Medien und die Presse weitergeleitet hatten. »Siehe, ich will an dich, spricht Jehova der Heerscharen; und ich werde deine Säume aufdecken über dein Angesicht, und die Nationen deine Blöße sehen lassen und die Königreiche deine Schande. Und ich werde Unrat auf dich werfen, und dich verächtlich machen und dich zur Schau stellen.«

Die Szene war dem Text nachempfunden. Sie hatten einen Abfallkorb über seinem Unterleib ausgeleert, stinkenden Müll.

»Wie müssen wir diesen Text verstehen?«, fragte Tammy.

»Vielleicht kannst du als angehende Psychologin ihn besser verstehen als ich.«

Angehende Psychologin! Den Begriff verwendete er schon zum zweiten Mal. Was erwartete er von ihr? »Wenn man ihn in die Jetztzeit überträgt oder übersetzt, dann bedeuten für mich die Begriffe ›Nationen‹ und ›Königreiche‹ einfach Öffentlichkeit. Das hier ist ein öffentlicher

Platz. Alle Welt kommt hierher, Leute aus allen Nationen und Königreichen.«

Berger sagte nichts zu dieser Interpretation, aber er hätte einen ähnlichen Schluss gezogen.

»Bist du schon wieder woanders?«

»Nein, ich bin hier. Ich frage mich, wer das Drehbuch zu diesen Inszenierungen schreibt. Wo finden wir ihn? Und was hat er vor?«

»Leider muss ich mitteilen, Meister, dass wieder ein Jünger getötet worden ist. Ich habe die anderen informiert und ihnen geraten, vorsichtig zu sein. Wäre es nicht an der Zeit, eine Versammlung einzuberufen?«

Er tat so, als erschrecke ihn die Mitteilung des Ersten Jüngers. Fragend sah er seinen Stellvertreter an. In der Zeit des alten Meisters zählte er zu den Unauffälligen, die dem Meister bedingungslos folgten. Als er sich gegen den alten Meister erhoben hatte, war sein jetziger Stellvertreter der letzte Jünger gewesen, der die Seiten wechselte. Aber er hatte sich zu einem loyalen Jünger entwickelt, der sich durch Gehorsam auszeichnete. Er erledigte das meiste für ihn und verschaffte ihm so wertvolle Zeit für andere Dinge. Aber er hasste an ihm diese untertänige Haltung und Ansprache. Manchmal hatte er den Eindruck, in der Ansprache schwinge viel Ironie mit. Überhaupt dieses Wort: Meister! Bei Nathan hatte er persönlich diese Ansprache vermieden. Nach Nathans Tod wollten die Jünger an diesem Ritual festhalten und sprachen ihn immer mit »Meister« an. Er musste sich damit abfinden, obwohl es ihm missfiel.

»Jetzt nicht. Wir beide müssen erst überlegen, was wir ihnen vorschlagen. Komm gegen Abend noch einmal auf mich zu. Und denk dir Termine aus. Und mach Vorschläge für Themen. Das Wichtigste wird wohl sein, wie wir uns schützen können.«

Der Stellvertreter verneigte sich kurz und verließ den Raum. Der neue Meister hatte in letzter Zeit viel über die Jünger nachgedacht. Sie wirkten wie ein Relikt aus alter Zeit. Man könnte meinen, sie stammten aus der Zeit des Alten Testaments.

Berger zog eine Linie der Leichenfundorte. Sie begann im Süden und wanderte schnell nach Norden. Auf den Fotos der Fundorte hatte er etwas Seltsames entdeckt, das er mit Tammy besprechen wollte. Er schaute noch einmal auf die Linie. Alle Fundorte hatten eine historische und touristische Bedeutung. Und eine religiöse, nur der vierte nicht. Wo würde die Linie enden? Wo gab es im Nordschwarzwald weitere Punkte, die als Leichenfundorte mit biblischem Bezug infrage kamen? Er musste mit Tammy auf jeden Fall die Texte noch einmal durchgehen und Sehenswürdigkeiten historischer, touristischer und religiöser Natur im Nordschwarzwald studieren, und zwar schnell. Die Täter konnten jederzeit mit einem neuen Schlag, mit einem neuen Mord überraschen.

Er verließ das Büro, um Tammy zu suchen. Sie stand am Kaffeeautomaten und unterhielt sich mit Manni Zanger, einem Kollegen. Berger unterbrach die Unterhaltung der beiden.

»Tammy, ich brauche dich dringend. Wir müssen etwas prüfen.«

»Ist Kollege Berger wieder auf einem außergewöhnlichen Pfad?«, fragte Zanger.

»Nicht nur auf einem«, antwortete Berger und zog Tammy vom Kaffeeautomaten weg.

»Berger«, rief ihnen Zanger nach, »Gewalt an Frauen ist auch bei der Polizei nicht erlaubt.«

»Was ist denn so dringend, dass ich nicht einmal meinen Kaffee in Ruhe trinken kann?«

»Wir müssen die ausgerissenen Bibeltexte erneut studieren und nach Orten im Nordschwarzwald suchen, auf die sie zutreffen könnten.«

Das konnte dauern, so wie sie Alban Berger kannte.

Zwei Stunden büffelten sie, untersuchten im Netz Sehenswürdigkeiten im Nordschwarzwald, unter anderem Klöster. Sie kamen zu keinem schlüssigen Ergebnis. Schließlich sprach Berger seine Entdeckung an. »Tammy, ist dir aufgefallen, wie die Körper der Toten liegen?«

»Wie die Körper liegen?«, wiederholte Tammy und schüttelte den Kopf. Auf was war Berger jetzt gestoßen?

»Ich habe die Aufnahmen der Leichenfundorte zusammengestellt. Die ersten drei Leichen liegen mit den Füßen Richtung Norden. Die vierte Leiche auf dem öffentlichen Parkplatz zeigt mit den Füßen nach Westen. Sie ist im rechten Winkel zu den anderen Leichen platziert.«

Tammy sah nicht glücklich aus. »Ich weiß nicht ganz, worauf du hinauswillst. Wie kommst du auf so etwas? Erkläre es mir.« Sie stellte sich auf eine seiner verrückten Ideen ein.

»Mein Bruder Harald hat mir einiges beigebracht über Geodaten, Standorte von Gebäuden, Messpunkte und geographische Linien.« Harald! Gestern hatte er sich telefonisch für seine schweren Vorwürfe entschuldigt und ihn und Ariane sowie Vater und Mutter zu einem Abendessen eingeladen. Es klang wie ein Akt der Versöhnung!

Das hatte wohl Vater eingefädelt, der auf dem Weg der Erholung war. »Ich habe mir die Geodaten der Leichenfundorte vorgenommen sowie die Lage der Opfer und habe eine Linie gezogen. Der will uns führen. Der setzt lauter Zeichen. Der fühlt sich mächtig. Alles, was er tut, ist symbolisch.«

»Wieso sprichst du von ›er‹? Wir sind uns doch alle einig, dass es sich um mehrere Täter handelt.«

»Schon, aber er ist der Ideengeber, der Planer, der Wortführer.«

»Wen meinst du? Weißt du mehr als alle anderen?«

»Nein, glaube mir. Mehr kann ich nicht sagen. Die Lage der vierten Leiche bedeutet für mich, dass wir Objekte Richtung Westen anschauen müssen.«

»Okay, aber ich hole mir erst einen neuen Kaffee.«

Es war manchmal nicht auszuhalten mit ihm, wenn er auf einem neuen Trip war, dachte Tammy auf dem Weg zum Kaffeeautomaten. Sie musste aufpassen, dass sie nicht ausflippte. Hundertprozentig hatte Alban eine Ahnung, wer dieser ominöse »Er« war.

Beim zweiten Studium der Karten und Sehenswürdigkeiten kamen sie tatsächlich zu einem Schluss, den sie jedoch für sich behielten.

Am Abend saßen der neue Meister und sein Stellvertreter zusammen. Der Stellvertreter berichtete, dass die restlichen Jünger sehr beunruhigt seien. Sie hätten Angst, ebenfalls getötet zu werden. Vom Meister erwarteten sie Hilfe und Schutz. Das überforderte ihn. Aber konnte er vor seinem Stellvertreter zugeben, dass er keinen Rat wusste und dass auch er Angst hatte? Nein. Das würde seine Autorität infrage stellen. Er hatte vor, sich von den

Jüngern zu lösen. Ja! Aber nicht auf diese Weise! Er bat seinen Stellvertreter, einen Sicherheitsplan auszuarbeiten, vorerst auf Zusammenkünfte zu verzichten und Kontakte mit den Jüngern auf das Nötigste zu beschränken. Seit dem ersten Mord hatte er sich die Frage gestellt, von wem Gefahr drohte. Waren der Mörder oder die Mörder unter den Jüngern zu suchen? Welches Motiv hatten sie? Wer blieb am Schluss übrig, wenn das Morden weiterging? Oder kam die Gefahr von außen? Er konnte es sich nicht vorstellen. Ihr Chatroom im Darknet war uneinnehmbar. Die Adressen aller Jünger waren in einem anderen verschlüsselten Bereich abgelegt. Jeder der Jünger hatte Zugang zu diesem Bereich. Das hatten sie so festgelegt für Krisenfälle. Das ganze System beruhte auf Vertrauen und gegenseitiger Hilfe. Wer missbrauchte dieses Vertrauen? Oder hatte einer der Jünger einen Fehler gemacht? Zum Beispiel bei der Suche nach neuen Anhängern. Vielleicht fand er in der unmittelbaren Begegnung mit den Jüngern heraus, wo die Lücke in ihrem System war.

Ob er sich über ein Treffen Gedanken gemacht habe, fragte er seinen Stellvertreter. Der nannte mehrere Termine, darunter den 27. Juli, den Tag des Blutmondes. Der Meister blätterte in seinem Kalender und glich die Termine ab. »Der 27. Juli eignet sich am besten. Bereite alles vor, reserviere Zimmer und einen Raum und schreibe den Jüngern, dass sie sich bis dahin ruhig und umsichtig verhalten. Wenn Ihnen etwas Verdächtiges auffällt, kümmere dich darum. Im äußersten Notfall müssen sie untertauchen. Wir alle. Aber so weit wollen wir es nicht kommen lassen.«

»Und wo reserviere ich die Zimmer?«

»Natürlich hier. An diesem Ort sind wir am sichersten. Und hier fallen wir auch nicht auf.«

»Aber die Jünger sind noch nie hier gewesen. Bisher haben wir es doch vermieden, sie ausgerechnet an diesem Ort zu versammeln.«

»Die außergewöhnliche Situation verlangt, dass wir eine Ausnahme machen. Bei der Versammlung müssen wir neue Wege finden. Möglicherweise müssen wir alles ändern.«

Die Worte des Meisters klangen wie ein unabänderlicher Schlusssatz. Er sagte seinem Stellvertreter wie so oft, er habe noch zu tun. Der Stellvertreter verbeugte sich kurz und ging. Er wunderte sich, dass der Meister so gelassen blieb. Oder hatte er sich nur nach außen hin unter Kontrolle, sodass er ruhig und entspannt auf seine Umgebung wirkte? Es wunderte ihn noch mehr, dass er nichts zum 27. Juli gesagt hatte, zum Tag des Blutmondes. War ihm die besondere Bedeutung dieses Tages nicht bewusst? Das konnte er sich nicht vorstellen. Der Meister war doch inzwischen so bibelfest wie sein Vorgänger. Wahrscheinlich hatte sich der Meister in diesem Moment zu sehr in die Entwicklung der jüngsten Zeit vertieft und das Datum war ihm deshalb nicht aufgefallen. Der Stellvertreter machte sich auf dem Weg zu seinem Büro keine weiteren Gedanken, denn es lief alles nach Plan. Aber nicht nach dem Plan des neuen Meisters.

KAPITEL 19

Sie hatten per Mail einen Termin vereinbart. Jetzt saß Berger im Wohnzimmer von Kripochef Winker, der erholt aussah. Er hatte eine Herzoperation und eine mehrwöchige Rehabilitation hinter sich. Sein Händedruck war fast so fest wie früher. Winkers Frau, eine zierliche Erscheinung, servierte Kaffee und eine selbst gemachte Erdbeerrolle. Mit Erdbeeren aus Oberkirch, ihrer Heimat, wie sie stolz vermerkte, bevor sie sich zurückzog.

Winker bedankte sich bei Berger für die schnelle Hilfe, die ihm das Leben gerettet hatte. Nicht nur er sei ihm dankbar, auch die ganze Familie. Er erzählte von seiner Operation und der Reha und seinen Überlegungen, doch bald in Pension zu gehen. Süffisant sagte er: »Das wird Firner freuen.«

Berger fragte sich, ob Winker von den jüngsten Entwicklungen etwas mitbekommen hatte. Niemandem im Präsidium war entgangen, dass sich Firner für Stuttgart interessierte, für das Landeskriminalamt. Das würde Winker noch früh genug erfahren.

Der Kripochef wollte wissen, wie es Berger gehe. Berger antwortete so knapp wie möglich und betonte, dass er die Krise weitestgehend überwunden habe. Mit kleineren Rückfällen zwar, auf die er sich inzwischen aber besser einstellen könne. Das war nur die halbe Wahrheit.

Er war häufig so angespannt wie im vergangenen Jahr vor den Zusammenbrüchen. Aber die Abstände zwischen diesen Phasen vergrößerten sich.

Er wollte jetzt endlich die entscheidende Frage stellen. Sie war letztlich der Grund für seinen Besuch. Winker ermunterte ihn, ein zweites Stück Erdbeerrolle zu essen. »Ja, gerne«, sagte Berger. Während ihm Winker Kaffee einschenkte, nutzte Berger die Gelegenheit. »Seit jenem Tag im April trage ich eine Frage mit mir herum. Sie haben mir damals, kurz bevor Sie zusammengebrochen sind, gesagt, bei den ChrisTer-Fällen gebe es etwas Merkwürdiges, das Ihnen Sorgen mache. Sie müssten in Ruhe mit mir darüber reden, wenn der Fall im Hotel Schatzhauser abgeschlossen sei. Was ist an den ChrisTer-Fällen so merkwürdig?«

»Habe ich das so gesagt?«

»Ja.«

»Ich kann mich nicht erinnern. Vermutlich hat der Zusammenbruch die Erinnerung beeinträchtigt.«

Berger war entsetzt, aber er hielt es für möglich, dass sich Winker tatsächlich nicht mehr erinnerte. Er hatte sich nur wenige Sekunden vor dem Zusammenbruch zu diesem Thema geäußert. Dennoch hatte er Bedenken, die er nun äußerte: »Das, was Sie als merkwürdig bezeichnet haben, muss Sie doch vorher schon ziemlich beschäftigt haben?«

»Tut mir leid, im Moment komme ich nicht darauf.«

Berger gab den Versuch auf, hinter Winkers Geheimnis zu kommen. Sie sprachen noch über den Dienst und die Zukunft im Präsidium und im privaten Umfeld. Enttäuscht verließ Berger die Wohnung von Winker, ohne sich etwas anmerken zu lassen, und fuhr nach Hause.

Er streckte sich auf dem Sofa aus und wollte ein Buch aus dem Stapel auf dem Beistelltisch greifen, als sein Smartphone sich meldete.

»Hallo.«

»Berger, ich bin es, Winker. Sie, mir ist das Merkwürdige in den ChrisTer-Fällen wieder eingefallen. Auf mein Gedächtnis ist doch noch Verlass. Haben Sie einen Moment Zeit?«

»Ja.«

»Also, es geht um diese Explosion am Gifiz. Bei der der Wagen des mutmaßlichen Haupttäters mehr oder weniger atomisiert wurde. Zunächst sind wir davon ausgegangen, dass wir DNA-Spuren des Verdächtigen finden. Dem war aber nicht so. Die Techniker haben uns gesagt, bei einer so starken Explosion sei es möglich, dass die Spuren vernichtet werden, weil sich eine enorme Hitze entwickelt. Wir haben uns mit der Erklärung zufriedengegeben. Irgendwann fiel mir aber eine weitere Erklärung dafür ein. Vielleicht haben wir auch keine Spuren gefunden, weil der Hauptverdächtige, der Meister, noch lebt.«

»Dann kann er ja nur aus dem Auto gesprungen sein kurz vor der Explosion. Oder gestürzt. Ist das realistisch?«

»Das habe ich mich auch gefragt und lange recherchiert. Es gibt tatsächlich einige wenige Fälle, die glimpflich ausgegangen sind.«

»Aber wie konnte der unbemerkt davonkommen?«, hakte Berger nach.

»Das ist durchaus erklärbar. Es hat eine Weile gedauert, bis die Kollegen den Explosionsort erreicht haben. Die Zufahrt zur Gifiz-Halbinsel ist sehr eng. Außerdem ist sie meist mit versenkbaren Pfosten gesperrt. An dem Abend war die Zufahrt zwar offen, aber trotzdem sehr schmal. Wir waren ja mit einer ganzen Armada unterwegs. Und die musste quasi durch ein Nadelöhr fahren. Ich vermute, Sie haben das alles in den Unterlagen gelesen.«

»Ja, schon. Aber nicht alles, was zu Fragen führt, ist schriftlich festgehalten.«

»Da gebe ich Ihnen recht, Berger. Zurück zum Thema: Bei der Explosion haben unsere Leute kurz gestoppt, damit niemand gefährdet wird. Es hätte ja sein können, dass eine weitere Explosion folgt. Dem Verdächtigen blieb also durchaus genug Zeit, um zu verschwinden. Wir wissen nicht alles, was damals auf dieser Strecke von der Zufahrt bis zur Gifiz-Halbinsel passiert ist. Aber das ist meine ganz persönliche Theorie.«

Die vielleicht einiges erklärt, überlegte Berger.

»Sie sind der Erste, der von dieser Theorie erfährt.«

»Warum ausgerechnet ich?«

»Weil Sie anders an die Fälle herangehen. Intuitiver. Sie denken tiefer und überlegen auch das Unwahrscheinliche. Vielleicht können Sie mit meiner Theorie etwas anfangen.«

»Wieso haben Sie diese Theorie zurückgehalten? Gibt es dafür einen triftigen Grund?«

»Berger, ich wünsche Ihnen noch einen schönen Abend.«

Damit war das Gespräch beendet. Warum antwortete Winker nicht auf die letzte Frage?

Was folgte, war eine unruhige Nacht. Berger musste unbedingt recherchieren, ob die Theorie von Winker stimmig war. Wenn ja, mussten sie damit rechnen, dass der Meister lebte und wahrscheinlich für die neue Mordserie verantwortlich war. Die Überprüfung konnte er nur im Alleingang machen. Die Kolleginnen und Kollegen würden ihn für verrückt erklären, wenn er die Theorie jetzt vortragen würde. Nicht einmal Tammy hätte er auf seiner Seite. Sie hatte sich schon äußerst schwer getan mit seinen Überlegungen zur Lage der vier Leichen. War es wirklich möglich, sich bei hoher Geschwindigkeit aus dem Wagen fallen zu lassen, ohne sich ernsthaft zu verletzen? Er durfte sich nicht allein auf die Recherchen Winkers verlassen.

Im Netz stieß er auf einige Fälle, bei denen Menschen einen Sturz aus dem fahrenden Auto überlebt hatten, meist mit schweren Verletzungen. Einer, der glimpflich ausging, hatte sich im November 2016 nachts auf der A5 abgespielt. Ein 31-Jähriger stürzte alkoholisiert bei Tempo 100 aus dem Auto und zog sich nur eine Platzwunde am Kopf zu. Als die Autobahnpolizei zum Unfallort kam, saß der Mann am Fahrbahnrand und rauchte eine Zigarette. Über die Hintergründe des Unfalls wurde in dem Online-Bericht nichts erwähnt. In dem Artikel hieß es nur, dass alle drei Autoinsassen betrunken gewesen seien.

Es war also denkbar, dass sich der Meister aus seinem Auto gestürzt und überlebt hatte. Die Beschaffenheit des Bodens am Gifiz war natürlich auch wichtig. Welche Verletzungen könnte sich der Meister zugezogen haben? Und wohin könnte er geflüchtet sein, ohne entdeckt zu werden? Einen kleinen Zeitvorsprung hatte er Winkers Informationen nach auf jeden Fall gehabt. Und was war mit der Druckwelle bei der Explosion des Autos? War das Auto unmittelbar über dem Wasser explodiert? Dann wäre die Druckwelle von der Uferkante möglicherweise gebrochen worden. Er musste in den Protokollen nachschauen, ob dort etwas über Auswirkungen der Druckwelle stand. Wo war der mutmaßliche Haupttäter dann aus dem Wagen gesprungen? Zu weit vom See konnte es nicht gewesen sein. Sonst hätte der Wagen an Geschwindigkeit nachgelassen. Oder hatte der Verdächtige das Gaspedal eingeklemmt? Oder hatte jemand das Gaspedal so manipuliert, dass es ab einer bestimmten Geschwindigkeit blockierte?

Berger musste sich die Stelle am Gifizsee genauer anschauen. Überhaupt war es mehr als seltsam, dass Winker seine Theorie nicht in der Soko vorgetragen hatte. Hatte ihm jemand davon abgeraten? Oder hatte er sie für sich behalten, weil er sie für unwahrscheinlich gehalten hatte? Und konnte man den Aussagen der Techniker über die Wucht der Explosion blind folgen? Warum hatte Winker Soko-Leiter Firner nicht ins Vertrauen gezogen? Oder hatte er mit ihm darüber gesprochen und sie hatten sich aus diesem Grund so zerstritten? Vielleicht steckte aber auch Winkers Plan, später aus dem Dienst auszuscheiden, dahinter, oder Firners Karrierestreben. Berger hatte früher immer den Eindruck gehabt, dass die beiden gut miteinander konnten und die Nachfolge im Amt des Kripochefs unter sich regeln wollten. Den Segen des Polizeipräsidenten hätten sie gehabt. Er nahm sich vor, nach Dienstschluss einen Umweg über den Gifiz zu machen.

Am nächsten Morgen im Büro suchte Berger in den Protokollen nach den Aufnahmen, die nach der Explosion des Autos am Gifizsee gemacht worden waren. Auf den Bildern von der Nacht und dem Morgen danach konnte er nicht erkennen, ob die Explosion Spuren am Ufer hinterlassen hatte. Der Text des Protokolls gab auch keinen

Aufschluss. Der Fall verstörte ihn wie sonst keiner. Die Kolleginnen und Kollegen konnten doch nichts übersehen haben! Er war so vertieft in seine Recherchen und Überlegungen, dass er Manni Zanger gar nicht bemerkt hatte. Als Zanger ihm an die Schulter tippte, schreckte Berger hoch.

»Sorry, Kollege Berger, wollte dich nicht so brutal aus deinen Gedanken reißen.«

»Hast du etwas für mich?«

Zanger zeigte ihm einen großen, vollgeschriebenen Notizzettel. Zanger hatte in der Kripo einen legendären Ruf als Rechercheur.

»Es geht um das japanische Tattoo. Aber eins vorweg: Der Tote in ›Absaloms Grab‹ ist nicht dein ehemaliger Kommilitone Manuel oder Manu Sperber. Dein Kommilitone lebt. Und zwar in Frankfurt in einer betreuten Wohngemeinschaft. Die Adresse haben wir über seine Eltern herausgefunden, die in Idstein im Taunus leben. Sie haben offen und liebevoll über ihren Sohn gesprochen. Er hat eine richtige Achterbahnfahrt hinter sich, mit Drogen, Alkohol und Entzug. Zurzeit scheint er einigermaßen stabil zu sein. Aber sie glauben nicht, dass das anhält. Ich habe sie nach dem japanischen Tattoo gefragt und nach seinen Gedichten. Sie haben deine verrückte Story mit den eingeschweißten, gekühlten und eingefrorenen Gedichten mehr oder weniger bestätigt. Er hat sich tatsächlich ein Haiku in japanischen Schriftzeichen in den Unterarm stechen lassen. Zwei Frankfurter Kripokollegen haben ihn besucht und sich das Werk zeigen lassen. Und es auch fotografiert. Das Foto habe ich dir gerade geschickt. Und noch etwas: Das Studio, in dem das Tattoo gestochen wurde, habe ich auch gefunden. Es befindet sich wie dein Kommilitone in Frankfurt. Die beiden Kripokollegen haben auch in diesem Fall Amtshilfe geleistet. Der Studiobesitzer, ordentlich angegraut inzwischen, wie mir die Frankfurter erzählt haben, konnte sich an Manu Sperber erinnern. Sperber hat ihn wohl zugeschwallt mit Theorien und Erklärungen zu Haiku und während der Stecherei immer wieder Kurzgedichte rezitiert. Aber dem Studiobesitzer hat dieses japanische Gedicht so gut gefallen, dass er gefragt hat, ob er es in seine Angebote aufnehmen kann. Er hat Manu Sperber dafür einen guten Preis gemacht. Insgesamt hat er dieses Gedicht achtmal gestochen. Die Kollegen in Frankfurt haben ihn nach den Kundenadressen gefragt. Da sind sie fast gescheitert. Als sie eindringlich geschildert haben, wie wichtig die Adressen für uns sind, hat er nachgegeben und sechs herausgerückt. Frage mich jetzt nicht nach dem Datenschutz! Zwei Kunden, hat er gesagt, hätten Angaben zur Person verweigert. Er wisse gar nichts von ihnen. Du siehst irgendwie erleichtert aus, Kollege Berger.«

»Bin ich auch. Der Manu Sperber ist mir sehr sympathisch gewesen. Schade, dass er abgedriftet ist. Und wie steht es mit den Leuten, von denen wir die Adressen haben?«

»Die Suche nach ihnen läuft. Wir müssen allerdings ziemlich geduldig sein. Das mit den Tattoos liegt schon ewig zurück.«

Berger verließ das Präsidium etwas früher und fuhr zum Gifiz. Rund um den See herrschte noch viel Betrieb. Er fand trotzdem einen Parkplatz in der Nähe des Eingangs zur Halbinsel. Langsam ging er den Weg, über den der Meister mit seinem purpurroten Käfer gefahren war.

In Ruhe sah er sich den Platz vor der Abbruchkante an und machte Fotos mit seinem Smartphone. Er wollte sie mit den Aufnahmen von der Explosionsnacht vergleichen. An einer Uferstelle sah es so aus, als sei Erde abgerutscht. Das konnte auch andere Gründe haben. Seit der Explosion war viel Zeit vergangen. Er untersuchte die Beschaffenheit des Bodens. Vor dem Ufer war er fest, aber nicht überall. Jedenfalls war er nicht so hart wie die Asphalt- oder Betondecken der Autobahnen. Wenn sich der Meister nach dem Sturz aus dem Auto richtig abgerollt hatte, war er möglicherweise ohne größere Verletzungen davongekommen. Berger sah Richtung See und stellte sich die Szene jener Nacht vor: Der Meister sprang hier aus dem Auto, rollte sich einige Meter ab. Das Auto sauste in diesem Augenblick über die Uferkante und explodierte. Bekam der Meister etwas von der Explosion ab? Angenommen, er blieb so gut wie unversehrt: Er stand auf, lief gebückt nach links und suchte den Schutz der Büsche und Bäume. Wohin ging er von dort aus? Er wusste, dass die Polizei ihn verfolgte. Aber sie kam zunächst nicht näher, wie Winker berichtet hatte. Wie viele Minuten hatten die Kollegen gewartet? Wenige Minuten genügten, um zu verschwinden. In der Explosionsnacht herrschten Chaos und Verwirrung.

Winkers Theorie erschien Berger gar nicht so abwegig.

KAPITEL 20

Die Telefonzentrale meldete sich. »Ich habe einen Anrufer, der unbedingt die Soko Gifiz sprechen will.«

»Was will er von uns?«

»Hat er nicht gesagt. Seine Stimme klingt ziemlich aufgeregt.«

»Gut, dann stellen Sie durch. – Hallo, Sie sprechen mit Kriminalkommissar Walter Gaffron von der Soko Gifiz. Darf ich wissen, mit wem ich es zu tun habe?«

Es war nur ein Schnaufen zu hören.

»Hallo, Sie wollten mit der Soko Gifiz sprechen. Können Sie mir sagen, warum?«

Wieder nur ein Schnaufen als Antwort, dieses Mal stärker, als falle es dem Anrufer ungeheuer schwer, etwas zu sagen.

»Können Sie wenigstens eine Andeutung machen? Sie müssen keine Angst haben, wir behandeln Hinweise anonym.«

Nichts als Schnaufen. Plötzlich legte der Anrufer auf.

Kommissar Gaffron regte sich nicht auf. Es kam immer wieder vor, dass jemand am Telefon kein Wort herausbrachte und auflegte. Er stand auf und holte sich einen Kaffee.

Gerade als er seinen letzten Schluck genoss, rief die Telefonzentrale erneut an. »Der Anrufer von vorhin ist wieder dran.«

»Okay, ich übernehme.« Mit solchen Anrufern musste man behutsam umgehen. »Hallo, können Sie jetzt etwas sagen? Ich kann verstehen, dass es nicht so einfach ist, mit der Polizei zu reden.«

Eine zitternde Stimme antwortete: »Ich habe Angst, ich will Schutz haben.«

»Vor wem haben Sie Angst? Und warum brauchen Sie Schutz?«

»Ich befürchte, dass ich umgebracht werde.«

»Wer will Sie umbringen?«

»Das kann ich am Telefon nicht sagen.«

»Sie können gern zu uns kommen.«

»Und wenn ich gesehen werde?«

»Da finden wir eine Lösung.«

Eine Weile war Ruhe in der Leitung. »Ich muss mir das noch einmal überlegen.« Der Unbekannte legte auf.

Wenn er es ernst meinte mit Schutz, meldete er sich wieder. Das lehrte die jahrelange Erfahrung.

Gaffron behielt recht.

Schon am nächsten Tag folgte Anruf Nummer drei des Unbekannten, fast zur gleichen Zeit. Dieses Mal schien der Unbekannte gefasster zu sein und Gaffron vereinbarte einen Termin auf dem Präsidium.

Die Mitarbeiter der Soko hatten Berger und Tammy ausgewählt für das Gespräch mit dem Unbekannten. Berger hatte zunächst abgelehnt. Aber sie bestanden darauf, selbst Firner. Er und Tammy hätten die meiste Erfahrung mit den Hintergründen der christlichen Terrorgruppe. Sie könnten am ehesten eine Verbindung zu dem Unbekannten aufbauen. Berger gab schließlich nach, meldete aber große Bedenken an. Ein Verhör könne lang dauern und die Psyche angreifen. Und er sei noch nicht stabil. Sie sagten, sie trauten ihm zu, alles ohne Probleme durchzustehen.

Jetzt bereitete er mit Tammy die Strategie vor. Berger wollte langsam vorgehen, dem Unbekannten Verständnis zeigen, auf seine Ängste eingehen. Tammy hatte die Aufgabe, ab einem bestimmten Zeitpunkt immer wieder in die Vernehmung zu platzen und neue Informationen auf den Tisch zu legen. Sie hatten vereinbart, dass der Unbekannte bei Einbruch der Dämmerung zum Präsidium kam. Er wollte nicht gesehen werden. Sie mussten sich also auf eine lange Nacht einstellen.

Berger ließ ihm Zeit. Fragte nicht nach seinem Namen, sondern nach seinem Anliegen, nach seinen Ängsten. Der Unbekannte saß verschlossen da und sagte nichts. Berger ließ ihm ein Glas Wasser bringen, Kaffee und Tee hatte er abgelehnt. Die Jacke könne er gerne ablegen, sagte Berger. Wenn es ihm nichts ausmache, hänge man sie draußen an die Garderobe. Nach einigem Zögern reichte der Unbekannte Berger die Jacke. Berger brachte sie aus dem Raum und überreichte sie Tammy, die wusste, was zu tun war. Der Unbekannte saß weiter stumm da. Berger sagte, man habe großes Verständnis für seine Sorgen und seine Ängste und man werde alles Erdenkliche tun, um ihn zu schützen. Der Mann griff nach dem Glas Wasser und leerte es in einem Zug. Ob er noch einmal ein Glas Wasser wolle, fragte Berger. Der Unbekannte nickte. Berger stand auf, nahm das Glas und ging aus dem Raum. Er rief nach Tammy und reichte ihr das Glas, die auch in diesem Fall wusste, was zu tun war. Berger wartete, bis sie mit einem neuen Glas Wasser zurückkam. Er stellte es vor den Mann und setzte sich. Längere Zeit saßen sie sich gegenüber, ohne dass ein einziges Wort fiel. Berger hatte mit der Sprachlosigkeit im Raum kein Problem. Der Unbekannte sah Berger an und vermittelte den Eindruck, dass er etwas sagen wolle. Aber er schaffte es offenbar nicht. Berger fragte ihn, ob er wieder nach Hause wolle. Der Unbekannte zuckte zusammen und murmelte etwas, das Berger nicht verstand. Ganz sanft fragte er den Mann, ob er etwas gesagt habe. Und wenn ja, ob er es wiederholen könne.

»Ich brauche Schutz.«

»Vor wem brauchen Sie Schutz? Was will er Ihnen antun? Oder sind es mehrere? Wir benötigen mehr Einzelheiten, damit wir Sie vor diesem Menschen schützen können, der sie bedroht. Oder diesen Menschen. Mit was werden Sie bedroht? Und warum ausgerechnet Sie? Haben Sie einen Grund geliefert? Gestern haben Sie einem Kollegen erklärt, dass Sie befürchten, umgebracht zu werden. Kennen Sie den, der Sie umbringen will? Oder die?«

»Nein.«

»Hat jemand versucht, mit Ihnen Kontakt aufzunehmen?«

»Nein.«

»Wie kommen Sie dann darauf, dass Sie jemand umbringen will?«

Schweigen.

»Warum wollen Sie ausgerechnet mit der Soko Gifiz sprechen? Können Sie uns etwas erzählen über die christlichen Terroristen?«

Schweigen.

»Haben Sie uns etwas anzubieten dafür, dass wir Sie beschützen?«

Berger ging wieder zur Tür und rief Tammy. »Kannst du mir auch ein Glas Wasser bringen?«

Sie wusste, was die Frage bedeutete. Berger setzte sich wieder vor den Unbekannten und sah ihn an. Als es klopfte, stand er auf und öffnete die Tür. Tammy reichte ihm das Glas Wasser und eine dünne Akte. Berger stellte das Glas auf die rechte Seite und legte die Akte auf den Tisch. Er setzte sich und schlug die Akte auf. Sie enthielt Fotos von dem Mordfall in Stegen. Berger schaute sich die Fotos in Ruhe an und drehte sie dann so, dass sie der Unbekannte gut sehen konnte. »Haben Sie davor Angst?«

Der Unbekannte senkte den Kopf.

»Trinken Sie was«, sagte Berger. »Oder wollen Sie ein anderes Getränk?«

Der Unbekannte schüttelte den Kopf und nahm einen Schluck Wasser und versuchte dabei, die Bilder nicht anzusehen.

Es klopfte wieder an der Tür. Berger öffnete und ließ sich eine weitere Akte geben. In ihr lagen die Fotos von dem Toten in Absaloms Grab. Auch diese Fotos zeigten keine Wirkung. Erst bei der dritten Akte mit Fotos der Leiche vor dem Kloster Allerheiligen war bei dem Mann eine Regung zu spüren. Berger vermutete, dass er eine besondere Beziehung zu diesem Mann gehabt hatte.

Am Morgen – nach etlichen Gläsern Wasser und vier Toilettengängen – hatten sie ihn so weit. Ihr Druck war für ihn zu stark geworden. Die Fotos, Dokumente, Analysen, die sie ihm zeigten und vortrugen, ließen keinen Zweifel zu und beeindruckten ihn. Er war vom Schutzsuchenden zum Täter geworden. Sie fragten ihn, ob er einen Rechtsbeistand wolle. Er schüttelte den Kopf. Sie erklärten ihm seine Rechte. Er müsse sich nicht belasten. Seine Aussage könne er auch verweigern. Er ging nicht darauf ein. Sie stellten ihm Strafmilderung in Aussicht für den Fall, dass er eine vollständige Aussage mache. Das war das Schwerste, einem Mörder, einem Mitläufer eine mildere Strafe anzubieten. Er nannte seinen Namen und seine Adresse und fing an zu erzählen.

Nach einer längeren Pause setzten sie gegen Mittag die Befragung fort. Er bestätigte im Wesentlichen das, was Georg Rackert zum Aufbau der Gruppe und zu deren Aktionen und Zielen recherchiert hatte. Schließlich legte er ein Geständnis ab und gab zu, an den Morden der christlichen Terrorgruppe beteiligt gewesen zu sein. Außerdem erwähnte er noch einen zusätzlichen Mord. Er konnte sich auch genau an den Tatort erinnern, einen Bannwald. Dort hatten sie einen Mann mit einer Giftspritze getötet und in einer alten Holzriese unter Ästen und verfaulten Holzstämmen versteckt. Sie hatten ihn bei einem ihrer Treffen im Wald zufällig bemerkt und Angst gehabt, entdeckt zu werden.

Mit dieser Aussage klärte sich ein Vermisstenfall auf, der sich jetzt als Mord erwies. Es handelte sich um einen bulgarischen Saisonarbeiter, nach dem im Frühsommer des vergangenen Jahres gesucht worden war. Und er sagte ihnen auch, wo die Leichen ihrer Kollegen Nico Dahringer und Rolf Konstanzer lagen: in einem fast unzugänglichen Moor im Elsass. Die Gruppe hatte die beiden in der Küche eines Aussiedlerhofs auf der Gemarkung Rust bewusstlos geschlagen und erdrosselt. Den Dienstwagen der Kollegen hatten sie in einem Waldgebiet abgestellt, ebenfalls im Elsass, das kaum besucht wurde, und ihn so schrottreif zugerichtet, dass er keine Hinweise auf seinen Besitzer ermöglichte.

Berger und Tammy forderten ihn auf, die Namen der Mittäter zu nennen und den alten und den neuen Meister zu beschreiben. Am Ende des Verhörs verbuchten sie einen halben Sieg und eine halbe Niederlage. Er behauptete, er kenne die Namen der Mittäter nicht. Sie hätten sich nur mit »Jünger« angeredet. Das habe der alte Meister gefordert und darauf gedrängt, nie persönliche Daten zu erwähnen, auch untereinander nicht. Die Beschreibungen des alten und des neuen Meisters und der Mittäter blieben so vage, dass sie für eine öffentliche Fahndung nicht ausreichten. Tammy und Berger nahmen ihm das nicht ab.

Die anschließende Durchsuchung seiner Wohnung brachte sie bei der Suche nach den Mittätern auch nicht weiter. Sie fanden keine Hinweise und auf seinem Computer und seinem Smartphone keine Verbindungen zu den anderen. Es war ganz offensichtlich die Strategie der Gruppe, für den Fall der Fälle keine Spuren zu hinterlassen.

Dass er sie nicht in die Irre führte, bestätigte sich in den nächsten Tagen. Mit Unterstützung der französischen Polizei wurden die Leichen der beiden Kollegen geborgen. Auch die Stelle im Bannwald, an der der bulgarische Saisonarbeiter verscharrt worden war, stimmte. In den Medien wurde der Erfolg überwiegend positiv aufgenommen. Einige kritisierten, dass es zu lange gedauert habe bis zur Festnahme eines Mitgliedes der Terrorgruppe. Sie wussten eben nicht, wie komplex die ChrisTer-Fälle waren und wie schwierig die Ermittlungen gegen eine gut eingespielte Terrorgruppe. Die Hintergründe der Festnahme wurden aus ermittlungstaktischen Gründen nicht mitgeteilt. Nach dem großen Pressecho auf die jüngste Entwicklung wartete die Soko gespannt auf eine Reaktion der Terroristen. Sie blieb jedoch aus.

Fünf Tage später verlangte der abtrünnige Jünger einen Rechtsbeistand. Nach dem ersten längeren Gespräch mit seinem Anwalt widerrief er sein Geständnis. Niemand in der Soko Gifiz begriff dieses Verhalten. Er hatte sie doch mit seinem Geständnis zu den Leichen ihrer Kollegen und des vermissten bulgarischen Saisonarbeiters geführt. Seine Beschreibung der Gruppe, ihrer Pläne und ihrer Aktionen waren nicht aus der Luft gegriffen. Sie fragten sich, ob er den richtigen Anwalt hatte.

Oberstaatsanwalt Stenglenz ließ sich von der neuen Wendung nicht aus der Ruhe bringen. Er betonte, dass er auf jeden Fall dem Generalbundesanwalt empfehlen werde, Anklage zu erheben. Die Beweislast sei erdrückend. Mit dem Widerruf des Geständnisses könne der Mann nicht mehr mit einer milderen Strafe rechnen.

»Kollege Dinnback aus Freiburg hat angerufen«, teilte Tammy Berger mit, als dieser das Büro betrat.

»Was will er?«

»Zwischen zwei schweren Hustenanfällen hat er mir gesagt, dass er dir etwas Wichtiges mitzuteilen hat. Ist der krank?«

»Nein, Kettenraucher.«

»Na ja, Kettenrauchen ist auch krank. Es hat sich nach schwerer Bronchitis angehört.«

»Und warum hat er nicht mit dir gesprochen?«

Sie zuckte mit der Achsel. »Keine Ahnung. Nach dem zweiten Hustenanfall hat er schnell aufgelegt. Ich habe die Nummer aufgeschrieben.«

»Brauche ich nicht. Ich habe sie gespeichert.« Berger nahm sein Smartphone und suchte nach dem Kontakt.

»Dinnback.« Weiter kam er nicht. Ein starker Hustenanfall hinderte den Freiburger Kollegen am Sprechen. Berger streckte Tammy sein Smartphone entgegen, damit sie den Hustenanfall hören konnte. Das klang nicht nach einem normalen Hustenanfall eines starken Rauchers. Musste man sich um den Kollegen Sorgen machen?

Endlich hatte Dinnback sich einigermaßen ausgehustet und würgte ein »Entschuldigung« heraus.

»Gibt es etwas Neues?«, fragte Berger.

»Ja, wir haben den Toten von Stegen identifiziert. Eine längere Geschichte. Sie erinnern sich sicher, dass wir eine Befragung von Zahnärzten in Freiburg und Umgebung gemacht haben. Ohne Ergebnis. Allerdings gab ein Zahnarzt uns einen Tipp. Er kennt einen Kollegen in Basel, der so teure Implantate einsetzt. Volltreffer!«

Dinnback begann erneut zu husten, sodass Berger befürchtete, der Freiburger Kollege überstehe diesen Anfall nicht. Nach rund einer Minute, die Berger wie eine Ewigkeit erschien, fing sich Dinnback wieder.

»Noch einmal Entschuldigung. Ich glaube, ich muss zum Arzt. Seit Tagen huste ich mir die Innereien aus dem Leib. Bevor der nächste Anfall kommt, das Wichtigste: Wir haben die Adresse von dem Toten. Der Mann hat in Stegen gewohnt, ein völlig unauffälliger Typ. Vor einiger Zeit ist er von Freiburg dort hingezogen. In Freiburg hat er bei seiner Mutter gewohnt. Sie ist zusammengebrochen, als wir ihr vom Doppelleben des Sohnes berichtet haben.

Wir mussten die Befragung abbrechen. Nach drei Tagen ging es ihr etwas besser und sie hat sich bei uns gemeldet. Ihr Sohn sei ein stiller Mensch gewesen, der sich meist in sein Zimmer zurückgezogen und an seinen Computern gearbeitet habe. Mit was er sich genau beschäftigt hat, weiß sie nicht. Vor mehr als zwei Jahren sei er plötzlich ausgezogen und habe nichts mehr von sich hören lassen.«

»Das ist typisch für diese Leute. Sie brechen ihre Kontakte zur Familie, zu Freunden, zu Bekannten einfach ab.«

»Und warum?«

»Weil ihr geistiger Führer das von ihnen verlangt. In einem der ausgerissenen Bibelzitate wird ausdrücklich gefordert, sich von der Familie zu lösen. Was war der eigentlich von Beruf?«

»Wirtschaftsingenieur. Er hat in einem Freiburger IT-Betrieb gearbeitet, der firmenangepasste Programme entwickelt.«

»Und dem Betrieb ist nicht aufgefallen, dass er fehlt?«

»Dummer Zufall. Er hat kurz vor seiner Ermordung seinen Jahresurlaub genommen. Wir haben auch seine Kolleginnen und Kollegen befragt. Alle haben gesagt: hervorragender Entwickler, aber sonst: unscheinbar, nett, sehr zurückhaltend. Hat nichts von seinem Privatleben erzählt, ist nie mitgegangen in die Kneipe und hat nie an Betriebsfeiern teilgenommen.«

»Und was ist mit seiner Wohnung und seinem Elternhaus?«

»Haben wir durchsucht, aber nichts Verdächtiges gefunden, auch nicht auf seinen drei Computern. Möglicherweise hat da jemand aufgeräumt.«

»Und ein Smartphone?«

»Fehlanzeige.«

»Das Smartphone, um mal wieder zu spekulieren, hat er vielleicht bei seiner Ermordung bei sich gehabt. Das werden seine Mörder entsorgt haben. Diese Leute überlassen nichts dem Zufall.«

Dinnbacks Atem rasselte, der nächste Hustenanfall kündigte sich an. »Kollege Berger, wir müssen abbrechen. Ich glaube, ich muss gleich zum Arzt. Das Wichtigste wissen Sie ja jetzt. Wir schicken alle nötigen Unterlagen noch heute an die Soko Gifiz.«

Das war das Letzte, was Berger von dem Freiburger Kollegen hörte.

KAPITEL 21

Immer wenn Tammy auf dem Smartphone tippte und lächelte, tauschte sie mit Falco Gmeiner Botschaften der besonderen Art aus. Aber dieses Mal gefror ihr Lächeln plötzlich. »Falco schreibt, er könne das Geheimnis um den Namen Schatzhauser klären. Der Name verweise nicht auf die Sagenfigur in Wilhelm Hauffs ›Das kalte Herz‹. Es sei ein zusammengesetzter Name aus Schatz und Hauser. Demnächst will er uns einen Text schicken, in dem die Familiengeschichten der Schatzens und Hausers dargestellt sind. Er habe alles ein bisschen komprimiert. Die Recherchen seien sehr umfangreich gewesen. Er beklagt sich, dass es immer schwieriger werde, an Hintergrundinformationen zu kommen. Überall heiße es Datenschutz, Datenschutz, Datenschutz.«

»Dann geht es ihm nicht besser als uns. Frag ihn mal, wann er die Informationen liefern kann.«

Die Antwort ließ etwas auf sich warten.

»Wenn es gut läuft, in drei Tagen. Er muss noch einiges recherchieren. Damit müssten wir doch hinkommen.«

»Ich glaube schon. Weißt du, wie weit unsere Darknet-Spezialisten sind?«

»Sakura hat heute Morgen angedeutet, dass sie kurz vor dem Durchbruch sind. Mehr hat sie nicht rausgelassen.«

»Eine kleine Geheimniskrämerin.«

»Ich würde eher sagen: Sie ist äußerst vorsichtig. Alte Hackerschule.«

Die »Einsatzgruppe Landrat« war noch nicht viel weitergekommen. Die wenigen Verdächtigen hatten ein Alibi. Nachdem der Einsatzleiter gegangen war, empfing Oberstaatsanwalt Stenglenz Berger und Tammy. Er wollte sich auf den neuesten Stand der Soko-Gifiz-Ermittlungen bringen. Stenglenz bewegte die Frage, was die neue Entwicklung auslösen könnte.

»Müssen wir weitere Serienmorde befürchten?«

»Das, was wir in letzter Zeit erlebt haben, sind keine Serienmorde im klassischen Sinn, sondern Inszenierungen«, erklärte Berger. »Die Täter folgen einer tödlichen Dramaturgie. Die Morde bilden das ab, was in den Bibeltexten steht, die sie den Opfern in den Mund stopfen. Ich persönlich gehe davon aus, dass auf jeden Fall mit weiteren Morden zu rechnen ist, solange wir den oder die Täter nicht haben. Alle bisherigen Texte im Mund der Toten stammen aus der Elberfelder Bibel im Hotel Schatzhauser, die leider ausgetauscht wurde. Es waren zwölf Seiten herausgerissen, also ist es sehr wahrscheinlich, dass weitere Morde folgen.«

Am Ende des Gesprächs erkundigte sich Berger nach dem Stand der Ermittlungen im Fall Landrat. Stenglenz gab offen zu, dass sie an einem Punkt angelangt waren, an dem sie sich fragen mussten, ob sie den Fall überhaupt klären konnten.

»Hat die Überprüfung der Security-Leute Neues ergeben?«, wollte Berger wissen, denn ihm war kürzlich etwas aufgefallen.

Stenglenz schüttelte den Kopf.

»Dass wir auch beim zweiten großen Fall nicht schnell zu Ergebnissen kommen, wirft in der Öffentlichkeit ein schlechtes Licht auf uns, obwohl uns die Festnahme in den ChrisTer-Fällen hoch angerechnet wird.« Berger zögerte etwas, bevor er weiterredete. »Mir ist neulich übrigens etwas aufgefallen, das vielleicht nicht von Belang ist. Aber es beschäftigt mich. Ich habe vor Tagen bei der zuständigen Stelle im Landratsamt nachgefragt, ob ich meinen EU-Führerschein erneuern lassen muss. Gegenüber der Führerscheinstelle ist ein Security-Mann langsam hin- und hergelaufen. Ich habe nachgefragt, was der denn macht, und erfahren, dass im Sozialbereich beziehungsweise im Amt für Arbeitsförderung Security eingesetzt wird, weil die Übergriffe auf Mitarbeiter und Mitarbeiterinnen zunehmen. An Sie die Frage: Sind auch diese Sicherheitsleute im Zusammenhang mit dem Anschlag auf den Landrat und Staatssekretär Wolber überprüft worden?«

»Gute Frage. Ist mir nicht bekannt. Die Liste von Personen, die noch zu überprüfen sind, ist allerdings noch lang. Vielleicht ist dieser Security-Mann darunter.«

Firner fasste zusammen.

»Das macht er am liebsten«, flüsterte Berger Tammy ins Ohr.

»Was?«

»Zusammenfassen. Da ist er ganz in seinem Element.«

»Pssst!«, tönte es von links und rechts. Sie konzentrierten sich auf Firner.

»Wir haben in der Soko Gifiz vier neue Fälle zu bearbeiten. Die Fundorte der Leichen sind nicht die Tatorte. Die

Gesichter der Toten wurden unkenntlich gemacht. Die Todesarten: Das erste Opfer ist mit einer Schlinge aus Draht getötet worden, das zweite Opfer mit drei Messerstichen in die Brust, Opfer Nummer drei und vier sind ganz klassisch mit einer Giftspritze umgebracht worden. Das verwendete Gift ist Aconitin aus dem Eisenhut. Kein schöner Tod. Eisenhut ist die Pflanze, vor der uns die Eltern immer gewarnt haben. Mit Recht. Weiterhin stehen die Fundorte im Zusammenhang mit den Bibelzitaten, die wir im Mund der Opfer entdeckt haben. Die Motive sind nicht klar erkennbar. Ein mögliches Motiv ist Rache. Wenn wir die Verbindung zu den ChrisTer-Fällen nicht hätten, könnten wir von klassischen Serienmorden sprechen.«

Berger stieß Tammy leicht an. Er hatte sich mehrfach mit ihr über die neuen Fälle unterhalten und sie nach ihrer Meinung gefragt. Serienmorde? Eher nicht. Rache? Vielleicht, aber mit viel Zweifel. Firner schien sich ihrer Meinung inzwischen angenähert zu haben. Über das weitere Vorgehen sagte er in seiner Zusammenfassung nichts. Was hätte er auch sagen können? Alle im Raum, auch Firner, waren ratlos und fühlten sich ausgeliefert.

KAPITEL 22

Bevor Berger an diesem Morgen in sein Büro ging, suchte er Sakura auf, um sich bei ihr über den neuesten Stand in Sachen Darknet zu erkundigen. Sie hofften, dort den christlichen Terroristen auf die Schliche zu kommen.

Sakura klärte Berger kurz auf. Sie war auf jemanden gestoßen, der ihr verdächtig vorkam. Allerdings war seine Identität verschlüsselt.

»Kannst du so eine Verschlüsselung knacken?«, fragte Berger.

»Wenn der Verdächtige einen Fehler macht.«

»Und? Hat er?«

»Er hat.« Sakura liebte kurze Dialoge. »Es riecht nach Geldwaschanlage. Ein Geschiebe zwischen Stiftungen der verschiedensten Couleur. Ich habe der Abteilung Wirtschaftskriminalität einen Tipp gegeben. Die ist schon dran. Sie untersucht die Geldströme. Ist allerdings nicht einfach. Braucht seine Zeit.«

»Merken die Geldwäscher davon etwas?«

»Nein.«

Tammy hatte bereits auf Berger gewartet. Als dieser das Büro betrat, empfing sie ihn ohne ein »Guten Morgen«, sondern teilte ihm direkt mit: »Falco hat sich wieder gemeldet. Er schickt uns Einzelheiten zur Vergangenheit des ›Schatzhauser‹. Es habe eine lange Vorgeschichte, die möglicherweise einiges kläre. Alle Lücken könne er aber nicht schließen.«

Eine Viertelstunde später hatten sie Falcos Recherchen erhalten und ausgedruckt. Beide lasen das Geschriebene für sich durch.

»Die Vorgeschichte des ›Schatzhauser« reicht bis ins 14. Jahrhundert zurück. Das geht aus Aufzeichnungen des Hubgerichts hervor, der Versammlung der Hofbauern. Die Besitzer und die Herrschaften haben mehrmals gewechselt.

Anfang des 19. Jahrhunderts kauft ein Bertholt Sander den Hof mit Wald. In der zweiten Hälfte des 19. Jahrhunderts wandern mindestens drei Familienmitglieder nach Argentinien aus. Das ist im Bremer Auswandererarchiv belegt. 1880 heiratet ein Georg Hauser in den Hof ein. Künftig führen zwei Familien den Hof. Allerdings werden die Sanders weiterhin als Eigentümer genannt. Der Hauser-Zweig wird nicht erwähnt. Die Großfamilie erkennt, dass der einsetzende Tourismus im Schwarzwald eine Chance ist, und bietet Wanderern Vesper an. Das Angebot spricht sich herum. Die beiden kinderreichen Familien beschließen, aus der Vesperstube eine Gastwirtschaft mit dem Namen ›Tannenruh‹ zu machen und den Hof auszubauen. Ihr Konzept geht auf.

In den Kirchenbüchern taucht Anfang des 20. Jahrhunderts eine Magd namens Josefa Schatz auf. Sie bringt einen Jungen zur Welt, Erwin Schatz. Als Vater ist der Hofeigentümer Franz Xaver Sander eingetragen. Es ist ungewöhnlich, dass sich der Hofbesitzer zu einem unehelichen Kind bekennt. Ein Jahr später stirbt seine

Frau Creszentia. Und im gleichen Jahr heiratet er Josefa Schatz. Aus den alten Dokumenten geht nicht hervor, ob Franz Xaver Sander seinem Sohn Erwin den Familiennamen Sander überträgt.

Als die Schwarzwaldhochstraße gebaut wird, profitieren sie noch mehr vom Fremdenverkehr. Ein interessanter Aspekt ist, dass jener Erwin Schatz bei der SS auftaucht. Er steigt bis zum Obersturmbannführer auf. Das erklärt vielleicht, warum das Gasthaus Tannenruh bei der SS und überhaupt bei den Nazis so beliebt gewesen ist. In Lexika und Berichten über SS-Größen lässt sich wenig über Erwin Schatz erfahren. Ende April 1945 verschwindet er spurlos aus den Annalen. Es ist durchaus möglich, dass sein Verschwinden etwas mit den Hochwald-Morden zu tun hat, denn beides erfolgt zeitgleich.

In den 50er- und 60er-Jahren blüht die Gastwirtschaft noch einmal auf. Das Aus kommt Mitte der 70er-Jahre. Es fehlen die Kraft, das Geld zur Erneuerung und die geeigneten Nachfolger. Heinz-Rudolf und Erika Sander, die letzten Wirtsleute, sterben 1979 kurz nacheinander. Der Hof und die Gastwirtschaft geraten in Vergessenheit. Lange hört man nichts mehr, bis vor rund zehn Jahren die Bauarbeiten beginnen. Dabei wurde übrigens der Wanderweg, der früher am ›Tannenruh‹ vorbeiführte, zugeschüttet. Offenbar wollen die Eigentümer bewusst Wanderungen unterbinden. Man weiß nicht, wer hinter den neuen Besitzern steckt. Die Behörden halten sich bedeckt und verweisen auf den Datenschutz. In der Bauzeit und in der jüngsten Vergangenheit kursierten die wildesten Gerüchte. Unter anderem hieß es, Scientology Deutschland sei der wahre Eigentümer.

Der Name ›Schatzhauser‹ deutet eher darauf hin, dass Familienangehörige das Hotel aufgebaut haben. Insider stimmen dieser Deutung mehr oder weniger zu, halten sich aber mit Äußerungen zurück. Mir hat einer von diesen Insidern gesagt, es sei besser, die Finger vom ›Schatzhauser‹ zu lassen. Es bekomme einem nicht gut, wenn man zu sehr nachbohre.«

Berger sah Tammy an. »Ich sehe mich bestätigt. Das Hotel ist eine Fassade. Die Hintermänner bezwecken etwas ganz anderes. Die Frage ist nur, was? Außerdem: Der Name Sander sagt uns doch etwas, oder?«

»So heißt der Baden-Badener Staatsanwalt, der die Ermittlungen im Fall des verunglückten Argentiniers eingestellt hat.«

»Richtig. Dr. Norwin Sander. Wenn der etwas mit den Leuten im ›Schatzhauser‹ zu tun hat?«

»Die Namensgleichheit kann auch reiner Zufall sein, so selten ist der Name nicht.«

KAPITEL 23

Er machte sich bereit. Vor ihm lagen mehrere Waffen, die ihre Wirkung bei einem Angriff zeigen würden. Aber erst einmal mussten sie in sein Haus kommen. Er hatte es zu einer Festung ausgebaut und rechnete jederzeit mit einem Angriff.

Sein Keller glich einem Bunker, gut bestückt mit Vorräten, die für Monate reichten. Selbst wenn ihm der Strom abgedreht wurde, hatte er genug Möglichkeiten, in seiner Festung zurechtzukommen. Jede Woche überprüfte er seine Vorräte und sein Waffenarsenal. Einen Kellerraum hatte er für Konserven eingerichtet, in dem auch drei Gas-Campingkocher und Gaskartuschen lagerten. Ein Regal war voller Dosen mit Eintöpfen und Suppen. Das sparte Wasser im Notfall. Für das Überleben war Wasser wichtig. Deshalb musste er sparsam damit umgehen. Mehr als 20 große Wasserkanister hatte er angeschafft. Einige waren gefüllt. Er achtete sorgfältig darauf, dass das Wasser nicht verkeimte. Silbermünzen und reiner Silberdraht lagen für die Entkeimung bereit. Sein Haus stand in der Nähe von Wasserquellen, die er schnell nutzen konnte: ein Löschteich und ein kleiner Bach, der selbst im heißen Sommer genug Wasser führte. Nachts übte er regelmäßig den Zugang zu den Wasserquellen mit Nachtsichtgerät, Kanister und Rucksack. Er hatte auch schon einen

Plan für eine unterirdische Wasserleitung zum Teich und zum Bach ausgearbeitet, damit er in besonderen Krisenfällen das Haus nicht verlassen musste. Den Plan wollte er demnächst umsetzen.

Für den Fall eines Stromausfalls hatte er einen großen Vorrat an Batterien, darunter Autobatterien, und starken Taschenlampen sowie Konverter, Akkus und Ladegeräte angelegt. Es fehlten noch Kurbeltaschenlampen und ein Kurbelradio, um Notfallprogramme abhören zu können.

In einem verschanzten Haus konnte man nur lange Zeit überleben, wenn man gesund blieb. Deshalb sammelte er in einem weiteren Kellerraum alles, was für Gesundheit und Hygiene entscheidend war: Mineraltabletten, Vitamintabletten, Schmerzmittel, Tabletten gegen Durchfall, Antibiotika, Tabletten und Creme gegen Entzündungen, Pflaster, Verbandsmaterial, Scheren, Operationsbesteck. Was nicht rezeptfrei erhältlich war, hatte er über das Netz bestellt. Für die Notdurft im Krisenfall hatte er Klopapier, Plastiktüten und einen Klostuhl gekauft. Außerdem hatte er eine kleine Dusche in den Keller eingebaut.

Die Eingangs-, Wohnungs- und Kellertüren hatte er mit schwerem Flachstahl gesichert. Allerdings brauchte er noch sichere Fluchtwege. Vom Keller aus, so hatte er es sich überlegt, wollte er zwei Fluchtwege in den nahen Wald bauen. Die Geräte hatte er schon besorgt. Auf seiner Einkaufsliste standen noch starke Stützbalken. Im Netz hatte er intensiv nach Anleitungen zum Bau von Geheimstollen geforscht. Falls er fliehen musste, würde er sich im Wald verstecken.

Vor einiger Zeit hatte er ein Seminar über perfekte Krisenvorsorge besucht und mehrmals ein Survival-Training absolviert. Mit anderen, die ähnliche Sorgen hatten wie er, tauschte er Erfahrungen und Tipps aus. Sein großes Glück war, dass er auf niemanden Rücksicht nehmen musste. Und dass er rund 800 Meter vom nächsten Haus entfernt wohnte, ohne gesehen zu werden.

Seine Frau hatte ihn vor Jahren verlassen, als er immer mehr Waffen ins Haus gebracht hatte. Sie hatte gesagt, sie habe Angst vor diesen Dingern. Er hatte auf sie eingeredet, dass er sie und sich vor Gefahren schützen müsse. Als er den ersten Sprengstoff besorgt hatte, hatte sie ihm heftige Vorwürfe gemacht, sofort die Koffer gepackt und die Scheidung eingereicht. Er hatte versucht, sie zur Rückkehr zu bewegen, aber sie hatte sich mit allen Mitteln dagegen gewehrt und ihn wegen Stalking angezeigt. Dabei hatte er sie gar nicht bedrängt oder gefährdet. Nur einmal hatte er sie vor Wut am Arm gepackt. Bei der Anzeige und vor Gericht hatte sie – zum Glück für sie, aber auch für ihn – nichts von seiner Waffensammlung erwähnt. Das hätte sie nicht überlebt. Und das hatte sie gewusst. Er war wegen Stalking zu einer geringen Bewährungsstrafe verurteilt worden mit der Anordnung, dass er sich seiner Ex-Frau nicht mehr nähern dürfe. Er hatte die Welt nicht mehr verstanden. Er hatte ihr nichts getan. Warum wollte sie ihn nicht mehr sehen und nicht mehr hören? Nur wegen der Waffen? Das hatte er nicht geglaubt. Und warum war sie vor Gericht gezogen? Sie waren doch ein Paar gewesen. Kinder hatten sie keine. In den letzten Monaten ihrer Ehe hatte sie sich immer mehr zurückgezogen. Als er wissen wollte, warum, hatte sie gesagt, sie mache von ihrem »Zeugungsverweigerungsrecht« Gebrauch. Und dabei hatte sie gelacht. Das hatte ihn so zornig gemacht, dass er sie geohrfeigt hatte. Da war sie aus dem Schlafzimmer ausgezogen. Bis heute vermutete er, dass sie beeinflusst worden war. Man hatte sie ihm wegnehmen wollen! Wer dahintersteckte, konnte er nicht klären. Es hatte lange gedauert, bis er den Verlust einigermaßen verschmerzt hatte.

Obwohl er nun seit Langem allein war, fühlte er sich nicht einsam. Im Gegenteil. Er konnte sich konzentriert auf den großen Tag der Entscheidung vorbereiten, der vielleicht schneller kam, als er erwartet hatte. Auf eine neue Beziehung wollte er sich vorerst nicht einlassen. Die Vorbereitungen auf einen Angriff oder den Zusammenbruch des Staates ließen ihm gar keine Zeit. Er schwor sich, nach Tag X seine Frau zurückzuholen. Ganz bestimmt. Dann konnte sie niemand mehr zurückhalten oder vor ihm verstecken. Kein Gericht. Dann galt eine neue Rechtsordnung!

Sie hatten ihn gefragt, was er genau im Landratsamt mache. Als ob sie das nicht wüssten! Das hatte ihnen doch sein Chef schon gesagt. Sie hatten Fragen gestellt, die sich selbst beantworteten. Für wie dumm verkauften sie ihn eigentlich? Er wusste gleich, worauf sie hinauswollten. Die wichtigste Frage stellten sie am Schluss. Wo er gewesen sei, als auf Landrat Rescher und Staatssekretär Wolber geschossen wurde. Sie nannten ihm den Zeitpunkt des Anschlags. Da sei er bereits zu Hause gewesen. Er habe sich nach Dienstschluss beim Chef abgemeldet, habe eingekauft, sei nach Hause gefahren, habe sich etwas gekocht, Musik gehört und sei dann ins Bett gegangen. Da er allein lebe, könne er keine Zeugen nennen. Er hoffte, dass es glaubhaft klang. Sie fragten nach seinem Wagen. Schließlich verließen sie seinen kleinen Aufenthaltsraum im Landratsamt.

Er ging davon aus, dass sie ihn ein weiteres Mal ausfragen wollten. Das Vorgehen war ihm nicht unbekannt. Seinen Tagesablauf, wie er ihn geschildert hatte, würden sie minutiös bis zum Dienstschluss und zum Einkaufen verfolgen und keine Abweichung feststellen können. Danach klaffte eine große zeitliche Lücke bis zu seinem Dienstbeginn am anderen Morgen.

Sie waren da. Vor seiner Tür. Er hatte sich nicht getäuscht. Aber sie waren früher gekommen. Sie klingelten. Sein Herz pochte wie verrückt. Er hatte nicht vor, ihnen zu öffnen. Er wollte es darauf ankommen lassen. Sie klingelten wieder. Er rührte sich nicht.

»Herr Arnfried Wegemer, machen Sie auf, wir wissen, dass Sie da sind. Die Motorhaube ihres Wagens ist noch warm. Wir haben einen Hausdurchsuchungsbeschluss, den wir vollstrecken müssen.«

Sie gingen aufs Ganze, sie wollten ihn gar nicht befragen. Und schlau waren sie auch. Hatten die Wärme seines Wagens geprüft!

»Verschwindet von meinem Grundstück! Ihr habt kein Recht, mein Haus zu durchsuchen. Ihr könnt den Hausdurchsuchungsbeschluss zerreißen und euch sonst wo hinstecken. Der ist ungültig. Mein Haus darf niemand ohne meine Einwilligung betreten. Ich sage es nur noch ein einziges Mal: Verschwindet von meinem Grundstück!«

»Herr Wegemer, bitte öffnen Sie die Tür. Sie verschlimmern Ihre Lage, wenn Sie sich im Haus verschanzen.«

Er schaute durch den Spion. Sechs bewaffnete Polizisten standen vor der Tür, drei links, drei rechts. Er musste ihnen eine Lektion erteilen. Aus einem Schrank rechts neben der Tür holte er eine Dose Abwehrspray. Er nahm die Verschlusskappe ab, öffnete eine kleine Luke an der Tür und sprühte mehrmals. Er hörte zwei Polizisten husten. Die waren vorerst kampfunfähig.

»Herr Wegemer, unser letzter Aufruf: Öffnen Sie die Tür!«

Die ließen einfach nicht locker. In der Diele standen zwei geladene Schnellfeuergewehre. Er nahm eines in die Hand, ging zur Luke, steckte es durch und gab eine Salve ab. Offenbar hatte er niemanden getroffen. Er hörte keine Schmerzensschreie, keine Rufe, nur entfernt zwei hustende Polizisten. Vorsichtig schaute er wieder durch den Spion. Links und rechts der Tür standen keine Polizisten mehr. Sie waren in Deckung gegangen. Was hatten sie jetzt vor? Er musste die Überwachungskameras einschalten. Das hatte er in der Aufregung vergessen.

Die Polizisten waren hinter ihrem Einsatzwagen in Deckung gegangen. Entweder sie gaben auf und zogen sich zurück oder sie bereiteten einen Angriff vor. Wahrscheinlich forderten sie Verstärkung an. Er musste seine Lage überdenken. Es blieben ihm nur drei Möglichkeiten: sich auf ein Gefecht mit dem Feind einlassen, sich im Keller verschanzen und die Belagerung überstehen, über den Hinterausgang in den Wald fliehen und dort überleben. Welche Option war die beste? Option eins: Er hatte genug Waffen und Munition für ein langes Feuergefecht. Aber sie waren auch gut ausgerüstet. Ihre Stärke durfte man nicht unterschätzen. Das wusste er von früher. Option zwei: Im Keller konnte er wochenlang überleben. Bei Angriffen und Katastrophen. Er könnte sich sofort zurückziehen. Aber wenn sie den Keller direkt belagerten und schwere Waffen und Sprengstoff einsetzten, hatte er keine Chance. Diesen Punkt hatte er bei seiner Überlebensstrategie nicht richtig bedacht. Er hatte nicht mehr viel Zeit, bis die Verstärkung kam. Option drei: Er könnte durch den Hinterausgang fliehen und sich im Wald verstecken. Im Keller lagerte ein großer Rucksack für eine sofortige Flucht mit allen nötigen Utensilien für ein Überleben in der Wildnis. Darin befanden sich auch eine MP und eine Armeepistole. Und Munition. Das Überleben im Freien hatte er ausreichend trainiert. Und das Verschwinden, ohne Spuren zu hinterlassen! Draußen war es immer noch ruhig. Wenn er die drei Optionen abwog, gab es nur eine Möglichkeit!

Er ging in den Keller, zog alles aus und warf es in einen Wäschesack. Im Wäscheschrank lag witterungsbeständige Kleidung bereit. Er brauchte nicht lange, bis er alles angezogen hatte. Den Rucksack musste er nicht überprüfen. Er hatte ihn gestern kontrolliert. Draußen hatte sich nichts verändert. Er bedauerte es, dass er gezwungen war, so schnell das Haus zu verlassen. Über den Hinterausgang schlich er hinaus.

Nach nur wenigen Schritten war er im Wald und in Sicherheit. Nach einiger Zeit hörte er das große Aufgebot. Er kam gut voran. Bis zu seinem ersten Versteck, einem der vielen Übergangslöcher, die er in den letzten Jahren ausgehoben und gepflegt hatte, benötigte er drei Stunden. Er konnte es noch bei Tageslicht erreichen.

Die Räumung des Hauses hatte Stunden gedauert. Sie brauchten einen kleinen Lkw, um Waffen, Munition, Sprengstoff und sonstige Beweismittel wegzuschaffen. Zunächst mussten Experten das Haus nach Sprengstofffallen untersuchen. Es war keine einzige installiert. Der

Verdächtige war geflohen, kurz bevor die Verstärkung angekommen war. Bei Einbruch der Dunkelheit gaben sie die Suche nach ihm auf. Die Untersuchung der Waffen in seinem Haus ergab, dass mit keiner davon das Attentat auf den Landrat und den Staatssekretär Wolber begangen worden war. Aber er konnte die Tatwaffe rechtzeitig entsorgt oder mitgenommen haben. Wenn er allerdings nicht geschossen hatte, wer dann? Hatte er Hintermänner? Wie konnte er so lange unentdeckt bleiben? Das musste intern untersucht werden. Und es musste Konsequenzen haben.

Er war zur Fahndung ausgeschrieben. Sie hatten die Umgebung seines Hauses zweimal mit einer Hundertschaft abgesucht und dafür einen Hubschrauber, Wärmebildkameras sowie eine Hundestaffel eingesetzt. »Wie vom Erdboden verschluckt«, hieß es in einer Pressemeldung des Polizeipräsidiums. Niemand ahnte, dass es tatsächlich so war.

Seit fünf Tagen hauste er mittlerweile in einem Erdloch mitten im Walddickicht. Mit seinem Proviant ging er sparsam um. Er ergänzte ihn mit Waldbeeren. Ewig konnte er nicht in seinem Versteck bleiben. In seinem Rucksack hatte er für alle Fälle einen falschen Ausweis und Geld. Einige Tage wollte er noch warten. Dann wollte er versuchen, nach Frankreich zu kommen. Er rechnete nicht mit Schwierigkeiten.

In seinem Erdloch war es nicht so heiß wie draußen im Wald. Es befand sich in der Nähe eines kleinen, langsam fließenden Baches, der überwachsen war. Er führte trotz Hitze noch so viel Wasser, dass er ausreichend trinken und sich waschen konnte. Er zog sich aus und kletterte über eine Leiter aus Ästen aus seiner Erdhöhle. Gebückt schlich er zum Bach, schob Zweige auseinander und stieg ins knöchelhohe Wasser. Mit seinen Händen bildete er einen Trichter, schöpfte Wasser und goss es über sich. Er rieb sich mit Seife ein, die er selbst gemacht hatte, legte sich im Bachbett, das an dieser Stelle etwas breiter war, auf den Rücken und schaufelte erneut Wasser auf seinen Körper. Als er fertig war, lief er wieder in gebückter Haltung zurück zu seinem Versteck. Er war zufrieden mit sich. Das Überlebenstraining hatte sich gelohnt, auch wenn es ihn ganz schön viel Geld gekostet hatte. Sie würden ihn niemals entdecken. Er hatte an alles gedacht.

Aber nicht an die beginnende Pilzsaison. Man sah nicht alle Tage einen nackten Mann im Wald, der plötzlich in einem Loch verschwand. Der Pilzsammler hätte ihn gerne gefragt, was er denn da mache. Aber wer weiß, was das für ein Kerl war. Langsam ging er zurück und achtete darauf, keine Geräusche zu machen. In seinem Korb sah es leer aus. Er hatte gehofft, an seinen Lieblingsstellen die ersten Pfifferlinge zu finden. Aber die Wälder waren in diesem Jahr so trocken, dass die Pilze ihre schönen Fruchtkörper noch nicht zeigten. Jetzt war der Pilzsammler so weit von der Stelle entfernt, an der der nackte Mann im Boden verschwunden war, dass der ihn nicht mehr hören konnte. So schnell er konnte, lief er zu seinem Auto, das er an einem Holzstapel am Wegrand abgestellt hatte. Der Weg war eigentlich gesperrt. Nur der Forst durfte ihn benutzen. In der Pilzsaison hielt er sich aber nicht an Verbote. Er stieg in seinen Wagen, wendete und fuhr hinunter, bis er Handyempfang hatte. In der ganzen Gegend kämpften sie gegen Funklöcher. Man hatte schon vor Jahren versprochen, eine Lösung zu finden. Aber es war noch kein einziges Funkloch gestopft.

Am Dorfrand hielt er an und angelte sein Smartphone aus der Hosentasche. Er hatte Empfang und wählte den Polizeinotruf. Aufgeregt und leicht stotternd erzählte er dem Polizisten am anderen Ende, was er im Wald beobachtet hatte.

Der beruhigte ihn. »Nackt im Wald herumzulaufen ist kein Straftatbestand, solange die Öffentlichkeit nicht belästigt wird.«

»Aber es ist doch ungewöhnlich, nackt durch den Wald zu geistern, auch wenn es zurzeit so heiß ist«, entgegnete der Pilzsammler. »Vor allem ist es seltsam, dass er in einem Erdloch verschwand.«

Der Polizist gab ihm recht und fragte, wo er den Mann gesehen habe. Der Pilzsammler beschrieb ihm den genauen Weg, den er in- und auswendig konnte, so oft hatte er in der Gegend schon Pilze und ab und zu Heidelbeeren gesucht.

»Was haben Sie denn dort oben gemacht?«, fragte der Polizist.

»Ich habe nach Pfifferlingen gesucht.« Um glaubwürdig zu sein, sagte er die Wahrheit.

»Wie sah der Mann aus?«

Der Pilzsammler fing wieder an zu stottern, so brachte ihn die Frage aus der Fassung. »Nackt war er halt.«

»Ich meine Größe, Haarfarbe, Hautfarbe, solche Einzelheiten.«

»Jetzt habe ich verstanden. Der Mann war um die 1,80 groß, schlank, muskulös, braunes, sehr kurz geschnittenes Haar, kurzer Bart.«

»Wie alt schätzen Sie ihn?«

»Vielleicht 40 bis 45. Ich kann mich aber auch täuschen.«

Der Polizist meinte, das reiche vorerst, nahm seine Personalien auf und seine Telefonnummern und versprach, sich sofort darum zu kümmern. Und er wies ihn darauf hin, dass man ihn möglicherweise noch als Zeugen brauche.

Als das Gespräch beendet war, machte sich der Sammler Vorwürfe, dass er dem Polizisten von seinem Pilzgebiet erzählt hatte.

Er kaute auf einem Nussriegel herum und schob sich zusätzlich zwei Heidelbeeren in den Mund. Er glaubte, Schritte zu hören. Das musste er sich einbilden. Das Geräusch von Schritten konnte man auf diesem Untergrund aus Gräsern, Moos, abgefallenen Zweigen und Ästen, Tannenzapfen und Totholz doch gar nicht hören! Er legte den angebissenen Nussriegel vorsichtig auf einen Holzklotz, der ihm als Sitzgelegenheit diente, und konzentrierte sich auf Geräusche. Nichts Ungewöhnliches. Er hatte sich getäuscht. Wer sollte auch in diese Gegend kommen, in der der Wald sich selbst überlassen war. Nicht umsonst hatte er dieses Waldstück für sein Versteck ausgesucht. Er hatte sich häufig hier aufgehalten und war nie einer Menschenseele begegnet, weder am Tag noch in der Nacht. Die Dunkelheit gehörte den nachtaktiven Tieren, nicht den Menschen. Er biss wieder ein Stück vom Nussriegel ab und kaute es weich, bevor er es schluckte.

Jetzt hörte er erneut Schritte, dieses Mal schienen sie nicht so weit entfernt zu sein wie vor ein paar Minuten. Jetzt knackte sogar ein Ast. Ohne Zweifel bewegte sich da jemand im Wald. Leise griff er im Rucksack nach seiner Maschinenpistole und machte sie schussbereit. Auf der Leiter stieg er drei Stufen empor, streckte Zentimeter für Zentimeter seinen Kopf aus der Erdhöhle und erschrak: Eine Übermacht stand rings um sein Versteck, eine stark bewaffnete Übermacht. Sie sahen wie Außerirdische aus mit dem Schutzhelm samt dicker Scheibe und der Sturmhaube darunter, die ihr Gesicht verdeckte. Er kannte diese Typen in ihren Kampfanzügen, bei denen hätte er gern mitgemacht. Gegen die hatte er keine Chance. Ihre Weste hielt sogar die Munition einer Kalaschnikow ab.

Er folgte der Aufforderung, aus dem Erdloch zu kommen, und achtete darauf, keine falsche Bewegung zu machen. Als wolle er ein Friedensangebot unterbreiten oder die Situation entschärfen, hob er langsam den linken Arm und nahm eine weitere Stufe, in der rechten Hand seine Maschinenpistole. Regungslos blieb er auf der vierten Stufe stehen und überlegte, wie er sich vielleicht doch noch aus dieser schwierigen Lage befreien konnte. Es fiel ihm keine Lösung ein. Langsam nahm er die nächsten zwei Stufen. Als er mit dem Oberkörper im Freien war, ließ er die Maschinenpistole fallen.

Sie nahmen ihn fest, drückten ihn auf den Boden, legten ihm Plastikhandfesseln an, durchsuchten ihn und führten ihn ab. Wie hatten diese Mistkerle sein Versteck gefunden? Er hatte niemandem davon erzählt.

Im Verhör auf dem Präsidium klärten sie ihn auf. Er wollte wissen, wie sie auf ihn gekommen waren.

»Erinnern Sie sich an Ihr Survivaltraining?«

»Natürlich, das ist noch nicht lange her.«

»Der Ausbilder ist ein alter Bekannter der Polizei. Den hatten wir schon länger im Visier. Er ist etwas lässig mit den Daten seiner Kunden umgegangen. Und hat umfangreich ausgesagt.«

Verdammt, mit dem hatte er über seine Waffen gesprochen und über Internetadressen.

Anfangs blockierte Arnfried Wegemer noch viele Fragen im Verhör. Aber sie nahmen ihn immer mehr in die Zange. Die Beweislast und die Liste seiner Vergehen wogen so schwer, dass er schließlich seinen Widerstand aufgab. Er sagte sich, dass ihre Macht am Tag der Entscheidung zerfallen werde. Schließlich erzählte er mehr, als er wollte.

Alles begann vor Jahren. Sein Kumpel und er hatten gegen die Wohlverhaltenspflicht verstoßen. Sie waren nachts bei einer Razzia gegen Rocker erwischt worden. Einer der Rocker war ihr Freund. Sie beteuerten, gute Polizisten zu sein und nichts mit den Rockern zu tun zu haben. Sie hätten nicht gewusst, dass ihr Freund einer von denen war. Die Vernehmung des Freundes ergab ein anderes Bild. Er war sehr auskunftsfreudig und wollte eine Haftstrafe umgehen. Man glaubte ihm und hielt sie für nicht zuverlässig. Sie wurden entlassen. Das prägte ihr künftiges Leben. Der Hass auf diesen Staat, der ihnen die Zukunft im Polizeidienst zerstört hatte, wurde immer größer. Er schlug sich mit Gelegenheitsarbeiten durch, sein Kumpel wurde Türsteher. Irgendwann verloren sie sich aus den Augen. Wegemer heuerte bei Sicherheitsunternehmen an. Der Job machte ihm Spaß. In der Zeit begann er damit, Waffen zu sammeln und in seinem Elternhaus, das er übernommen hatte, zu deponieren. Dann kam die Sache mit seiner Frau. Und erneut versetzte dieser Staat ihm einen Schlag. Einige Zeit danach traf er seinen früheren Kumpel wieder. Sie entdeckten alte und neue Gemeinsamkeiten. Und sie hatten einen gemeinsamen Feind: den Staat. Für sie war alles Staat, was ein Amt hatte, egal ob Gemeinderat, Bürgermeister, Bundestagsabgeordneter oder Kanzlerin. An manchen Abenden steigerten sie ihren Hass auf den gemeinsamen Feind und schmiedeten Pläne. Während er sich dabei mit Bier und Schnaps stärkte, trank sein Kumpel Wasser. Das war er nicht gewohnt von ihm. Er müsse nüchtern bleiben und seine Spannkraft bewahren, erklärte sein Kumpel. Jeder Moment könne alles ändern. Auch bei den Plänen waren sie unterschiedlicher Meinung. Sein Plan war, sich akribisch auf den Tag X vorzubereiten. Seinem Kumpel dauerte das zu lange. Er wolle nicht auf das Jüngste Gericht warten, sagte er immer wieder. Er wolle es selber sein. Er habe jemanden im Internet kennengelernt, der sehe das auch so. Dem habe er sich angeschlossen. Der habe in kürzester Zeit eine kleine Gruppe aufgebaut. Jede Woche seien sie im Training. Sein Kumpel fieberte nach Taten.

An einem Abend präsentierte Wegemer seinem Kumpel seine Waffensammlung. Der zeigte Interesse für eine besondere Jagdwaffe. Ob er sie ausleihen oder wenigstens ausprobieren dürfe? Er schenkte ihm die Waffe. Mit Munition. Sein Kumpel war schließlich der einzige Freund, den er hatte. In Kiesgruben übten sie das Schießen. Sie fielen niemandem auf. Nicht lange danach sagte sein Kumpel, dass er sich ein Ziel ausgesucht habe. Er wolle darüber aber vorerst nicht reden.

Seither habe er ihn nicht mehr gesehen, beteuerte Wegemer. Den Wohnort seines Kumpels kenne er nicht. Er gab eine ungefähre Beschreibung von ihm und sagte, sie könnten ihn ruhig verurteilen. Der Tag der Entscheidung nahe, dann seien alle Urteile hinfällig. Von da an schwieg er.

Die »Ermittlungsgruppe Landrat« wusste jetzt, dass das Kaliber der Waffe, die er angeblich seinem Kumpel geschenkt hatte, auf das Gewehr zutraf, mit dem auf den Landrat und den Staatssekretär geschossen worden war. Das hieß aber noch lange nicht, dass es sich um die Tatwaffe handelte und der Kumpel der Täter war. Möglich war auch, dass Wegemer alles auf seinen Kumpel schob, dessen Namen er nicht verriet, um jeden Verdacht von sich zu weisen. Viel Straffreiheit brachte ihm das, was er von sich gab, nicht ein. Sein Strafregister war viel zu lang. Auf jeden Fall hatten sie einen Anhaltspunkt.

Mehr Sorgen bereitete ihnen ein weiterer Aspekt. Wer war der Mann, dem sich Wegemers Kumpel angeschlossen hatte? Der vom Jüngsten Gericht gesprochen hatte. Braute sich da etwas Gefährliches zusammen? Oder war alles nur ein Märchen? Über die Entlassung der beiden Polizeianwärter existierten sicher noch Unterlagen. Ein einfacher Fall für die Ermittler.

Das Landeskriminalamt rechnete den Festgenommenen, gegen den bereits Haftbefehl beantragt worden war, der Prepper-Szene zu, die in Deutschland nicht so verbreitet war wie zum Beispiel in den USA. LKA-Mann Maximilian Federlein, Spezialist für Prepper, Reichsbürger und Selbstverwalter, stellte in der »Ermittlungsgruppe Landrat« die Analyse vor und referierte über die Szene.

Für die Zuordnung Wegemers zu den Preppern sprachen die Lebensmittelvorräte und der Umbau seines Hauses in eine Festung. Dass er Waffen, Munition und Sprengstoff gehortet und die Rechtmäßigkeit des Handelns der Polizei angezweifelt hatte, entsprach dem Bild eines aggressiven Reichsbürgers. Die Grenzen zwischen Prepper und Reichsbürger waren in manchen Fällen fließend. Beide Gruppen lebten in einer Parallelwelt, die gefährliche Dimensionen annehmen konnte. Prepper, abgeleitet aus dem Englischen »to be prepared«, wollten vorbereitet sein auf Katastrophen. Die Zahl der Prepper in Deutschland wurde auf mindestens 20.000 bis 180.000 geschätzt, in den USA auf 3 Millionen. Viele Prepper stellten sich auf ein Ereignis von apokalyptischen Ausmaßen ein, zum Beispiel auf den Einschlag eines Asteroiden. Manche hatten Angst vor einer radikalen Islamisierung. Außerdem trauten sie Polizei und Bundeswehr nicht zu, das Volk zu schützen. Um die Prepper-Szene baute sich eine ganze Industrie auf, die von den Ängsten profitierte und sie schürte. Im Netz gab es viele Seiten, Prepper-Shops, die sich mit dem sicheren Einbunkern und dem Verschanzen in Wohnungen beschäftigten. Auch Gruppen und Parteien am rechten Rand nutzten die Ängste dieser Leute aus.

Er, betonte Federlein, könne der Aussage des Verfassungsschutzes nicht zustimmen, dass die Prepper in Deutschland keine größere Gefahr seien. Federlein sah dabei direkt den Vertreter des Landesverfassungsschutzes an, der den Kopf schüttelte.

Prepper fielen in der täglichen Praxis nur nicht so auf wie Reichsbürger und Selbstverwalter. Doch auch diese lebten häufig unscheinbar, sodass Nachbarn und Freunde nichts merkten. Die Reichsbürger lehnten die Bundesrepublik und die Rechtsordnung grundsätzlich ab. Die Selbstverwalter erklärten, dass sie dem Staat nicht angehörten und eigene Hoheitsgebiete verwalteten. Alle drei Gruppen waren dazu bereit, sich mit Waffengewalt gegen den Staat und seine Justiz und Polizei zu verteidigen. Und alle drei waren von Verschwörungstheorien, Hass und Ablehnung des Staates so durchdrungen, dass sie politik- und staatsverdrossene Menschen stark beeinflussen konnten.

»Den Festgenommenen kann man also nicht als Einzelfall bezeichnen«, schloss Federlein seinen Vortrag. »Von der Theorie des Einzeltäters oder der isolierten Gruppe habe ich schon längst Abschied genommen. Stellen Sie sich das Ganze als weites Feld vor, auf dem die Saat mal hier, mal dort aufgeht. Die Gruppen nähren sich vom gleichen Boden, auf dem braune, radikale religiöse und esoterische Positionen blühen. Mit dem gleichen Boden meine ich die Klagen über Werteverfall und Überfremdung. Um nach diesem Vortrag wieder auf den Festgenommenen zurückzukommen: Wir wissen noch nicht alles über seine Kontakte. Aber wir haben den Namen des Kumpels: Harry Holler. Er ist seit rund fünf Jahren nicht mehr in Deutschland gemeldet. Derzeit verfolgen wir intensiv seine Spuren.«

Wie schon einmal wurde aus der Ermittlungsgruppe die Frage gestellt, ob es denkbar sei, dass der Anschlag auf den Landrat und den Staatssekretär mit den Chris-Ter-Fällen zusammenhänge.

Federlein antwortete sehr bestimmt: »Eindeutig ja.«

Jemand wollte wissen, worauf seine Gewissheit beruhe.

Darauf ging Federlein nicht ein. »Lassen Sie das einfach so stehen. Zu gegebener Zeit werden wir alles zusammenführen.«

Auch Berger und Tammy saßen unter den Zuhörern. Berger fragte sich, ob das Landeskriminalamt sein eigenes Süppchen kochte, obwohl es absolute Kooperation in den

ChrisTer-Fällen und in der »EG Landrat« versprochen hatte. Er stupste Tammy an und flüsterte: »Wieso behauptet der das? Von wem hat er Informationen bekommen?«

»Von mir«, wisperte eine Stimme hinter ihm.

Sakura! Berger und Tammy sahen sich an. Sie hatten schon vor einiger Zeit die Meinung aufgegeben, dass die beiden Fälle nichts miteinander zu tun hätten. Dennoch würden sie gern Einzelheiten von Federlein erfahren. Und vor allem interessierte sie, was Sakura mit dem Fall zu tun hatte. Berger hoffte, dass sie mitteilsamer war als Maximilian Federlein.

Die Andeutung von Sakura ließ den beiden keine Ruhe. Sie wollten wissen, auf was Sakura gestoßen war, und suchten sie nach Federleins Vortrag auf.

Sakura und Felix Manderscheid waren so vertieft in ihre Arbeit, dass sie auf das Klopfen an der Tür nicht reagierten. Berger öffnete, Tammy folgte ihm. Sie sahen auf Computerbildschirme, über die unverständliche Ziffern und Buchstaben rasten, und Hände, die kunstfertig und ästhetisch über die Tastatur glitten, als wäre sie ein hochwertiger Flügel.

Sakura und Manderscheid bemerkten die Besucher erst, als sie ganz nah bei ihnen standen. Sakura sah überrascht auf, während ihre Finger wie unabhängige Wesen weiter die Tasten drückten. »Schön, euch zu sehen. Was führt euch her?«

»Das, was Sie in der Besprechung vorhin in mein Ohr geflüstert haben«, antwortete Berger.

»Ach so!« Sakura konzentrierte sich wieder auf den Bildschirm.

»Wir meinen den Zusammenhang zwischen dem Anschlag auf Landrat und Staatssekretär und den ChrisTer-Fällen. Was weißt du?«, fragte Tammy.

»Felix, erklär du ihnen, was wir herausgefunden haben.«

Manderscheid drehte sich zu Tammy und Berger um. Auch er ließ die Hände auf der Tastatur tanzen, als gehörten sie gar nicht zu ihm. »Alles kann ich euch nicht sagen. Das müsst ihr verstehen. Wir sind auf ein Online-Forum in einem sozialen Netzwerk in Russland gestoßen, in dem sich radikale Deutsche über Bürgerkrieg, Apokalypse, Staat, Waffen aller Art, Überlebenstraining und Ziele austauschen. Das Forum hat ein breites Spektrum. Da findest du Prepper, Reichsbürger, Selbstverwalter, Verschwörungstheoretiker, Antisemiten, christliche Sekten. So unterschiedlich sie sind, alle eint die Ablehnung unserer Gesellschaftsordnung. Die Gruppe hat rund 1.000 Nutzer und nennt sich ›Danach‹. Was das bedeutet, könnt ihr euch ausmalen. Unter den Nutzern sind auch welche, die sich sehr sicher fühlen und gern prahlen. Einer hat jüngst erzählt, er habe auf ein Staatsziel geschossen, es verfehlt, aber ein anderes getroffen. Er werde noch einmal nachlegen müssen. Andere Nutzer haben sein Vorgehen gelobt.«

»Glaubt ihr, dass dieser Mann etwas mit dem Fall Landrat zu tun hat?«

»Tammy, wir haben das mit Federlein besprochen und gemeinsam überlegt, was dieser Typ mit ›Staatsziel‹ meint. Wir sind zu dem Schluss gekommen, dass es sich bei dem Begriff um einen Politiker oder einen Vertreter des Staates handelt. Der Begriff trifft sowohl auf den Landrat als auch auf den Staatssekretär zu. Federlein hat Anschläge der letzten Wochen, Monate und Jahre in der ganzen Bundesrepublik checken lassen. Es kommt nur der Anschlag auf den Landrat und den Staatssekretär infrage.«

»Und wie kommt ihr darauf, dass es eine Verbindung zu den ChrisTer-Fällen gibt?«, fragte Berger.

»In dem Forum meldet sich immer wieder ein Mann zu Wort, der von ›gottgefügter Ordnung‹ spricht, die bedroht sei, und Kämpfer für einen Orden namens ›Weiße Ritter der heiligen Einheit‹ sucht. Zwischen diesem Nutzer und dem Typen, der auf ein Staatsziel geschossen hat, kommt es immer wieder zu Dialogen, die auf eine Annäherung hinauslaufen. Beide brennen darauf, loszuschlagen. Die Eloquenz dieses Mannes, seine Wortwahl und seine Bibelzitate, erinnern mich an den Meister, wie ihn Georg Rackert beschrieben hat. Ich habe Georgs Analyse mehrmals gelesen, um mich zu vergewissern, dass ich mich nicht täusche.«

»Noch eine Frage: Wie seid ihr auf dieses Forum gestoßen?«

»Also das können wir euch beim besten Willen nicht verraten«, antwortete Sakura, ohne vom Bildschirm aufzuschauen. Sie klang aufgebracht und abweisend. »Wir haben schon viel zu viel gesagt. Das ist gegen die Absprache mit Maximilian Federlein. Ihr müsst das alles für euch behalten. Ich hätte Ihnen vorhin nichts ins Ohr flüstern dürfen, Kollege Berger.«

»Entschuldigt unsere Neugier«, sagte Berger, »wir geloben, alles für uns zu behalten, was wir eben gehört haben!« Diese Geheimniskrämerei von Federlein und Sakura regte ihn auf, aber er wollte sich mit den beiden nicht anlegen.

Vor der Tür fragte Tammy: »Was machen wir jetzt mit unserem Wissen, das wir mit niemandem teilen dürfen?«

»Unsere eigenen Schlüsse ziehen. Und unsere eigenen Wege gehen.«

KAPITEL 24

»Bleibt hier unten. Wir sorgen für eure Sicherheit.« Er verließ den Raum und ließ sie im Glauben, dass alles ein gutes Ende nehme. Leise schloss er die Tür. Ebenso leise drehte er den Schlüssel um und steckte ihn ein. Er musste gemeinsam mit dem Meister überlegen, was mit ihnen geschehen sollte. Mit dem richtigen Meister. Vermutlich hatte der sich schon etwas ausgedacht. Der richtige Meister hatte immer großartige Ideen. Das schätzte er an ihm.

Der alte Meister war auferstanden. Und jedes Mal fühlte er sich stärker, wenn er eine Krise überwunden hatte. Er hatte erstaunlich schnell neue Gleichgesinnte gefunden, auf die er sich verlassen konnte. Anders als die Jünger zweifelten sie nicht an ihrem Auftrag. Sie waren echte Schwertträger, so wie er sie sich immer vorgestellt hatte. Als er ihnen von seinen Plänen erzählt hatte, waren sie richtig aufgeblüht. Von Anfang an hatten sie ihn akzeptiert. Er hatte mit ihnen ein ausgeklügeltes Kommunikationssystem und eine straffe Organisationsform als Basis für eine größere Bewegung entwickelt. Sie stimmten seinem Manifest und seinem internen Justizsystem zu, und auch einer strengen Hierarchie. Mit Begeisterung trainierten sie nach seinen Vorgaben Geist und Körper. Er hatte aus vielen Kampfsportarten ein Programm zusammengestellt, das sie wöchentlich zusammen übten. Zu den Treffen verabredeten sie sich über das Netz und benutzten Codes, die ein Außenstehender nicht verstehen konnte. Im Gegensatz zu früher verzichtete er auf ein Bibelstudium mit seinen Gefolgsleuten. Bei jedem Treffen hielt er eine kleine Predigt und schwor sie auf eine Gesellschaft nach seinem Bild ein.

Alles verlief effektiver als damals mit den Jüngern. Er hatte aus den schmerzvollen Erfahrungen mit ihnen Lehren gezogen. Abweichungen von seinem Weg ließ er nicht mehr zu. Er war auch bei Entscheidungen nicht mehr so zögerlich wie früher. Und er achtete strenger auf die Worte und Gesten seiner Gefolgsleute, um schnell erkennen zu können, ob jemand den gemeinsamen Weg verlassen wollte. Auf Diskussionen wie damals mit seinem Ersten Stellvertreter ließ er sich nicht ein. Seine Gradlinigkeit verschaffte ihm Respekt und führte zu bedingungsloser Gefolgschaft.

Der alte Meister wusste, dass er viel von ihnen verlangte. Oft trieb er sie bis an die Grenze der Belastbarkeit. Aber er hatte das Gefühl, dass ihnen diese Härte gefiel. Sie schienen auf dieses Leben gewartet zu haben. Es brachte neben körperlicher Härte viele Entbehrungen mit sich. Sie mussten auf Freundschaften verzichten, Kontakte zur Familie vermeiden, schweigen, einen Großteil ihres Vermögens abgeben, das er verwaltete. Sie hatten alles dem einen Ziel zu opfern, einer neuen Gesellschaft. Und er war der, der sie zum Ziel führte. Er versprach ihnen, dass es sich für sie persönlich lohnte, ihm und seinem Weg zu folgen.

Akribisch und höchst konzentriert hatten sie sich auf diesen besonderen Tag vorbereitet, den Tag des Blutmondes. Seine Anhänger wussten, was er bedeutete und wie wichtig er für den alten Meister war. Wenn das hier beendet sei, hatte er sie beschworen, würden sie sich ganz dem großen Ziel widmen.

Inzwischen hatten sie unbemerkt ihre Positionen eingenommen. Am späten Nachmittag hatten sie sich von einem Weg unterhalb des Hotels durch das Waldstück hochgearbeitet. Sobald der Blutmond erschien, würden sie losschlagen. Er hatte mehrmals mit ihnen den Ablauf des Plans besprochen und simuliert. Es konnte nichts schiefgehen. Jetzt freute er sich auf die Begegnung mit einem Freund aus alten Tagen, der sich zu einem Belial, zu einem Sohn der Wertlosigkeit, gewandelt hatte. Der alte Meister würde ohne Probleme in das Haus und in den geschlossenen Bereich des Hotels gelangen. Die fehlende Menschenkenntnis seines ehemaligen Freundes half ihm dabei. Und er wusste auch, wo sich sein wandlungsfähiger Freund aufhielt. Er ließ sich Zeit und kostete die Vorfreude aus.

Insgeheim hatten Berger und Tammy damit gerechnet, dass sie mit ihrem Vorschlag nicht durchkommen würden. Die große Runde und die Soko-Leitung lehnten es jetzt tatsächlich ab, das Hotel Schatzhauser am Tag des Blutmondes zu überwachen, um Schlimmeres zu verhindern. Zunächst störten sich viele am Blutmond-Zitat aus dem »Buch Joel«, das Berger zur Erinnerung noch einmal vorlas. »›Und danach wird es geschehen, daß ich meinen Geist ausgießen werde über alles Fleisch; und eure Söhne und eure Töchter werden weissagen, eure Greise werden Träume haben, eure Jünglinge werden Gesichte sehen. Und selbst über die Knechte und über die Mägde werde ich meinen Geist ausgießen in jenen Tagen. – Und ich werde Wunder geben im Himmel und auf der Erde: Blut und Feuer und Rauchsäulen; die Sonne wird sich in Finsternis verwandeln und der Mond in Blut, ehe der Tag Jehovas kommt, der große und furchtbare.‹«

»Das ist viel zu kryptisch und zu allgemein, als dass es eine Überwachung des Hotels rechtfertigen würde«, betonte Firner, einer der Hauptkritiker. »Die bisherigen Zitate, die im Mund der Leichen entdeckt wurden, hatten einen deutlichen personellen Bezug. Das trifft auf das Blutmond-Zitat nicht zu.« Er fragte in die Runde: »Wem wollen die Täter diesen Text in den Mund stopfen? Der ist doch überhaupt nicht personenbezogen.«

»Natürlich ist der Text von allgemeiner Natur«, räumte Tammy ein. »Man muss ihn aber in Verbindung mit den anderen ausgerissenen Bibelseiten sehen. Und da passt er am besten zum Wald-Zitat, das übrigens einen örtlichen und persönlichen Bezug hat. Das ›Schatzhauser‹ steht nun mal in einem Wald mit Hochwuchs. Und die ausgerissenen Texte stammen aus einer Bibel in der Bibliothek des ›Schatzhauser‹.«

»Ihre Argumente sind zu wenig belegt«, entgegnete Firner. »Es gibt keinen Hinweis, dass sich das Blutmond-Zitat auf das Hotel bezieht.«

Berger trug auch das Wald-Zitat aus dem »Zweiten Buch der Könige« laut vor, um die Bezüge Berg und Wald mit Hochwuchs deutlich zu machen: »›Durch deine Boten hast du den Herrn gehöhnt und hast gesprochen: Mit meiner Wagen Menge habe ich erstiegen die Höhe der Berge, das äußerste Ende des Libanon; und ich will umhauen den Hochwuchs seiner Zedern, die Auswahl seiner Zypressen, und ich will kommen in seine äußerste Wohnung, in seinen Gartenwald.‹«

Tammy und er versuchten ein letztes Mal, die Hinweise auf das Hotel Schatzhauser zu erklären. Sie hatten den Text mit der entsprechenden Bibelstelle in der Elberfelder Ausgabe von 1986 verglichen. Dort stand statt »Hochwuchs seiner Zedern« Hochwald.

Berger fragte mit Verzweiflung in die Runde: »Versteht denn niemand unter euch, dass die Symbolik auf jeden Fall auf das ›Schatzhauser‹ übertragbar ist?« Er präsentierte die Karte, in die er die Linie der Leichenfundorte eingezeichnet hatte, und verwies darauf, dass die Linie vermutlich beim »Schatzhauser« endete. Doch auch davon ließ sich niemand überzeugen. Außerdem, konterten sie, komme man damit dem Landeskriminalamt in die Quere, das um Zurückhaltung im Fall »Schatzhauser« gebeten habe. Dieses Totschlagargument wog besonders schwer, denn schließlich stand das »Schatzhauser« im Netz seit kurzer Zeit unter Beobachtung wegen des Verdachts der Geldwäsche und weiterer Vergehen. Mögliche Aktivitäten der Soko Gifiz könnten die Betreiber alarmieren. Nicht einmal Oberstaatsanwalt Stenglenz hatten Berger und Tammy auf ihrer Seite, der zwar viel Verständnis für ihre Argumentation zeigte, aber ebenfalls davor warnte, die Ermittlungen des LKA zu gefährden. Berger verstand die Welt nicht mehr. Ausgerechnet der Oberstaatsanwalt, der noch vor einiger Zeit ihre Analyse der ChrisTer-Fälle so gelobt hatte, versagte ihnen jetzt die Unterstützung. Er musste ihn vor vollendete Tatsachen stellen.

Unmittelbar nach der Lagebesprechung informierte Berger Stenglenz, dass Tammy und er vorhatten, im

Alleingang das Hotel Schatzhauser zu überwachen. Sein Motiv, sich nie mehr durch Unterlassung schuldig zu machen, unterschlug er.

»Das kann ich nicht dulden«, erwiderte Stenglenz aufbrausend. »Außerdem müssen Sie Ihre Vorgesetzten informieren.«

»Das führt doch zu nichts«, antwortete Berger. »Meine unmittelbaren Vorgesetzten und auch Sie als Oberstaatsanwalt haben in der Lagebesprechung deutlich gemacht, dass eine Überwachung auf keinen Fall infrage kommt. Verstehen Sie denn nicht? Es ist größte Gefahr im Verzug. Unsere Aufgabe ist doch auch, Verbrechen zu verhindern und Menschen zu schützen. In diesem Fall gehen Menschenleben eindeutig vor.«

Stenglenz, der sich wieder beruhigt hatte, betonte: »Herr Berger, ich muss ein solches Vorgehen offiziell ablehnen. Das kann disziplinarrechtliche Folgen haben. Das wissen Sie doch.« Er räusperte sich und fügte dann leise hinzu: »Inoffiziell werde ich mich bereithalten, für alle Fälle. Falls sich etwas tut, bitte ich darum, mich sofort zu informieren. Ich werde die nötigen Schritte in die Wege leiten. Darauf können Sie und Tamara Bieger sich verlassen. Aber: Gehen Sie keine Risiken ein und handeln Sie nicht ohne Absprache mit mir. Wenn Sie eigenmächtig vorgehen, können Sie nicht mit meiner Rückendeckung rechnen.«

Stenglenz war nach dem Gespräch sehr beunruhigt. Was, wenn sich am Blutmond im »Schatzhauser« tatsächlich etwas ereignete und Hotelgäste und Personal in Lebensgefahr gerieten? Er hatte sich zu sehr auf das Landeskriminalamt und seine Cyber-Ermittlungen fokussiert, aber die Menschen im Hotel nicht beachtet. Bergers Theorie war zwar schräg, aber nicht ganz abwegig. Im Präsidium hatte Berger den Ruf, intuitiv zu ermitteln. Und oft lag er richtig mit seinen scheinbar abseitigen Überlegungen und Vermutungen. Vieles sprach dafür, seine Argumente ernst zu nehmen. Stenglenz rief den Polizeipräsidenten an. Beide trafen eine Entscheidung, ließen Alban Berger und Tamara Bieger aber im Glauben, allein handeln zu müssen.

Seit der Dämmerung saßen Tammy und Berger enttäuscht in einem Gebüsch in der Nähe des Hotels und beobachteten die Anlage durch ihre Ferngläser. Falls etwas passierte, konnten sie nicht mit schneller Hilfe rechnen. Von Offenburg zum »Schatzhauser« brauchten die Einsatzkräfte rund eine Stunde. Von Stenglenz' Plan ahnten sie nichts.

Sie waren mit Bergers privatem Auto hergefahren, damit im Präsidium nichts auffiel. Den Wagen hatten sie einen Kilometer vom Hotel entfernt in einer größeren Ausweichbucht abgestellt und sich abseits der Straße durch den Wald bis zu ihrem jetzigen Standort durchgequält. Berger hatte im Gegensatz zu Tammy einige Kratzer abbekommen. Beide schwitzten. Die schwere Sommerhitze durchdrang schonungslos auch diesen Wald. Ihre Schutzwesten hatten sie deshalb im Kofferraum gelassen, was mehr als fahrlässig war. Sie konnten sich jedoch nicht vorstellen, dass es zu einem Schusswechsel kam. Wenn sie das Blutmond-Zitat wörtlich nahmen, mussten sie mit anderen Gefahren rechnen: zum Beispiel mit Feuer. Ihre Dienstwaffen trugen sie dennoch bei sich, für alle Fälle.

Berger schaute auf seine Armbanduhr. 21.25 Uhr. In fünf Minuten begann die totale Mondfinsternis, der Blutmond. Den Höhepunkt würde sie um 22.21 Uhr erreichen, das Ende war für 23.13 Uhr vorausgesagt. Kurz vor der Fahrt zum »Schatzhauser« hatte er einiges über die Bedeutung des Blutmondes gelesen. In früheren Zeiten löste das Phänomen Angst und Schrecken bei den Menschen aus. Sie sahen darin etwas Unerklärliches, Geheimnisvolles, böse Mächte, den Untergang der Welt. Jedes Volk hatte eine eigene Vorstellung von der Mondfinsternis. Die Germanen und nordischen Völker glaubten, dass ein riesiger Wolf des Hasses versuche, den Mond zu verschlingen. Verspritztes Blut verdunkle die Sonne. Da passte es doch, dass in diesem Wald ein Wolf umherzog. Für manche Christen kündigte der Blutmond die Rückkehr von Jesus an, mit allen Konsequenzen. Im Alten Testament wurde der Blutmond zum fürchterlichen Gerichtstag. Aus einer Beobachtung am Himmel, die man nicht verstand, entwickelte sich im Lauf der Jahrtausende ein furchterregendes Drama, das auch heute noch Menschen in seinen Bann zog und viele verunsicherte. Dabei befand sich nur die Erde zwischen Sonne und Vollmond. Die Erdatmosphäre zerstreute das Sonnenlicht. Wenn der Mond ganz in den Kernschatten der Erde wanderte, wurde er von rötlichem Restlicht bestrahlt. So wurde er zum Blutmond, ein himmlisches Sinnbild für Endzeitstimmung.

Während Berger noch über den Blutmond nachdachte, tat sich vor dem Hotel etwas. Tammy tippte ihn an und zeigte auf den Eingangsbereich des Hotels. Ein großer Mann mit langer, grauer Kutte lief auf den Eingang zu. Er kam von rechts wie aus dem Nichts. Kurz vor dem Hotel drehte er sich nach allen Seiten um, als wollte er sich vergewissern, dass alles in Ordnung war. An seiner Brust baumelte etwas, das Tammy wie ein Kreuz vorkam.

»Ich glaube es nicht«, flüsterte sie. »Das ist der Typ, der mich in dem Café in Oppenau gestoßen hat. Was will der denn hier?«

»Bist du sicher?«

»Hundertprozentig.«

Klar, sie war ja Super-Recognizerin. Der große Mann verschwand im Eingang. Berger kontrollierte erneut die Uhrzeit. 21.30 Uhr. Die Mondfinsternis begann. Wenn man den Prophezeiungen Glauben schenken durfte, verhieß der Blutmond ein großes Ereignis, aber kein gutes.

»Wie laufen die Geschäfte des Herrn?«

Es war nicht der Inhalt der Frage, der ihn so erschütterte. Es war die Stimme. Die Stimme eines vermeintlichen Toten. Er konnte sich vorerst nicht umdrehen. Nach den ersten Schrecksekunden schaffte er es, seinem Drehstuhl einen Stoß zu geben und dem unerwarteten Gast ins Gesicht zu blicken. »Nathan?«

»Nathan! Fällt dir sonst nichts ein? Willst du mich nicht begrüßen wie einen alten Freund? ›Friede dir! Es grüßen dich die Freunde. Grüße die Freunde mit Namen.‹«

Langsam wich seine Lähmung. »Habe ich nicht deinen Namen genannt?«

»Das hast du. Aber wo ist die Freude, nach so einer langen Zeit den alten Freund wiederzusehen? ›Und wenn er nach Hause kommt, ruft er die Freunde und die Nachbarn zusammen und spricht zu ihnen: Freuet euch mit mir, denn ich habe mein Schaf gefunden, das verloren war.‹ Sind dir Freundschaften nichts wert? Hast du den Hiob nicht verstanden? ›Wenn einer die Freunde zur Beute ausbietet, so werden die Augen seiner Kinder verschmachten.‹« Nathan, wie sich der alte Meister nannte, legte eine kurze Pause ein. Als der neue Meister nichts erwiderte, zitierte er noch einmal aus der Bibel: »›Sogar den Verwaisten würdet ihr verlosen, und über euren Freund einen Handel abschließen.‹«

»Du bist nie mein Freund gewesen, Nathan, du hast mich zu deinem Gefangenen gemacht. Und die anderen zu willenlosen Gefolgsleuten.« Die Wut auf Nathan ließ ihn laut werden. Er schrie: »Wir haben keinen Handel abgeschlossen, sondern handeln müssen, weil du uns auf den falschen Weg geführt hast. Du hättest uns alle vernichtet mit deiner tödlichen Strategie. Rücksichtslos warst du. Menschenleben zählen für dich nichts, du Egomane. Aus dir spricht nicht Gott, sondern Nathan der Selbstverliebte, der Blender, der Falschzitierer, der Mörder!« Er spürte, dass Nathan mit einem solchen verbalen Angriff nicht gerechnet hatte und sich ungeheuer provoziert fühlte. Von früher wusste er, dass eine Reaktion oder Eruption nicht lange ausbleiben würde.

Nathan packte das Kreuz auf seiner Brust, das unten wie eine Dreikantfeile aussah und an einem schwarzen Rosenkranz hing, und streifte es über seinen Kopf. Zornig kam er näher und holte aus. Der neue Meister versuchte auszuweichen. Aber es gelang ihm nicht. Das Kreuz bohrte sich unterhalb seines Herzens in den Körper. Der neue Meister sackte in seinem Drehstuhl zusammen. Nathan blickte um sich und überlegte, ob er etwas Wichtiges mitnehmen konnte. Aber er zog es vor, schnell zu verschwinden. Er wollte gerade die Tür aufmachen, als sie jemand von außen öffnete. Vor ihm stand eine Frau, die eine Pistole im Schulterhalfter trug. Er stieß die Frau um und rannte die Treppe hinunter.

Berger richtete sein Fernglas in den Nachthimmel und suchte nach dem Mond. Tammy gab ihm einen Puff.

»Was ist?«

»Da vorne links bewegt sich was im Wald.«

»Wo denn?«

»Schau doch mal genau hin! Da! Vier Männer gehen auf das Hotel zu. Nein! Es sind sogar fünf! Alle in grauen Kutten wie dieser Typ von vorhin. Jetzt verschwinden sie hinter dem Gebäude.«

»Tut mir leid, ich habe zu lange nach oben geschaut.«

»Dann wird es Zeit, dass du deine Blickrichtung änderst. Wir sind nicht wegen der Mondfinsternis hier.«

Tammys Mahnung wirkte nur kurz. Das Schauspiel, das der Himmel bot, nahm Berger völlig gefangen, bis er einen erneuten Stoß von Tammy erhielt.

»Was ist das denn?«

»Auf der linken Seite des Hotels steigt leichter Rauch auf. Dort, wo vorhin diese Leute verschwunden sind. Oder täusche ich mich?«

Berger konzentrierte sich endlich auf das Hotel. An der linken Seite kräuselte tatsächlich Rauch nach oben. »Beobachten wir das noch kurz. Nicht, dass wir uns täuschen.« Aber es gab keinen Zweifel. Es sah nach einem Brandanschlag aus. Sicher dauerte es nicht lange, bis das Hotel aus Weißtanne im Vollbrand stand, wie es in der Sprache der Feuerwehr hieß. Sie mussten handeln.

»Du täuschst dich leider nicht. Wir müssen rein und die Leute warnen.« Berger rief wie vereinbart Oberstaatsanwalt Stenglenz an. »Es ist so weit. Wir brauchen Feuerwehr, Notärzte, Polizei und SEK, so schnell wie möglich. Das ›Schatzhauser‹ brennt. Und möglicherweise benötigen wir einen Löschhubschrauber.«

»Berger, es läuft schon einiges. Hilfe kommt schnell. Wir beeilen uns!«

Berger traute seinen Ohren nicht. Hatte Stenglenz wirklich gesagt, dass schnell Hilfe komme? Aber er hatte keine Zeit, sich zu wundern.

»Was ist?«, fragte Tammy.

»Stenglenz spricht von schneller Hilfe.«

Tammy schüttelte ungläubig den Kopf. Sie steckten ihre Ferngläser ein, verließen ihr Versteck und sprangen auf die Straße. An der linken Seite des Hotels stiegen die Flammen schon meterhoch auf. Keuchend erreichten sie den Eingang. Der Mann an der Rezeption schien den Angriff nicht bemerkt zu haben. Er hatte sich in irgendwelche Papiere vertieft.

Berger zückte seinen Ausweis und sagte laut: »Das Hotel brennt. Alle Gäste und das Personal müssen raus.«

Der Mann starrte ihn verstört an. »Wie, das Hotel brennt?«

»Los, beeilen Sie sich. Wir haben nicht viel Zeit. Wie viele Zimmer sind belegt?«

»20.«

»Sind alle Hotelgäste da?«

»Nein, acht sind noch unterwegs.«

»Können Sie die Gäste zentral alarmieren?«

»Nein, ich muss sie einzeln anrufen.«

»Gut, gehen Sie Zimmer für Zimmer durch, fangen Sie hier unten an. Wir gehen in den ersten Stock.«

Jetzt erst schien dem Mann zu dämmern, dass Berger es ernst meinte. Er verließ die Rezeption und rannte in die Küche. Während Tammy und Berger die Treppe hochliefen, hörten sie den Mann rufen: »Raus, raus, das

Hotel brennt!« Tammy nahm sich im ersten Stock die linke Seite vor, Berger die rechte. Sie trommelten an jede Tür. »Feuer, fire, verlassen Sie das Zimmer und gehen Sie ins Freie.« Sie setzten ihre Rettungsaktion im zweiten und dritten Stock fort. Verdutzte Gesichter schauten sie an und folgten mal schnell, mal weniger schnell ihren Anweisungen.

Sie standen schließlich an der Treppe, die zu dem abgesperrten Bereich unter dem Dach führte. Berger sagte: »Ich mach hier unten noch weiter. Geh du schon mal hoch, bevor der Rauch sich ausbreitet.«

Tammy sah sich um, stieg über das Absperrseil und ging auf das erste Zimmer zu. Sie drückte den Türgriff nach unten und öffnete. Auf der anderen Seite wollte auch gerade jemand die Tür aufmachen. Es war der Mann, den sie kurz vor Ausbruch des Brandes gesehen hatten. Er stieß sie mit voller Wucht um, sprang über das Absperrseil und rannte die Treppe hinunter.

Tammy rappelte sich auf, zog ihre Waffe und schrie: »Halt! Stehen bleiben!« Sie folgte ihm nach unten und forderte ihn noch einmal auf, stehen zu bleiben. In dem Augenblick, als sie einen Schuss abgab, stieß sie jemand zur Seite. Der Flüchtige zuckte kurz zusammen und lief weiter, gefolgt von dem hageren Mann, der sie angerempelt hatte.

»Tammy, was ist los?« Berger kam auf sie zu.

»Ich habe ihn erwischt.«

»Wen?«

»Den Mann, der vorhin ins Hotel gegangen ist.«

»Du musst ihn vorerst laufen lassen. Möglicherweise kommt er nicht weit. Wir müssen das Dachgeschoss nach weiteren Personen durchsuchen.«

Von draußen hörten sie Motorengeräusche. Drei oder vier Autos fuhren weg. Wer machte sich davon? Gäste? Der Mann, der soeben Tammy umgerannt hatte? Hotelangestellte? Täter? Vor wem flüchteten sie? Vor ihnen oder vor dem Feuer? Sie hatten keine Zeit und hasteten die Treppe hoch, während Tammy ihre Waffe zurück ins Schulterhalfter schob. Sie zeigte auf die offene Tür, die in einen riesigen Raum führte. In der Mitte, nicht weit weg vom abgedunkelten Fenster, stand ein großer Schreibtisch. Davor hing ein Mann in seinem Drehstuhl und blutete unterhalb des Herzens. Ein silbernes Kreuz steckte in seinem Oberkörper.

»Du musst ihn auf dem Drehstuhl rausrollen!«, schrie Tammy. »Ich nehme sein Notebook mit.« Sie griff danach und riss die Kabel mit. Auf dem Schreibtisch sah sie ein weiteres Notebook und ein Tablet. Ohne zu zögern, nahm sie beide Geräte an sich. Sie zog die Schublade auf und entdeckte einen Taschenkalender in schwarzem Leder und ein kleines blaues Notizbuch. Möglicherweise waren es wichtige Beweismittel. Sie steckte sie in ihre linke Hosentasche. Plötzlich barst das abgedunkelte Fenster vor dem Schreibtisch mit einem lauten Knall. Feuerschlangen schossen auf Tammy zu. Ihr Hemd fing an zu brennen. Sie rannte mit ihrer Beute Berger hinterher, der im Eiltempo den Verletzten auf dem Drehstuhl durch den Gang schob.

»Nathan«, sagte der Verletzte halblaut.

Berger stoppte. »Nathan wer?«

»Nathan Iberger, Nathan Iberger.«

»Sind Sie Nathan Iberger?«

»Nein, das ist der alte Meister.«

»Und wer sind Sie?«

»Der neue Meister.« Der Verletzte verstummte.

Berger blickte auf und sah, dass Tammys Hemd brannte. Ohne zu zögern, riss er es auf, zog die Fetzen herunter und warf sie auf den Boden. »Hast du nicht gemerkt, dass du brennst?«

Verblüfft stand Tammy da und sah an sich herunter. Sie roch nach versengten Haaren.

Berger sagte: »Nichts wie raus!«

»Was ist mit den anderen Zimmern?«

»Um die müssen wir uns nicht mehr kümmern. Die Türen stehen auf.«

Sie schafften es bis zum Aufzug, den sie aber nicht mehr benutzen konnten. Tammy klemmte die beiden Notebooks, das Tablet und die Kabel zwischen den Drehstuhl und den Verletzten. Von draußen waren plötzlich Sirenen zu hören. Die versprochene Hilfe nahte! Tammy und Berger schauten sich verblüfft an. Stenglenz hatte offenbar sein Wort gehalten. Tammy gab Berger ein Zeichen. Beide hoben den Drehstuhl an und trugen den Verletzten keuchend Treppenstufe für Treppenstufe hinunter. Der Qualm machte ihnen immer mehr zu schaffen. Im Empfangsbereich konnten sie den Drehstuhl mit dem Verletzten absetzen und ihn schnell ins Freie schieben. Tammy hustete wie verrückt und sank auf die Knie. Sie begriff, dass sie nur noch den Büstenhalter anhatte. An ihren Oberarmen und am Rücken zeichneten sich Brandspuren ab. Die Schmerzen spürte sie erst jetzt.

Der Mann im Drehstuhl versuchte sich aufzurichten. Es gelang ihm nicht. Mühsam winkte er, als wollte er etwas sagen.

Berger ging näher an ihn ran.

Der neue Meister flüsterte: »Im Seminarraum im Keller sind vier Jünger eingeschlossen.«

Stenglenz hatte an alles gedacht: an SEK, Krankenwagen, Notarzt, Feuerwehr. Alle Achtung! Berger winkte den Feuerwehrleuten und rief: »Runter in den Keller. Dort sind vier eingeschlossen. Seminarraum. Möglicherweise müsst ihr die Tür aufbrechen.«

Der SEK-Einsatzleiter kam auf Berger zu.

»Ihr müsst das Gelände sichern und den Wald nach den Angreifern durchsuchen, die das Hotel angezündet haben. Wie viele es sind, weiß ich allerdings nicht«, sagte Berger.

»Fünf! Ich habe fünf Männer gesehen, bevor wir ins Hotel sind«, rief Tammy und hustete noch mehr. »Ist noch jemand im Hotel?«

»Nur die vier im Keller. Um die kümmert sich die Feuerwehr.«

Das Feuer wurde immer stärker. Vermutlich reichte das Wasser im Tankwagen der Feuerwehr nicht aus, um den Brand zu stoppen. Berger hörte, wie einer der Feuerwehrleute über die Zentrale mehr Einsatzkräfte verlangte. Der Notarzt kümmerte sich um den Mann auf dem Drehstuhl. Es stand nicht gut um ihn. Sanitäter legten ihn vorsichtig auf eine Trage, während der Notarzt nach einem Rettungshubschrauber verlangte. Das Personal und die Gäste waren unverletzt, allerdings geschockt. Auf ihr Hab und Gut mussten sie verzichten. Es war nicht ratsam, in das brennende Holzhaus zurückzukehren. Und zur Ruhe würden sie vorerst auch nicht kommen. Die Aufnahme ihrer Personalien und die ersten Vernehmungen standen an.

Oberstaatsanwalt Stenglenz hatte aus der Distanz alles beobachtet. Jetzt kam er auf Berger und Tammy zu, die immer noch auf dem Boden hockte. Zwei Sanitäter sahen sich ihre Brandwunden an. Stenglenz klopfte Berger auf die Schulter und sagte nur zwei Worte: »Entschuldigung! Respekt!«

Tammy nahm das alles nicht wahr. Als ihr Husten nachließ, schaute sie müde zu Berger auf. »Alban, tu mir einen Gefallen, ruf Falco an. Ich habe im Moment nicht die Kraft dazu.«

Falco war überrascht, dass Tammy bei einem Einsatz verletzt worden war. Sie hatte ihm nichts mitgeteilt. Sie hatte nur gesagt, sie habe am Blutmond keine Zeit für die Beobachtung von Himmelskörpern. Sie sei aus dringenden familiären Gründen auswärts. Berger beruhigte Falco. Es seien keine schwerwiegenden Brandwunden.

Nathan alias Lukas Kambacher, der alte Meister, hinkte über einen schmalen Pfad, der steil nach unten führte. Voraus ging sein treuester Jünger, der sich von Zeit zu Zeit umdrehte, um zu sehen, ob der Meister auch nachkam. Sie hatten es geschafft, unentdeckt zu entkommen. Der Pfad endete an einem breiten Waldweg. Von unten konnte man den Pfad nicht sehen. Alles sah zugewachsen aus. Der Jünger deutete nach links. Nach 200 Metern erreichten sie einen alten Holzplatz mit einem großen Wendekreis, auf dem ein schwarzer SUV stand. Sie schauten zum Himmel. Gleich herrschte totale Mondfinsternis. Sie stiegen in den Wagen. Ein Schmerz durchfuhr den Meister. Der Jünger sagte: »Meister, bald wird die Wunde gesäubert und versorgt.« Er startete den Wagen und fuhr mit hoher Geschwindigkeit davon. Den

Meister schmerzte nicht nur die Wunde, sondern auch die Tatsache, dass er sein Werk nicht vollenden konnte. Und dass ihn eine Polizistin beinahe außer Gefecht gesetzt hätte. Er kannte ihr Gesicht, er kannte sogar ihren Namen.

KAPITEL 25

Berger musste allein zurückfahren. Tammy saß im Krankenwagen, um sich die Brandwunden behandeln zu lassen. Möglichweise musste sie die nächsten zwei Tage in die Klinik. Das entschied sich in der Nacht. Seine ganze Kleidung stank nach dem Rauch des brennenden »Schatzhauser«. Von dem Hotel aus Weißtanne würde nichts bleiben, außer den alten Grundmauern, in denen so viel Geschichte steckte. Er war froh, dass er gemeinsam mit Tammy das Hotel überwacht und Stenglenz sein Versprechen gehalten hatte. Sonst wären viele Menschen umgekommen. Die Feuerwehr musste den Wald vor den Flammen retten. Inzwischen hatte sie Unterstützung von Wehren in der ganzen Umgebung, von Baden-Baden über Freudenstadt bis Offenburg. Es wäre eine Katastrophe, wenn sich das Feuer in dieser heißen Sommernacht ausbreiten würde. Schon seit Wochen bestand höchste Waldbrandgefahr. Zum Glück war es windstill. Ein Löschhubschrauber stand trotzdem bereit für den Notfall.

Die Gäste und das Personal waren inzwischen in einem anderen Hotel am Nationalpark untergebracht, bewacht von Einheiten der Bereitschaftspolizei. Der Haupttäter und sein Adlatus, jener Mann, der Berger in der Bibliothek angesprochen hatte, waren entwischt. Die vier Jünger im Keller hatte die Feuerwehr in letzter Minute befreit.

Die wertvollen Bücher konnten nicht gerettet werden. Das schmerzte Berger.

Er fuhr auf die letzte Kurve zu und musste scharf bremsen, wie damals, als er das erste Mal auf dem Weg zu diesem mysteriösen Hotel gewesen war, um einen »harmlosen Fall« aufzuklären. Vor ihm stand ein großer Wolf, der wie ein Waldhüter wirkte. War es jener, den er zu Beginn dieses Abenteuers fotografiert hatte? Der Wolf sah stolz und zufrieden aus. Oder bildete er sich das nur ein? Jetzt senkte der Wolf den Kopf und hob ihn wieder. Wollte er sich bedanken? Für was? Dass das Hotel abbrannte, das vermutlich eine verbrecherische Organisation beherbergt hatte? Wie damals fotografierte Berger den Wolf. Der blieb reglos stehen, als wäre er auf ein Fotoshooting eingestellt. Berger schaute sich die neuen Fotos an. Als er aufschaute, war der Wolf verschwunden. Wie damals. Berger verglich die neuen Bilder mit jenen vom April. Es gab keinen Zweifel, es handelte sich um denselben Wolf. Er klappte das Smartphone zu, fuhr an und beschleunigte. So schnell wie möglich wollte er diesen Dunkelwald hinter sich lassen.

Die Fahndung nach den beiden Hauptverdächtigen lief. Ihre Mittäter, die im Wald nach intensiver Suche gefasst worden waren, vier an der Zahl, wurden nach und nach verhört. Tammy hatte aber fünf gesehen. Berger konnte das so nicht bestätigen, weil er im entscheidenden Moment nicht aufgepasst hatte. Tammy beschrieb den fehlenden Mann in etwa. Er glich jenem Kumpel namens Harry Holler, von dem der festgenommene Prepper berichtet hatte.

Maximilian Federleins These bestätigte sich auf gefährliche Weise. Die vier Festgenommenen fühlten sich nicht schuldig, weil sie eine völlig andere Einstellung zur Gesellschaft und zum demokratischen Rechtssystem hatten. Ihr Verhalten und ihre spärlichen Aussagen ließen vermuten, dass sie einer Gehirnwäsche unterzogen worden waren.

Drei der Männer aus dem Keller waren zugänglicher. Ihre Aussagen deckten sich mit dem, was der verängstigte Jünger erzählt und dann widerrufen hatte. Fragen zum alten Meister beantworteten sie nicht. Die Angst vor ihm stand ihnen ins Gesicht geschrieben. Der vierte Jünger aus dem Keller zog es vor, überhaupt nichts zu sagen.

Die Auswertung der Computer aus dem Hotel Schatzhauser brachte einen Volltreffer nach dem anderen. Sie waren einem riesigen kriminellen Netzwerk auf die Spur gekommen, das im In- und Ausland agierte. Unter normalen Umständen hätten sie es nicht durchstoßen können. Es war zu gut abgeschirmt. Letztlich war es der Hartnäckigkeit von Alban Berger zu verdanken, dass sie eines der Zentren des Netzwerks gefunden hatten. Und dass einer der Hauptverantwortlichen zum Zeitpunkt des Zugriffs an seinem Computer saß. Sie stießen auf Adressen, Stiftungen, Geldflüsse, Sponsoren, Pläne, die nichts Gutes verhießen. Bis in höchste Kreise der Kirchen, der Wirtschaft, der Gesellschaft, der Sicherheitsbehörden und der Politik war das Netzwerk schon vorgedrungen.

Über das Netzwerk, die Protagonisten und Anhänger bewahrten sie vorerst Stillschweigen. Es wäre aus ermittlungstaktischen Gründen fatal gewesen, jetzt schon die Medien über ihre Entdeckungen zu informieren. Sie konzentrierten sich in den Pressemitteilungen auf Erfolge in der Bekämpfung der christlichen Terrorgruppe. Es kristallisierte sich heraus, dass das Netzwerk eine andere Gesellschaftsform anstrebte, die nichts zu tun hatte mit

Demokratie. Das Ziel in Deutschland war ein Angriff auf das Grundgesetz.

Die Soko Gifiz arbeitete gemeinsam mit dem Bundeskriminalamt, dem Landeskriminalamt, dem Verfassungsschutz und der Bundesanwaltschaft eine Strategie aus, um das Netzwerk endgültig zu zerschlagen. Berger und Tammy hofften, dass sie keine Maulwürfe in ihren Reihen hatten. Die Ermittler, die an der Datenauswertung arbeiteten, wurden mit Stenglenz' Einwilligung heimlich überprüft. Aber keiner hatte Verbindungen zu diesem Netzwerk oder zu ähnlichen Organisationen.

Als die letzten Glutnester gelöscht waren, machten sich die Ermittler der Soko und des LKA an die Tief- beziehungsweise Berggarage des »Schatzhauser«. Die Hitze hatte die Stahltüren verbogen. Es blieb ihnen nichts anderes übrig, als die Türen zu sprengen. In der weiträumigen Garage standen einige Autos. Die Wagen in der Nähe der Stahltüren hatten nur noch Schrottwert, die im hinteren Bereich Richtung Berg hatten den Brand überstanden. Am Ende der Garage Richtung Berg befand sich eine verschlossene Tür. Auch sie musste aufgesprengt werden. Sie konnten ihre Überraschung nicht verbergen.

KAPITEL 26

Berger war wieder auf dem Weg zum Hotel Schatzhauser. Dieses Mal zu Fuß. Eine Nebeldecke hatte sich über den Wald gelegt. Vom Himmel war nichts mehr zu sehen. Rund die Hälfte der Strecke hatte er hinter sich gebracht. Die Nebeldecke senkte sich. Zwischen den Bäumen tauchten schemenhafte Gestalten auf. Langsam ging er auf die Menschen zu, die links und rechts vom Weg aus dem Dickicht des Waldes strömten. Einige konnte er jetzt erkennen: diesen hageren, finsteren Typ vom »Schatzhauser«, den neuen Meister, den verängstigten Terroristen, den er verhört hatte – und Firner! Was wollte der hier? Plötzlich verwandelten sie sich in Wölfe. Sie sahen dem großen Wolf ähnlich, dem er zweimal hier oben begegnet war. Er konnte ihnen nicht ausweichen. Sie kamen immer schneller auf ihn zu. Der erste Wolf erreichte ihn. Er spürte seinen Atem. Der Wolf roch und zerrte an ihm. Die anderen Wölfe umringten ihn. Gleich würden sich alle auf ihn stürzen. Seine Angst machte ihn wehrlos. Der erste Wolf riss ihm das Hemd vom Leib. Ein kühler Luftzug umwehte ihn.

Berger wachte auf. Jemand hatte ihm die Decke weggezogen. Er war noch ganz benommen von dem Traum, sodass er nicht erfasste, was um ihm herum geschah. Irgendein Wesen zog ihm die Schlafhose herunter und streifte sein Nachthemd hoch. Die Matratze gab nach. Warme Haut und weiche Brüste drängten sich an seinen nackten Oberkörper. Er konnte den feinen Geruch wahrnehmen, den er so liebte. Eine Stimme flüsterte in sein Ohr: »Sag jetzt nichts und rück ein bisschen auf die Seite.« Still folgte er dem Befehl, froh, dass er dem Traum entronnen war.

Am Morgen beschlossen Berger und seine Frau Ariane beim Frühstück, die Trennung der Betten aufzuheben. Für den Abend bestellten sie einen Tisch in ihrem Lieblingsrestaurant.

Allmählich bekamen sie ein klareres Bild vom Hotel Schatzhauser. Die beiden Notebooks und das Tablet, die Tammy an sich gerissen und vor den Flammen bewahrt hatte, gaben Aufschluss über die Verbindungen der Betreiber des »Schatzhauser« zu Hintermännern in Argentinien. Das Hotel wurde von einer Stiftung geführt, die unter der Leitung von Nachfahren der ehemaligen Besitzer des Gasthauses Tannenruh stand. Es diente letztlich als Tarnung für viele Aktivitäten, die die Ermittler überraschten. Die skrupellosen Betreiber hatten über Jahre ein großes Servernetz aufgebaut. Auf das waren sie gestoßen, als sie die Garage im Berg untersucht und dahinter weitere Räume entdeckt hatten – mit Servern bestückt. Über das Netz organisierten sie den Austausch der Stiftungen, was an sich nicht illegal war. Allerdings wurde über diese Stiftungen und das »Schatzhauser« Geld aus verschiedenen illegalen Tätigkeiten gewaschen. Es war nicht die einzige Stiftung der Nachfahren. Ihr Ziel war nicht die Geldwäsche, sondern die Beeinflussung der Gesellschaft. Dazu kauften sie überwiegend konservative

Medienunternehmen. Berger erschrak, als er von Sakura hörte, dass auch der Verlag seiner Frau in den Blick dieser Gruppe geraten war.

Außerdem brachten die Ermittlungen ans Licht, dass die Betreiber in eine groß angelegte Erpressung verwickelt waren. Sie waren verantwortlich für den Bibelvirus, der erotische Seiten befallen hatte, und für die Angriffe auf große Firmen, deren Computer verschlüsselt und gegen große Summen wieder freigeschaltet worden waren. Sie spähten außerdem persönliche Daten aus, fälschten Dokumente und entwickelten Schadsoftware, mit der sie über Botnetze große Angriffe starten wollten. Die Hotelgäste zählten zu den Opfern. Sie hatten nicht geahnt, was sich tatsächlich hinter dem »Schatzhauser« verbarg, und fleißig für einen vermeintlich guten Zweck gespendet. Sie gehörten meist religiös-konservativen Kreisen an, die mit der Entwicklung der Gesellschaft und der westlichen Kultur haderten und die Auflösung der Werte beklagten. Die Summen, die von ihren Konten in die Stiftungen flossen, waren beträchtlich. Die »Außenhaut« des »Schatzhauser« und die Angebote im Hotel hatten ganz ihrem Weltbild entsprochen, sodass ihre Bereitschaft groß gewesen war, die »guten Werke« der Hotelbetreiber zu unterstützen. Diese hatten alles so geschickt getarnt, dass den Gästen und den internationalen Referenten nichts aufgefallen war. Selbst das Personal hatte das Gespinst nicht durchschaut. Die Leute, die im Serverraum arbeiteten, galten offiziell als Angestellte, die das Hotel und die Stiftungen verwalteten.

In den Verhören der aussagewilligen Jünger drängte sich den Ermittlern der Verdacht auf, dass ihre Grundlage nur auf Bibelversen beruhte, die aus dem Zusammenhang gerissen waren. Sie versicherten, dass alles seine Richtigkeit habe und nichts unbegründet sei oder auf einer Theorie ohne Fundament beruhe. Sie selbst hätten sich nichts vorzuhalten. Die Morde, die man ihnen vorwerfe, sie selbst sprachen von göttlichem Recht, habe der alte Meister im Einklang mit dem Alten und Neuen Testament angeordnet. Seine Argumentation sei immer nachvollziehbar gewesen. Ja, sie hätten getötet, aber keine strafbaren Handlungen begangen. Das weltliche Recht habe sich verselbstständigt und widerspreche der göttlichen Ordnung.

Nach und nach ergab sich ein Bild von einer Gruppe, das von Hörigkeit und Unterwerfung, Ignoranz und Brutalität gezeichnet war.

Die Ermittler kamen auch der Lösung im Fall des angeblich verunglückten Argentiniers Gustavo Borges näher, obwohl die Soko Gifiz damit nichts zu tun hatte. Sie fanden bei der Untersuchung der beschlagnahmten Notebooks heraus, dass er aus dem Schwarzwald stammte und jenes Kind war, das den Massenmord in der Hochwald-Siedlung überlebte. Eines der Notebooks sowie das Tablet, die Tammy aus dem brennenden Hotel gerettet hatte, gehörten Herrn Borges. Auf dem Tablet fanden sie seine Aufzeichnungen über die Gespräche mit Falco Gmeiner und über seinen Kontakt mit dem Rechtsanwaltsbüro. Dort hatte man ihm erklärt, dass es äußerst schwierig sei, in Frankreich an Akten zu den Hochwald-Morden zu kommen. Man werde es aber versuchen. Der Argentinier hatte sich einen Kostenvoranschlag geben lassen, der sehr hoch ausgefallen war. Doch davon hatte er sich nicht abhalten lassen. In der Folge hatte Borges

Tagebuch geführt, auch diese Notizen fanden die Ermittler auf seinem Tablet. Daraus ging hervor, dass er sich von Tag zu Tag stärker bedroht gefühlt hatte. Er hatte zuletzt sogar um sein Leben gefürchtet. Wer dahintersteckte und höchstwahrscheinlich seine Ermordung veranlasst hatte, blieb unklar. Vom Hotel Schatzhauser war die Initiative nicht ausgegangen, wohl eher von Argentinien. Möglicherweise konnte dieser Fall nicht aufgeklärt werden.

Dass die argentinische Polizei behilflich sein würde, war unwahrscheinlich. Die Ermittler misstrauten der argentinischen Polizei, weil sie nicht einschätzen konnten, wie weit sie von der Schatz-Sippe unterwandert war. Die Sippe stammte von jenem SS-Mann Erwin Schatz ab, der Ende April 1945 spurlos aus dem Nordschwarzwald verschwunden war. Nach allem, was sie in kürzester Zeit herausgefunden hatten, hatte die Schatz-Sippe großen Einfluss auf den Sicherheitsapparat in Buenos Aires und auch auf Teile der politischen Führung. Sie würde alle Versuche blockieren, hinter das Geheimnis um den Tod des Argentiniers und letztlich auch der Hochwald-Morde zu kommen.

Der ursprüngliche Anführer der christlichen Terrorgruppe, der alte Meister, Nathan Iberger alias Lukas Kambacher, blieb verschwunden. Er war Profi im Untertauchen, ein Phantom. Teile seiner Vita kannte man inzwischen dank der knappen Hinweise seines Nachfolgers, die dieser im brennenden Hotel Schatzhauser noch gegeben hatte. Er entstammte einer reichen Familie aus einem Ort in der Nähe des Bayerischen Waldes. Aus dem kleinen Sägewerk seiner Familie war mit der Zeit ein riesiges Unternehmen der Holz- und Logistikbranche entstanden, die Iberger-Group.

Sein Vater sackte zusammen, als er erfuhr, dass Nathan ein Terrorist war, ein christlicher Terrorist. »Diese bigotte Mutter«, stöhnte er. Er war sich keiner Schuld bewusst an der Entwicklung seines Sohnes.

Die Geschwister Nathans, eine Schwester und zwei Brüder, wollten sich nicht zu ihrem Bruder äußern. Sie fürchteten um den guten Ruf ihrer großen Firma, die sie inzwischen von ihrem Vater übernommen hatten und als Dreigestirn führten. Aber es half nichts, die Presse war an dem Fall dran. Das Echo war enorm groß. Und die Geschäfte liefen trotzdem ungestört weiter. Die Familie umging die Belastung mit einer besonderen Legende. Dabei spielte die Mutter Nathans eine große Rolle, die ihn auf den falschen Weg gebracht habe. Sie habe sektenmäßig gelebt und sich von allen Familienmitgliedern entfremdet. Ihr früher Tod, möglicherweise Suizid, das war nicht endgültig geklärt, machte die Legende noch spannender. Ansprechpartner für die Öffentlichkeit war Nathans Vater, der den Gebrochenen gab. In Wirklichkeit hatte er sich schnell von der Nachricht über das wahre Leben seines Sohnes erholt und wie in alten Zeiten eine Strategie ausgearbeitet. Auf einer Pressekonferenz schilderte er seinen Sohn als sensiblen, beeinflussbaren Menschen, der ganz von seiner Mutter eingenommen worden sei, die ihn über alles geliebt und vergöttert habe. In ihrer tiefen Religiosität habe sie ihren Sohn in einer Weise geprägt, die er in seinem späteren Leben wohl missverstanden habe. Er bat die Opfer seines Sohnes um Verzeihung und kündigte an, dass er Messen für sie lesen lasse und, wenn von den Angehörigen gewünscht, Geld in einen Unterstützungsfonds zahlen werde. Das brachte ihm überwiegend großen Respekt ein, weil es so überzeugend klang.

In seiner Gemeinde und in der Öffentlichkeit nahm man dem Vater die Rolle ab. Der Sohn, ein Täter, ein Überzeugungstäter, verwandelte sich in ein Opfer besonderer Umstände. Dieses Bild bestimmte die Diskussion in der Öffentlichkeit und in den Sozialen Medien. Wäre er Islamist gewesen, hätte er keine Gnade bekommen im Gegensatz zu einem »fehlgeleiteten« Christen. Diese Frage stellten nur wenige. Über die Affären des Vaters und seinen Umgang mit Nathans Mutter wurde nichts publik, schließlich war er der große Wohltäter seiner Heimatgemeinde.

Zwei Wochen nach der Pressekonferenz brannte das Elternhaus Nathans. Sein Vater und dessen zweite Frau konnten sich unverletzt retten. Ein technischer Defekt oder Fremdverschulden wurden nicht festgestellt. Vermutlich hatte eine brennende Kerze im Todeszimmer der Mutter den Brand ausgelöst. Auch daraus wusste der Vater Kapital zu schlagen. Ein vom Schicksal gezeichneter Mensch präsentierte sich der Öffentlichkeit. In der Presse erinnerte man daran, dass vor längerer Zeit schon einmal ein Brand das Unternehmen von Nathans Vater getroffen und großen Schaden angerichtet hatte. Damals war der Brand nach längeren Ermittlungen als ungeklärter Fall zu den Akten gelegt worden. Allerdings hatten die Ermittlungen eine größere Steuerhinterziehung offengelegt. Mit Hilfe versierter Rechtsanwälte hatte sich Nathans Vater mit den Steuerfahndern auf eine Anerkennung der Schuld und eine hohe finanzielle Strafe geeinigt, die ihn vor dem Gefängnis bewahrt hatte.

Mit Nathan, dem Terroristenführer, war auch sein Adlatus untergetaucht, der unter dem neuen Meister im Hotel Schatzhauser zum Stellvertreter aufgestiegen war, der Mann mit dem schwarzen SUV. Er hatte den neuen Meister getäuscht, die Verbindung zu Nathan gehalten, ein Terrormitglied nach dem anderen in die Falle gelockt und Interna aus dem Hotel an seinen Herrn weitergeleitet. Nur der Auftritt seines Herrn und Meisters im Hotel Schatzhauser und der endgültige Schlag gegen die restlichen Jünger misslangen dem Adlatus. Sein entscheidender Fehler war, dass er Berger und Tammy falsch eingeschätzt hatte.

Der neue Meister hatte sich von dem lebensgefährlichen Stich mit dem geschliffenen dreikantigen Kreuz so weit erholt, dass er aus dem Justizvollzugskrankenhaus Hohenasperg im Landkreis Ludwigsburg entlassen und endlich verhört werden konnte. Berger übernahm das Verhör und wollte im Wesentlichen das bestätigt bekommen, was bereits ermittelt worden war. Er ging nicht davon aus, dass sie noch Neues erfahren würden.

Der neue Meister bat jedoch darum, ihm einfach zuzuhören. Und er betonte, er werde nur über sich reden und keine Fragen zu Familienangehörigen beantworten.

»Das müssen Sie auch nicht nach dem deutschen Rechtssystem, das Sie ablehnen«, erklärte Berger. »Sie müssen niemanden belasten, nicht einmal sich selbst.« Nach dieser kurzen Belehrung ließ Berger ihm viel Zeit.

»Mein Name ist Jakob Sander, ich stamme aus einer streng katholischen Familie. Meine Eltern hatten den Wunsch, dass ich Pfarrer werde. Also habe ich Theologie studiert, aber den Berufswunsch meiner Eltern nicht erfüllt.« Dabei beließ er es, eine Erklärung lieferte er nicht. Er sprach von zerstörten Lebenswegen, Trümmern rechts und links, vor sich und hinter sich. Sein Sprachduktus war ruhig, seine Stimme klar, seine Lebensbeichte strukturiert, seine Erkenntnisse selbstkritisch und scharf. Georg Rackert hatte ihn in seiner Analyse der Terrorgruppe als intellektuellen und nachdenklichen Menschen beschrieben.

Berger fiel auf, dass Sander bei niemandem Schuld suchte, aber auch selbst für nichts schuldig sein wollte. Seine Lebensbeichte begann mit dem Klosterinternat. Wie er von einem Pater immer wieder vergewaltigt worden war, wie er seinen Peiniger im Affekt im Beichtstuhl getötet hatte, wie er ihm wütend ein Amulett in den Rachen gestopft hatte, wie Nathan alles beobachtet und ihn fortan in der Hand gehabt hatte.

Berger stoppte seinen Redefluss und befragte ihn näher zu dem Klosterinternat und dem Pater. Darum musste sich das bayerische Landeskriminalamt kümmern.

Nach einer längeren Pause erzählte Sander, wie sich Nathans und seine Wege nach dem Abitur getrennt hatten, sie sich aber in einem Seminar wiederbegegnet waren, wie er erneut in Abhängigkeit geraten war, wie er die Jünger auf seine Seite gezogen hatte und letztlich mit ihnen gescheitert war. »Ich habe in meinem Leben vieles nicht erkannt und nicht wahrhaben wollen. Erst vor ein paar Monaten bin ich ins Wanken gekommen. Eine Leere hat sich in mir ausgebreitet. Ich habe versucht, sie zu bekämpfen, aber sie hat mich immer mehr aufgefressen und ermüdet. Nach und nach habe ich erkannt, dass ich mich auf einem Irrweg befinde, und dennoch hatte ich nicht den Mut, Konsequenzen zu ziehen.«

Berger spürte, dass Sander krampfhaft nach Argumenten suchte, die ihn nicht als Schuldigen dastehen ließen. Er musste ihm klarmachen, dass sein Handeln geahndet werden würde. »Herr Sander, ich kann Ihre Erklärung nachvollziehen und bedaure sehr, was Sie erleben mussten. Dennoch müssen Sie sich vor den Gerichten einer demokratischen Gesellschaft verantworten. Und diese Gesellschaft haben Sie massiv bedroht und wollten sie vernichten. Das geht aus den Beiträgen hervor, die wir auf Ihrem Computer gefunden haben.«

»Das ist so nicht richtig«, widersprach er. »Es ist schließlich bei einem Versuch geblieben, der gescheitert ist. Aus meinem Scheitern kann man doch folgern, dass ich nicht hinter den Zielen der Gruppe gestanden habe. Seit ich die Gruppe geführt habe, hat sie kein einziges Verbrechen mehr begangen.«

»Ihre Vergehen reichen für eine lebenslange Haft«, hielt Berger ihm vor. »Ihr Scheitern macht Sie nicht unschuldig. Außerdem haben Sie sich auch im Sinne der Bibel schuldig gemacht. Dort finden sich zahlreiche Seiten und Zitate, die Ihr Gedankengebäude zum Einsturz bringen.«

Sander erwiderte darauf nichts, sondern setzte seine Lebensbeichte fort.

Er wusste, dass seine Argumente so instabil wie ein Kartenhaus waren, vermutete Berger. Er traute es ihm allerdings nicht zu, ähnlich zu handeln wie sein Vorgänger.

Sander zeichnete ein Bild von Nathan, der ganz in seiner selbst gewählten Rolle eines Messias aufgegangen sei. »Nathan glaubt, was er sagt, er versteht es, andere Menschen zu manipulieren. Nathan setzt andere als

Vollstrecker ein, macht sie zu seiner Waffe. Es ist ungeheuer schwer, sich ihm zu entziehen. Seine Stimme und seine Augen sind unwiderstehlich. Fast unwiderstehlich«, schränkte er ein. »Ich konnte mich schließlich doch befreien. Als Außenstehender kann man das kaum begreifen. Und er ist sehr verletzlich, nachtragend und ungeheuer rachsüchtig. Wer sich ihm widersetzt oder ihn verletzt, muss mit dem Schlimmsten rechnen. Dann wird Nathan zum unerbittlichen Verfolger. Er ist ein sehr gefährlicher Mensch, den man nicht unterschätzen darf. Wenn man ihn nicht stoppt, wird er großen Schaden anrichten. Als ich gehört habe, dass Nathan noch auf freiem Fuß ist, bin ich sehr erschrocken. Er wird immer Anhänger finden. Überall. Vor allem im Internet. Das ist wie ein großes, offenes Meer mit reichlich Fischbestand. Nathan wirft ständig seine Netze aus.«

Das war die eine Seite seiner langen Erzählung. Die andere Seite handelte von seiner Familie, zu der er sich letztlich doch äußerte. Diese war sehr groß, mit einem Zweig in Deutschland und einem Zweig in Argentinien, der von Erwin Schatz geründet worden war. Zum deutschen Zweig zählte Dr. Norwin Sander, ein Cousin von Jakob Sander. Dr. Norwin Sander, der Baden-Badener Staatsanwalt, war kurz nach dem Brand des »Schatzhauser« vom Dienst suspendiert worden.

»Zwischen den beiden Zweigen ist der Kontakt nie abgerissen«, erzählte Jakob Sander. »Vor längerer Zeit haben meine Verwandten aus Argentinien gefragt, ob ich mir vorstellen kann, Geschäftsführer eines Hotels mit einem besonderen kulturellen Anspruch zu werden, das hier im Schwarzwald gebaut werden sollte.«

»Moment«, unterbrach Berger, »Ihr Name taucht nicht als Geschäftsführer auf.«

Jakob Sander antwortete: »Meine Verwandtschaft hat empfohlen, in den offiziellen Papieren einen Mann, der nicht zur Familie gehört, als Geschäftsführer zu nennen.«

»Also einen Strohmann«, meinte Tammy, die längst aus dem Krankenhaus entlassen worden war und die zweite Runde des Verhörs zusammen mit Berger führte.

»Ich habe mir darüber keine Gedanken gemacht«, erklärte Sander. »Sie haben mir ihr Programm vorgestellt, das auf Erholung und Erbauung ausgerichtet war. Mit Erbauung waren vor allem konservativ-klerikale Seminare gemeint. Ich habe das Angebot angenommen, zumal es gut dotiert war. Anfangs hat mich das Konzept begeistert und meinem Weltbild entsprochen. Erst mit der Zeit, als das Hotel schon stand, habe ich die wahren Absichten des Projektes durchschaut. Aber ich habe geschwiegen, weil ich die Einrichtungen und einige Angestellte für meine Zwecke nutzen konnte. Zum Beispiel für bundesweite Hackerangriffe. Für dieses Geschäftsmodell hat sich dann auch die argentinische Verwandtschaft interessiert und es als ausbaufähig bezeichnet. So hat jede Seite von der anderen profitiert. Und wir sind voneinander abhängig geworden. Mit den Hackerangriffen habe ich begonnen, als ich in die Fänge von Nathan geraten bin. Der hat davon aber nichts gewusst. Schon damals waren die Angriffe Versuche, mich von Nathan zu befreien. Und noch etwas: Ich habe mich nie selbst an den Aktionen Nathans beteiligt.«

Tammy fragte Sander nach dem argentinischen Gast. »Kannten Sie ihn? War er ein Mitglied Ihrer Familie?«

Sander zögerte mit einer Antwort. »Damit habe ich so gut wie nichts zu tun gehabt.«

»Das kann ich mir nicht vorstellen«, entgegnete Tammy. »Als Geschäftsführer und Verbindungsglied zur argentinischen Linie der Familie müssen Sie doch gewusst haben, wer dieser Mann war.«

»Ich habe mich rausgehalten und es meinem Ersten Jünger überlassen, die Angelegenheit gemeinsam mit den Argentiniern zu regeln.«

»Was genau verstehen Sie unter ›Angelegenheit‹?«, fragte Tammy verärgert. Jemand, der die Tötung eines Menschen als »Angelegenheit« bezeichnete, entlarvte sich als unmenschlich.

»Die Nachforschungen des Mannes sollten gestoppt werden. Die Argentinier haben zunächst jemanden geschickt, aber der Erste Jünger war mit dessen Plänen nicht einverstanden und hat alles selbst in die Hand genommen. Als der Gast einen Rechtsanwalt eingeschaltet hat, um herauszubekommen, was damals im April 1945 im Nordschwarzwald geschehen ist, hat meine Familie befürchtet, dass er sich immer mehr in den Fall vertieft, wenn er nicht ausgeschaltet wird.«

»Was wissen Sie über die Hintergründe des ermordeten Argentiniers? Und wie tief ist Ihre Familie in den Fall verstrickt?«, hakte Berger nach.

»Das müssen Sie meine argentinische Familie fragen. Ich weiß gar nichts.«

Berger fiel noch etwas ein. »Wissen Sie, was es mit der Alten Schwabacher Schrift auf sich hat, die das ›Schatzhauser‹ verwendet?«

»Das ist eine Erinnerung an die Gründung des Waldbauernhofes, auf dessen Grundmauern das Gasthaus Tannenruh und vor Jahren das ›Schatzhauser‹ gebaut worden ist. Zu jener Zeit war diese Schrift maßgebend, vor allem in religiösen Texten.«

Als Sander nach Stunden fertig war, sagte er: »Danke, dass Sie mir zugehört haben.«

Das Verhör beziehungsweise der Monolog hatte alle erschöpft. Die Aussagen des neuen Meisters waren an manchen Stellen bruchstückhaft und klangen nicht immer logisch. Und nicht immer ehrlich. Aufgabe der Soko Gifiz war es jetzt, Lücken zu schließen, Bruchstücke zusammenzufügen und notgedrungen mit der argentinischen Polizei zusammenzuarbeiten.

Berger und Tammy zogen ein vorläufiges Fazit. Sie hatten es mit einem deutsch-argentinischen Clan zu tun. Er war gut organisiert und wehrte sich schon jetzt mit juristischen Mitteln gegen eine Anklage oder Verurteilung. Das hatten sie bereits zu spüren bekommen. Zwei Verdächtige aus der deutschen Linie hatten sich ins Ausland abgesetzt, darunter Dr. Norman Sander, der Staatsanwalt. Vor den Ermittlern baute sich ein riesiger Berg Arbeit auf.

Vier Tage später fand man Jakob Sander erhängt in seiner Zelle in der Offenburger Justizvollzugsanstalt. Niemand hatte damit gerechnet. Eine Anstaltsärztin hatte ihn noch einen Tag zuvor untersucht und nichts Auffälliges wahrgenommen. Er habe auf sie einen ruhigen und ausgeglichenen Eindruck gemacht. Niemand zweifelte die Aussagen der Anstaltsärztin an, die als äußerst erfahren galt.

In diesem Fall deutete auch nichts auf Fremdeinwirkung hin. Dennoch musste die Staatsanwaltschaft routinemäßig Ermittlungen einleiten. Suizid in Haftanstalten konnte man nie zu 100 Prozent verhindern. Auch bei der Kontrolle und Überwachung von Gefangenen waren Grundrechte zu beachten. Auf dem kleinen Tisch in der Zelle des Erhängten lag ein Zettel, auf dem in geschwungener, außergewöhnlich schöner Handschrift stand: »Als aber Ahitophel sah, daß sein Rat nicht ausgeführt worden war, sattelte er den Esel und machte sich auf und zog nach seinem Hause, nach seiner Stadt; und er bestellte sein Haus und erdrosselte sich; und er starb und wurde begraben im Begräbnis seines Vaters.«

Berger und Tammy, die in die Untersuchung der Todesumstände einbezogen waren, erklärten, der Text stamme aus der Bibel, aus dem Alten Testament. Er war dem »Zweiten Buch Samuel« entnommen. Dass Sander diese Stelle gewählt hatte, fand Berger mehr als interessant. Ahitophel galt als ein Mann mit messerscharfem Verstand, ein guter Stratege und Berater. Sein Ratschlag, hieß es, sei so, als frage man Gott. Mit seinen hervorragenden Eigenschaften stieg er zum Berater von König David auf. Er ließ es jedoch an Treue zum König fehlen, eine seiner Charakterschwächen, und verbündete sich mit Absalom. Beide wollten König David stürzen, beschritten unterschiedliche Wege und scheiterten.

Berger fiel der Tote mit der Bibelseite im Mund ein, auf welcher der Tod Absaloms geschildert wurde. Hier schloss sich der Kreis von zwei Gescheiterten, von denen der eine noch immer unbekannt war.

KAPITEL 27

Die Großkontrolle hatte am Spätnachmittag begonnen und war für 24 Stunden geplant. Ziel war es, in Grenznähe unerlaubte Einreisen zu verhindern und gegen Waffen- und Drogenschmuggel vorzugehen. Sie hatten die Großkontrolle nicht angekündigt, um die nicht zu warnen, um die es ging. Bundespolizei, Landespolizei, Zoll, französische Grenzpolizei, die Bundespolizeibereitschaft Bad Bergzabern und eine Fliegerstaffel waren im Einsatz. Die Leitung hatte die Bundespolizeiinspektion Offenburg. Beim Parkplatz auf Höhe des Baggersees bei Kehl-Kork wurden immer wieder Pkw und Lkw herausgewunken, Führerscheine und Personalien überprüft, Fahrzeuge durchsucht. Sie arbeiteten nach dem Zufallsprinzip. Das hieß, dass nicht jedes Fahrzeug kontrolliert wurde. Sie wichen von dieser Regel nur ab, wenn ihnen ein Fahrzeug schon vor der Kontrolle verdächtig vorkam. Eine Routine, die unspektakulär verlief.

In den letzten Stunden hatten sie mehrere Alkoholsünder gestoppt und drei Fahrer, die keinen Führerschein besaßen. In sechs Autos fanden sie geringe Mengen Haschisch, Marihuana und Amphetamine. Zwei ausländische Autofahrer hatten gefälschte deutsche Pässe bei sich und wurden nach Frankreich zurückgeschickt. Gegen die beiden wurde ein längeres Einreiseverbot für Deutschland verhängt. Mehrere Lkw wurden aus dem Verkehr gezogen, weil sie entweder überladen waren oder schwere Sicherheitsmängel hatten.

Die Zeit schritt voran, es war schon Mitternacht, bald endete für die erste Schicht der Dienst. Andy Zittler sehnte die Ablösung herbei. Der lange Tag hatte ihn müde gemacht. Sie hatten mehr als 200 Personen und über 100 Fahrzeuge, darunter Fernreisebusse, kontrolliert. Seine Konzentration ließ immer mehr nach. Außerdem hatte er die Reaktionen von Kontrollierten satt, ihre Beschimpfungen, ihre Beleidigungen, ihre Pöbeleien. Er hob die Kelle, nachdem er aufgefordert worden war, einen Ford Focus Kombi anzuhalten. Der Fahrer des Kombi verlangsamte das Tempo, als er das Haltesignal bemerkte.

Plötzlich aber beschleunigte er und raste auf Andy Zittler zu, der sich rückwärtsfallen ließ, um nicht überfahren zu werden. Das Auto erfasste ihn dennoch, er schlug hart auf dem Randstreifen auf, die Kelle fiel ihm aus der Hand. Ehe seine Kolleginnen und Kollegen reagieren konnten, fuhr der Kombi mit hohem Tempo im Zickzack davon. Zwei Polizeiwagen nahmen die Verfolgung des Flüchtigen auf, der schon einen großen Vorsprung hatte. Die Fliegerstaffel wurde alarmiert. Ein Hubschrauber, ausgestattet mit modernsten Geräten für nächtliche Einsätze, stieg auf.

Der Ford Focus mit französischem Kennzeichen hatte fast Willstätt-Sand erreicht, als die beiden Polizeifahrzeuge aufschlossen. Sie konnten auf der zweispurigen Fahrbahn nicht überholen, weil er die volle Breite der Spuren ausnutzte. Rammen bei dieser hohen Geschwindigkeit war äußerst gefährlich. Bald kamen die Abfahrten zur Autobahn Richtung Freiburg und Karlsruhe. Der

Polizeihubschrauber schwebte inzwischen über Verfolger und Verfolgtem. Wollte der Flüchtige eine der Abfahrten nehmen? Er raste vorbei Richtung Freudenstadt. Wenn er auf der B28 blieb, brauchten sie Unterstützung aus der entgegengesetzten Richtung. Auch wenn auf der B28 wenig Verkehr war, kam es immer wieder zu brenzligen Situationen, in denen andere Verkehrsteilnehmer gefährdet wurden. Notfalls mussten sie den Flüchtigen entkommen lassen. Sie bekamen per Funk die Mitteilung, dass ein weiterer Hubschrauber eingesetzt wurde. Die Polizei in Freudenstadt wurde darum gebeten, auf der B28 an der Griesbacher Steige eine Straßensperre einzurichten. Eine MEK-Einheit aus Stuttgart mache sich zu einem Einsatz bereit.

Die Abfahrten Richtung Offenburg und Achern nahten. Auch die ignorierte der Flüchtige. So wie es aussah, wollte er vorerst nicht die Richtung wechseln. Nach wie vor hatten sie keine Chance, sich neben oder vor ihn zu setzen. Wenn er freie Bahn hatte, zog er abwechselnd nach links oder rechts. Die Bremsmanöver, die sie machen mussten, kosteten jedes Mal Zeit. Der erste Oberkircher Kreisel auf der B28 rückte näher. Ein Auto fuhr auf der rechten Seite. Vom Kreisel her näherte sich auf der linken Seite ein Fahrzeug. Der Abstand zwischen den beiden wurde geringer. Der Flüchtige erkannte seine Chance und setzte ohne Rücksicht zum Überholen an. Der Fahrer des Autos auf der linken Seite wich auf den Randstreifen aus, verriss dabei sein Lenkrad und schleuderte ins Erdbeerfeld neben der B28. Der Fahrer rechts ließ sein Fahrzeug auf dem Seitenstreifen ausrollen.

Wertvolle Sekunden waren verloren gegangen. Vor dem Kreisel konnten sie den Flüchtigen nicht mehr stoppen. Er nahm die zweite Ausfahrt und fuhr mit hoher Geschwindigkeit auf der B28 weiter Richtung Freudenstadt. Wieder hatte er einen deutlichen Vorsprung herausgefahren. Die Verfolger holten ihn allerdings kurz vor dem Tunnel West ein. Sie versuchten ihn in diesem Bereich an die Wand zu drücken, aber er konnte im letzten Moment ausweichen.

Nach diesem gescheiterten Manöver fielen sie ein weiteres Mal zurück. Am Tunnel Ost hatten sie aufgeholt. Der Fahrer des ersten Polizeiwagens setzte alles auf eine Karte. Er beschleunigte in der Mitte des Tunnels und lenkte den Wagen nach links neben den Flüchtigen, zog dann nach rechts und versuchte, ihn an die Tunnelwand zu drücken. Der Wagen schlingerte, berührte kurz die Wand, der Mann im Auto konnte ihn aber stabilisieren und ließ die Verfolger wieder hinter sich.

Kurz vor dem nächsten Kreisel rammten ihn die Verfolger. Dieses Mal konnte er seinen schleudernden Wagen nicht mehr abfangen, überfuhr ein Schild und wurde von dem Kreisel endgültig gestoppt. Die Polizisten meldeten, dass die Flucht beendet sei. Der erste Hubschrauber flog bis hinter den zweiten Oberkircher Kreisel Richtung Freudenstadt und landete auf der Strecke. Der zweite setzte vor dem ersten Oberkircher Kreisel auf. Nach kurzer Zeit war die Luft erfüllt vom Geheul der Polizeisirenen.

Der Flüchtige, der nicht angeschnallt war, hing bewusstlos über dem Lenkrad und blutete, als die Polizisten die Tür öffneten. Sein Airbag hatte nicht ausgelöst. Die Polizisten zogen den Mann vorsichtig aus dem Wagen und legten ihn auf den Boden. Sie untersuchten ihn, fanden aber keine Waffen, jedoch ein Smartphone. Sie wollten auf Nummer sicher gehen und forderten Sprengstoffexperten und einen Spürhund an.

Die Strecke zwischen den beiden Kreiseln war längst abgesperrt, als die Experten eintrafen. Alle mussten den zweiten Tunnelabschnitt bis zum Kreisel verlassen, damit die Sprengstoffexperten den Wagen gründlich untersuchen konnten. Der bewusstlose Flüchtige war bereits auf einer Trage weggebracht worden. Diensthund Waldi von Adelshausen, ein erfahrener Schnüffler, musste als Erster ran. Mit seinem Führer lief er mehrmals um das Fluchtfahrzeug. Rechts am Kofferraum setzte sich Waldi plötzlich hin und wartete auf seine Belohnung, ein Zeichen, dass sich im Wagen Sprengstoff befand. Alle bis auf einen der Experten zogen sich zurück. Dieser schlüpfte in einen Spezialanzug und holte mit einem Kollegen einen Roboter für Sprengstoffeinsätze aus dem Kastenwagen, mit dem sie angerückt waren. Sie nannten ihn Alfred, nach dem Vornamen von Alfred Nobel, dem Erfinder des Dynamits. Alfred fuhr zum Fluchtfahrzeug, drückte langsam den Knopf des Kofferraumdeckels und zog den Deckel hoch. Als alles ruhig blieb, ging der Experte zum Auto. Der Kofferraum war auf den ersten Blick leer. Er winkte seinen Kollegen und gemeinsam lösten sie die Abdeckungen. Unter dem Kofferraumboden fanden sie, wonach sie suchten: Sprengstoff und Zubehör. Und sie entdeckten noch etwas: ein Jagdgewehr, ein besonderes Jagdgewehr.

In der Wohnung des Flüchtigen, der unter dem Namen Konrad Siebeneicher in Kehl gemeldet war, sicherten die Ermittler des Landeskriminalamtes zahlreiche Datenträger. Es stellte sich heraus, dass Konrad Siebeneicher der gesuchte Harry Holler war, der in Straßburg eine zweite Unterkunft besaß. Er hatte 56 Personen des öffentlichen Lebens in ganz Baden ausgespäht: Gemeinderäte, Bürgermeister, Landräte, darunter Franz Rescher. »Staatsziele« nannte er sie auf seinen Datenträgern. Als Objekte für Anschläge hatte er sich Rathäuser und Landratsämter ausgesucht. Die Ermittler waren erstaunt, dass er so unvorsichtig war. Seine Kehler Wohnung war wie ein offenes Buch, in dem sie ohne Schwierigkeiten lesen konnten.

Das Rätsel löste sich im Zuge der Ermittlungen bald auf. Ein Recherche-Netzwerk von mehreren Tageszeitungen und Rundfunkanstalten veröffentlichte eine nahezu ungeheuerliche Nachricht: Der Verfassungsschutz hatte Harry Holler beziehungsweise Konrad Siebeneicher als Vertrauensperson und Informant geführt und ihn auch regelmäßig bezahlt. Diese brisante Information wurde dem Recherche-Netzwerk vom Landesverfassungsschutz in Stuttgart zugespielt. Die Behörde räumte nur wenige Fakten ein und entschied, auf die meisten Nachfragen nicht zu antworten.

Ein weiteres Ergebnis machte den Fall zu einem politischen Skandal: Mit dem Gewehr aus dem Auto war auf Staatssekretär Wolber und den Ortenauer Landrat Rescher geschossen worden.

In den Unterlagen des mutmaßlichen Attentäters fanden sich auch der Name und die Adresse des Preppers Arnfried Wegemer. Die beiden früheren Kumpel hatten mehr miteinander zu tun, als Wegemer eingeräumt hatte. Federlein vom LKA nahm sich Wegemer selbst in einem weiteren Verhör vor. Er konfrontierte ihn mit den Fakten. Als Waffenbeschaffer für einen Terroristen sah es düster für ihn aus. Das schien er im Verhör zu begreifen. Er versuchte zu verhandeln: mildere Strafe gegen umfangreiche Aussage.

Federlein wog ab, ob sich ein Deal für sie lohnte. Was konnte er ihnen Neues anbieten? Stenglenz und der Generalbundesanwalt empfahlen, sich auf den Deal einzulassen. Sie wollten möglichst viel über die Prepperszene, ihre Strukturen und ihre Verbindungen erfahren. Und sie wollten umfassend den Anschlag auf den Landrat und den Staatssekretär aufklären. Maximilian Federlein sah sich in seiner Theorie vom großen Feld mit brauner Saat bestätigt, die aufgehe, begleitet von einer gefährlichen gesellschaftlichen Diskussionskultur.

Wegemer ließ nichts mehr spüren von seiner Abgeklärtheit. Das System, das er ablehnte, erwies sich als stärker. Also arrangierte er sich mit ihm, um früher aus der Haft entlassen zu werden. Im Verhör gab er zu, dass er zu seinem Kumpel Harry Holler alias Konrad Siebeneicher tatsächlich mehr Kontakt gehabt hatte. Sie hatten sich in unregelmäßigen Abständen getroffen.

»Wo?«, wollte Federlein wissen.

»Harry hat ein kleines Domizil in den Hochvogesen. In der Gegend kann man unbehelligt leben.« Er beschrieb ihnen den Standort der Hütte. »Dort sind wir in letzter Zeit öfter zusammengekommen und haben über unsere Pläne gesprochen. Das Domizil hat meinem Kumpel auch als möglicher Unterschlupf gedient, was aber bisher nicht nötig war.«

Kein Wunder, dachte Federlein, der Verfassungsschutz hat ja die Hand über ihn gehalten.

Wegemer erzählte nicht, dass er sich auf seiner Flucht zu der Hütte durchschlagen wollte. Vor langer Zeit hatte er mit Harry mehrere geheime Aufenthaltsorte festgelegt. Jetzt deckte er alles auf, was er wusste, um seine Haut zu retten. Es war ihm klar, dass er damit auch seinen einzigen Freund verriet. Wahrscheinlich hatte der sich umgekehrt ähnlich verhalten. Er hätte gern mehr über ihn erfahren. Aber Federlein sagte ihm lediglich, es gehe ihm den Umständen entsprechend gut. Das konnte nur heißen, dass ihm etwas zugestoßen war. Möglicherweise war er tot.

Federlein unterbrach Wegemers Gedanken mit einer weiteren Frage: »Wissen Sie, dass Harry Holler für den Verfassungsschutz gearbeitet hat?«

Diese Frage durchzuckte ihn wie ein Blitz. Das war doch nur ein billiger Trick. »Harry Holler beim Gegner? Nie im Leben!«

»Haben Sie selbst etwas mit dem Verfassungsschutz zu tun?«, bohrte Federlein nach.

»Nein!«, antwortete Wegemer wütend. »Sie bluffen doch nur. Wollen Sie mich damit unter Druck setzen?«

»Nein, das liegt mir völlig fern.«

Wegemer war verunsichert. Hatte Harry dem Verfassungsschutz von seinem Haus und seinen Waffen erzählt? Er konnte das nicht mehr ausschließen. Also musste auch er jetzt vollends auspacken. Sonst würde alles auf ihn zurückfallen. Er bat um eine kurze Unterbrechung des Verhörs und einen starken Kaffee.

Federlein gewährte ihm beides, weil er spürte, dass Wegemer keine Rücksicht auf seinen Kumpel mehr nehmen wollte.

Nach der Pause bestätigte Wegemer noch einmal, dass er Harry Holler das Jagdgewehr mit Munition übergeben hatte. Er hatte ihm auch angeboten, Leute für ihn auszuspähen, unter anderem Landrat Franz Rescher. Er war es, der Holler auf die Versammlung im hinteren Kinzigtal zum Thema Wolf aufmerksam gemacht hatte. Den Versammlungsort und seine Sicherheitsschwächen kannte er von einem früheren Einsatz als Security.

Harry Holler hingegen ließ in den Verhören viele Fragen unbeantwortet. Der Verfassungsschutz ignorierte die Fakten und erklärte, es sei nicht erwiesen, dass der Verdächtige die Waffe benutzt und auf den Landrat und den Staatssekretär geschossen habe. Der Mann sei ein wichtiger Informant. Seine Festnahme sei ein Rückschlag. Dass er bei der Großkontrolle das Haltesignal missachtet habe und davongefahren sei, müsse man als Panikreaktion verstehen. Er habe befürchtet, mitten in einer schwierigen Aktion aufgedeckt zu werden. Dass dabei ein Polizist zu Schaden gekommen sei, tue ihm aufrichtig leid. Vorerst könne der Informant nicht aussagen, unterstrich der Verfassungsschutz, der sich wie ein Anwalt aufführte. Die Aussagen Wegemers erklärte er für nicht glaubwürdig. Es sehe so aus, als wolle der seine Haut retten. Er habe kein Alibi für die Tatnacht im Fall Landrat.

Diesem Argument konnte niemand etwas entgegensetzen. Nach jetziger Sachlage hatten sie die Tatwaffe, aber keinen Täter. Dass Tammy Holler beim Hotel Schatzhauser als einen der möglichen Brandstifter identifiziert hatte, ließ der Verfassungsschutz ebenfalls nicht gelten. Die Beobachtung einer Super-Recognizerin sei nicht gerichtsverwertbar. Außerdem sei nicht erwiesen, dass Holler, falls er tatsächlich am Tatort gewesen sei, Hand angelegt habe.

Das Argument, dass in der Wohnung des Verdächtigen Hinweise auf Ziele für Anschläge gefunden worden waren, zerpflückte der Verfassungsschutz ebenfalls. Holler habe in der Szene recherchiert, Aussagen und Hinweise gesammelt und verarbeitet. Den Vorstoß des Landeskriminalamtes auf die russische Plattform, an dem Sakura Landmann und Felix Manderscheid maßgeblich beteiligt waren, kritisierte der Verfassungsschutz als kontraproduktiv. Man sei überrascht, dass das Landeskriminalamt ohne Absprache vorgegangen sei und damit Aktionen gefährdet habe.

Es klang alles wie Hohn. Der anfängliche Fahndungserfolg drehte sich zu einem Misserfolg. Maximilian Federlein vermutete, dass der Verfassungsschutz eine Ausweitung des Skandals um Holler mit allen Mitteln verhindern wollte.

Federlein bestellte eine Spezialistin aus dem Kriminaltechnischen Institut des BKA in Wiesbaden, die die Elektronik im Auto von Harry Holler überprüfen sollte. Mit der Datenanalyse fanden sie seine Zielorte heraus: die Hütte in den Hochvogesen, Freudenstadt, Stuttgart, Offenburg, Karlsruhe, die Schwarzwaldhochstraße. Er hatte sich mehrmals im Haus des Preppers Arnfried Wegemer aufgehalten. An dem Abend, als er hinter dem Osttunnel der Oberkircher Umgehungsstraße gestellt werden konnte, war er kurz zuvor in Kehl gewesen.

Als die Ermittler die Adresse überprüften, empfing sie ein aggressiver Wohnungsinhaber, der versuchte, die Eingangstür zuzudrücken. Wie ihm das nicht gelang, rannte er in eines der hinteren Zimmer und kam mit einer geladenen Pistole zurück. Die beiden Ermittler zogen sich zurück und forderten Verstärkung an. Eine SEK-Einheit belagerte die Wohnung. Nach Stunden hörten die SEK-Leute einen Schuss. Als sie die Wohnung stürmten, fanden sie den Eigentümer leblos auf. In der Wohnung entdeckten sie Hinweise auf ein Netzwerk von Rechtsradikalen unterschiedlicher Couleur, das sich von Stuttgart bis ins Elsass zog. Eine der zentralen Figuren war Harry Holler. Für die Ermittlungen war das ein Gewinn. Allerdings blieb nach wie vor ungeklärt, wer auf Staatssekretär Alexander Wolber und Landrat Franz Rescher geschossen hatte.

Noch eine Merkwürdigkeit rundete diesen Fall in seiner Absurdität ab. Der Informant des Verfassungsschutzes und mutmaßliche Attentäter Harry Holler hatte plötzlich einen der teuersten und besten Strafverteidiger der Republik an seiner Seite. Oberstaatsanwalt Stenglenz schlug, als er davon hörte, mit seiner rechten Faust hart auf seinen Schreibtisch. Stenglenz kannte den Staranwalt aus Begegnungen vor Gericht.

In der großen Besprechungsrunde sagte er: »Noch schlechtere Karten können wir uns im Moment nicht vorstellen. Von wegen, alle Behörden ziehen in der Sicherheitspolitik und Verbrechensbekämpfung an einem Strang! Das, was wir gerade erleben, ist ein gegenseitiges Strangulieren. Ich bitte Sie darum, äußerst akribisch in unseren Fällen vorzugehen. Wir dürfen uns keinen einzigen Fehler erlauben. Wir müssen uns auf langwierige und schwierige Untersuchungen gefasst machen. Und auf Störmanöver. Und noch eines: Die Republik schaut auf uns!«

So emotional und bissig hatte man Stenglenz bisher nicht erlebt. Er war bei den ChrisTer-Fällen und in der

»EG Landrat« zwar letztlich nur der verlängerte Arm der Bundesanwaltschaft, aber die Behörde in Karlsruhe erwartete von ihm mehr als vollen Einsatz, da sich ein Abgrund auftat, der die Republik in seinen Schlund reißen konnte. Dass die ChrisTer-Fälle und der Anschlag auf den Landrat und den Staatssekretär zusammenhingen, obwohl sie getrennt bearbeitet wurden, hatte in Stenglenz Hilflosigkeit und Angst ausgelöst. Angst um den Bestand der Republik, Angst um den Zusammenhalt der Gesellschaft, Angst um die Familie, um seine Frau, seine Tochter, seinen Sohn. Er wäre ruhig geblieben, wenn er von der Unantastbarkeit und Redlichkeit aller Strafverfolgungsbehörden voll und ganz überzeugt gewesen wäre. Die letzten Wochen hatten ihn aber eines Besseren oder vielmehr Schlechteren belehrt. Von seiner Unruhe konnte ihn vorerst niemand heilen.

KAPITEL 28

Sie wartete schon die elfte Nacht auf ihn, den alten Meister. Sie hoffte, dass er kommen würde, hierher, an den Gedenkstein für Georg Rackert. Der alte Meister hatte ihr den Geliebten, den Partner genommen. Und sie hatte auf den alten Meister geschossen und ihn verletzt. So, wie ihn sein Nachfolger, der neue Meister, beschrieben hatte, würde er diese Schmach nicht auf sich sitzen lassen. Es war nur eine Frage der Zeit, dass sie wieder aufeinandertreffen würden. Tammy war bereit, ihn zu töten.

Er hatte sie vor Wochen aufgespürt und begonnen, sie zu beschatten. Sie hatte es geschehen lassen. Er merkte nicht, dass sie ein Spiel mit ihm trieb. Wie eine Spinne lockte sie ihn in ihr Netz. Jeden Tag nach der Arbeit fuhr sie zum Gedenkstein am Gifizsee. Je länger sie blieb, desto stiller wurde es am See und in der Umgebung. Sie wollte ihn hierherlocken. Die Gegend kannte er von seinen Taten und von seiner Zeit, als er in der Nähe gewohnt hatte – im Ligusterweg 4. Dort hatte er seinen terroristischen Feldzug begonnen. Tammy hoffte, den Feldzug hier am See beenden zu können. In diesem Augenblick wollte sie keine Rücksicht auf ihre Karriere nehmen. Es war ihr bewusst, dass sie einen schwerwiegenden Tabubruch beging. Sie schwang sich zur Richterin auf. Seit Beginn der Ermittlungen gegen die christliche Terrorgruppe bewegte sie sich auf den Tabubruch zu. Der Anschlag auf Landrat Rescher und Staatssekretär Wolber und die Ermordung ehemaliger Weggefährten des alten Meisters hatten sie in ihrem Entschluss bestärkt. Dieser Terrorist, von Wut und Rache gesteuert, der rücksichtslos Menschen ermordete oder umbringen ließ im Namen eines höheren Wesens, konnte nur durch Gewalt gestoppt werden. Aber sie selbst war ebenfalls von Wut und Rache gesteuert.

Sie hatte niemanden in ihren Plan eingeweiht, nicht einmal Alban Berger. Auch nicht Falco. Er hätte sicher kein Verständnis gehabt, wenn sie ihm von ihren Gedanken erzählt hätte. So gut konnte sie ihn inzwischen einschätzen. Mit Georg hätte sie offen über Rache und Selbstjustiz diskutieren können, auch wenn er beides nie gebilligt hätte. Das hätte seinen Prinzipien widersprochen. Aber er wollte Haltungen, Überlegungen, Probleme verstehen. Darin sah er auch erfolgreiche Polizeiarbeit: im Ergründen, nicht nur im Ermitteln.

Mit Berger über ihre Gefühle zu sprechen, hatte sie nicht gewagt. Er war Gefangener seiner Schuldgefühle, auch wenn er es sich nicht mehr anmerken ließ. In den letzten Monaten schien er sich gefestigt zu haben. Dieser Eindruck konnte aber auch täuschen. Auf jeden Fall wollte sie ihn mit ihren Problemen nicht zusätzlich belasten. Insgeheim hatte sie gehofft, die Beziehung zu Falco dämpfe ihren Drang nach Rache. Er war ein sanftmütiger, verständnisvoller Mensch, der manchmal zu viel Nähe forderte. Sie brauchte Distanz und Bewegungsfreiheit. Ihre Treffen verliefen meist harmonisch, bis auf wenige Einschränkungen, die sie zu verantworten hatte. Schuld waren ihre Gefühle. Sie lebte mit zwei Männern zusammen, mit einem lebenden und mit einem toten.

Außerdem überlagerte der Durst nach Rache alles mehr und mehr. Er bestimmte ihr Arbeitsleben, ihre Freizeit, ihre neue Beziehung. Deshalb hatte sie vor einiger Zeit beschlossen, sich nicht mehr dagegenzustemmen, sondern das Werk zu vollenden.

Der Sichelmond, den zerfetzte Schleierwolken leicht verdeckten, warf schmales Licht über den See. Tammy hörte ein Geräusch. Es kam von der Platanenallee. Sie tastete nach ihrer HK P30 im Schulterhalfter. Wenn es darauf ankam, musste sie blitzschnell ziehen und schießen. Die Pistole hatte sie vor vier Monaten bekommen. Sie lag gut in der Hand. 15 Schuss Munition steckten im Magazin. Sie hoffte, dass sie ausreichten. Bei den regelmäßigen Schießübungen im Dienst war sie treffsicher, konzentriert und schnell.

Ein großes dunkles Auto ohne Licht rollte über die Straße. Es hielt kurz an und fuhr dann weiter. Das Geräusch verging, das Auto war nicht mehr zu sehen. Tammy schaute sich vorsichtig um. Bei der Platanenallee bewegte sich etwas. Das musste nichts heißen. An den letzten Abenden hatte sich immer irgendetwas bewegt. Aber heute Abend war es anders. Tammy schaute angestrengt in die Richtung. Sie erkannte eine Person. Alle ihre Sinne und Nerven waren jetzt gespannt. Das musste er sein, der alte Meister. Er hatte einen langen dunklen Mantel mit Kapuze an. So viel konnte sie erkennen. Sie hatte sich gut an die Sichtverhältnisse in der Dunkelheit gewöhnt. An einem breiten Gürtel baumelte etwas, das aussah wie ein Schwert. Das passte zu diesem Mann, der sich in einem besonderen Licht sah.

Tammy provozierte ihn, indem sie sich langsam zu ihm hindrehte, als wäre sie zu einem Opfer bereit. Er stürmte auf sie zu, im Lauf zog er sein Schwert und hob es an, bereit zum Angriff. Sie zog blitzschnell ihre Waffe und drückte dreimal ab. Die Kugeln stoppten seinen Lauf. Er kippte nach hinten.

Tammy ging langsam auf den Mann am Boden zu und vergewisserte sich, dass er tot war. Zufrieden steckte sie ihre Waffe ins Schulterhalfter. Es hatte ein Ende. Für einen Moment achtete sie nicht auf ihre Umgebung, für diesen einen Moment der Zufriedenheit. Von links rannte plötzlich ein Schatten auf sie zu, der offensichtlich bewaffnet und ziemlich schnell war. Instinktiv drehte sie sich um, riss ihre Waffe aus dem Schulterhalfter, ließ sich auf den Rücken fallen. Noch im Fallen schoss sie. Wenige Schritte vor ihr sackte die Gestalt zusammen. Tammy stand auf und lief auf ihr zweites Opfer zu, das wie das erste gekleidet und auch mit einem Schwert bewaffnet war. Der Mann, der Adlatus des alten Meisters, lebte nicht mehr. Doppelherz, stellte Tammy mit Genugtuung fest, als sie die Einschüsse betrachtete. Sie blickte um sich. Es war alles ruhig. Die fünf Schüsse hatte wohl niemand gehört. Nirgends gingen Lichter an. Sie zog eine kleine Taschenlampe aus ihrer linken Hosentasche und leuchtete den Boden ab. Dann untersuchte sie die Kleidung des alten Meisters. Als sie den Oberkörper vorsichtig abtastete, knisterte etwas. Sie wollte schon den Mantel aufknöpfen, da wurde ihr klar, dass sie warten musste, bis die Kolleginnen und Kollegen am Tatort waren. In diesem Fall war sie nicht Ermittlerin, sondern Täterin.

Sie steckte ihre Waffe ein, nahm ihr Smartphone in die Hand und rief Alban Berger an. Es dauerte eine Weile, bis er abnahm. Kein Wunder, zu dieser ungewohnten Zeit. »Ihr könnt ihn abholen.«

»Wen?«, fragte Berger schlaftrunken.

»Den Mann, der uns so lange terrorisiert hat. Und mich könnt ihr auch abholen. Ich habe ihn erschossen. Eine Kugel in den Kopf, eine ins Herz, eine in die rechte Brust. Und seinen Adlatus könnt ihr ebenfalls mitnehmen. Für den haben zwei Schüsse gereicht. Mitten ins Herz. ›Denn von innen aus dem Herzen der Menschen gehen hervor die schlechten Gedanken, Ehebruch, Hurerei, Mord, Dieberei, Habsucht, Bosheit, List, Ausschweifung, böses Auge, Lästerung, Hochmut, Torheit; alle diese bösen Dinge gehen von innen heraus und verunreinigen den Menschen.‹« Genugtuung und Hass schwangen in ihrer Stimme mit.

»Woher hast du diese Weisheit?«

»Aus der Elberfelder.«

»Du wirst die Elberfelder Bibel doch nicht auswendig gelernt haben!«

»Nur die treffenden Stellen.«

»Wo bist du eigentlich, verdammt noch mal?«

»Da, wo alles angefangen hat.« Sie drückte das Gespräch weg.

Die Kolleginnen und Kollegen waren schnell am Tatort, riegelten alles ab, auch die Parkzone an der Platanenallee, in der ein schwarzer SUV mit den Ziffern 8888 auf dem Nummernschild stand. Alban Berger nahm Tammy die HK P30 ab, wie es seine Pflicht war. Tammy musste sich auf interne Ermittlungen einstellen, die sehr ungemütlich werden konnten.

Als die ersten Aufnahmen gemacht waren, knöpften die Techniker den Mantel des alten Meisters auf. Aus einer Innentasche zogen sie ein Papier, das nach einem Blatt aus der Elberfelder Bibel aussah. Berger bat Tammy, sich nicht von der Stelle zu rühren, und ging auf die Techniker zu, um sich das Papier zeigen zu lassen. Es handelte sich tatsächlich um ein Blatt aus der Elberfelder Bibel. So viel Erfahrung hatte er inzwischen mit der Bibel gesammelt, um das einwandfrei feststellen zu können. Ein einziger Satz war gelb markiert.

Laut, sodass es Tammy hörte, las er vor: »Eine Zauberin sollst du nicht leben lassen.« Dieses Blatt hätte der alte Meister Tammy in den Mund gestopft. Warum sah er in ihr eine Zauberin?

Die Frage konnte Tammy nicht beantworten. Die Anspannung der letzten Wochen ließ plötzlich nach, alle Kraft wich aus ihr. Sie brach zusammen, und niemand konnte sie auffangen.

Zurück im Büro suchte Berger in der Bibel und in Kommentaren nach dem Begriff »Zauberin«. Die Forscher erklärten, das Wort sei gleichzusetzen mit Hexe, die Schadzauber verbreite. Im Nachhinein erschrak er, als er sich vorstellte, dass der alte Meister und sein Adlatus Tammy beinahe geköpft hätten mit ihren scharfen Schwertern. Offenbar sah Nathan in Tammy eine äußerst gefährliche Gegnerin. Und damit hatte er recht.

Mit dem Tod des alten und des neuen Meisters war nichts beendet. Es waren nur zwei Protagonisten einer schrecklichen Entwicklung von der Bildfläche verschwunden.

Berger freute sich auf seine neue Aufgabe, auch wenn sie ihn zu viel Aktenarbeit zwang und der Außendienst, den er so geliebt hatte, keine große Bedeutung mehr hatte. Was er von der Beschäftigung mit den Cold Cases vor allem erwartete: Er wollte nie wieder etwas mit der Bibel zu tun haben.

NACHSPIEL

Vor Stunden hatte sein zweiter Tag in der Abteilung Cold Case begonnen. Das Zimmer war nicht gerade vorteilhaft. Und die Abteilung bestand bisher nur aus ihm. Es werde Verstärkung kommen, hatte man ihm versprochen. Schon bald. Immerhin hatte die Einrichtung der Computerarbeitsplätze geklappt. Räumlich müsse sich die neue Abteilung allerdings vorerst mit Einschränkungen abfinden, hatten sie ihm gesagt. Er kam sich vor wie in einem Hühnerkäfig. Trotzdem hatte man vier Arbeitsplätze eingerichtet. Berger hatte bereits eine Liste alter Fälle zusammengestellt, von Mord über Brandstiftung bis zu einer Raubserie. Sie war umfangreicher, als er es sich vorgestellt hatte. Ein Aktenstapel und ein aufgeschlagener Ordner lagen vor ihm.

Es klopfte. Wer besuchte ihn in dieser tristen Aktenkammer? Sicher nicht die angekündigte Verstärkung. »Herein!«

Die Tür öffnete sich langsam und ein Frauenkopf zeigte sich.

»Tammy, was machst du hier?«

»Das ist aber eine dürre Begrüßung! Ich bin deine Verstärkung!«

»Was? Warum das?« Berger war perplex. »Haben sie dich strafversetzt?«

»Nein, das hier verträgt sich besser mit meinem Studium der Rechtspsychologie und meiner Arbeit als Super-Recognizerin. Aber wir werden nicht allein sein, wie ich vorhin gehört habe. Nächste Woche kommen noch eine Kollegin und ein Kollege.«

»Warum bleibst du unter der Tür stehen? Komm rein, schön, dass du da bist!« Er stand auf, während Tammy den Raum betrat. Sie drückten sich so fest wie gute Freunde, die sich seit Ewigkeiten nicht gesehen hatten.

In der nächsten Stunde war an Arbeiten nicht zu denken. Sie tauschten Neuigkeiten der letzten Wochen und Privates aus. Berger erzählte ihr, dass er ein Buch schreiben wolle über die Verletzlichkeit von Polizistinnen und Polizisten. Er habe schon einige Notizen gemacht und viele Beispiele zusammengetragen. Es werde keine Anklageschrift, sondern eine Beschreibung eines gesellschaftlichen Zustandes, eines Ausnahmezustandes.

»Komme ich auch darin vor?«

»Wenn du willst. Und du, hast du alles ohne Konsequenzen überstanden? Wir wurden nicht informiert.«

»Die Suspendierung ist aufgehoben. Das habe ich jetzt schriftlich. Die Internen haben meine Darstellung als glaubwürdig bezeichnet. Die Dienstwaffe habe ich auch wieder.« Vor allem ihren Zusammenbruch hatten die Internen als Beweis ihrer Glaubwürdigkeit gedeutet.

»Gut, dass alles ohne Probleme abgelaufen ist.«

Ohne Probleme! Sie musste Berger ja nicht auf die Nase binden, dass sie gelogen hatte, dass sie Selbstjustiz verübt hatte, dass sie zur Killerin geworden war, dass sie sämtliche Polizeiregeln missachtet hatte. Und dass sie sich zunächst nicht unwohl dabei gefühlt hatte, auch nicht nach dem Zusammenbruch am Gifiz-See, als alles beendet schien. Erst als die Internen sie zu dem Geschehen am Gifizsee befragten, begann in ihr ein schwieriger Prozess der Klärung, in dessen Verlauf sie sich eingestehen musste, dass sie eine Rechtsbrecherin geworden war. Und dass ihr unstillbarer Durst nach Rache sie zur Tötung gedrängt hatte. Bewältigt hatte sie nichts. Im Gegenteil. Mit voller Wucht hatte sie eine Welle der Schuldgefühle getroffen. Und Zweifel, ob sie für den Polizeiberuf geeignet war, rüttelten an ihrem Selbstbewusstsein. Auf jeden Fall war es gut, dass sie vom Dienst suspendiert worden war. So hatte sie Zeit gehabt, ohne den täglichen Arbeitsdruck eine Entscheidung für ihr künftiges Leben zu treffen. Und sie entschied sich, im Dienst zu bleiben, mit einem Makel, der für andere nicht sichtbar war. In die Soko Gifiz konnte sie nicht mehr zurückkehren. Sie hatte sich aus den ChrisTer-Fällen geschossen. Damit konnte sie leben. Andere Aufgaben warteten jetzt auf sie.

Wie so oft hatte sie alles mit sich selbst ausgemacht und gemerkt, wie sehr ihr Georg fehlte. In letzter Zeit sprach sie oft mit ihm, wenn sie allein war, entwickelte Dialoge und Argumentationsketten. Es war wie Selbsttherapie, die mitunter Niedergeschlagenheit auslöste. Sie musste aufpassen, dass daran die Beziehung zu Falco nicht zerbrach.

»An die Arbeit«, hörte sie Berger sagen.

»Wie weit bist du?«

»Ich habe eine vorläufige Liste des ersten Aktenhaufens aufgestellt. Die muss ich noch kopieren. Ich habe nicht damit gerechnet, dass ich so schnell Unterstützung bekomme. Der interessanteste Fall fehlt allerdings.«

»Welcher ist das?«

»Die Hochwald-Morde. Es ist mir untersagt worden, den Fall zu untersuchen. Der Polizeipräsident hat sich mit den französischen Stellen in Verbindung gesetzt und darum gebeten, den Fall gemeinsam zu bearbeiten. Die Franzosen haben ziemlich pikiert reagiert, als herrsche noch Besatzungsrecht. Obwohl die Morde auf deutschem beziehungsweise badischem Boden begangen worden sind, halten sie daran fest, dass die Akten erst 2045 freigegeben werden.«

»Das stützt die These, dass französische Soldaten das Massaker verübt haben.«

»Es ist nur eine These!«

»Das sagt Falco auch. Seine Vermutung geht allerdings in die andere Richtung.«

»Ist der noch am Hotel Schatzhauser dran?«

»Am abgebrannten. Ja. Der hängt sich ziemlich rein. Er will sein Buch über alte Hotels und Gaststätten im Nordschwarzwald bald abschließen. Das ›Schatzhauser‹ wird eine zentrale Stelle einnehmen. Jetzt habe er ja keine rechtlichen Konsequenzen mehr zu befürchten, hat er gemeint.«

»Hoffentlich täuscht er sich nicht. Diese Großfamilie ist immer noch präsent. Und wie!«

»Das habe ich ihm auch gesagt. Er glaubt, dass die endgültige Lösung der Hochwald-Morde in Buenos Aires zu finden ist. Es müsse irgendetwas in den drei fehlenden Protokollseiten stehen, das den Fall kläre. Er vermutet, dass der oder die Mörder entweder aus der Hochwald-Siedlung stammen oder aus dem früheren ›Tannenruh‹. Und dass sie oder die Mitwisser nach Argentinien geflohen sind und die Protokollseiten mitgenommen haben. Eine Kollaboration zwischen den Tätern und den französischen Soldaten schließt er auch nicht aus. Aber man brauche viel Fantasie, um eine Verbindung zwischen den damaligen Gegnern herzustellen.«

»An die Argentinier kommen wir nicht ran. Ich habe den Eindruck, dass es dem Polizeipräsidenten zurzeit lieber ist, wenn wir nicht weiter nachbohren. Die Abfuhr aus Frankreich hat ihm gereicht. Er hat mir gesagt, der Fall sei politisch sehr heikel, auch wenn er lange zurückliege.«

»Das ist mehr als bedauerlich, wenn man bedenkt, dass wir das Aus der christlichen Terrorgruppe letztlich dem toten Argentinier zu verdanken haben. Falco will übrigens ein Buch schreiben über die Hochwald-Morde. Ein Konzept hat er bereits ausgearbeitet. Er hofft, dass wir das Manuskript kritisch durchlesen, wenn er fertig ist.«

»Wird das mehr eine Fiktion oder eine Dokumentation?«

»Er hat gesagt, er orientiere sich am Genre True Crime.«

»Vielleicht löst er den Fall. Ein guter Rechercheur ist er ja.«

Sie unterhielten sich über die Verteilung der Aktenordner, die nach Dekaden zusammengestellt waren. Beiläufig erkundigte sich Tammy, was mit Hubert Firner sei.

»Der ist jetzt in Stuttgart beim LKA im Bereich Einsatz- und Ermittlungsunterstützung. Es scheint ihm dort zu gefallen, wie man hört.«

»Ist diesem Bereich nicht die Kriminalaktensammlung angegliedert?«

»Stimmt.«

»Hat er sich mit einer Feier verabschiedet?«

»Ja, aber ich war nicht eingeladen.«

»Was keine Überraschung ist. Und wer leitet jetzt die Soko?«

»Übergangsweise Manni Zanger. Ich kann ihn mir als Dauerlösung vorstellen. Ausgeglichen, ruhig, Teamarbeiter, extrem guter Ermittler. Trotz seiner jungen Jahre hat er viel Erfahrung. Vor allem will er nicht ständig glänzen oder zeigen, dass er ein harter Hund ist. Und Sakura Landmann bleibt uns erhalten. Sie wird mit Manderscheid den Bereich Cybercrime und Darknet weiter ausbauen. Dem Polizeipräsidenten schwebt für die Zukunft eine digitale Polizei vor. Er will dieses Thema auf Landesebene zur Diskussion stellen.«

»Und wie sieht es mit unserer neuen Kripochefin aus?«

»Das weißt du also schon. Frau Kriminalrätin Lydia Gallheimer hält sich noch etwas bedeckt. Sie ist ja bis jetzt nicht ganz offiziell Chefin. Winker muss erst verabschiedet werden. Das kann dauern. Hast du mit ihr schon Kontakt gehabt?«

»Nein. Aber nächste Woche will sie mit mir sprechen. Wie ist dein Eindruck von ihr?«

»Auf den ersten Blick gut. Aber ich bin vorsichtig geworden. Mit dem zweiten Eindruck sieht man besser. Und den muss ich mir erst verschaffen.«

Tammy hatte sich inzwischen eine ältere Dekade ausgesucht und notierte sich die Fälle. Sie konzentrierte sich auf ungeklärte Mordfälle und sortierte die anderen aus. Dabei rutschte eine Akte vom Stapel und fiel auf den Boden. Der Ordner sprang auf und mehrere Blätter verstreuten sich vor und unter ihrem Schreibtisch. »Das fängt ja gut an«, murmelte sie. Sie kniete sich hin und sammelte die Blätter auf, um sie wieder in den Ordner zu legen. Es kostete einige Zeit, die Blätter in der richtigen Reihenfolge einzuordnen.

»Ich glaub es nicht«, rief sie plötzlich.

»Was ist?«

»Bei der Akte, die mir runtergefallen ist, geht es um einen Fall Albert Firner«, kam die Antwort vom Boden. »Und in der Akte klaffen Lücken. Oder liegen bei dir am Boden noch Blätter?« Tammy stand auf, legte die Akte mit den losen Blättern auf den Tisch und sah Berger an.

Der saß zunächst fassungslos da, bevor er unter seinem Schreibtisch nach Blättern suchte. Er sah jedoch keine. »Wie viele Seiten fehlen denn?«

»Kann ich dir nicht sagen. Warte mal!« Tammy prüfte die Akte noch einmal. »Das lässt sich leider auf die Schnelle nicht klären.«

»Die können vor längerer Zeit verschwunden sein oder unter anderen alten Akten liegen. In dem einen oder anderen Fall werden wir sicher unser blaues Wunder erleben. Übrigens, da fällt mir ein: Der Kollege, der das Archiv und die alten Akten verwaltet, hat mir vor drei Tagen gesagt, dass unser ehemaliger Soko-Chef Firner vor einiger Zeit Akteneinsicht gefordert hat. Kurz vor seinem Abschied. Er habe neuere Akten gesucht und so getan, als ob das mit den ChrisTer-Fällen zusammenhänge. Als der Kollege in den Raum gekommen ist, um Unterlagen zu holen, hat sich Firner allerdings an den alten Akten zu schaffen gemacht, die jetzt hier bei uns sind. Der Kollege hat sie vor einiger Zeit zusammengestellt, damit die Abteilung Cold Case es am Anfang leichter hat. Firner sei rot angelaufen, habe eine Akte unter andere geschoben und sei schnell weggegangen.«

»Das erklärt vieles.«

»Aber nicht alles. Der Kollege hat sich die Akten angeschaut, aber ihm ist nichts aufgefallen. Auf jeden Fall protokolliert er immer, wer wann Akten anfordert oder anschaut und wann er sie wieder zurückgibt. Das Protokollbuch müsste also belegen, dass Firner im Archiv war. Ob er sich tatsächlich an dieser Akte zu schaffen gemacht hat?«

»Das liegt doch nahe.«

»Kann schon sein. Schauen wir uns den Fall in Ruhe an.«

»Es wundert mich, dass die Akte nicht verschwunden ist.«

»Soviel ich weiß, sind alle Akten im Archiv registriert. Seit dem Vorfall achtet der Kollege noch strenger darauf, dass niemand versucht, Akten zu unterschlagen. Er schließt die Tür zu dem Raum mit den alten Akten immer ab, wenn er ihn verlässt. Und er prüft regelmäßig die Bestände.«

Es klopfte erneut. Ohne auf das »Herein« zu warten, betrat der Kollege, der das Archiv verwaltete, den Raum. »Entschuldigt, ich muss leider eine Akte entführen.«

»Welche denn?«, fragte Tammy.

»Die Akte Albert Firner. Das LKA hat sie angefordert, die Internen. Ohne Begründung.«

»Das darf nicht wahr sein!«, fauchte Tammy. »Was die wohl vorhaben? Aufdecken oder verdecken?«

»Es gibt bei jeder Handlung ein Motiv, das verschwiegen wird«, sagte Berger in bedeutungsschwangerem Ton.

»Und wir müssen es finden«, stöhnte Tammy und übergab ratlos die Akte Albert Firner.

QUELLENVERZEICHNIS

Alle Bibeltexte stammen aus der Elberfelder Bibel, Ausgabe 1905.

S. 35: Wilhelm Hauff, Das kalte Herz, in: »Wilhelm Hauffs sämmtliche Werke«, 1869.

S. 127 + 203: 2 Sam 18,14–17

S. 128 + 220: 5 Mose 23,21–23

S. 128: 1 Kön 18,36–40

S. 129 + 286: 2 Kön 19,23

S. 130 + 158 + 174: Jes 59,17–20

S. 130: Jes 65,11–17

S. 132 + 285: Joel 2,28–31

S. 132 + 228: Nah 3,5–6

S. 133: Mt 10,34–38

S. 133 + 174: Lk 10,19–20

S. 134: 2 Joh 1,7–11

S. 134: Offb 22,18–19

S. 196: Spr 4,25–27

S. 291: 3 Joh 1,15

S. 291: Lk 15,6

S. 291: Hiob 17,5

S. 292: Hiob 6,27

S. 319: 2 Sam 17,23

S. 336: Mk 7,21–22

S. 337: 2 Mose 22,18

0781 33438

Bibelfestigkeit

149 Krankenhausreform
Attentat

151 Polizeischutz

182 Verfassungsschutz

186 Kellnerarm auf Rücken

206 „Rote Not" der
Brandeck-Linke
Ärzte Hope Adams

211 Theorien des Konflikt-
forschers Friedrich Glasl

309 Unterwanderung der
argentinischen Polizei
d. d. Schatz-Sippe (SS)

319 2. Buch Samuel Ahitophel

etwas verwirrend weil Roman
immer wieder reinspielt

alte Seewasacher Schiff ...

Der Mann weiß zu viel und packt zu
viel rein